KNAUR

Über die Autorin:

Stephanie Butland lebt mit ihrer Familie in der Nähe des Meeres im Nordosten Englands. Ihre Romane schreibt sie in ihrem Gartenatelier. Durch die Recherchen zu ihren Büchern wurde sie zur Slam-Poetin und Tangotänzerin. Nach »Ich treffe dich zwischen den Zeilen« und »Fünfzehn Arten eines Wunders« ist »Die Frau auf dem Foto« ihr dritter Roman.

Stephanie Butland

DIE FRAU *auf* DEM FOTO

Roman

Aus dem Englischen
von Heike Reissig

KNAUR

Die englische Originalausgabe erschien 2019 unter dem Titel
»The Woman in the Photograph« bei Zaffre Publishing, London.

Besuchen Sie uns im Internet:
www.knaur.de

Aus Verantwortung für die Umwelt hat sich die Verlagsgruppe Droemer Knaur zu einer nachhaltigen Buchproduktion verpflichtet. Der bewusste Umgang mit unseren Ressourcen, der Schutz unseres Klimas und der Natur gehören zu unseren obersten Unternehmenszielen. Gemeinsam mit unseren Partnern und Lieferanten setzen wir uns für eine klimaneutrale Buchproduktion ein, die den Erwerb von Klimazertifikaten zur Kompensation des CO_2-Ausstoßes einschließt. Weitere Informationen finden Sie unter: www.klimaneutralerverlag.de

MIX
Papier aus verantwortungsvollen Quellen
FSC® C014496
www.fsc.org

Deutsche Erstausgabe April 2021
Knaur Taschenbuch

Redaktion: Nadine Lipp
Covergestaltung: Sabine Kwauka
Coverabbildung: Collage unter Verwendung
verschiedener Motive von shutterstock.com und ullstein bild.
Abbildung im Innenteil: tkemot / Shutterstock.com
Satz: Adobe InDesign im Verlag
Druck und Bindung: GGP Media GmbH, Pößneck
ISBN 978-3-426-52471-8

2 4 5 3 1

Für Dad, der mir das Fotografieren beibrachte –
und dass ich alles schaffen kann

24. April 2018

The Photographers' Gallery, Ramillies Street, London

Der Anblick des Fotos würde ein Schock sein.

So wie immer. Obwohl sie es selbst aufgenommen hatte.

Veronica lehnte sich an die Wand gegenüber dem Galerieeingang und wappnete sich innerlich. Dann richtete sie ihren Blick auf das Plakat. Die schnörkellose Schrift verkündete: »Die Macht der Frauen: Veronica Moon und die zweite Welle des Feminismus. 26. April – 26. August 2018.« Nur noch zwei Tage. Vee starrte die Wörter an, bis sie keinen Sinn mehr ergaben, dann gab sie sich einen Ruck und schaute auf das Bild. Und als sie es betrachtete, an diesem öffentlichen Ort, mit Radfahrern, die durch ihr Blickfeld schwirrten, mit dem Londoner Verkehrslärm im Hintergrund, war ihr auf einmal, als sei sie bereits halb von dieser Welt verschwunden.

Die Gefühle waren immer die gleichen geblieben, obwohl die Erinnerung längst verloren war. Liebe, Trauer, Schmerz und weiß glühende, lodernde Wut darüber, was ihr damals alles genommen worden war, als sie auf den Auslöser drückte und der Verschluss auf und zu ging, schneller als ein Wimpernschlag beim Abschiedsblick. Selbst nach all der Zeit konnte sie die Wucht dieser Gefühle noch immer spüren.

Leonie, die Frau, die sie mehr als jeden anderen Menschen im Laufe ihrer siebzig Lebensjahre geliebt hatte, blickte ihr finster entgegen. Ihre dichten Augenbrauen, die halb geschlossenen Augen, die stolze Adlernase bildeten ein stimmiges Ganzes, das nun auf Plakatformat vergrößert worden war. Leonie hatte stets gewusst, dass sie mehr Raum verdiente, als die Welt ihr zugestehen wollte. Jetzt, dreißig Jahre später, sah die Schwarz-Weiß-Aufnahme zeitlos aus, der Trend zu knalligen Farben war inzwischen wieder abgeklungen.

Wenn sie sich bemühte, brachte Vee es sogar fertig, dieses Foto zu bewundern. Ihr ganzes Können steckte darin: die Art, mit dem Licht umzugehen, den Winkel zu wählen und ein Porträt zu erschaffen, das einerseits größer als Leonie war und zugleich den Kern ihres Wesens offenbarte. Aber sie hatte gute Gründe, sich nicht allzu sehr in das Bild zu vertiefen. Es dokumentierte den Moment, in dem sie die zwei größten Verluste ihres Lebens erlitten hatte.

Selbst jetzt, wo sie sich allem stellen und Frieden schließen sollte, wo ihre Augen so viel wie möglich aufsaugen sollten, bevor es zu spät war, ertrug sie es nicht, das Bild lange anzuschauen.

Ob es ihr gefiel oder nicht, die Welt würde sich wegen dieses Fotos an sie erinnern. Wäre sie eine Kriegsfotografin gewesen, hätte man sie damals gefeiert. Erst recht, wenn sie ein Mann gewesen wäre. Unerschrocken, hätte man von ihr gesagt. Kühn. Kompromisslos. Doch da Veronica Moon eine Frau war, hatte es geheißen, sie sei herzlos. Gefühllos. Egoistisch. Von Ehrgeiz zerfressen. Karriere aus und vorbei.

Erster Teil

SUJET

Erstens: Vergessen Sie alles, was Sie über die Kamera zu wissen glauben. Die Kamera ist kein neutraler Gegenstand, kein Auge, das alles unvoreingenommen sieht und aufnimmt. Auch wenn die Welt Sie das glauben machen will.
In den Händen einer echten Fotografin kann die Kamera listig, gerissen, gemein oder zerstörerisch, aber auch freundlich, sanft oder barmherzig sein. Und klug. Das sollte sie auch sein, zumindest so klug wie die Person, die sie in den Händen hält. Wenn diese Person eine Frau ist, wird sie bereits wissen, worauf sie achten muss und wie sie in ihrem Umfeld Hinweise erkennt, die ihre Aufmerksamkeit verlangen und denen sie nachgehen sollte.
Jedes Mal, wenn Sie auf den Auslöser drücken, treffen Sie eine Entscheidung darüber, wohin geschaut wird und was Sie zeigen oder ins Gedächtnis rufen wollen. Fotografieren bedeutet, eine Geschichte zu erschaffen.

Veronica Moon, *Fotografien von Frauen* (unveröffentlicht)

»Briefträger an der Streikpostenkette«
Veronica Moon

Ausstellungsabschnitt: Frühwerk

Kamera: Nikon F1
Film: Kodak, 200 ASA
Erstveröffentlichung: Zeitschrift *This Month,* 1968

Willkommen in der Welt der Veronica Moon, die mit subtilen, subversiven Fotografien Frauen in den Mittelpunkt stellt und sich nicht davor scheut, den Betrachtenden die Interpretation zu überlassen.
Dieses Bild wurde 1968 beim Näherinnen-Streik im Ford-Werk Dagenham aufgenommen. Die Näherinnen – sie stellten die Autositzbezüge her – hatten die Arbeit niedergelegt, um dagegen zu protestieren, dass sie schlechter bezahlt wurden als ihre männlichen Kollegen. Moon war gerade dort eingetroffen, als der Briefträger kam, um die Post zu bringen. Sie fing den Moment ein, als er, statt die Streikpostenkette zu durchbrechen, unter dem Jubel der streikenden Arbeiterinnen kehrtmachte. Der Fokus ihres Bildes liegt jedoch nicht auf dem Briefträger, von dem nur Schulter und Tasche zu sehen sind. Stattdessen lenkt Moon unseren Blick auf die drei Frauen im Vordergrund und das Zusammenspiel ihrer Körper; die eingehakten Arme, die im Lachen zurückgeworfenen Köpfe. Das Foto erinnert an einen Urlaubsschnappschuss, doch auch an die Kriegsplakate der Women's Land Army aus dem Zweiten Weltkrieg; ein Sinnbild der großartigen Verbundenheit, die Frauen zu Schwestern macht.
Die drei Frauen im Vordergrund wirken stark, humorvoll und entschlossen; ein sehr authentisches Bild. Hinter ihnen befindet sich eine weitere Gruppe von Frauen; ganz rechts ist die

Feministin und Schriftstellerin Leonie Barratt zu sehen, eine langjährige Weggefährtin und enge Freundin von Moon.

Diese frühe Aufnahme trägt bereits viele Markenzeichen, die Moons spätere Arbeit auszeichnen. Der Fokus ist gestochen scharf; wie bei ihren späteren Porträts verzichtet Moon auf Weichzeichnen oder das Verbergen von Makeln. Sie lenkt unsere Aufmerksamkeit auf die Gesichter der Frauen, die sie im linken Bilddrittel platziert hat. Das Foto wirkt in keiner Weise statisch oder gestellt. Es hält einen Moment fest, der ansonsten verloren gegangen wäre.

Das Bild wurde zusammen mit einer Kolumne von Leonie Barratt in der Juni-Ausgabe 1968 der britischen Zeitschrift *This Month* veröffentlicht, die von 1962 bis 1986 erschien und Auflagen von bis zu 250 000 Exemplaren erreichte. Die Aufnahme markiert den Beginn von Moons feministischer Fotografie. Zuvor hatte Moon schon häufig Frauen für die Tageszeitung *Colchester Echo* abgelichtet, jedoch nur in traditionellen Rollen, etwa auf Wohltätigkeitsveranstaltungen. Moon wurde ausschließlich zu solchen Events geschickt; Fotoaufträge für Nachrichtenthemen und Sportberichte waren ihren männlichen Kollegen vorbehalten. Nach Dagenham fuhr sie damals in ihrer Freizeit, weil der Chefredakteur ihr verboten hatte, als offizielle Fotografin des *Echo* dort zu erscheinen.

Das Jahr 1968:

~ Harold Wilson, Labour-Politiker, ist Premierminister von Großbritannien.

~ In den USA kommen Robert F. (Bobby) Kennedy und Martin Luther King im Abstand von nur wenigen Wochen bei Attentaten ums Leben.

~ Die Beatles landen zwei Nummer-eins-Hits in den englischen Charts, »Lady Madonna« und »Hey Jude«.

- Der konservative Unterhausabgeordnete Enoch Powell hält seine berüchtigte Rede, in der er vor »Strömen von Blut« warnt.
- Die populäre britische Sitcom *Dad's Army* feiert TV-Premiere.
- Eine Demonstration gegen den Vietnamkrieg am Londoner Grosvenor Square nahe der US-Botschaft endet mit Polizeigewalt und Massenverhaftungen.
- Das britische Abtreibungsgesetz von 1967 tritt in Kraft; Schwangerschaftsabbrüche werden damit unter zahlreichen Bedingungen für zulässig erklärt.
- Agatha Christies Roman *Lauter reizende alte Damen* erscheint.
- Der Film *Rosemary's Baby* kommt in die Kinos.
- Das berühmte »Earthrise"-Foto, das die aufgehende Erde zeigt, wird an Bord des Raumschiffs Apollo während seiner Mondumkreisungen aufgenommen.

Außerdem streiken die Näherinnen des Ford-Werks in Dagenham, um eine angemessene Bezahlung für ihre Arbeit zu fordern, nämlich den gleichen Lohn, den ihre männlichen Kollegen für vergleichbare Tätigkeiten bekommen. Veronica Moon hält den bahnbrechenden Streik der Frauen mit ihrer Kamera fest.

15. Juni 1968

»Worüber stöhnst du denn diesmal, Dad?« Veronicas Vater Stanley las den *Daily Mirror* weniger wegen der Neuigkeiten, sondern um Diskussionen vom Zaun zu brechen.

»Ich bin ja für Gleichberechtigung, aber das geht nun wirklich zu weit«, sagte er. »Hör dir das an. ›Tausende von Ford-Arbeitern müssen nächste Woche vorübergehend entlassen werden, falls die 187 Näherinnen ihren Streik für höhere Löhne nicht beenden.‹«

»Du bist also gar nicht wirklich für Gleichberechtigung«, sagte Veronica. Sie war gerade dabei, ihre Fotoausrüstung zu überprüfen; sie hatte alle Teile vor sich auf dem Tisch ausgebreitet, um sie nacheinander zu inspizieren und zu reinigen: Kameragehäuse, Objektive, Filter, Gurt und Tasche. Wenn sie den Auslöser drückte oder den Spannhebel zog, ertönte das Geräusch jedes Mal synchron zu ihrem Herzschlag. Oder zumindest redete sie sich das ein.

»Oh, doch, Vee, das bin ich! Aber das hier hat nichts mit Gleichberechtigung zu tun.« Stanley lehnte sich in seinem Sessel vor und zerknitterte dabei die Zeitung, die auf seinem Schoß lag. »Die Frauen arbeiten doch nur, um sich ein bisschen Taschengeld dazuzuverdienen. Aber die Männer, die vorübergehend entlassen werden, müssen eine ganze Familie ernähren! Was werden ihre Frauen wohl sagen, wenn sie mit leeren Händen heimkommen?«

»Ich will Donnerstag hinfahren«, sagte Vee. »Wenn ich freihabe.«

»Schickt Bob dich denn nicht hin, um für den *Echo* zu fotografieren?«

»Dagenham ist zu weit weg, aber Bob würde sowieso nicht mich, sondern George hinschicken. Ich bekomme nur die Aufträge, auf die George keine Lust hat.« Vees Highlight der letzten Woche war ein Flohmarkt gewesen, auf dem Geld für den Behindertenverband gesammelt wurde.

Als Vee als Junior-Fotografin beim *Colchester Echo* anfing, war ihr klar gewesen, dass sie bloß Glück gehabt hatte und sich hocharbeiten musste. (Wahrscheinlich hatte sie die Stelle nur bekommen, weil ihr Dad ihren Chef Bob beim Armdrücken besiegt hatte; die beiden kannten sich seit der Schule. Aber eigentlich wollte sie das gar nicht genau wissen.)

Ihr Vater hievte sich aus seinem Sessel. »Na ja. Ich bin dann mal im Garten. Der jätet sich ja nicht von selbst.«

»Wo du recht hast, hast du recht«, sagte Veronica.

»Schönes Wetter heute. Aber du verschanzt dich vermutlich wie üblich unter der Treppe, stimmt's?«

Veronica lächelte. »Was sollte ich wohl sonst machen?«

»Wenn du verheiratet bist, muss sich das ändern, Schatz«, sagte ihr Vater kopfschüttelnd. »Barry wird kaum wollen, dass du dich jeden Samstagnachmittag hier herumtreibst.«

»Barry macht das nichts aus, Dad. Und abgesehen davon, dauert es noch ein paar Jahre bis zur Hochzeit.«

»Deine Mutter war neunzehn, als sie mich geheiratet hat.« Elf Jahre war es nun her, seit ihre Mutter gestorben war, aber die Trauer war noch immer so groß, dass Vater und Tochter einen Moment innehielten, bevor sie sich anschauten und mit einem tapferen Lächeln die Tatsache akzeptierten, dass sie, im Gegensatz zu ihnen, nicht mehr da war und dass niemand außer ihnen beiden jemals verstehen würde, was das bedeutete.

»Bringst du Rhabarber mit? Den könnten wir morgen zum Nachtisch essen.«

Ihr Vater liebte heißes Rhabarberkompott mit Büchsenmilch über alles.

Er nickte, nahm seinen Hut vom Garderobenständer an der Tür und ging aus dem Haus.

* * *

Als Vee es mit fünfzehn endlich geschafft hatte, sich eine eigene Kamera zu besorgen – ein kombiniertes Geburtstags- und Weihnachtsgeschenk, zu dem sie mit ihrem Ersparten beigetragen hatte –, wurde ihr schnell klar, dass es zu teuer war, ihre Filme im Labor entwickeln zu lassen. Also beschloss sie, sich das Entwickeln selbst beizubringen, und richtete sich mit Unterstützung ihres Vaters im Verschlag unter der Treppe eine kleine Dunkelkammer ein. An den beißenden Geruch der Chemikalien und das schaurige Rotlicht hatte sie sich noch immer nicht ganz gewöhnt.

Sie konnte sich noch genau an den Tag erinnern, als sie zum ersten Mal einen Fotografen bei der Arbeit gesehen hatte: auf der Hochzeit ihrer Cousine Betty. Sie war damals sieben und eine der Brautjungfern; sie trug ein hellrosa Kleid mit einer weißen Strickjacke, dazu geliehene Satinschuhe mit zusammengeknüllten Taschentüchern in der Schuhspitze, damit sie besser passten, und in der Hand hielt sie einen Strauß pinkfarbener Seidenrosen. Auf jeder Aufnahme, die an jenem Tag von ihr gemacht wurde, starrte sie direkt in die Kamera. Denn sie wollte damals unbedingt herausfinden, was unter dem Tuch passierte, unter dem der Fotograf sich versteckte. Wenn sie nicht fotografiert wurde, stellte sie sich hinter das Stativ und lauschte den Geräuschen der Kamera. Als Cousine Betty das Fotoalbum später im Familienkreis präsentierte – ihr Mann schien Millionär zu sein, niemand sonst besaß ein solches Album –, konnte Vee miterleben, wie die Erwachsenen den Tag der Hochzeit mithilfe der Fotos noch einmal lebendig werden ließen. Sie sprachen über den schicken Hut der Brautmutter, den schönen Blumenstrauß, das schlechte Wetter (so schade!) und darüber, wie gut der Bräutigam ausgesehen hatte. Der Mann unter dem Tuch hatte ihren Erinnerungen mithilfe eines Knopfes und eines Hebels Gestalt gegeben.

Damals verstand sie natürlich noch nicht alles im Detail, aber sie wollte trotzdem unbedingt eine Kamera haben, so wie andere Kinder sich einen Hüpfstab wünschten.

Nun war sie mit Barry verlobt, der am liebsten seine gesamte Freizeit mit ihr verbracht hätte, aber die Samstagnachmittage in der Dunkelkammer wollte sie sich auf keinen Fall nehmen lassen. Seitdem ihr Vater Barry zum Fußball mitnahm, war es etwas einfacher geworden. An Spieltagen konnte sie sich später mit ihnen im Pub treffen, um gemeinsam zu jubeln oder zu jammern, und anschließend konnten sie ins Kino zu gehen oder Barrys Eltern auf einen Tee besuchen. Es fiel ihr leichter, höflich über *Z-Cars* und andere Fernsehserien oder über Harold Wilson und sonstigen Kram zu plaudern, der sie nicht interessierte, wenn sie ein paar Stunden in ihrer Dunkelkammer verbracht und im Schein der Rotlichtlampe ihren Bildern im Chemikalienbad beim Entwickeln zugeschaut hatte. Sie musste dabei zwar immer den Kopf einziehen, aber sie war trotzdem jedes Mal überglücklich, weil sie endlich das tun konnte, wovon sie schon als kleines Mädchen geträumt hatte.

20. Juni 1968

Vee war noch nie zuvor bei einem Streik gewesen.

»Tu nichts, was ich auch nicht tun würde«, hatte ihr Vater morgens zum Abschied gesagt. Vorher hatte er noch die Reifen des Ford Anglia überprüft, den sie sich teilten. Als wäre die anderthalbstündige Fahrt von Colchester nach Dagenham eine Weltreise. Aber eine so weite Strecke war sie bisher tatsächlich noch nie allein gefahren.

»Hast du in deiner Freizeit nichts Besseres zu tun?«, hatte Barry gesagt, aber da sein eigener Job für ihn nur eine lästige Pflicht war, verstand er das natürlich nicht. Er bezeichnete Vees Fotografie immer als »Hobby«, was sie nicht leiden konnte. Ein besseres Wort dafür fiel ihr allerdings auch nicht ein. Eigentlich war die Fotografie ihre Leidenschaft, doch als ihm das erzählte, lachte er nur und meinte, das stimme nicht, er sei ihre Leidenschaft.

Nun stand sie also vor dem Ford-Werk in Dagenham. Endlich war sie mal dort, wo was los war.

Tags zuvor hatten die Zeitungen berichtet, dass Ford wegen des Streiks täglich über eine Million Pfund verlor. Der Innenminister hatte sich inzwischen eingeschaltet. Auf der Fahrt hatte Vee sich gefragt, was sie bei ihrer Ankunft wohl erwarten würde. Vielleicht würde sie erleben, wie die Welt sich vor ihren Augen veränderte, und bekäme die Chance, diejenige zu sein, die diesen Moment für die Ewigkeit festhielt. So wie Bill Eppridge den sterbenden Bobby Kennedy fotografiert hatte. Natürlich hatte das Attentat sie schockiert und sie hatte die Berichterstattung in den Zeitungen und im Fernsehen verfolgt, so wie alle anderen auch. Aber als sie das Bild mit dem am Boden liegenden Kennedy gesehen hatte, das Blut und den jungen Mann, der Kennedys Kopf stützte, hatte sie auch noch etwas anderes gefühlt. Genauer gesagt, hatte sie sich vorgestellt, sie wäre selbst im Ambassador

Hotel in Los Angeles gewesen, als die Schüsse fielen. Ob sie wohl ebenfalls die Geistesgegenwart besaß, solche Aufnahmen zu machen? Bestimmt. Sie musste einfach nur dafür sorgen, vor Ort zu sein, wenn Dinge passierten, die die Welt veränderten.

Die streikenden Näherinnen trugen flache Schuhe und Minikleider, die Sonne schien auf ihre nackten Arme; kleine, leuchtende Gestalten, die vor den Stahltoren standen, hinter ihnen ragte die düstere Backsteinfassade des Werksgebäudes auf. Vee fluchte innerlich, weil sie ihre typische Arbeitskleidung anhatte. Ihr knielanger Rock war statisch so aufgeladen, dass er förmlich an der Strumpfhose klebte. Für ihre Jacke mit den praktischen Taschen, in denen sie Filmrollen und Ersatzobjektive verstaut hatte, war es eigentlich viel zu warm, aber sie konnte sie unmöglich ausziehen, weil ihre Bluse darunter klatschnass geschwitzt war. Sie kam sich plötzlich furchtbar altmodisch vor, geradezu hinterwäldlerisch. Sie hatte kein einziges Minikleid im Schrank, und nachts schlief sie mit Lockenwicklern. Warum zum Teufel musste sie ausgerechnet jetzt an Kleider und Frisuren denken?

Vielleicht sah es so aus, wenn die Welt sich veränderte. Der Streik wirkte nicht so dramatisch wie die Proteste am Grosvenor Square oder in Paris, aber er konnte ja trotzdem einen Umbruch bedeuten. Wie ihr Dad immer sagte: Nichts hält ewig.

Vees Blick wanderte zu den Spruchbändern. Sie waren sorgfältig bemalt worden, alle Buchstaben gleich groß, mit ausreichenden Abständen zwischen den Wörtern. Auf einem stand: »Gleicher Lohn für gleiche Arbeit!«, auf einem anderen: »Ungleicher Lohn ist Diskriminierung!«; ein drittes verkündete: »Gleiche Rechte für Frauen!« Die streikenden Näherinnen waren gut organisiert, und sie meinten es ernst. Vee holte tief Luft. Was sie hier sah, war definitiv ein Umbruch. Sie musste noch daran arbeiten, so etwas auf Anhieb zu erkennen.

Die Frauen hinter den Bannern unterhielten sich und lachten. Eine ging herum und verteilte Sandwiches. Eigentlich sprach ja nichts dagegen, wenn etwas Picknick-Stimmung aufkam. Auch wenn es hier natürlich um etwas Ernstes ging.

Vee schaute sich nach der Anführerin um. Es schien jedoch keine offizielle zu geben. Aber eine der Frauen kam ihr aus der Zeitung bekannt vor.

»Hallo«, sagte sie. »Ich bin Veronica Moon. Hätten Sie etwas dagegen, wenn ich ein paar Fotos mache? Vom Streikposten?«

»Aber klar doch«, sagte die Frau. »Nett, dass Sie fragen. Die Männer machen das nie. Woher kommen Sie?«

Vee nahm den Objektivdeckel von der Nikon F1. Manchmal konnte sie es noch immer kaum fassen, dass die Kamera ihr gehörte. Na gut, eigentlich gehörte sie ihr erst dann, wenn sie Dad von ihrem Lohn das zurückzahlte, was er dafür vorgestreckt hatte. »Aus Colchester. Vom *Echo*. Aber ich bin nicht offiziell hier. Heute ist mein freier Tag. Ich wollte nur mal vorbeischauen.«

Die Frau nickte. »Da sind Sie nicht die Erste. Verdienen Sie als Fotografin wenigstens das Gleiche wie Ihre Kollegen?«

Vee dachte an George, den Cheffotografen des *Echo*, der ihr stets das Gefühl gab, ihm Gott weiß was zu schulden, weil sie unter ihm arbeiten durfte. Und sie dachte an die Reporter, die kaum Notiz von ihr nahmen. Die Einzigen, die ihr das Gefühl gaben, überhaupt willkommen zu sein, waren die Redaktionssekretärinnen. Vee fühlte sich wie ein Fisch auf dem Trockenen. Nein, das traf es nicht – sie fühlte sich wie ein Fisch, dem die anderen Fische keinen Platz machen wollten. Dabei konnte sie bei freier Bahn genauso schnell schwimmen. »Ich glaube nicht«, erwiderte sie.

»Wäre ja auch zu schön gewesen«, sagte eine andere Frau. Vee nickte bloß. Die Erkenntnis, wie stark der Gegenwind war, der ihr tagtäglich entgegenwehte, schnürte ihr die Kehle zu. Plötzlich wurde ihr die große Chance bewusst, die dieser Streik für alle Frauen bedeutete. Sie machte ein paar Aufnahmen von den Näherinnen und den Spruchbändern; anschließend wechselte zu einem Weitwinkelobjektiv und kniete sich hin, um das Werksgebäude zu fotografieren, das hinter den Arbeiterinnen aufragte und einen düsteren Kontrast zu ihrer strahlenden Entschlossenheit bildete.

Was, wenn das kein Streik unter vielen war, sondern ein besonderer, weil er von Frauen durchgeführt wurde? Was, wenn es dabei nicht nur um gleichen Lohn, sondern auch um andere Dinge ging? Zum Beispiel darum, dass Vee dankbar dafür sein musste, es als Frau in eine Männerdomäne geschafft zu haben? Oder darum, dass ihre verheirateten Freundinnen auf sie herabschauten und vom Kochen für ihre Männer schwärmten, als seien Ehe und Haushalt für eine Frau die einzig wahre Berufung? In Vees Welt war die Frauenbewegung nur ein Witz. An Weihnachten hatte Barrys Vater ausnahmsweise den Abwasch erledigt und lachend gesagt: »Da soll noch mal einer behaupten, ich wäre gegen Feminismus!« Barrys Mutter hatte daraufhin lachend erwidert: »Na, wenn das so ist, brauche ich mir die Beine ja nicht mehr zu rasieren!« Doch was, wenn es bei der Frauenbewegung um mehr ging als um Männer, die ab und zu den Müll rausbrachten? Was, wenn es dabei um echte Gleichberechtigung ging? Darum, dass Vee allein für ihre Leistung beurteilt würde? Darum, dass es keine Rolle spielen würde, ob sie eine Frau oder ein Mann war, weil allein die Qualität ihrer Arbeit zählte? Diese Gedanken ließen Vees Herz plötzlich schneller schlagen, es hämmerte regelrecht vor Aufregung. Sie richtete sich wieder auf und bedankte sich bei der Frau. Dann holte sie tief Luft und sprach sich selbst Mut zu, wie sie es immer tat, wenn sie von etwas überwältigt war oder sich überfordert fühlte. *Mach deinen Job, Veronica. Mach deinen Job und gib dein Bestes.*

Als sie wieder zum Normalobjektiv wechselte, hörte sie Pfiffe hinter sich und drehte sich um. Ein Briefträger kam auf die Frauen zu.

»Kaum fahre ich in Urlaub, passiert was!«, rief er. »Ist das euer berühmter Streikposten, Mädels?«

»Gleicher Lohn für gleiche Arbeit«, rief eine kleine kurzhaarige Blondine. »Dagegen hast du doch wohl nichts einzuwenden, oder?«

»Wo denkst du hin – meine Sheila würde mir den Kopf abreißen!«, entgegnete er. Die Frauen lachten, und Vee hielt instinktiv den Sucher vors Auge und machte ein Foto. Sie wusste gar nicht so recht, warum. Eigentlich war es Schwachsinn, den Mann abzulichten, es ging ja schließlich um den Frauenstreik. Das Bild hätte sie sich sparen können. Zu spät, jetzt hatte sie den Moment schon im Kasten. Sie spulte den Film weiter. »Noch immer keine Einigung in Sicht?«, fragte der Briefträger.

»Nee. Die meinten, wir wären unverantwortlich und sie würden dagegen vorgehen. Aber wir haben ihnen gesagt, dass wir unsere Arbeit erst dann wieder aufnehmen, wenn sie uns dafür das Gleiche bezahlen wie den Männern.«

»Gut gemacht, Mädels«, sagte der Briefträger. »Dann ist das also ein offizieller Streikposten?«

»Na klar. Wir machen unsere Arbeit immer gut. Deshalb platzt bei deinem Autositz auch nie die Naht!« Alle brachen in Gelächter aus, und am liebsten hätte Vee die Kamera sinken lassen und mitgelacht, aber wenn sie überhaupt etwas Nützliches bei der Zeitung gelernt hatte, dann die Regel, dass sie Abstand halten musste, wenn sie ein gutes Foto machen wollte. »Du bist nicht hier, um dazuzugehören«, hatte George zu ihr gesagt, als er sie das erste Mal mitnahm. »Du bist hier, um deine Linse draufzuhalten.«

»Wenn das so ist, Kolleginnen«, sagte der Briefträger, »werden eure Chefs heute leider keine Post bekommen.« Dann stopfte er das Briefbündel, das er in der Hand hielt, in seine Tasche zurück, und als er kehrtmachte, drückte Vee auf den Auslöser. Jetzt hatte sie das perfekte Bild, das wusste sie intuitiv. Ein richtig gutes Foto. Wenn es veröffentlicht werden würde, käme die hohe Qualität allerdings kaum zur Geltung, denn auf Zeitungspapier sahen selbst die besten Aufnahmen scheußlich aus.

»He!« Es dauerte einen Moment, bis Vee begriff, dass sie gemeint war. Eine Frau kam auf sie zu. Sie hatte zwei Begleiterinnen im Schlepptau, und ihr finsterer Blick brachte Vee dazu, die Kamera sinken zu lassen.

»Hallo«, sagte Vee und hielt der Frau ihre Hand hin, überrascht, dass sie nicht zitterte. »Ich bin Veronica Moon.«

Die Frau machte allerdings keine Anstalten, ihren Gruß zu erwidern. Vee ließ die Hand wieder sinken. Die Frau trug eine Latzhose. Eine Latzhose! So etwas trugen doch eigentlich nur Männer. »Der Name sagt mir nichts«, entgegnete die Frau. »Müsste ich ihn kennen?« Ihre selbstbewusste Stimme hatte nicht die Spur eines Akzents. Davon konnte Vee nur träumen. Die Frau klang zwar nicht so vornehm wie eine Radiosprecherin, aber ihre Herkunft war ihr nicht anzuhören. Das war ein großer Vorteil.

»Nein«, erwiderte Vee. Am liebsten hätte sie weiter fotografiert – sie tat schließlich nichts Unrechtes –, aber sie hatte das Gefühl, sich rechtfertigen zu müssen. Da die Frau und ihre Begleiterinnen in der Mehrzahl waren, sagte sie: »Ich arbeite als Fotografin beim *Colchester Echo*. Aber eigentlich bin ich hier nur zum …« Ihr fehlten die richtigen Worte. Zum Spaß? Zum Privatvergnügen? »Ich habe heute frei und wollte selbst sehen, was hier los ist.«

Die Frau reichte ihr nun doch die Hand, und Vee schüttelte sie. Plötzlich schämte sie sich für ihren kaugummirosafarbenen Nagellack. Ihren Verlobungsring hatte sie zu Hause gelassen, sie trug ihn nie bei der Arbeit. Sie erzählte Barry immer, dass sie nicht riskieren wollte, den Ring zu verlieren, aber der wahre Grund war, dass der Ring sich genauso komisch anfühlte wie das Wort »Verlobte«.

»Leonie Barratt«, stellte die Frau sich vor.

»Veronica Moon. Aber alle nennen mich Vee.«

»Hallo, Vee.« Leonie ließ Vees Hand wieder los und grinste. »Ich schreibe eine Kolumne für *This Month*. Jedenfalls ist das der Plan. Du wolltest also sehen, was hier los ist. Und, was sagst du dazu?« Die Frau hatte braune Augen, makellose Haut und eine große Höckernase. Sie war ungeschminkt. Vee hatte eine halbe Stunde gebraucht, um sich zu frisieren und Make-up, Rouge und Lidschatten aufzulegen, bevor sie am Morgen losgefahren war. Ihre Mutter hatte sie damit früher immer aufgezogen: Na, setzt du wieder ein Gesicht auf? Und irgendwie traf es das sogar, denn Vee hatte oft das Gefühl, dass ihr eigenes Gesicht nicht genug war. Leonie – seltsamer Name für eine Frau – schien dieses Problem jedoch nicht zu haben.

»Ich unterstütze das natürlich«, sagte Vee.

Eine von Leonies Begleiterinnen kicherte, aber Leonie ignorierte sie. »Was genau meinst du? Den Streik? Oder gleichen Lohn?«

»Beides.« Vee setzte den Deckel aufs Objektiv und wich einen Schritt zurück. Die Ford-Arbeiterinnen hatten sie wenigstens in Ruhe ihre Fotos machen lassen. Sie war wirklich nicht in der Stimmung, sich blöde Sprüche von einer Journalistin und ihrer dämlichen Eskorte anzuhören. Das musste sie bei der Arbeit schon oft genug von ihren Kollegen ertragen.

»Soll ich dich mit ein paar Leuten bekannt machen?«, fragte Leonie. »Damit du noch mehr Fotos machen kannst?«

»Nein, danke«, antwortete Vee. Bob durfte auf keinen Fall davon erfahren, dass man sie für eine offizielle Fotografin hielt. Aber da sie nicht unhöflich erscheinen wollte, fügte sie hinzu: »Ich möchte nicht stören. Ich sollte eigentlich gar nicht hier sein.«

Leonies Begleiterinnen lachten, und die eine sagte spöttisch: »Du hast echt keine Ahnung, worum es hier geht, Schwester.« Vee wandte sich verärgert ab. Am besten machte sie noch ein paar letzte Bilder vom Streikposten, um ihren Film aufzubrauchen, bevor sie wieder nach Hause fuhr.

Sie hatte wirklich Besseres zu tun, als sich verhöhnen zu lassen.

Da legte Leonie ihr die Hand auf den Arm. »Warte«, sagte sie und warf ihren Begleiterinnen einen finsteren Blick zu. »Jetzt macht mal halblang. Wir unterstützen unsere Schwestern. Wir haben schließlich alle klein angefangen.« Dann schaute sie Vee an und lächelte. Ihre braunen Augen leuchteten warm. »Komm, lass uns was trinken gehen. Dann erzähle ich dir, was Sache ist.«

* * *

Vee nahm an, dass sie irgendwo Tee trinken würden – es war gerade erst Mittag –, aber stattdessen landete sie in einem Pub namens George and Dragon. In der Tür fehlte eine Glasscheibe, die mit einem Stück Pappe zugeklebt worden war, und der Teppich hatte auch schon bessere Tage gesehen. Der Spiegel hinter dem Tresen hatte einen Sprung in der Mitte, der die Gesichter der Leute verzerrte, die dort auf ihre Bestellungen warteten. Leonies Freundinnen – die eine hieß Bea, der Name der anderen begann mit F, mehr hatte Vee nicht verstanden – machten sich auf die Suche nach Sitzplätzen. Vee folgte Leonie zum Tresen.

Als Leonie bestellen wollte, fiel der Barkeeper ihr ins Wort: »Frauen werden am Tresen leider nicht bedient.«

»Was?«, rief Leonie ungläubig. »Soll das ein Witz sein? Wir sind im Jahr 1968! Frauen verdienen inzwischen ihr eigenes Geld und kaufen sich davon, was sie wollen. Und in dieser verdammten Welt können sie weiß Gott einen Drink gebrauchen! Irgendjemand sollte deinem Chef mal verklickern, dass wir nicht mehr im Mittelalter leben.«

Wenn Vee es gewagt hätte, zu Hause »verdammt« zu sagen, hätte ihr Vater sie sofort zurechtgewiesen. Der Barkeeper zuckte mit den Schultern. »Ich habe die Regeln hier nicht aufgestellt.« Er deutete auf zwei Männer, die am anderen Ende des hufeisenförmigen Tresens saßen; einer von ihnen schaute interessiert zu ihnen herüber. »Aber ich bin sicher, dass einer dieser Gentlemen euch behilflich sein wird.«

»Und wenn wir nicht wollen, dass uns jemand behilflich ist?«, fragte Leonie schnippisch. Vees Vater hätte gesagt: Die glaubt wohl, sie ist was Besonderes. Ist wohl mit ’nem goldenen Löffel im Mund zur Welt gekommen. War bestimmt auf ’ner Nobelschule, wo sie Uniform mit Hut tragen. Leonie nahm jedenfalls kein Blatt vor den Mund.

»Ich bin den Damen gerne behilflich«, sagte einer der Männer an der Theke. »Setzt euch einfach zu euren Freundinnen. Was wollt ihr haben? Ich bringe es euch herüber.«

»Danke«, sagte Vee und lächelte dem Mann zu. Doch Leonie achtete gar nicht auf sie.

»Schon mal was von Gleichberechtigung gehört? Von Emanzipation?«

Der Barkeeper grinste träge. Er hatte langes Haar und trug ein Tyrannosaurus-Rex-T-Shirt. Wahrscheinlich war er so eine Art Lokalmatador. »Klar«, sagte er. »Aber ihr seid hier in Essex, Schätzchen, nicht in Schickimicki-London.«

Leonie richtete sich auf. Sie wirkte größer, als sie war, und setzte den Effekt gekonnt ein. Sie sah dem Barkeeper direkt in die Augen und zischte: »Sack bleibt Sack, egal wo.«

Vee glaubte ihren Ohren nicht zu trauen. Bea und die Frau, deren Name mit F anfing, erhoben sich von ihrem Tisch und kamen zur Bar herüber. Was wohl als Nächstes passierte? Es gab zwei Möglichkeiten, Vee hatte das schon mehrere Male erlebt. Manchmal ging sie mit Barry freitagabends ins King's Arms. Wenn jemand Streit anfing, gab es entweder eine Schlägerei oder das Ganze löste sich in Gelächter auf. Hier würden sicher keine Fäuste fliegen; Männer, die sich weigerten, Frauen am Tresen zu bedienen, würden ihnen gegenüber bestimmt nicht handgreiflich werden, jedenfalls nicht in der Öffentlichkeit. Aber unangenehm war das Ganze trotzdem. Vee schaute wieder zu dem Mann, der angeboten hatte, ihnen die Getränke zu besorgen, und lächelte ihn abermals an. Der Mann erwiderte ihr Lächeln, und die Spannung, die in der Luft lag, löste sich auf. Alles war wieder normal. So normal, wie es zur Mittagszeit in einem Pub eben sein konnte.

»Na gut«, sagte der Barkeeper. »Aber zackig. Was soll's sein?«

Leonie warf Vee einen fragenden Blick zu. »Einen Martini Sweet mit Limonade, bitte«, sagte Vee.

»Ist das dein Ernst?«, fragte Leonie.

»Ja«, sagte sie. »Warum auch nicht.« Man konnte über ihren Dad und Barry denken, was man wollte, aber sie schrieben ihr zumindest nicht vor, was sie zu trinken hatte.

»Wie du willst.« Leonie wandte sich dem Barkeeper zu. »Einen Martini Sweet mit Limonade und drei Pint Cider. Wenn's recht ist.«

Der Barkeeper zögerte kurz, bevor er nach den Pint-Gläsern griff, aber falls ihm etwas auf der Zunge lag, verkniff er es sich.

»Bitte schön, die Damen.«

»Danke«, sagte Vee.

»Wir sind keine Damen, sondern Frauen«, sagte Leonie. »Aber mir fehlt jetzt wirklich die Zeit, das näher zu erklären.«

Vee war heilfroh, als sie endlich zum Tisch hinübergingen und dort Platz nahmen. Hier saß sie nun also, auf einem wackligen Hocker in einem schäbigen Pub, zusammen mit drei Krawallschwestern, die sie eben erst kennengelernt hatte. Zum Glück wurden der Barkeeper und seine Thekenfreunde von einer Männerhorde abgelenkt, die fluchend und rauchend hereinplatzte. Vee atmete auf. Sie hatte das Gefühl, gerade noch einmal davongekommen zu sein, dabei hatte sie gar nichts angestellt.

Einige der Männer grüßten Leonie und ihre zwei Begleiterinnen. Sie kamen wohl von außerhalb, vermutlich Reporter, die über den Streik berichten wollten. Nein: die AUCH über den Streik berichten wollten. Vee war schließlich selbst Profi und hatte die perfekte Aufnahme bereits im Kasten.

Leonie und die Frauen tranken ungerührt ihren Cider, das war anscheinend normal für sie. Nach einer Weile sagte Leonie zu Vee: »Du solltest nicht mit Männern flirten, nur damit sie dir Drinks besorgen. Und du solltest sie auch nicht in Schutz nehmen, wenn sie sich wie Idioten aufführen. Denn damit tust du nicht nur dir, sondern auch allen anderen Frauen keinen Gefallen.«

Vee starrte Leonie an. Die kühne Kompromisslosigkeit, mit der Leonie ihre Mission verfolgte, beeindruckte sie zwar, aber sie brauchte sich bestimmt nicht zu verstecken. Sie hatte schließlich ihren Berufswunsch durchgesetzt, und davor hatte sie sich als einzige Frau unter allen Bewerbern einen Platz im Fotografie-Lehrgang erkämpft. »Was soll ich denn stattdessen machen? Das, was du mir vorschreiben willst?«

Bea verschluckte sich fast vor Lachen. »Jetzt hat sie's dir aber gegeben, Leonie«, sagte sie, dann zu Vee: »Du musst ihr Kontra geben. Setz dich durch. Es gibt ja nicht nur Männer, die andere unterdrücken.«

Leonie lachte auch, und dann sah sie Bea an, ließ die Hand unter den Tisch gleiten und legte sie auf Beas Oberschenkel. Vee wurde knallrot, als sie begriff, dass sie Zeugin eines Flirts wurde, der außerhalb der ihr vertrauten Normen stattfand. Schließlich sagte Leonie zu ihr: »Ich wollte dich nicht bevormunden. Ich wollte dir nur sagen, dass Frauen gelernt haben, Männer zu umschmeicheln, damit sie bekommen, was ihnen zusteht. Dabei haben wir das Recht, es zu fordern.«

Vee nickte. »Aber der andere Weg ist leichter. Findest du nicht?«

»Es ist auch leichter, sich mit dreißig Prozent weniger Lohn zufriedenzugeben, anstatt zu streiken und mehr zu verlangen«, konterte Leonie. »Aber wenn wir so denken, werden wir nie etwas erreichen. Findest du nicht?«

»Stimmt«, sagte Vee. Ob ihr Vater wohl auch bereit wäre, einer Frau einen Drink an der Bar zu bestellen, wenn der Barkeeper sich weigerte, sie zu bedienen? »Aber diese Typen wollten uns doch nur helfen«, fügte sie hinzu. Der Alkohol zeigte allmählich Wirkung. Da sie nicht gefrühstückt hatte, stieg er ihr rascher als sonst zu Kopf. Sie hatte das Gefühl, dass dieses Gespräch wichtig war, aber es fiel ihr schwer, sich darauf zu konzentrieren und herauszufinden, warum. Es hing mit dem Gefühl zusammen, das zuvor in ihr aufgestiegen war, als sie die Näherinnen am Streikposten fotografiert hatte; dass es Wichtigeres auf der Welt gab und dass ihre Arbeit über den Wunsch, selbst ernst genommen zu werden, hinausging.

Die Frau namens F-wie-auch-immer raunte Bea etwas zu; Vee konnte es nicht verstehen. Leonie aber schon, denn sie sagte: »Halt die Klappe, Fen. Wir haben alle klein angefangen. Es ist schwer zu erkennen, wie das Patriarchat alles durchdrungen hat, wenn man darin aufgewachsen ist.«

»Schon gut, ich bin nicht Eliza Doolittle«, sagte Vee. Am liebsten hätte sie noch ein »Verdammt!« hinterhergeschoben. Aber ihr Dad mochte es nicht, wenn sie fluchte. Auch wenn das patriarchatisch war (so hieß das Wort doch, oder?), sie liebte ihren Vater, er war alles, was sie hatte, abgesehen von Barry. Er befürwortete die Frauenbewegung vielleicht nicht voll und ganz, aber er hatte Vee immer unterstützt, ihr alles erklärt, was sie wissen wollte, und sie in ihrem Berufswunsch bestärkt.

»So ist es recht«, sagte Bea. »Gib ihr Paroli.« Leonie und Bea grinsten sich an. Fen ging zur Bar und kehrte mit vier Pints Cider zurück. Leonie erzählte Vee, für welche Zeitschriften sie arbeitete, worüber sie als Nächstes schreiben wollte und dass immer mehr Frauen sich zusammenschlossen, um für die Gleichberechtigung zu kämpfen, und Vee spürte plötzlich ein Kribbeln im Bauch, das nicht nur vom Martini und vom Cider kam.

Nach der zweiten Runde brachen Fen und Bea auf; Vee und Leonie blieben noch. Bea und Leonie verabredeten sich für später und küssten sich zum Abschied auf den Mund.

»Du kannst jetzt mit dem Glotzen aufhören«, sagte Leonie, als der Kuss zu Ende war.

»Entschuldigung«, sagte Vee. Vom Cider berauscht, fügte sie hinzu: »Ich bin bloß noch nie zuvor Lesben begegnet. Ihr seid meine ersten.«

Leonie lachte. »Das bezweifle ich«, sagte sie. »Außerdem bin ich keine Lesbe. Manchmal bin ich mit Frauen zusammen, dann wieder mit Männern. Aber was soll's, im Namen aller Lesben begrüße ich dich!« Sie beugte sich vor und drückte Vee einen Kuss auf den Mund. Die Reporter an der Bar pfiffen im Chor. Leonie gab ihnen das Victory-Zeichen, was sie mit einem Lachen quittierten. Vee konnte gar nicht genau sagen, was ihr am unangenehmsten war: der Kuss, das seltsame Kribbeln, das sich dadurch noch verstärkte, ihr Schwips oder das unangenehme Gefühl, im Mittelpunkt zu stehen, wovor ihre Kamera sie normalerweise bewahrte.

»Ich bin verlobt«, sagte sie. »Mein Verlobter und ich sind zusammen, seit wir fünfzehn sind.« Eines wusste sie jedenfalls: Flirten war nicht dazu da, andere bloßzustellen.

»Schön für dich«, sagte Leonie grinsend. Einer der Reporter kam herüber und brachte ihnen zwei Pints. »Verpiss dich!«, sagte Leonie. »Verpiss dich selbst«, sagte der Mann. Die beiden kannten sich offenbar. Was Vee besonders aufstieß, seit sie bei der Zeitung arbeitete, war der raue Umgangston. Ihr Vater legte großen Wert auf gute Manieren, doch in der Redaktion wurde sie von den anderen ständig aufgezogen, weil sie so höflich war, und die gegenseitigen Pöbeleien der Kollegen verschlugen ihr die Sprache. Ihr Dad hätte nie im Leben »Verpiss dich« zu jemandem gesagt. Gut, dass er nicht die geringste Ahnung hatte, dass sie gerade in einem Pub saß und mit Leuten redete, die in aller Öffentlichkeit das Wort »Sack« aussprachen.

»Mein Verlobter möchte, dass wir nächstes Jahr heiraten«, sagte sie.

Leonie kramte in ihren Taschen herum, zog eine Tabakdose heraus und drehte sich eine Zigarette. Vorher hatte sie mit Bea und Fen welche aus Beas Packung geraucht, Benson & Hedges. Sie hatten Vee auch eine angeboten, aber sie wollte nicht. Sie hatte es mal probiert, als sie mit einigen Schreibkräften zusammensaß, die sich in der Mittagspause immer trafen, um in der *Marie Claire* oder *My Weekly* zu schmökern. Aber es war einfach nicht ihr Ding. Sie konnte das heiße, kribbelnde Gefühl im Mund nicht leiden. Ein Frauenkuss fühlte sich fast genauso an, das wusste sie jetzt. Aber beim ersten Mal fühlte sich eigentlich alles komisch an. »Und was hältst du von seinen Heiratsplänen?«, frage Leonie.

»Ich weiß nicht«, sagte Vee. »Ich finde, wir sollten noch etwas warten. Er hat nichts dagegen, wenn ich weiterhin arbeiten gehe. Zumindest bis wir ein Baby bekommen. Aber er meint, damit bräuchten wir uns ja nicht zu beeilen.«

»Wirklich? Das ist aber nett von ihm.«

Leonies Sarkasmus war nicht zu überhören. Natürlich bedeutete Kinderkriegen für die meisten Frauen, dass sie ihr Potenzial nicht ausschöpfen konnten, was schade war. Aber Leonie kannte Barry gar nicht. Barrys Mutter, die ihr Leben lang Hausfrau gewesen war, stichelte oft über Vees »kleinen Job«, als wäre er ein Witz. Barry dagegen nahm Vee ernst. »Er ist damit einverstanden, dass ich arbeiten gehe. Er findet, dass das für Frauen normal sein sollte; sie sollten es nicht bloß machen, um sich ein Taschengeld zu verdienen.«

Leonie zog an ihrer Selbstgedrehten. »Und was willst *du?* Das ist doch wohl die wichtigere Frage.«

»Ich?«, fragte Vee. Bevor sie hierhergefahren war, um sich den Streik anzusehen, war sie eigentlich überzeugt gewesen, dass sie bereits alles hatte, was sie wollte. Bei der Arbeit lief es zwar nicht perfekt, aber sie konnte ja dazulernen. Und selbst wenn sie sich hocharbeiten und darum kämpfen musste, respektiert zu werden, sie würde es schon schaffen. Sie verdiente genug Geld, ihr Dad war glücklich und Barry auch. Doch nun saß sie in diesem Pub, wo wahrscheinlich seit fünfzig Jahren dieselben Stammgäste an der Bar hockten, nur wenige Hundert Meter von den streikenden Frauen in Miniröcken entfernt, die lautstark ihre Rechte einforderten, in der festen Überzeugung, sie zu verdienen. Und mit einem Mal war sie gar nicht mehr sicher, ob sie selbst glücklich war. Wenn du einen Fehler siehst, korrigiere ihn, sagte ihr Vater immer, wenn er den Müll fremder Leute vom Gehweg vor ihrem Tor aufsammelte.

»Ja, wer denn sonst, Herzchen? Mit wem rede ich denn gerade?«

»Ich will …« Vee ahnte, dass nur ihr kühnster Traum Leonie zufriedenstellen konnte. »Ich will Fotos machen, die den Menschen etwas bedeuten.«

Nein, das traf es nicht. Fotos bedeuteten denjenigen, die sie betrachteten, schließlich immer etwas. Vees erste Versuche, Momente mit der Kamera einzufangen, waren jämmerlich gewesen – unscharfe Familienporträts und die verwackelte Aufnahme einer Geburtstagstorte. Und trotzdem hatten die Fotos ihrem Vater so viel bedeutet, dass er sie ins Album klebte.

Sie unternahm einen weiteren Anlauf.

»Frauen«, sagte sie. Als sie das Wort aussprach, wurde ihr der wahre Grund klar, warum sie am Streikposten auf den Auslöser gedrückt hatte. Da war wieder dieses Gefühl gewesen, das sie zum Beispiel bekam, wenn sie sich in der Redaktion vortastete und Vorschläge machte, die jedes Mal aufs Neue abgeschmettert wurden. Ihre Fotos von Frauen, die auf Charity-Veranstaltungen in angeregte Gespräche vertieft waren, wurden nie genommen. Bob interessierten nur Aufnahmen von Damen, die mit selbst gemachtem Kuchen und Tee vor der Kamera posierten. Dabei wirkten diese Bilder aufgesetzt, und sie waren vollkommen austauschbar – sie konnten ebenso gut vom Kirchenbasar der letzten Woche wie vom letzten Treffen des Müttervereins stammen. »Ich will Fotos von Frauen machen, auf denen sie … wie sie selbst aussehen.«

Leonie wandte den Blick nicht von ihr ab. Also redete Vee weiter, obwohl ihr gar nicht klar war, was sie eigentlich sagen wollte; sie wartete genauso gespannt wie Leonie darauf, welche Worte als Nächstes aus ihrem Mund kommen würden. »Von Frauen wird doch ständig erwartet, dass sie etwas hermachen. Die meisten Frauen haben keinen richtigen Beruf, wie Tischler oder Anwalt. Auf Fotos sind sie meistens neben ihrem Mann oder mit einer selbst gebackenen Torte zu sehen. Und selbst wenn sie Karriere machen, zum Beispiel als Sängerin wie Dusty Springfield, sollen sie vor allem gut aussehen. Bei Männern wird darauf gar nicht so geachtet. Schau dir Pink Floyd an. Frauen dürften sich das nicht erlauben.«

Leonie nickte. »Und wie passt das alles mit Heiraten zusammen?«

»Keine Ahnung.« Vee nahm noch einen Schluck Cider. »Barry hat jedenfalls kein Problem damit, dass ich arbeite. Und abgesehen davon, warum sollte ich nicht heiraten, wenn ich es will? Was sollen Frauen denn sonst machen?«

Leonie blies eine Rauchwolke aus. »Tja, wenn sie den Mumm dazu haben, könnten sie ihrem Herzen folgen. Sie könnten ihren Beruf ernst nehmen. Sie könnten richtig Karriere machen. Vorausgesetzt, sie hätten diese Vision überhaupt und würden erkennen, dass die Welt langsam, aber sicher anfängt, Frauen ernst zu nehmen. In jeder Beziehung.«

Vee versuchte sich vorzustellen, eine Frau mit einer Vision zu sein. Bei dem Gedanken wurde ihr schwindlig. »Glaubst du das wirklich?«, fragte sie.

»Na, wir haben immerhin Barbara Castle«, sagte Leonie. »Die einzige Frau im Kabinett. Schade, dass es momentan nur sie gibt, aber das ist besser als gar keine.«

»Aber wir haben doch inzwischen viele weibliche Abgeordnete im Unterhaus«, sagte Vee. Ihr Vater hatte nach der Unterhauswahl 1966 nicht schlecht gestaunt.

»Zwanzig von über sechshundert«, sagte Leonie. »Das würde ich nicht gerade repräsentativ nennen.«

»Stimmt.« So hatte Vee das noch nie betrachtet.

»Und jetzt haben wir die Frauen, die Ford zum Stillstand bringen, weil den Machos in der Chefetage ihre tollen Fertigungslinien und dicken Eier nichts nützen, solange niemand die Bezüge für die Autositze näht – und die Frauen sind die Einzigen, die wissen, wie das geht. Wir bekommen immer mehr Macht. Weil wir sie verdienen.«

Vees Kopf nickte wie von selbst. »Ja, das stimmt«, sagte sie.

Leonie legte die Selbstgedrehte vorsichtig auf dem Aschenbecher ab, um sich die Strickjacke auszuziehen. Dabei schlug ihr Anstecker mit dem Friedenssymbol gegen die Tischkante. Vee stieg plötzlich der Duft von Lavendel in die Nase. Und ihr fiel auf, dass Leonie sich die Achseln nicht rasiert hatte. Sofort musste sie an all die Witze über Frauen mit Achselhaaren denken. Bisher hatte sie sie immer für übertrieben gehalten, für ein bloßes Klischee; saubere, glatte Achseln waren schließlich genauso selbstverständlich wie saubere Zähne und glatt gebürstetes Haar. Beim Anblick von Leonies Achselhaaren wurde Vee ganz flau im Magen. Doch gleichzeitig verspürte sie den Impuls, sie zu berühren, einfach nur, um herauszufinden, wie sie sich anfühlten. Ihre eigenen Achseln rasierte sie sich einmal pro Woche. Das war ganz normal für sie. Die Mutter ihrer Freundin Patty hatte ihnen gezeigt, wie das geht, als sie beide fünfzehn waren; irgendwann im Sommer. Leonie lehnte sich zurück gegen die Wand und fragte: »Warum fotografierst du eigentlich so gern?«

Vee zuckte mit den Schultern. Es gefiel ihr einfach. Nach Bettys Hochzeit hatte Vee ihren Vater jedes Mal, wenn er im Urlaub oder an Weihnachten seine kostbare Contax-Messsucherkamera hervorholte, so lange angebettelt, sie benutzen zu dürfen, bis er nachgab. Und danach hatte sie ihm so lange in den Ohren gelegen, bis sie endlich ihre eigene Kamera bekam.

Leonie zog wieder an ihrer Selbstgedrehten. Sie schaute Vee an, schien aber nicht ungeduldig auf eine Antwort zu warten. Vee empfand es als Wohltat, nicht unter dem Druck zu stehen, sofort etwas Kluges sagen zu müssen, oder Stille mit Small Talk zu überbrücken. Wenn es bei der Arbeit doch auch so wäre, dachte sie. Dann käme sie schneller voran.

»Ich glaube, ich mag es, kontrollieren zu können, was ich sehe«, sagte sie schließlich. »Und was andere Leute sehen, wenn sie meine Fotos anschauen. Ich kann die Geschichte so erzählen, wie ich sie sehe. Aber niemand merkt das. Weil alle denken, dass die Kamera nicht lügt.« Am meisten gefiel Vee das Sucherfenster, das einen Augenblick lang die ganze Welt einrahmte. Und dass sie durch die Art und Weise, wie sie die Kamera hielt und den Zoom benutzte, die Geschichte gestalten und etwas Bestimmtes in den Vordergrund rücken konnte. Leonie nickte und wartete darauf, dass sie weiterredete.

»Das mag ich daran.« Vee nippte an ihrem Cider. »Kontrolle zu haben. Letztes Jahr habe ich die Hochzeit meiner jüngsten Cousine fotografiert. Meine Tante war richtig fies zu mir gewesen, als meine Mum starb; sie meinte, ich müsste jetzt erwachsen werden. Ich war damals erst acht. Und als ich sie dann auf der Hochzeit meiner Cousine fotografierte, habe ich jedes Mal ein Stückchen von ihr weggelassen. Ihre Hutkrempe oder ihre Füße. Sie hatte sich extra neue Schuhe besorgt und schon im Vorfeld ständig damit angegeben, wie teuer sie waren. Die Schuhe sind natürlich auf keinem einzigen Foto zu sehen.«

Leonie warf lachend den Kopf zurück, ein kehliges Lachen, fast schon ein Bellen. »Weiber, hütet euch vor Weibern.«

»Ich habe das aber nicht getan, weil sie eine Frau ist«, sagte Vee, »sondern ein mieses Stück.«

»Wie dem auch sei«, sagte Leonie. »Du hast also gern die Kontrolle.« Sie trank einen Schluck. »Und was gefällt dir noch am Fotografieren?«

»Dass ich mich verstecken kann.«

Leonie zog die Augenbraue hoch.

»Als Fotografin wirst du nicht beachtet, weil alle nur auf die Kamera schauen. Du stehst also nicht im Mittelpunkt. Außer, du willst es.«

»Und warum willst du nicht im Mittelpunkt stehen?«

Vee wusste nicht, was sie zu ihrer Antwort trieb. Vielleicht war es die Tatsache, dass sie kurz zuvor den Tod ihrer Mutter erwähnt hatte. »Weil ich es furchtbar fand, als meine Mutter starb. Es gab nur noch mich und meinen Vater. Es kamen zwar ständig Leute und boten uns ihre Hilfe an, aber … ich kam mir vor wie im Zoo. Sobald ich anfing zu weinen, stürzten sie sich auf mich. Wenn ich nicht weinte, hieß es, ich stände unter Schock. Und wenn ich ihnen einen Tee brachte, hieß es, ich sei ein braves, tapferes Mädchen. Wie ich das gehasst habe.«

»Das kann ich gut verstehen«, sagte Leonie. »Als mein Vater starb, war es für mich und meine Schwester genauso. Ein Freund unserer Eltern kam zum Internat, um uns abzuholen. Wir kannten ihn kaum; meine Eltern hatten ihn zwar oft zum Abendessen eingeladen, aber wir waren dann immer ins Bett geschickt worden. Trotzdem nahm er sich das Recht heraus, uns zu sagen, dass wir uns zusammenreißen müssten, unserer Mutter zuliebe. Wir wussten nicht einmal, wie er hieß.« Und plötzlich spielte alles, was an Leonie einschüchternd und befremdlich wirkte – ihre Stimme, ihr Gang, die derbe Ausdrucksweise, der Kuss, die Achselhaare, die grundsätzliche Ruppigkeit, die ihr anzuhaften schien –, keine Rolle mehr. Es war egal. Vee hatte nicht länger das Gefühl, sich rechtfertigen zu müssen. Denn die Frau, die mit ihr am Tisch saß, schien sie zu verstehen. Leonie seufzte. Dann lächelte sie und nahm einen Schluck, bevor sie, nun wieder mit ruppiger Stimme, sagte: »Du hast also gern die Kontrolle und machst dich gern unsichtbar. Das gefällt dir. Und du willst beides nutzen.«

»Ja.«

»Willkommen im Feminismus«, sagte Leonie. »Wir brauchen Schwestern wie dich.«

»Danke«, erwiderte Vee. Als Feministin hatte sie sich noch nie betrachtet. Bei der Arbeit war »Feministin« gleichbedeutend mit »Zicke«. Das würde Barry bestimmt übel aufstoßen. Genauso wie die Tatsache, dass sie zur Mittagszeit in einem Pub saß und gerade ihr zweites Pint Cider leerte.

Leonie grinste sie von der Seite an, als würde sie flirten, und fragte: »Was hältst du davon, wenn wir irgendwo was essen gehen, damit wir was in den Magen bekommen, und dann machst du ein Foto von mir? Das wäre doch groovy, oder?«

»Groovy«, wiederholte Vee. Sie hatte dieses Modewort schon im Fernsehen gehört, aber noch nie im echten Leben. Mit Leonie zu reden gab ihr das Gefühl, am Puls der Zeit zu sein.

* * *

Auf der Rückfahrt dachte Vee an den Abend ihrer Verlobung mit Barry zurück. Sie gingen miteinander, seit sie beide fünfzehn waren, seit vier Jahren also. Barry war ein netter Kerl, er hatte ein gutes Herz und brachte sie zum Lachen. Er hatte gemeint, die Verlobung sei der nächste logische Schritt, und sie hatte zugestimmt. Der Abend, an dem sie über Geld und ihre Pläne für die Zukunft gesprochen hatten, war nun schon fast sechs Monate her, aber sie wusste noch genau, was damals in ihr vorgegangen war. Als er angefangen hatte, seine Hand ihren Oberschenkel hochwandern zu lassen, hatte sie sie mit einem Klaps verscheucht. Sie war müde gewesen und außerdem hatte sie das Gefühl gehabt, dass er eine Belohnung von ihr wollte, weil er ihr verraten hatte, wie viel er verdiente. Als er gegangen war, hatte sie ausgerechnet, wie hoch ihr eigener Verdienst sein würde, bis sie ein Kind bekamen, und wie hoch er danach sein würde, falls sie dann Teilzeit arbeitete. Und als sie feststellte, wie weit sie unter dem lag, was Barry als Immobilienmakler bekam, die Provision noch gar nicht mit eingerechnet, hatte sie sich regelrecht dafür geschämt, von einer Karriere zu träumen. So etwas schien Frauen versperrt zu sein.

Als sie zu Hause ankam, wartete Barry bereits auf sie. Sie hatte ganz vergessen, dass sie zusammen ins Kino gehen wollten. »Hallo, Schatz«, sagte sie. Er schaute auf seine Uhr, bevor er ihr einen Kuss auf die Wange gab. Barry war immer pünktlich und zuverlässig. Das gefiel ihr an ihm; ihrem Vater auch. Und er konnte wirklich nett und lustig sein. »Meine Güte, hast du eine Fahne«, sagte er nun. »Wo warst du?«

»Um Himmels willen«, mischte ihr Vater sich ein. »Schatz, du weißt doch, dass Alkohol am Steuer keine gute Idee ist. Wenn sie dich anhalten, musst du ins Röhrchen blasen.«

»Immer mit der Ruhe« sagte Vee. »Heute Mittag habe ich ein bisschen was getrunken. Nur einen Martini Sweet und ein Pint Cider.« Dass es etwas mehr gewesen war, verschwieg sie, um des lieben Friedens willen.

»Ein Pint?«, fragte ihr Vater entgeistert. Ups – sie hatte ganz vergessen, dass Barry und Dad es unanständig fanden, wenn Frauen ein ganzes Pint tranken.

Tja. Wenn sie sich schon verplapperte, ließ sie am besten gleich die ganze Katze aus dem Sack. »Ja. Mit ein paar Lesben, denen ich unterwegs begegnet bin. Jetzt lass uns gehen, oder willst du etwa den Film verpassen?«

Juli 1968

Zeitschrift *This Month*

Leonie Barratt: Briefe einer Feministin

Unser monatlicher Frontbericht vom Kampf der Geschlechter

Lieber John,
nach ihrem dreiwöchigen Streik haben die Näherinnen von Ford Dagenham ihre Arbeit wieder aufgenommen. Jetzt bist du sicher erleichtert. Du fährst zwar keinen Ford, aber vor der Marke hast du Respekt. Und vor Henry Ford erst recht. Der sprach nämlich noch eine Sprache, die andere Männer verstehen konnten.
Man könnte seine Weisheiten als selbst gestrickt bezeichnen, aber Männer stricken bekanntlich nicht. Männer schuften in Fabriken, da wird gepumpt, gehämmert, geschraubt und geschwitzt. Wenn dort überhaupt Frauen arbeiten, erledigen sie den Kleinkram. In Fabriken wie der von Mr Ford haben Männer das Sagen.
Trotzdem wurde Ford von Frauen zum Stillstand gebracht. Denk mal darüber nach, John.
Ich frage mich, was Henry Ford wohl von dem Streik in Dagenham gehalten hätte. Immerhin war er derjenige, der sagte: »Zusammenkommen ist ein Anfang, Zusammenbleiben ein Fortschritt, Zusammenarbeiten ein Erfolg.«
Aber wenn die BH-tragenden Belegschaftsmitglieder weniger Lohn bekommen als diejenigen ohne BH, ist mit der Zusammenarbeit doch was faul, oder? Möglicherweise bin ich wegen meiner Brüste und Hormone etwas schwer

von Begriff. Vielleicht kannst du mir die Sache ja erklären. Sobald ich es geschafft habe, deine Hemdknöpfe wieder anzunähen.

Du bist es bestimmt schon leid, in der Zeitung über den Streik zu lesen. Aber du weißt ja, wir Frauen finden einfach kein Ende. Vielleicht hältst du mich für eine Zicke oder Nervensäge und willst mir einen Beschwerdebrief schicken. Aber spar dir die Zeit lieber, denn es ist mir vollkommen egal, wie du über mich denkst.

Du willst wissen, warum ich weiterhin über den Streik schreibe? Weil er wichtig ist und etwas bewirkt hat. Ich habe den Streikposten diese Woche sogar besucht. Und weißt du, was ich dort gesehen habe? Entschlossenheit. Beharrlichkeit. Und die Gewissheit, das Richtige zu tun. Es ist schwer, das durchzuhalten, wenn man Hunger hat. Drei Wochen von Streikgeld zu leben macht in deinem Alltag als Mann vielleicht keinen großen Unterschied, John, aber glaub mir: Wenn du davon Strom und Milch bezahlen musst, merkst du im Handumdrehen, dass es kaum fürs Nötigste reicht. Und wenn deine Spardose leer ist, weil du als Frau ohnehin nur drei Viertel von dem verdienst, was deine männlichen Kollegen bekommen, ist ein Streik besonders schwer. Das verdient Respekt.

Was ich am Streikposten außerdem sehen konnte, war Unterstützung. Meine Schwestern halfen sich nicht nur gegenseitig, sie bekamen sogar Rückendeckung durch unsere Brüder, zum Beispiel den Briefträger, der kehrtmachte, weil er der Gewerkschaft angehörte. Manche Leute hatten eine lange Anfahrt in Kauf genommen, um sich mit eigenen Augen ein Bild von der Situation zu machen. Am Ende haben die streikenden Frauen keine Niederlage erlitten, sondern den Sieg davongetragen und die Arbeit wieder aufgenommen. Aber glaub bloß nicht, dass die Sache damit vorbei ist, John.

Bei dem Streik in Dagenham ging es um mehr als Autositzbezüge und Näherinnen, die sich aufplustern wollten. Der Streik war ein deutliches Signal dafür, dass die Welt allmählich aufwacht und erkennt, was richtig ist. Es wird Zeit, dass du mit ins Boot kommst, John. Es wird Zeit, dass du merkst, woher der Wind weht. Es wird Zeit, dass du als Arbeitgeber Frauen und Männern für die gleiche Arbeit das Gleiche bezahlst – oder dass du dich als Kollege auf die Seite deiner Kolleginnen stellst, wenn sie weniger verdienen als du. Mehr wollen wir gar nicht. Wir bitten niemanden um einen Gefallen. Wir verlangen das, was wir verdienen und was uns zusteht. Ich habe es dir früher schon einmal erklärt, erinnerst du dich? Der Grund, warum Frauen dir etwas abschmeicheln oder von dir erwarten, dass du sie zum Essen einlädst, ihnen ein Kleid kaufst oder sie mit anderen Aufmerksamkeiten »verwöhnst«, liegt einfach nur darin, dass sie weniger Geld haben als du. Wenn sie genauso viel hätten wie du, müssten sie das nicht mehr tun. Das leuchtet doch ein, oder?

Wenn du das nächste Mal in dein Auto steigst – auch wenn es kein Ford ist, wurden die Sitzbezüge wahrscheinlich von einer Frau genäht –, ruf dir ein weiteres Zitat von Henry Ford in Erinnerung: »Wenn Erfolg überhaupt ein Geheimnis hat, dann die Fähigkeit, andere Standpunkte einzunehmen und die Dinge nicht nur aus dem eigenen Blickwinkel zu betrachten.« Versuch es mal. Handle wie ein Mann.

Leonie

2. Februar 2018

Bei den Grammy Awards vor vier Tagen trugen viele Stars weiße Rosen aus Solidarität mit der #TimesUp-Bewegung zur Bekämpfung sexueller Übergriffe in der Musikindustrie

Noch elf Wochen und sechs Tage bis zur Ausstellungseröffnung

Bist du zum Abendessen wieder hier?«, fragte Marcus, als er nach seinem Handy und seinem Schlüsselbund griff; er war auf dem Sprung zur Arbeit. Erica schaute gerade nach, ob noch genug im Kühlschrank war, damit ihre Schwiegermutter mittags etwas kochen konnte. Tom saß derweil im Kinderhochstuhl und spielte mit seinem Weetabix-Müsli. Marcus hatte es geschafft, ihm einen Kuss zu geben, ohne bekleckert zu werden; Erica gelang das nie.

»Ich denke schon«, sagte sie. »Deine Mutter kommt um zwölf. Ich muss um halb eins los.«

»Schaffst du es denn, pünktlich wieder hier zu sein?«

»Ich treffe mich mit einer siebzigjährigen Fotografin, um über ihre Ausstellung zu sprechen; das wird kein Junggesellinnenabschied«, sagte Erica etwas schärfer als beabsichtigt. Sie hatte die Uhrzeiten auf dem Wandkalender notiert, aber Marcus warf leider nie einen Blick darauf. Sie wandte sich Tom zu, um die Müslireste zu beseitigen, bevor sie eintrockneten.

»Bist du nervös?«

Seine Frage klang aufrichtig interessiert, er schien wegen ihres Tonfalls nicht sauer zu sein. Es war also nur fair, ihm gegenüber freundlich zu bleiben. (Wann war ihre Ehe eigentlich zu einem diplomatischen Verhandlungsmarathon mutiert?) »Ja. Nein. Ich weiß nicht.« Sie musste unwillkürlich über sich lachen. »Ich glaube, nervös ist nicht das richtige Wort.«

Er schaute sie weiter an, lud sie ein, noch mehr zu sagen.

»Ich habe einfach so viel in die Sache investiert«, sagte sie schließlich. Veronica Moon hatte die Öffentlichkeit jahrzehntelang gemieden und bisher sämtliche Einladungen, ihre Werke auszustellen, Gastreden zu halten, Beiträge zu schreiben oder an Partys teilzunehmen, kategorisch abgelehnt. Doch zu dem Treffen mit Erica hatte sie sich bereit erklärt. Vielleicht wollte sie endlich auspacken, was Leonie betraf. Falls sie tatsächlich vorhatte, jemandem die Wahrheit zu erzählen, dann hoffentlich Erica. Als Erica mit dem Ausstellungsprojekt begonnen hatte, war ihr Interesse zu neunzig Prozent akademischer und zu zehn Prozent persönlicher Natur gewesen. Doch inzwischen hatte sich das Verhältnis umgekehrt.

»Ich weiß«, sagte Marcus. Er legte den Arm um sie und gab ihr einen Kuss auf die Stirn. Sie schmiegte sich an ihn, legte den Kopf an seine Brust, lauschte seinem Herzschlag, der durch Hemd, Sakko und Mantel gedämpft wurde, den sie aber trotzdem hören konnte, wenn sie sich konzentrierte. Plötzlich waren sie wieder fünfundzwanzig, und nichts auf der Welt war so wichtig wie ihre Liebe.

Und einen Moment lang war alles wunderbar.

Dann ließ er sie wieder los, nahm seine Aktentasche und sagte: »Falls du es nicht rechtzeitig schaffst, kann ich Mum als Babysitter ablösen.«

Erica glaubte, ihren Ohren nicht zu trauen.

»Du bist aber kein Babysitter«, sagte sie so laut, dass sowohl Marcus als auch Tom sie unwillkürlich anstarrten, zwei identische blaugraue Augenpaare.

»Was?«

»Du bist nicht Toms Babysitter, sondern sein Vater!«

Marcus griff nach dem Türknauf, ein klares Signal, dass er dafür keine Zeit hatte. »Ich weiß. Das war doch bloß eine Redewendung.«

Es fühlte sich allerdings nicht wie eine an. Vergangene Nacht war Erica mal wieder diejenige gewesen, die zweimal aufstand, um den schreienden Tom zu beruhigen. Marcus sagte zwar immer, dass sie ihn bloß zu wecken brauchte und dann würde er sich um den Kleinen kümmern, aber seltsamerweise war er nie wach zu kriegen. »Dass die Redewendung so klingt, als wäre ich als Einzige für unser Kind verantwortlich, ist dir aber schon klar, oder?«

Jeden Morgen beim Aufstehen nahm sie sich vor, sich Mühe zu geben. Und trotzdem kam es tagein, tagaus zu Situationen wie diesen, die sie zur Zicke mutieren ließen. Manchmal passierte es nicht schon beim Frühstück, sondern erst abends, was sich fast schon wie ein Sieg anfühlte. Wann hatte das alles eigentlich begonnen? Als Tom zur Welt kam, waren sie noch glücklich gewesen, sie hatten sich beide gefreut.

Marcus seufzte. »Vielleicht hätten wir uns doch besser dagegen entschieden, dass du diese Ausstellung organisierst. Das ist viel zu viel Arbeit und obendrein schlecht bezahlt.«

»Sie ist mir aber wichtig«, sagte Erica. Sie war achtunddreißig; wenn sie mehr wollte, als Teilzeit-Dozentin an der Uni zu sein, musste sie sich einen Namen machen und sich einen Ruf erarbeiten, der über »erscheint stets pünktlich und erledigt zuverlässig die ihr übertragenen Aufgaben« hinausging. Ihre gelegentlichen Beratungsaufträge bei TV-Serien machten zwar Spaß und wurden gut honoriert, aber es war nun wirklich keine große Herausforderung, den Produzenten zu bestätigen, dass die verwendeten Töpfe der Epoche entsprachen und der Farbton des Bakelits korrekt war.

Für die Zeit nach ihrer Promotion hatte sie sich so viel vorgenommen. Doch dann war sie Marcus begegnet. Und ihre Mutter hatte gesundheitlich immer weiter abgebaut. Aktuell arbeitete Erica sechs Semesterwochenstunden als Dozentin und unterrichtete die Module über »Internen Wandel«, wie sie es auch schon vor Toms Geburt getan hatte. Eigentlich hatte sie nicht das Gefühl, in irgendetwas hineingezwungen worden zu sein. Und doch …

Sie hatte sich schon seit Längerem gefragt, ob sie sich damit abfinden musste, das Ende der Leiter erreicht zu haben. Doch dann fand sie eines Tages auf dem Dachboden ihrer Mutter eine Kiste mit alten Unterlagen und Fotos, die ihre Tante Leonie in einem völlig neuen Licht erscheinen ließen: nicht mehr als bloße Angehörige, deren tragischer Tod ihr gesamtes Leben überschattete, sondern als engagierte Feministin, die ihrer Zeit weit voraus gewesen war. Und als Erica feststellte, wie eng Veronica Moons Werk mit Leonie Barratts Lebensgeschichte verzahnt war, erkannte sie ihre einzigartige Chance auf den beruflichen Erfolg, der ihr zustand, verbunden mit der Möglichkeit, zwei in Vergessenheit geratenen Frauen endlich die Aufmerksamkeit zu verschaffen, die sie verdienten. Als ihr Vorschlag für das Ausstellungsprojekt angenommen wurde, inklusive Finanzierung, hatte sich das wie ein Triumph angefühlt. »Die Ausstellung ist mir wirklich wichtig.«

»Ich weiß«, sagte Marcus. »Und ich unterstütze dich ja auch, oder etwa nicht?«

»Ja, das tust du.« Sie hörte, wie gereizt sie klang. Aber jetzt war nicht der richtige Zeitpunkt, ihm zum x-ten Mal zu erklären, warum seine widerwillige Anteilnahme sich nicht wie echte Unterstützung anfühlte. Marcus warf einen Blick auf seine Uhr. Wenn er seine Bahn verpasste, musste sie ihn nach Kingston fahren, damit er den Schnellzug erwischte. Erica putzte Tom das Gesicht ab. Auf ihrem Mantel, den sie nicht weit genug weggehängt hatte, klebten Weetabix-Reste. Na toll.

Wenn sie Marcus gesagt hätte, dass es nicht ihre Berufstätigkeit war, die ihr das Leben schwer machte, sondern die Art und Weise, wie ihr gemeinsames Familienleben organisiert war, hätte er beleidigt reagiert, was dazu geführt hätte, dass sie ihn auf jeden Fall nach Kingston hätte bringen müssen. Aber dafür fehlte ihr die Zeit. Und er hätte wahrscheinlich ohnehin nicht verstanden, warum sie an manchen Tagen das Gefühl hatte, dass ihr Hirn allmählich schrumpfte. Sie hatte nicht das Geringste mit den Frauen gemein, die sie auf Charity-Events traf. Sie waren keineswegs dumm, aber nur noch auf ihre Mutterschaft fixiert, als wäre das die höchste Ehre, die ihnen zuteilwerden konnte. Oder die höchste Karrierestufe. Erica hatte das einfach nicht in sich. Noch ein Bereich, in dem sie versagte. Bei der Arbeit an der Uni war sie ständig müde. Und wenn sie zu Hause die Ausstellung durchging, hatte sie Angst, Fehler zu machen, und die Chance, Veronica Moons Werk und sich selbst zur Geltung zu bringen, zu vergeigen. Die Mutterschaft war dabei, sie ins Mittelmaß zu treiben. Und das stank ihr. Weil es auch anders hätte gehen können.

»Du musst jetzt los«, sagte sie. »Lass uns später darüber reden.« Als er sich zu ihr neigte, um ihr einen Kuss zu geben, drehte sie den Kopf leicht zur Seite, sodass sein Kuss anstatt auf ihrem Mund auf ihrer Wange landete. Das war zwar biestig, doch das war ihr egal.

* * *

»Erica?«, sagte Vee zu der Frau, die auf sie zukam. Die Frage war eigentlich überflüssig; die Frau konnte niemand anderes sein.

»Miss Moon?«, erwiderte Erica. »Veronica Moon? Welch eine Ehre, Sie endlich kennenzulernen!«

Vee überlegte, ob sie aufstehen sollte, aber ihre Knie hatten schon genug gelitten, als sie auf der Bank Platz genommen hatte.

»Bitte nennen Sie mich Vee. Schön, Sie zu treffen, Erica.«

Ericas Haar hatte die Farbe von Milchkaffee am Morgen, es war glatt und fein. Ihre großen, warmen, dunklen Augen bildeten einen aparten Kontrast dazu. Ein schmaler, lächelnder Mund, kleine weiße Zähne. Hohe Wangenknochen, schmales Kinn, pinkfarbener Lippenstift. Wenn man sich ihr Gesicht etwas runder vorstellte, ohne Make-up … Nur die Nase stimmte nicht. Vee holte tief Luft. Hoffentlich merkte Erica ihr die Erschütterung nicht an. Auf die Ähnlichkeit war Vee nicht vorbereitet gewesen.

»Es ist mir wirklich eine Ehre«, wiederholte Erica. »Und ich empfinde es als großes Privileg, diese Retrospektive organisieren zu dürfen.«

Vee machten solche Komplimente immer verlegen, also nickte sie einfach nur, so wie sie Hunden und Kindern zunickte. Sie nahm ihre Tasche von der Bank und stellte sie neben sich auf den Boden, damit Erica Platz nehmen konnte, was sie auch sofort tat. Kein Wunder bei den schwindelerregenden Absätzen. »Haben Sie sich die Nase korrigieren lassen?«, fragte Vee. Kaum hatte sie es ausgesprochen, wurde ihr bewusst, wie unhöflich diese Frage war, aber sie hatte einfach keine Übung mehr darin, sich zu unterhalten, hatte vergessen, dass man nicht einfach sagen konnte, was einem durch den Kopf ging.

Erica hob die Hand und strich sich über den Rücken ihrer geraden, unauffälligen Nase. »Ja«, sagte sie und schaute Vee unverwandt an. Sie klang amüsiert, ihre Augen funkelten, und Vee musste widerstrebend zugeben, dass sie Ericas Stil bewunderte, auch wenn sie ihre Schönheits-OP nicht guthieß. »Das hätten Sie auch getan, wenn Sie mit der Nase meiner Tante Leonie geboren worden wären.«

Vee nickte nur und verkniff sich eine Bemerkung.

In der Galerie war mehr los, als sie es an einem Dienstagnachmittag vermutet hätte. Ein steter Strom von Menschen versperrte ihr die Sicht auf die Medienwand, die eine Präsentation über Brustwarzen zeigte und darüber, wie sie versteckt und sexualisiert wurden.

Vee hatte noch immer die Angewohnheit, bei Terminen zu früh zu erscheinen, obwohl das längst nicht mehr nötig war. Aber vielleicht hätte sie besser woanders gewartet. Es war zwar sehr unwahrscheinlich, dass jemand sie erkannte, aber falls doch, war die Photographers' Gallery natürlich dafür prädestiniert. Sonderbar, dass ihr davor graute, erkannt zu werden, und dass sie sich trotzdem nach der Anerkennung sehnte, die die Welt ihr schuldig geblieben war.

Während Erica versuchte, sich von dem langen dunkelblauen Schal zu befreien, den sie sich um den Hals gewickelt hatte, beobachtete Vee sie von der Seite. Erica musste Ende dreißig sein. Allerdings fiel es Vee inzwischen schwer, das Alter der Leute zu schätzen, weil alle so jung wirkten. Erica trug hochhackige Stiefel, Jeans und einen smaragdgrünen Mantel, der neu aussah, abgesehen von dem verkrusteten Fleck, der am Saum prangte.

»Tut mir leid, dass Sie warten mussten«, sagte Erica.

»Das braucht Ihnen nicht leidzutun. Ich war zu früh hier, und Sie waren pünktlich. Wir hatten zwei Uhr gesagt.« Dass sich die heutige Frauengeneration ständig für alles entschuldigte, hätten Vees Schwestern aus früheren Zeiten nie für möglich gehalten, von den hohen Absätzen ganz zu schweigen. Unfassbar, dass es auch 2018 noch immer Frauen gab, die sich wegen eines patriarchalischen Schönheitsideals zum Krüppel machten.

Erica streckte die Beine aus. Als Vee abermals auf ihre Stiefel blickte, musste ihr wohl ein missbilligendes »Tss« entschlüpft sein, denn Erica folgte ihrem Blick und sagte: »Ich mag hohe Absätze.« Der widerspenstige Klang der Stimme, das Schwingen, das Konsonanten gegen Vokale prallen ließ, sodass jedes Wort wie eine Kampfansage klang, löste in Vee ein tiefes Echo aus. Es hallte in ihr wider, wanderte durch Kopf, Herz und Bauch und brachte eine Saite in ihr zum Klingen, die sie längst vergessen geglaubt hatte. Sie schloss einen Moment lang die Augen, blockte die Erinnerung ab. Dann öffnete sie die Augen wieder und blickte auf ihre eigenen Stiefel. Sie selbst trug Doc Martens, seit Leonie ihr 1972 das erste Paar zum Geburtstag geschenkt hatte. Damals gab es Doc Martens nur in Schwarz. Die Stiefel, die sie jetzt trug, waren kobaltblau; sie mussten fünf Jahre alt sein. Ihr neuestes Paar, und wahrscheinlich auch ihr letztes. Sie hatte keine Ahnung, wie viele es schon gewesen waren. Sie genoss es einfach, Schuhe zu haben, die sie überall hintrugen, ohne dass ihr die Füße wehtaten.

Erica zog ein Notizbuch aus ihrer Tasche. »Ich würde heute gern mit Ihnen durch die Galerie gehen und Ihnen erzählen, was ich mir überlegt habe. Wie die Ausstellung konzipiert ist, worauf ich den Schwerpunkt legen möchte und wie ich die Ephemera und Objekte …«

»Ephemera?«

Erica lächelte. »Entschuldigen Sie. Fachjargon. Alltagsgegenstände, die mit Ihren Fotografien in Zusammenhang stehen. Hauptsächlich Zeitungsartikel und dergleichen aus Leonies Archiv. Und mit Objekten meinte ich die Ausrüstung. Ich hatte das in meiner ersten E-Mail erwähnt und Ihnen eine Aufstellung geschickt.«

»Ja, natürlich«, sagte Vee. »Jetzt erinnere ich mich wieder.«

Erica lächelte. Sie war noch zu jung, um sich vorstellen zu können, jemals alt und vergesslich zu werden. »Das meiste davon sind die Sachen, die ich nach dem Tod meiner Mutter auf ihrem Dachboden fand«, fuhr sie fort. »In einer Kiste mit der Aufschrift ›Leonie‹. Ich glaube, seit meine Mutter damals Leonies Wohnung auflöste, hat niemand mehr hineingeschaut.«

»Ja, sie hat immer viel aufbewahrt«, sagte Vee, und diesmal erinnerte sie sich tatsächlich. Leonie hatte früher regelmäßig die Berichterstattung der Presse und die Art kritisiert, wie Frauen darin porträtiert wurden; in ihren Augen war es schon fast einem Verrat gleichgekommen, dass Vee damals für eine Zeitung arbeitete. Der Gedanke, dass Leonie ihre Tätigkeit als Fotografin viele Jahre lang verfolgt und archiviert hatte, rührte Vee so sehr, dass sie es kaum ertrug. So ungefähr musste es sich anfühlen, nach dem Tod eines geliebten Menschen einen verschollenen Liebesbrief aus dessen Feder zu finden. Aber was wusste sie schon davon.

Ericas erste E-Mail über die Ausstellung hatte einige tief vergrabene Minen in Vees Innerem zum Explodieren gebracht. Die Erinnerung an Leonies strahlendes Lächeln hatte sie wie ein Schock getroffen und einen dumpfen, tiefen Schmerz im Unterleib ausgelöst, begleitet von lähmender Trauer, die mit bleierner Schwere auf ihr lastete. Und hinter dem Brustbein, wo ihr Herz saß, war ein Verlustgefühl aufgewallt, so heftig wie an dem Tag, als sie das letzte Foto von ihrer Freundin gemacht hatte. Sie durfte nicht zulassen, dass die Gefühle sie abermals überwältigten.

Sie holte tief Luft und lenkte ihre Aufmerksamkeit auf die Medienwand. Eine nackte Brust füllte die gesamte Fläche aus, bevor das Bild auseinanderbrach und durch verschiedene Texte auf den Bildschirmen abgelöst wurde; Zitate über Identität. Vee schloss die Augen. Nicht zu fassen, dass das Thema noch immer nicht vom Tisch war. Und dass Frauen immer noch High Heels trugen und sich die Nase begradigen ließen.

»Artefakte sind im Grunde alle Sachen, die weder Foto noch Objekt sind«, fuhr Erica fort. Falls sie mitbekam, dass Vee um Fassung rang, ließ sie es sich nicht anmerken. »Sie erwähnten, dass Sie möglicherweise noch ein paar andere Sachen hätten, Kameras und Bilder aus Ihrem eigenen Archiv.«

»Habe ich das? Ich erinnere mich, dass Sie gefragt haben.«

Erica betrachtete einen Moment lang ihre Hände. Sie hatte lackierte Nägel, die allerdings nicht sehr gepflegt wirkten; der Lack war teilweise abgesplittert, und die Nagelhaut sah rissig, fast schon entzündet aus. Hände, Augen, Zähne und Füße waren die wichtigsten Werkzeuge im Leben, weshalb man sie gut in Schuss halten musste, wie das Schreinerwerkzeug von Vees Vater; er hatte es regelmäßig gereinigt und geschärft. Das würde Erica wohl noch lernen müssen.

»Wollen wir hochgehen?«, fragte Erica. Sie reichte Vee einen Pass, und sie fuhren mit dem Aufzug in die zweite Etage.

Die aktuelle Ausstellung, die dort gezeigt wurde, präsentierte eine fotografische Sammlung zum Thema Crossdressing. Es musste Jahre her sein, dass Vee eine Ausstellung besucht hatte, zu der sie nicht extra eingeladen worden war. Und selbst dann war sie eigentlich nur hingegangen, um das Gefühl von Ungerechtigkeit wieder wachzurufen und die altvertrauten Verletzungen von erlebter Frauenfeindlichkeit wieder zu spüren. Wer würde wohl zu einer Ausstellung kommen, die ihr, Veronica Moon, gewidmet war?

»Ich weiß, dass viele Kuratoren einen rein chronologischen Ansatz ablehnen, aber bei Ihrem Werk wäre er meiner Meinung nach sinnvoll«, sagte Erica. »Wir werden Ihr wachsendes Selbstbewusstsein als Fotografin und parallel dazu die Entwicklung der Frauenbewegung zeigen.«

Vee atmete tief durch und blickte sich um. Das Areal war lang und schmal und in mehrere Abschnitte und Räume unterteilt. Die Beleuchtung war perfekt: nicht natürlich, sondern neutral, ausreichend und gut ausgerichtet.

»Wir beginnen mit Ihrer Dagenham-Aufnahme von 1968, dann geht es weiter bis zur Miss World 1970«, sagte Erica. »Anschließend folgen die Porträts, und dann kommt Greenham. Die Wände werden natürlich anders angeordnet sein als in der aktuellen Ausstellung, um die verschiedenen Abschnitte zu markieren. Außerdem würde ich es gern so machen, dass jeder Abschnitt durch eine bestimmte Fotografie mit entsprechender Kontextualisierung eingeleitet wird; daran arbeite ich gerade.«

Vee hatte noch nie erlebt, dass man Wände für sie versetzte. Sie hatte immer mit dem gearbeitet, was sie sehen konnte.

»Für das Greenham-Archiv habe ich einen eigenen Abschnitt vorgesehen. Dort werde ich auch die Artefakte aus Ihrer Dunkelkammer platzieren.«

»Die Sachen aus der Dunkelkammer«, Vee widerstrebte es, sie Artefakte zu nennen, »stammen aus der Zeit, als Leonie und ich uns eine Wohnung teilten. Das war gut fünf Jahre vor dem Greenham-Friedenscamp. Die meisten Greenham-Aufnahmen wurden wahrscheinlich im Labor entwickelt. Ich hatte damals kaum noch Zeit, die Fotos selbst zu entwickeln.«

»Verstehe.« Erica trat beiseite, um eine schwatzende Touristengruppe vorbeizulassen. »Wir werden sie natürlich mit dem richtigen Datum versehen. Den Schlusspunkt soll dann die Aufnahme von Leonie setzen.«

»Muss das sein?«, fragte Vee. Natürlich hatte sie damit gerechnet, sie war ja nicht dumm. »Ich meine … ich verstehe ja, dass die Aufnahme irgendwo auftauchen muss. Aber ausgerechnet zum Schluss?«

»Nun ja«, sagte Erica und presste die Lippen zusammen, so wie Leonie früher, wenn sie nachdachte. »Da wir chronologisch vorgehen, liegt das eigentlich auf der Hand.« Sie wandte sich ab und steuerte aufs andere Ende der Galerie zu. Die Fotografien gehörten zwar Vee, und es mochte eine Ehre für Erica sein, mit ihr zusammenzuarbeiten, aber es bestand kein Zweifel daran, wer bei dieser Ausstellung das Steuer in der Hand hielt. Trotzdem hatte Erica kein Recht, ihr vorzuschreiben, was sie zu tun hatte. Sie ließ Erica davonschlendern und tat so, als betrachtete sie interessiert die Bilder an der Wand, doch in Wahrheit dachte sie über ihre eigene Arbeit nach.

Die letzte Aufnahme von Leonie war ein weiterer Grund, der gegen diese Ausstellung sprach. Schon als Vee auf Ericas E-Mail geantwortet hatte, um ihr Einverständnis zu geben, wusste sie, dass es ein Fehler war. Aber sie hatte trotzdem Ja gesagt. Sie wusste, dass ihre Erinnerungslücken über das Maß hinausgingen, das bei einer Frau ihres Alters zu erwarten war. Als man ihr 2007 einen Hirntumor entfernt hatte, waren ganze Jahre mit herausgeschnitten worden. Manchmal kam es ihr so vor, als hätte man dabei auch Löcher in ihren Verstand gesäbelt. Aber ihre Gefühle waren unverändert geblieben. Der Schmerz über den Verlust von Leonie saß noch genauso tief wie damals.

Vielleicht wollte Vee, dass man sich an sie erinnert. Ständig wurde sie zu Retrospektiven, Buchpremieren oder Ausstellungen von männlichen Fotografen eingeladen, die zu ihren Zeitgenossen zählten. Doch sie ging nie hin. Warum auch? Warum sollte sie einen ganzen Abend lang mit einem Glas Wein in der Hand vom Rand aus zuschauen, wie diese Männer von allen Seiten bewundert wurden, wohl wissend, dass sie selbst – auch wenn sie seit 1984 kaum noch als Fotografin aktiv gewesen war – mindestens genauso viel erreicht hatte? Oder sogar mehr? Fotografieren in Kriegsgebieten war zu einfach; da wimmelte es förmlich von Motiven, man brauchte nur die Kamera draufzuhalten. Das Gleiche galt für Beauty- und Modefotografie. Da nahmen andere einem die Arbeit ab; Stylisten, Visagisten, Beleuchter und eine Digitalkamera, die in einer Stunde Tausende von Aufnahmen machte. Jeder Depp konnte ein *Vogue*-Cover schießen. Natürliches Licht, Analogkamera, authentische Menschen – erst bei solchen Bedingungen zeigte sich wahres Können.

Und sie war eine Könnerin gewesen. War es vielleicht immer noch, aber sie hatte zu viel Angst davor, wieder eine Kamera in die Hand zu nehmen.

Erica hatte ihren Vorschlag sehr klar formuliert: Sie würde alles organisieren, die erforderlichen Genehmigungen einholen,

Material ausfindig machen und die Verhandlungen mit der Galerie führen. Alles, was Vee tun musste, war, ihr schriftliches Einverständnis für die Verwendung ihrer Fotografien zu geben und Ericas Fragen zu beantworten, falls sie welche hatte.

Also hatte Vee sich mit der Ausstellung ihrer Arbeiten einverstanden erklärt. Natürlich nicht unbesonnen. Sie hatte Ericas E-Mail gründlich gelesen und den beigefügten Lebenslauf studiert. Erica konnte einen Doktortitel in Soziologie und Lehraufträge an verschiedenen Universitäten vorweisen. Alles in allem wirkte sie vertrauenswürdig. Sie war Leonies Nichte; eine Tatsache, die in Vee einen Beschützerinstinkt, fast schon ein Pflichtgefühl wachrief, was sie weder erklären noch ignorieren konnte. Und sie wollte Vees Lebenswerk ausstellen. Sie wollte die Kiste mit Zeitungsausschnitten, Abzügen und Zeitschriftenporträts, die Leonie aufbewahrt hatte, aus der Versenkung holen und daraus eine Ausstellung machen. Als Vee von Erica kontaktiert worden war, hatte sie die Öffentlichkeit schon seit über dreißig Jahren gemieden. Als Dozentin war sie vor fünfzehn Jahren in den Ruhestand gegangen. Ihr lang ersehnter Traum, im Nichts zu verschwinden, war endlich wahr geworden. Als ihre Karriere damals zu Ende ging, hatte sie zu viel Kummer aus anderen Gründen gehabt, um sich darum zu scheren, wie man sie und ihr Werk in Erinnerung behalten würde. Sie hatte sich sogar gewünscht, vergessen zu werden. Doch im Laufe der Zeit hatte sie immer öfter daran denken müssen, dass man ihre Karriere zerstört hatte; sie hatte gar nicht die Chance gehabt, sie selbst zu beenden.

Also hatte sie Ja zu der Ausstellung gesagt, allerdings nur unter bestimmten Bedingungen. Sie wollte auf keinen Fall mit der Presse sprechen oder bei der Eröffnung eine Rede halten. Sie wollte weder Zitate liefern noch sich zitieren lassen, weil sie das früher auch nicht getan hatte und jetzt nicht damit anfangen wollte. Worte waren einfach nicht ihr Medium. Und sie wollte unter gar keinen Umständen über ihre letzte Aufnahme von Leonie Barratt sprechen. Und als Erica ihre Bedingungen akzeptierte und schließlich die Genehmigung für das Ausstellungskonzept bekam, hatte sie Erica freie Hand gelassen. Bis heute.

Ericas Absätze klackerten so laut, dass Vee der Kopf dröhnte; Kopfschmerzen fehlten ihr jetzt gerade noch.

Als Erica das andere Ende des Raums erreichte, drehte sie sich um und deutete auf die dortige Wand. »Hier wäre die perfekte Stelle für das Foto von Leonie. Es ist …« Erica zögerte kurz. »Die Bildqualität ist hoch genug, um es auf das passende Format zu vergrößern. Ich möchte, dass die Leute sich ihre eigene Meinung dazu machen können.« Bis zu diesem Moment hatte Erica ihr beim Sprechen die ganze Zeit in die Augen geschaut, doch nun wanderte ihr Blick zu Vees Haaransatz. Sie war wohl doch nicht so unbefangen, wie sie Vee glauben machen wollte.

Vees eigener Blick flatterte kurz, als sie einen stechenden Schmerz hinter den Augen spürte. Manchmal träumte sie noch immer von Leonies Tod und der plötzlichen schrecklichen Leere, die er hinterlassen hatte: Eben war man noch da, und auf einmal war man weg. Diese Flashbacks kamen nur im Schlaf. Wenn sie aufwachte, gab es nur die Lücke einer fehlenden Erinnerung, wie eine Aufnahme, bei der man vergessen hatte, den Deckel vom Objektiv zu nehmen.

Das Jahr nach Leonies Tod war das schlimmste ihres Lebens gewesen. Nicht einmal Vees eigenes Sterben erschien ihr bisher so schlimm – jedenfalls nicht, solange sie noch sehen konnte. Viele ihrer Erinnerungen aus den Jahren davor waren verloren gegangen; ihr erster Hirntumor hatte sich um sie geschlungen und sie mitgerissen, als er entfernt wurde. Das Leben der Veronica Moon der frühen 1980er existierte nur noch auf Fotos; auch die 1970er waren größtenteils verschwunden. Sie wusste nicht

lich sein konnten. Früher sah ich die eine als Feministin und die andere als Anti-Feministin. Aber später …« Erica fuhr sich langsam durchs Haar. »Später habe ich erkannt, dass es meiner Mutter gar nicht um den Feminismus ging, sondern um das Gefühl, Gewissheit im Leben zu haben. Sie hasste es, wenn Dinge, die als selbstverständlich galten, infrage gestellt wurden.«

»Kein Wunder, dass sie so spießig war«, rutschte es Vee heraus. Erschrocken schlug sie sich die Hand vor den Mund. »Verzeihen Sie, Erica. Für mich war Ihre Mutter im Grunde eine Fremde. Wir sind uns nur wenige Male begegnet. Eigentlich kannte ich sie kaum.«

»Schon gut«, erwiderte Erica.

»Nein«, insistierte Vee. »Sie war schließlich Ihre Mutter.«

»Ja. Und sie hat ihr Bestes für mich getan«, sagte Erica.

»Das hat sie bestimmt«, sagte Vee. Als Erica sich kaum merklich zu ihr beugte, zog sie sich ganz leicht zurück.

»Meine Mutter hat nicht studiert, wissen Sie«, sagte Erica. »Als sie achtzehn war, bekam sie eine Stelle als Bürokraft an einer Privatschule. Als ich für meinen Schulabschluss büffelte, machte sie Kurse an der Fernuni, weil sie mit mir Schritt halten wollte.«

»Wirklich?« Das passte gar nicht zu der Ursula, an die Vee sich erinnern konnte, aber vielleicht hatte die Mutterschaft sie ja verändert.

»Ich wollte es damals auch nicht glauben«, sagte Erica. »Es war mir fast schon peinlich.«

Vee fiel nichts ein, was sie hätte sagen können. Also konzentrierte sie sich darauf, tief in den Bauch zu atmen und ihre Kopfschmerzen auszublenden.

Erica seufzte. »Der neuen Generation, die ich gerade unterrichte, fehlt der Bezug zur Vergangenheit. Die Welt von heute hat viele Schattierungen. Ich glaube, es ist wichtig, auf die Zeit zurückzublicken, als alles noch schwarz-weiß war. Und das meine ich nicht ironisch.« Sie lächelte. »Als Männer der Feind waren und …«

Mehr konnte Vee nicht hören. Der Kopfschmerz, der an ihren Schläfen leckte, seit sie die Galerie betreten hatte, riss sein Maul auf und biss zu.

Zweiter Teil:

LICHT

Fotografinnen sind Schülerinnen des Lichts. Wenn Sie eine gute Fotografin werden wollen, müssen Sie nur lernen, das Licht zu sehen. Studieren Sie es, begreifen Sie es, ahnen Sie voraus, wie es sich verhalten wird, wenn Sie es auf Film bannen. Licht ist für alle in gleicher Weise zugänglich.

Veronica Moon, *Fotografien von Frauen* (unveröffentlicht)

»Weinende Schönheiten«
Veronica Moon

Ausstellungsabschnitt: Frühwerk

Kamera: Nikon F1
Film: Kodak, 400 ASA
Erstveröffentlichung: Zeitschrift *Marie Claire*, 1970

Wir schreiben das Jahr 1970. Die Paparazzi müssen sich erst noch erfinden. Fototermine laufen respektvoll ab. Schönheitsköniginnen werden vor sorgfältig arrangierten Kulissen abgelichtet, perfekt frisiert und geschminkt, stets lächelnd.
Umso radikaler ist diese Fotografie.
Sie entstand 1970, einige Stunden nachdem die in der Londoner Royal Albert Hall stattfindende Miss-World-Wahl von Feministinnen aus Protest gegen die Objektifizierung von Frauen unterbrochen worden war. Nach ihrer Protestaktion (Video siehe links) zogen die Feministinnen weiter ins West End zum Café de Paris, wo die After-Show-Party der Miss-World-Wahl stattfand, um dort eine Kundgebung abzuhalten.
Als Moon am Café de Paris ihre Mitdemonstrantinnen fotografiert hatte, ging sie zur Rückseite des Gebäudes. Dort traf sie auf zwei Schönheitsköniginnen, die an dem Wettbewerb teilgenommen hatten und noch ihre Abendkleider trugen. Moon nahm die Frauen im harten Neonlicht auf, das durch die Feuerleiter fiel, wobei sie zugleich den Aufhellblitz nutzte, um dem Bild Schärfe zu verleihen. Ihre Gesichter wirken bleich, fast schon gespenstisch. Beide Frauen weinen, die Köpfe einander zugeneigt. Das Festhalten des Kontrasts zwischen glamourösen Abendroben, Juwelen und Make-up einerseits und den von Verzweiflung und Enttäuschung gezeichneten Gesichtern

vor dem Hintergrund der Feuerleiter andererseits ist typisch für Moons frühen Stil. Die Zeitschrift *Marie Claire* (siehe rechts) brachte diese Fotografie im Dezember 1970 zusammen mit ihrem Artikel »Frauen gegen Frauen: Spaltet der feministische Protest die weibliche Gesellschaft?«. Nachdem Leonie Barratt sich Moons Einverständnis besorgt hatte, das Bild verwenden zu dürfen, ließ sie es einer Journalistin der *Marie Claire* zukommen und sorgte auf diese Weise dafür, dass ein weiteres Werk von Moon in einer Mainstream-Publikation erschien. Schon Moons Aufnahme des Dagenham-Streiks von 1968 war weltweit verbreitet worden, doch Moon selbst hatte davon nicht profitieren können. Diesmal war es anders; inzwischen hatte sie sich als freie Fotografin einen Namen gemacht und mehr Vertrauen in ihre eigenen Fähigkeiten gewonnen. Kurz nachdem ihre Aufnahme von den Schönheitsköniginnen veröffentlicht wurde, verließ Moon ihr Elternhaus in Essex und zog nach London.

Damals war Moon die einzige Frau in Essex, die als Hochzeitsfotografin arbeitete. In diesem Abschnitt sind einige von Moons Hochzeitsfotografien zu sehen, zusammen mit Aufnahmen aus ihrer Anfangszeit als freie Pressefotografin. Bemerkenswert ist, dass sie in einer Zeit, als inszenierte Hochzeitsporträts die Norm waren, lieber spontane Augenblicke festhielt und damit einen neuen Weg beschritt.

Das Jahr 1970:

~ In Großbritannien wird das Lohngleichheitsgesetz (Equal Pay Act) erlassen; eine direkte Folge des Dagenham-Streiks von 1968.

~ Zu den Büchern, die für Furore sorgen, zählen *Der weibliche Eunuch* von Germaine Greer, *Sexus und Herrschaft* von Kate Millett sowie *Sisterhood Is Powerful*, eine Sammlung von Artikeln der bekanntesten US-amerikanischen Feministinnen, herausgegeben von Robin Morgan.

- Im Vereinigten Königreich wird die Volljährigkeit von einundzwanzig auf achtzehn herabgesetzt, und bei den Unterhauswahlen im Juni tragen die konservativen Tories unter der Führung von Edward Heath überraschend den Sieg davon.
- Der erste Jumbo-Jet landet in Großbritannien.
- Die Half-Crown-Münze wird aus dem Verkehr gezogen, um die Einführung der Dezimalwährung im darauffolgenden Jahr vorzubereiten.
- Die methodistische Kirche von Großbritannien lässt erstmals die Ordination von Frauen zum Priesteramt zu.
- Im September findet das erste Glastonbury Festival statt.
- Im November präsentiert die *Sun* das erste »Mädchen auf Seite drei«.
- »In the Summertime« von Mungo Jerry führt sieben Wochen lang die britischen Singlecharts an.

Außerdem plant die neu gegründete Frauen-Befreiungsfront die Störung der Miss-World-Wahl in der Royal Albert Hall. Veronica Moon und Leonie Barratt, die inzwischen gute Freundinnen sind, schließen sich der Aktion an.

20. November 1970

Colchester

Vee wollte gerade ins Auto steigen, als Barry um die Ecke kam. Es war drei Monate her, seit sie ihre Verlobung gelöst hatte, aber ihr Körper wollte das manchmal nicht wahrhaben. Als sie Barry sah, spürte sie einen Moment lang die alte Vertrautheit, gefolgt von einem Anflug des Bedauerns. Sie wollte Barry zwar nicht zurück, aber leid tat ihr das Ganze trotzdem.

Es fiel ihm schwer, sich damit abzufinden.

Vee war eigentlich sicher gewesen, dass er es kommen sah. Seit zwei Jahren hatte sie ihn jedes Mal, wenn er einen Hochzeitstermin festlegen wollte, vertröstet, und ihre Ausreden waren immer fadenscheiniger geworden. Zuerst hatte sie behauptet, warten zu wollen, bis sie sich als Hochzeitsfotografin etabliert hatte. Ihre Aufträge erhielt sie hauptsächlich von Bekannten; fremde Paare reagierten dagegen meistens irritiert, wenn sie ihnen ihre Mappe zeigte. »Wer hat diese Fotos denn gemacht?«, fragten sie. »Ich«, antwortete sie dann jedes Mal lächelnd in der Hoffnung, beauftragt zu werden. Dabei war ihr bewusst, dass Leonie über ihre zurückhaltende Art geschimpft hätte, weil sie damit das herrschende Frauenbild bestätigte. Seit sie sich vor zweieinhalb Jahren kennengelernt hatten, war der Satz »Was würde Leonie denken?« zu Vees Leitschnur geworden.

Eine Zeit lang hatte Barry das Argument akzeptiert, dass sie erst als Fotografin Fuß fassen wollte. Doch dann wurde er befördert und brachte das Thema Heirat wieder auf den Tisch. Also redete sie sich damit heraus, dass sie mit den anstrengenden Hochzeitsvorbereitungen besser warten sollten, bis er sich auf seiner neuen Stelle eingearbeitet hätte. Er schaute sie verdutzt an und sagte: »Eigentlich dachte ich, dass du dich allein darum kümmerst«, um dann rasch hinzuzufügen: »Aber ich weiß ja, wie wichtig dir die Frauenbewegung ist, und deshalb werde ich dich natürlich bei der Planung unterstützen.« Sie fühlte sich schrecklich.

Als Barry im März erneut anfing, von Hochzeit zu sprechen, hätte sie ihm fast gesagt, dass sie es sich anders überlegt hatte. Aber sie war sich nicht ganz sicher. Außerdem sagte sie sich, dass sie Barry ja liebte. Vielleicht nicht genug; vielleicht nicht auf die richtige Art. Aber sie war noch nicht bereit, ihm zu sagen, dass sie ihn nicht heiraten wollte. Außerdem hatte sie sich daran gewöhnt, ihren Verlobungsring zu tragen; er hatte ihr bei der Arbeit schon viele Idioten vom Hals gehalten. Wenn sie den Ring abends abnahm, war ein schmaler, bleicher Reif auf ihrer Haut zu sehen.

Vee verbrachte einen weiteren Sommer damit, glücklich strahlende Brautleute zu fotografieren, die fest überzeugt schienen, die Liebe ihres Lebens gefunden zu haben. Und als der Herbst vor der Tür stand, war Vee ganz sicher, dass sie Barry nicht heiraten wollte. Sie wusste nur noch nicht, wie sie es ihm sagen sollte, geschweige denn ihrem Vater, der Barry bereits als seinen Schwiegersohn betrachtete und ihm ein Fußball-Saisonticket geschenkt hatte. Sie wollte den richtigen Moment abwarten.

Der dann viel schneller kam, als sie dachte.

Der Tropfen, der das Fass schließlich zum Überlaufen brachte, war eine Bemerkung von Barry, als sie sich zusammen die Talkshow *Late Night Line Up* mit der Moderatorin Joan Bakewell anschauten, dem »Sexsymbol des denkenden Mannes«. Barry meinte, niemand würde Joan Bakewell heiraten wollen, weil sie so neunmalklug war. Vee konterte, mit seiner Einstellung würde ihn auch niemand heiraten wollen, und abgesehen davon, sei die Bezeichnung »Sexsymbol« herabwürdigend.

Barry seufzte laut, wie er es schon seit einiger Zeit zu tun pflegte, was Vee gewaltig auf die Nerven ging. Die Vorstellung, dieses Geseufze die nächsten fünfzig oder sechzig Jahre ertragen zu müssen, war zu viel für sie. Und dann sagte er zu ihr: »Seitdem du mit dieser Leanne befreundet bist, hast du dich total verändert. Und was für Wörter du jetzt benutzt. ›Herabwürdigend‹. Man kann überhaupt keinen Spaß mehr mit dir haben.«

»Sie heißt Leonie. Das weißt du genau.«

»Stimmt, aber ihr Name kommt mir inzwischen zu den Ohren raus. Sie hat eine Lesbe aus dir gemacht.« Wenn Vee sich mit Leonie treffen wollte, war Barry jedes Mal dagegen. Wenn sie Leonie davon erzählte, zog Leonie nur jedes Mal die Augenbraue hoch und sagte: »Findest du, dass du dir das gefallen lassen musst?« Oder: »Glaubst du wirklich, dass Frauen es verdienen, so behandelt zu werden?« Mehr nicht. Aber es reichte, um Vee die Augen zu öffnen und zu erkennen, wie Barry gestrickt war.

»Barry ist wirklich kein schlechter Mensch«, sagte sie einmal zu Leonie.

»Das glaube ich dir«, erwiderte Leonie. »Er ist nur in einem System aufgewachsen, das ihn glauben lässt, er sei wichtiger als du. Oder andere Frauen.«

An dem Abend, als ihre Verlobung endete, beschloss Vee, Barrys Stänkerei gegen Leonie nicht länger zu tolerieren. »Du redest nur noch Blödsinn, Barry.«

»Ich rede nur noch Blödsinn? Von wegen. Du bist nur noch hochnäsig! Wenn du dir zu fein für mich bist, sag es doch!«

Jetzt oder nie, dachte Vee. Sie holte tief Luft, damit sie innerlich ruhig wurde, so wie sie es als Fotografin immer tat, bevor sie auf den Auslöser drückte. Und dann sagte sie: »Ich bin keine Lesbe. Und ich bin mir auch nicht zu fein für dich.« Sie versuchte, akzentfrei zu sprechen, so wie Leonie, doch wenn sie aufgeregt war, kam immer ihr Essex-Akzent durch. Sie zwang sich, ruhig zu bleiben. »Aber ich bin nicht die Richtige für dich, Barry. Das ist doch offensichtlich.«

Er sah das allerdings anders. Er saß schweigend da und weigerte sich, aufzustehen, bis sie schließlich nach oben ging, um zu schlafen. Als sie am nächsten Morgen runterkam, war er nicht mehr da. Sie erzählte dann ihrem Vater, was passiert war. Er reagierte enttäuscht – »Barry ist ein guter Kerl« –, meinte aber, es sei ihre Sache, wen sie heiraten wollte. Sie brachte es nicht übers Herz, ihm zu sagen, dass sie vielleicht niemals heiraten würde.

Irgendwann fand Barry sich damit ab. Seit Vee nicht mehr mit ihm zusammen war, hatte seltsamerweise niemand in Colchester mehr Zeit für sie, geschweige denn ein gutes Wort für ihre neuen Freundinnen und Interessen übrig; niemand wollte davon wissen. Aber sie hatte ohnehin keine Lust mehr, sich mit ihren alten Schulfreundinnen zu treffen, weil sie die höhnischen Kommentare darüber satthatte, warum sie kein Make-up mehr trug und plötzlich so gestelzt daherredete. Sie hatte es aufgegeben, ihnen begreiflich zu machen, dass sie ihren Akzent ablegen musste, wenn sie sich auch über den Tellerrand hinaus einen Namen machen wollte. Sie hatte genug von dem Spruch, dass selbst Michael Caine sich für seinen Akzent nicht zu fein war. »Stimmt«, sagte sie dann, »aber er will auffallen. Ich nicht.« Worauf ihre Freundinnen erwiderten: »Bleib hier, dann fällst du auch nicht auf.« Vee hatte ein paarmal versucht, sie zu fotografieren, aber es hatte nicht funktioniert; sie wollten posieren, anders aussehen als sonst, und das war das Gegenteil dessen, was Vee mit ihrer Kamera einfangen wollte. Inzwischen hatten sie aufgehört, Vee zu ihren Treffen einzuladen. Es war ihr egal. Eigentlich. Aber manchmal fühlte sie sich ohne ihr altes Leben trotzdem einsam, auch wenn sie es nicht vermisste.

»Hallo, Veronica«, sagte Barry. Er hatte aufgehört, sie Vee zu nennen.

»Barry. Wie geht's dir?«

»Wie soll's mir schon gehen«, sagte er. Dann: »Ich bin heute Abend verabredet.« Er konnte sich ein Lächeln nicht verkneifen.

»Oh. Das freut mich«, sagte sie. Es machte ihr tatsächlich nichts aus, im Gegenteil; sie war erleichtert.

»Mit Cathy, einer Freundin meiner Schwester«, fügte Barry hinzu.

Cathy. Cathy. Vee brauchte einen Moment, um sie einzuordnen. »Die Arzthelferin?«

»Genau«, sagte Barry.

»Ich wünsche dir einen schönen Abend. Cathy ist immer sehr nett zu Dad, wenn er zum Arzt muss.« Leonie wurde nie müde zu betonen, wie wichtig es war, andere Schwestern zu unterstützen. Damit hatte sie zwar bestimmt nicht gemeint, eine andere Schwester mit Barry zu verkuppeln, aber wenn Cathy ihn wollte, bitte schön – Vees Segen hatte sie.

»Danke«, sagte Barry. Falls er gehofft hatte, dass Vee eifersüchtig oder enttäuscht reagierte, ließ er es sich nicht anmerken. »Und wohin bist du unterwegs?«

»Nach London. Zur Miss-World-Wahl.«

»Ich dachte, du lehnst so was ab«, sagte Barry. Letztes Jahr hatte Barrys Mutter ein Buffet zubereitet und alle eingeladen, sich die Miss-Wahl auf ihrem neuen Farbfernseher anzuschauen, aber Vee hatte sich geweigert.

»Tu ich auch«, sagte sie. Dann stieg sie ins Auto und fuhr los.

20. November 1970

London

Draußen war es grau und eisig kalt. Vee betrat das Café, wo sie sich mit Leonie verabredet hatte. Sie war zu früh dran, obwohl sie wusste, dass Leonie sich wie üblich verspäten würde. Den Wagen hatte sie in der Nähe von Leonies Wohnung in Chelsea geparkt und von dort den Bus zur Oxford Street genommen.

Es war wirklich toll, in einem Café in der Carnaby Street – Carnaby Street! – zu sitzen, mitten in London! Aber das Beste war, dass Leonie bald da sein würde. Vee wurde ganz kribbelig, wenn sie an ihre Freundin und an ihr gemeinsames Vorhaben dachte. Und sie konnte kaum fassen, dass sie an Boutiquen wie »Gear« und »Pop« vorbeigekommen war, wo die Stars immer einkauften; sie hätte sich nie getraut hineinzugehen, aber allein schon daran vorbeigeschlendert zu sein, gab ihr das Gefühl, etwas Besonderes zu sein.

Sie war nichts Besonderes. Jedenfalls sah sie nicht besonders aus. Manchmal nahm sie Selbstporträts von sich auf und beobachtete in ihrer Dunkelkammer unter der Treppe, wie ihr Gesicht im Chemiebad langsam zum Vorschein kam. (Dad meinte, wenn sie wollte, könnte sie das Gästezimmer als Dunkelkammer nutzen, weil sie ja jetzt vom Fotografieren lebte, aber inzwischen ließ sie ihre Filme meistens im Labor entwickeln und nutzte das Kämmerchen zum Herumgammeln. Sie genoss es, dass es sie an ihre jüngeren Ichs erinnerte und daran, wie weit sie es schon gebracht hatte.) Wenn sie ihre Selbstporträts betrachtete, staunte sie jedes Mal darüber, wie unauffällig sie aussah. Bei ihr war nichts seltsam oder schief, nichts, was ins Auge fiel. Keine Nase, die zu groß war, oder zu große Augen, wie bei

Leonie. Vee konnte es kaum erwarten, ihre Freundin wiederzusehen.

Leonie hatte ihr von Anfang an gezeigt, was möglich war. Einige Tage nach ihrer ersten Begegnung in Dagenham hatte Vee ihr den Kontaktbogen mit den Fotos geschickt, die sie nach dem gemeinsamen Pub-Besuch von ihr gemacht hatte, und darauf diejenigen eingekreist, die sie am besten fand. Leonie hatte ihr den Bogen etwas später zurückgeschickt, aber andere Bilder eingekreist, und zwar diejenigen, die sie entweder im Halbprofil zeigten oder ihre Nase so zeigten, wie sie war, ohne sie durch die Perspektive oder das Licht kleiner erscheinen zu lassen.

Vee schaute zum Nebentisch. Am liebsten hätte sie die beiden jungen Frauen abgelichtet, die dort saßen. Die eine trug einen langen Rock, der den Boden streifte, die andere ein Minikleid und kniehohe Stiefel. Sie unterhielten sich leise darüber, was sie am nächsten Abend machen wollten, während sie sich Tee in ihre braunen Tassen gossen. Vee war drauf und dran, sie zu fragen, ob sie sie fotografieren dürfte, aber Leonie konnte jeden Moment eintreffen.

Später, am Abend, würde Vee Blitzlicht verwenden müssen, was sie nur ungern tat. Es fühlte sich einfach nicht richtig an. Wenn sie es drinnen benutzte, hatte sie in der Regel wenigstens genug Zeit, die Einstellungen vorzunehmen und die Reflektoren so auszurichten, dass das harte Blitzlicht abgeschwächt und vom Sujet weggelenkt wurde. An diesem Abend würde sie das allerdings nicht machen können. Aber Hauptsache, sie konnte dabei sein, um zu dokumentieren, wozu Frauen in der Lage waren. (Seit sie erkannt hatte, dass sie in einer Welt lebte, die für weiße Männer gemacht war, sah sie überall Diskriminierung und Anmaßung. Leonie meinte jedoch, sie und andere Frauen würden nur die Hälfte davon sehen, weil sie ebenfalls weiß waren, und das schützte sie vor vielem, dem andere Frauen ausgeliefert waren.)

Zuletzt hatten Leonie und Vee sich vor drei Monaten beim Auftakttreffen der Frauen-Befreiungsfront gesehen. Dort hatte Vee zum ersten Mal das Gefühl gehabt, dass sie dazugehörte. Die Frauen unterschieden sich alle, durch ihr Alter, ihre Hautfarbe, ihre Rolle in der Welt. Und doch hatten sie eine Gemeinsamkeit: Jede von ihnen wusste, dass sie ihren Platz verdiente. Keine war besser als die anderen. Jede von ihnen verdiente eine Chance, die gleiche Chance wie ein Mann. Ein wunderbares Gefühl; Vee war begeistert gewesen.

An jenem Abend hatte sie bei Leonie übernachtet, und am nächsten Tag war sie mit einem üblen Kater heimgefahren, fest entschlossen, Fotojournalistin zu werden. (Zum Bier hatte sie Ja gesagt, den Joint hatte sie jedoch weitergereicht.) Seitdem hatte Leonie sich allerdings nicht mehr gemeldet. Vorher hatte sie Vee regelmäßig Flyer geschickt, die sie auf der Rückseite bekritzelt und in einen Umschlag gestopft hatte. Da Vee nicht so recht wusste, wie sie ihren Traumjob ohne ihre Freundin verwirklichen sollte, hatte sie weiterhin Hochzeiten und Taufen fotografiert, während sie sich insgeheim den Mut wünschte, die strahlenden Bräute beiseitezunehmen und ihnen zu sagen: Vergiss nicht, dass du auch allein stark sein kannst.

Die Tür des Cafés ging auf. Leonie! Vees Herz hüpfte jedes Mal vor Freude, wenn sie ihre Freundin erblickte.

»Hallo, Schwester«, sagte Leonie und drückte Vee fest an sich. Wie immer roch sie nach Lavendel, die Kälte von draußen haftete noch an ihr. Sie setzte sich und vergrub kurz den Kopf in die Hände, bevor sie lächelnd aufblickte. Ein kleines Lächeln nur. »Das Meeting hat länger gedauert.«

Leonie entschuldigte sich nie. Vielleicht war sie von Natur aus unhöflich oder überheblich, oder es lag daran, dass sie emanzipiert war. Vee war sich nicht sicher. »Kein Problem«, sagte sie.

»Wie geht's dir?«, fragte Leonie.

»Gut.« Vee überlegte, ob sie ihre Begegnung mit Barry erwähnen sollte, aber eigentlich spielte das keine Rolle. Obwohl sie auf dem Weg nach London fast die ganze Zeit an ihn gedacht hatte. Oder besser gesagt, über die Sicherheit, die sie gehabt hätte, wenn sie mit ihm zusammengeblieben wäre. Jetzt, wo sie nicht mehr verlobt war und auch keine richtige Lust hatte, jemand anderen zu finden, war das Leben irgendwie diffus, schrankenlos und dadurch auch beängstigend geworden. Sie hatte Leonie bisher nur wenig über Barry erzählt. Im Grunde hatte sie ja schon lange gewusst, dass sie ihn nicht heiraten würde, also warum darüber reden.

»Ging es bei deinem Meeting um das Buch? Wie lief es?« Einer der Höhepunkte des vergangenen Jahres war das Manuskript gewesen, das Leonie Vee zusammen mit der Frage geschickt hatte, was sie davon hielt. Vee hielt es für das Beste, was sie je gelesen hatte. Eigentlich war es ein schwerer Brocken, weil es um komplizierte Dinge ging – Politik, Wirtschaft, Geschichte, all die Gründe, warum Frauen unterdrückt wurden. Aber Leonies Witz und Scharfsinn hatten Vee so beflügelt, dass sie das Buch noch am gleichen Tag in einem Rutsch durchgelesen hatte. Am nächsten Tag hatte sie Leonie einen begeisterten Brief geschickt, aber bisher noch keine Antwort darauf bekommen.

Als die Kellnerin kam, bestellte Leonie ein Käsesandwich und einen Kaffee. Vee bestellte ebenfalls einen Kaffee. »Das Meeting war ein Reinfall«, sagte Leonie und zog eine Grimasse. »Wie es aussieht, bin ich meiner Zeit voraus. Also ein großes, fettes Nein.«

»Wirklich? Oder musst du nur warten, bis die richtige Zeit da ist?« Vee und ihr Vater waren kaum noch einer Meinung (bei den Themen Heirat, Karriere und Frauenbewegung gab es jedes Mal Streit), aber in einem waren sie sich nach wie vor einig: Man durfte niemals aufgeben. Die Leute würden schon noch merken, wie großartig Leonie war.

Leonie lachte bitter. »Ach, mein kleiner Sonnenschein. Schön wär's. Doch das Nein war sehr deutlich. Sie meinten, die Welt sei noch nicht bereit für mich. Ich war dafür, das Buch trotzdem herauszubringen und abzuwarten; die Welt soll selbst entscheiden, verstehst du? Bei Betty Friedan hat sich ja schließlich auch ein Verlag gefunden, der das Risiko eingegangen ist. Genauso bei Kate Millet und Robin Morgan.« Sie seufzte. »Am besten wandere ich in die Vereinigten Staaten aus. Hier wirst du als Feministin nur dann veröffentlicht, wenn du einen auf Sylvia Plath machst. Oder Stevie Smith.«

»Haben die nicht Gedichte geschrieben?«

»Genau. Du darfst hier keine eigene Stimme haben. Nicht, wenn du über Tatsachen schreiben willst. Du musst sie als Poesie verpacken. Damit das allmächtige PATRIARCHAT sie als Gefühle abtun und ignorieren kann.« Sie schnaubte. »Einige Schwestern haben vorgeschlagen, eine Zeitschrift zu gründen, aber …« Sie zuckte resigniert mit den Schultern.

»Das tut mir leid, Leonie«, sagte Vee. Sie hatte keine Ahnung, wie schwer es war, einen Verlag zu finden, aber sie wusste genau, dass Leonies Buch gut genug war.

»Ich weiß.« Leonie lächelte, ein breites Lächeln diesmal. Doch es hielt nicht lange. »Oder ich wandere nach Australien aus. Eine unserer Schwestern, Germaine Greer, stammt von dort und hat ein interessantes Buch geschrieben, lies es mal. Sie hat in vielem recht. Aber nicht in allem.«

»Ist das gut oder schlecht?«, fragte Vee beklommen. Bei der Vorstellung, dass Leonie nach Amerika oder Australien verschwinden könnte – was wohl ein Flugticket kostete? –, wurde ihr ganz mulmig.

»Beides«, sagte Leonie. »Für die Bewusstseinsbildung ist es gut. Das Schlechte daran ist, dass das Patriarchat jetzt auf sie zeigen und sagen kann: Aber wir haben doch schon ein Buch veröffentlicht, worin es um Frauen, Sexualität und darum geht, wie wir Männer Frauen unterdrücken. Warum brauchst du denn noch ein Buch, Schätzchen? Schreib weiter Gedichte, wenn es sein muss, aber die Position der Frau, die widerwärtige Wahrheiten über den weiblichen Körper verkündet, ist längst besetzt.«

»Ich verstehe, was du meinst.«

»Dass das Establishment mich ausbremst, bin ich ja gewohnt. Aber unsere Schwestern? Sie sollten doch eigentlich hinter mir stehen.« Leonie schüttelte den Kopf. Sie schien den Tränen nah. »Sie sollten bereit sein, es wenigstens zu versuchen. Der Verlag, mit dem ich heute gesprochen habe, wird von einer Frau geleitet; mit ihr hatte ich das Meeting. Sie ist mit Jo befreundet, kennst du Jo?«

»Ja«, sagte Vee. Zumindest vermutete sie es. Sie hatte noch nicht genug Zeit mit den Feministinnen verbracht, um schon alle beim Namen zu kennen.

»Also hatte ich natürlich auf ein Ja der Verlegerin gehofft, schließlich ist sie eine Frau, eine von uns. Aber anscheinend ist sie nur deshalb so weit gekommen, weil sie keine Risiken eingeht. Verdammt noch mal! Das ist doch erbärmlich. Wenn wir uns nicht trauen, Risiken einzugehen …«

Leonie wurde zunehmend lauter. Die Leute fingen an, sich umzudrehen. Vee unterdrückte das Gefühl, dass es ihr peinlich war. »Was hat diese Freundin von Jo denn gesagt? Was gefiel ihr an deinem Buch nicht?«

»Genau diese Frage habe ich ihr auch gestellt«, erwiderte Leonie wütend. »Nicht dass ich etwas daran ändern würde. Aber sie meinte nur, es wäre ›nicht das Richtige für sie‹. So was von feige.«

»Ja, das stimmt«, sagte Vee und fügte hinzu: »Aber du bist der mutigste Mensch, den ich kenne, also …«

Leonie lächelte bitter. »Auf jeden Fall mutiger als sämtliche Hausfrauen aus Essex. Na toll.« Sie ließ den Kopf hängen.

»Ach komm schon«, sagte Vee. »Sei nicht unfair.« Leonie hatte ihr beigebracht, für sich selbst und ihre Meinung einzustehen. Jetzt konnte sie Leonie zeigen, wie gut ihr das gelungen war.

Leonie schaute unter ihrem Pony hervor und starrte Vee mit verkniffenem Mund an. Einen Moment lang dachte Vee, sie würde aufstehen und gehen. Doch stattdessen schüttelte Leonie den Kopf – sie trug einen ziemlich unvorteilhaften Topfschnitt – und sagte: »Ich muss anfangen, mein eigenes Geld zu verdienen, statt nur von meinem Treuhandfonds zu leben, das ist uncool. Wenn ich dazuverdiene, kann ich unsere Schwestern noch besser unterstützen, sie brauchen das Geld.«

»Was hast du vor?«

Leonie seufzte. »Vielleicht gebe ich einen Abendkurs. Kiki hat mich gefragt, ob ich Lust dazu habe. Habe ich eigentlich nicht, aber in der Not frisst der Teufel Fliegen.«

Vee nickte. Leonie schien sich gar nicht bewusst zu sein, wie viel Glück sie hatte. Ihr standen so viele Möglichkeiten offen. Wenn sie nicht bekam, was sie wollte, holte sie sich einfach Hilfe von ihren High-Society-Freundinnen, und zack, hatte sie es. Außerdem hatte sie diesen Treuhandfonds, was auch immer das sein mochte. Obendrein hatte sie einen Oxford-Abschluss, irgendwas mit PPE, und überlegte, einen »Doktor« zu machen, der allerdings nichts mit Medizin zu tun hatte. Wenn sie keine Texte schrieb, verbrachte sie den Großteil ihrer Zeit damit, sich ehrenamtlich für Frauen zu engagieren.

»Klingt gut.«

Als Leonie erfahren hatte, dass Vee seit Dagenham nicht mehr beim *Colchester Echo* arbeitete, hatte sie sich wie eine echte Freundin verhalten. Vee hatte ihr einen Brief geschrieben und versucht, den Streit mit ihrem Chef lustig darzustellen, als hätte es ihr nichts ausgemacht, in ihre Schranken verwiesen zu werden. Den Teil, dass ihr Vater hinter ihrem Rücken zu Bob gegangen war und ihn gebeten hatte, ihr noch eine Chance zu geben, hatte sie ebenso ausgespart wie Barrys Reaktion (»Ist vielleicht besser so«). Leonie hatte ihre gespielte Tapferkeit sofort durchschaut und zurückgeschrieben, dass sie sich in London zum Mittagessen treffen könnten, um gemeinsam zu überlegen, was sie tun konnten. Sie hatte sogar Geld für das Zugticket in den Umschlag gesteckt. Das offizielle Wort für so etwas lautete wohl »protegieren«. Leonie fand es wichtig, dass Frauen einander halfen. Männer unterstützten sich schließlich auch; auf diese Weise hatte das Patriarchat seine Macht überhaupt erst festigen und bewahren können. Vees Vater sagte oft: »Es kommt nicht darauf an, was du kannst, sondern wen du kennst.« Vee fand das unfair. Schließlich würde sie ohne ihr Können als Fotografin nicht von Leonie profitieren oder Leonie von ihr. Leonie hatte sie den anderen Feministinnen vorgestellt, weil sie Fotografin war, damit sie Fotos machte, wenn Demonstrationen, Treffen oder Märsche stattfanden. Vee bekam zwar kein Geld dafür, aber manchmal erschienen ihre Aufnahmen als körnige Bilder in der *Times* oder im *Daily Express*. Dann war sie überglücklich, und die Zeitungen zahlten ihr sogar ein Honorar, worauf sie besonders stolz war.

»In meiner nächsten Kolumne geht es um Make-up und die Wahrnehmung von Schönheit und darum, dass wir genug sind, auch ohne uns dieses ganze Zeug aufs Gesicht zu klatschen«, sagte Leonie. Vee nickte und dachte schuldbewusst an den Lippenstift in ihrer Tasche. Alte Gewohnheiten ließen sich eben nicht so leicht ablegen. Aber sie hatte schon viel dazugelernt, und ihr Fell wurde immer dicker. Auf einem der ersten Märsche, zu denen Leonie sie mitgenommen hatte, hatte sie einen Rock angehabt. Leonie hatte nichts dazu gesagt, aber von einer anderen Frau war sie deswegen angegiftet worden. Seitdem kam sie immer in Jeans, wenn sie sich mit den Feministinnen traf. Sie hatte sich sogar eine Latzhose gekauft, aber bisher fehlte ihr der Mut (vielleicht hatte sie auch das Gefühl, das Recht darauf noch nicht verdient zu haben), sie in der Öffentlichkeit zu tragen. »Falls du Aufnahmen machst, die ich für die Kolumne benutzen könnte ...«, fügte Leonie hinzu.

»Klar, ich überlasse dir die Auswahl«, sagte Vee und hielt grinsend ihre Kamera hoch. Sie konnte es kaum erwarten, dass es endlich losging. »Ich bin bereit.«

Leonie lachte. Ihre Stimmungen wechselten ständig, kaum war sie schlecht gelaunt, strahlte sie auch schon wieder. Der Trick bestand darin, sich darauf einzustellen. »Das nennst du bereit?« Sie öffnete ihre Handtasche; sie war größer als die, die sie sonst dabeihatte, und sah ziemlich altmodisch aus, schwarzes Glattleder mit einem Reißverschluss an der Oberseite. Vee spähte hinein.

»Was ist das?« Ein sonderbarer, süßlich-fauler Geruch stieg ihr in die Nase. Sie zog schnell den Kopf weg.

»Wahrscheinlich die schimmligen Tomaten. Der Salat stinkt nicht ganz so, ist aber schleimig. Ich habe ihn zwei Wochen lang in einer Plastiktüte auf der Fensterbank liegen lassen.«

Vee spähte abermals vorsichtig in die Tasche, steckte eine Hand hinein und zog eine kleine Papiertüte hervor. »Und was ist das hier?«

»Hast du noch nie eine Mehlbombe gesehen?«, fragte Leonie lachend. »Du solltest mal dein Gesicht sehen. Ich wette, du musstest nie nachsitzen, stimmt's?«

Vee schüttelte den Kopf. »Ich war immer brav. Bis ich dir begegnet bin. Du hast mich vom rechten Weg abgebracht.«

»Genau das wollte ich hören«, sagte Leonie. »Das ist cool.« Sie drückte Vee einen Kuss auf den Mundwinkel; das machte sie oft. Vee hatte inzwischen begriffen, dass Leonie sich nichts dabei dachte, aber für sie hatte es trotzdem etwas Sexuelles. Es gab jetzt nur noch einen einzigen Menschen, der Vee küsste, nämlich Leonie – und Vee schämte sich, weil das, was Leonie so beiläufig tat, für sie etwas ganz Besonderes war.

Leonie wühlte im Seitenfach ihrer Handtasche herum, zog zwei Tickets heraus und klatschte sie auf den Tisch: *Miss-World-Wahl 1970.* »Wir sitzen ziemlich weit vorn. Das Signal kommt von einer Fußball-Ratsche.«

Einen Moment lang verspürte Vee den Impuls, aufzustehen, heimzufahren, sich die Lippen rot anzumalen und an Barrys Tür zu klopfen. Aber die Aktion, die sie hier in London vorhatten, war wichtig. Sie brauchten Aufmerksamkeit. Sie mussten den Menschen vor Augen führen, was in dieser Welt falsch lief.

»Ich weiß nicht, ob mir drinnen gute Aufnahmen gelingen werden, vor allem wegen der Mehlbomben«, sagte sie. »Aber falls nicht, kann ich später versuchen, draußen welche zu machen.«

Leonie nickte. »Irgendwo läuft bestimmt ein Briefträger herum«, grinste sie in Anspielung auf Vees Foto vom Dagenham-Streik, und Vees Herz hüpfte abermals vor Freude darüber, mit Leonie befreundet zu sein. »Draußen vor der Royal Albert Hall findet ja die Protestkundgebung statt und später noch eine vorm Café de Paris.« Sie sprach es wie »Parieh« aus, Vee begriff nicht sofort, was sie meinte. Leonie war im Komitee der Frauen-Befreiungsfront und wusste stets über alles Bescheid, was geplant war. »Pennst du wieder bei mir?«

»Wenn das noch immer … cool für dich ist?«, sagte Vee. Das Wort kam ihr noch immer schwer über die Lippen. Ihr Vater wies sie jedes Mal zurecht, wenn sie sogenannte Hippiewörter benutzte, aber ihr war es wichtig, dazuzugehören. Das war nämlich auch ein Weg, sich durch die Welt zu bewegen, ohne Aufmerksamkeit zu erregen. Nur wer unbemerkt blieb, konnte gute Fotos machen. Und wer gute Fotos lieferte, machte wiederum auf sich aufmerksam. Das Leben war wie Fotografieren: Um es gut hinzubekommen, musste man es verstehen. Filmmaterial, Belichtung und Dunkelkammer ließen sich allerdings leichter handhaben, und die Ergebnisse waren berechenbarer.

»Klar«, sagte Leonie. Sie machte die Handtasche wieder zu und stellte sie auf den Boden, als die Kellnerin ihr Sandwich brachte. »Wenn ich das vertilgt habe, düsen wir los. Mal sehen, ob wir die Polizei dazu bringen können, dich zu verhaften. Wird höchste Zeit, dass du mal eine Zelle von innen siehst.« Sie lachte. »Du müsstest mal dein Gesicht sehen!«

* * *

An der Royal Albert Hall wurde Vee eingehend von einem Wachmann gemustert, aber als sie lächelte, ließ er sie durch. Zum Glück bekam Leonie ihr Lächeln nicht mit, sonst hätte sie wieder darüber gemeckert, dass Vee sich beim Patriarchat einschmeichelte.

Im Foyer tummelten sich viele Frauen, die ebenfalls verdächtig große Handtaschen dabeihatten und schlecht sitzende Mäntel oder Kleider trugen. Anscheinend bestand die Strategie darin, wie typische Zuschauerinnen von Schönheitswettbewerben auszusehen, um keinen Verdacht zu erregen. Vee war erleichtert, dass die Gefahr einer Festnahme relativ gering schien. Anders als Leonie fand sie die Vorstellung, verhaftet zu werden, nämlich überhaupt nicht lustig, im Gegenteil; sie jagte ihr Angst ein, und dafür schämte sie sich. Im Juni war sie zum ersten Mal wählen gegangen. Leonie hatte ihr ein Buch über Suffragetten gegeben, und in der Wahlkabine hatte Vee darüber nachgedacht, wie es für die Suffragetten damals gewesen sein musste, ins Gefängnis zu kommen, dort in Hungerstreik zu treten und dann auch noch zwangsernährt zu werden, nur weil sie für ihre Überzeugungen gekämpft hatten. Sie hatte sich nicht vorstellen können, ebenfalls den Mut aufzubringen, zivilen Ungehorsam zu begehen, Schaufenster mit Ziegelsteinen einzuwerfen, Sachen in Brand zu setzen und sich gegen eine Festnahme zu wehren. Nun stand sie trotzdem hier, aber sie hatte noch nicht einmal Salat zum Werfen mitgebracht. Ihr schlotterten die Knie, und ihre Kehle war wie zugeschnürt. Aber die Suffragetten hatten sicher auch Angst gehabt. Und trotzdem ihr Ding durchgezogen.

Aufgeregtes Geplauder schallte Vee und Leonie entgegen, als sie sich den Weg zum Saaleingang bahnten. Die meisten Leute waren natürlich wegen der Miss-World-Wahl gekommen; die Idee, dass Schönheitswettbewerbe ausbeuterisch und falsch sein könnten, lag ihnen genauso fern wie der Gedanke, dagegen zu protestieren. An der Eingangstür ballte sich die Menschenmenge, und Vee wurde gegen einen Mann im Smoking gedrückt. Der Mann zwinkerte ihr zu. Sie tat so, als hätte sie es nicht gesehen, und versuchte, die Suffragetten aus ihren Gedanken zu verbannen.

Vee war noch nie zuvor in der Royal Albert Hall gewesen. Fasziniert ließ sie den Blick durch den prächtigen Saal schweifen, bewunderte die roten Samtsitze und die imposante Orgel. Leonie witzelte über »Alberts Riesending«, und eine Frau in der Reihe hinter ihnen raunte: »Große Pfeifen – typisch Patriarchat!« Vee bemühte sich, mitzulachen und lässig zu wirken, doch die Schönheit dieses Ortes überwältigte sie. Am liebsten hätte sie ein paar Fotos gemacht, aber es war sinnlos, das Licht war zu schwach. »Warst du schon mal hier?«, fragte sie Leonie.

»Oh, ja, verdammt oft!«, rief Leonie. Ein anderer Mann im Smoking, der einige Plätze weiter saß, schnalzte missbilligend. Leonie achtete gar nicht auf ihn. »Meine Eltern standen total auf klassische Musik«, fuhr sie fort. »Meine Schwester Ursula und ich wurden zu allen Sommerkonzerten mitgeschleift, ab und zu auch in die Oper. Ursula kommt immer noch regelmäßig hierher, sie ist ja ein braves Mädchen, aber ich habe Besseres zu tun.«

»Das Gebäude ist wirklich wunderschön.«

Leonie zuckte mit den Achseln. »Wenn du auf Paläste stehst, die für die Reichen errichtet wurden, damit sie ihren Status quo zelebrieren können, ist diese Hütte natürlich der Hit.«

Plötzlich überkam Vee das Gefühl, dass sie niemals begreifen würde, was Sache war. Es gab einfach zu viele Methoden, mit denen Frauen unterdrückt wurden, die Vee nicht bewusst waren und auf die man sie erst stoßen musste, damit sie ihr überhaupt auffielen. Sie fühlte sich emanzipiert, kompetent und stark, wenn sie ihre Rechnungen schrieb oder mit ihrem Vater über die Nachrichten diskutierte, auch wenn es dabei nur selten hitzig zuging. Sie hatte jedenfalls keine Scheu zuzugeben, dass sie nicht unbedingt heiraten und Kinder bekommen wollte, aber falls sie doch noch eine Familie gründete, konnte sie ja trotzdem Karriere machen. Schließlich gab es dank der streikenden Ford-Näherinnen nun das Lohngleichheitsgesetz, das es Frauen leichter machte, beruflich voranzukommen.

Inzwischen hatte sich herausgestellt, dass einige ihrer ehemaligen Schulfreundinnen doch mit dem Gedanken spielten, arbeiten zu gehen, und Vee war fest entschlossen, diejenigen, die darüber nachdachten, zu ermutigen und ihnen eine gute Schwester zu sein. Es gab viele Frauen, die wichtige Arbeit leisteten und dafür anerkannt wurden, zum Beispiel Margaret Thatcher, die neue Bildungsministerin. Leonie war der Meinung, dass es noch mehr Ministerinnen im Kabinett geben müsste. Vees Freundinnen fanden Margaret Thatcher allerdings seltsam, geradezu unheimlich. (Wie kann ihr Mann das gutheißen? Ihre Kinder leiden doch sicher darunter.) Einige Wochen zuvor hatte eine Lokalpolitikerin aus Colchester öffentlich zugegeben, lesbisch zu sein. Nein, nicht »zugegeben«, das Wort hatte anders gelautet. Egal, letztlich ging es darum, dass die Welt im Begriff war, sich zu verändern, und dass Vee diesen Wandel in ihrer Gegend unterstützte, indem sie als Vorreiterin in Erscheinung trat. Langfristig wollte sie natürlich mehr erreichen, aber die erste Hochzeitsfotografin von Essex zu sein war immerhin ein Anfang.

Doch jedes Mal, wenn sie dachte, endlich alles verstanden zu haben, stieß sie auf weitere Formen der Unterdrückung, die sie zuvor nie bemerkt hatte. Leonie meinte, sie brauchte sich dafür nicht zu schämen, denn es sei ja nicht ihre Schuld, dass das Patriarchat diesen Bockmist als normal verkaufte. Vee liebte Leonies Ausdrucksweise, ihre Art, kluge Fakten mit kruden Flüchen zu verbinden. Und sie mochte Leonies Einstellung, dass es okay war, Fragen zu stellen, aber niemals okay, absichtlich dumm zu bleiben.

»Leonie?«, sagte Vee. Ihre Freundin schaute auf; ihr Gesicht war wirklich unglaublich fotogen. Vee war stolz darauf, Leonies offizielles Porträtfoto aufgenommen zu haben, das nun neben ihren Kolumnen in der Zeitschrift *This Month* abgedruckt wurde, wenn auch klein und etwas unscharf. In Leonies *Telegraph*-Beitrag über die Bedeutung des Lohngleichheitsgesetzes für Frauen war es ebenfalls abgebildet worden. Leonie wirkte etwas abwesend, sie dachte wohl noch immer über ihr unerfreuliches Meeting nach. Sie musste furchtbar enttäuscht darüber sein, dass die Verlegerin ihr Buch abgelehnt hatte. Aber sobald die Aktion in der Royal Albert Hall losging, würde Leonie wieder ganz bei der Sache sein und ihren Frust beiseiteschieben, der Schwesternschaft zuliebe.

»Was denn?«

»Wie nennt man das noch mal, wenn eine Lesbe zugibt, dass sie lesbisch ist?« Vee achtete darauf, dass sie nicht leiser wurde, denn es war schließlich keine Schande, eine Frage über Sexualität zu stellen. »Dafür gab es doch einen besonderen Begriff, oder?«

Die Frauen hinter ihnen kicherten laut. Statt sich umzudrehen, zeigte Leonie ihnen den Stinkefinger. »Wenn eine Lesbe das anderen Leuten gegenüber zugibt, nennt man das ›Coming-out‹. Dafür, es sich selbst gegenüber zuzugeben, gibt es jedoch keinen besonderen Begriff. Man könnte es vielleicht als Erwachen bezeichnen, als sexuelles Erwachen.«

Plötzlich gingen die Lichter im Saal aus, jubelnder Beifall brandete auf und die Miss-World-Wahl begann. Vee hatte sich fest vorgenommen, das Spektakel kritisch zu betrachten, denn sie war ja aus diesem Grund dort. Es war eine Schande, Frauen auf ihre Körpermaße zu reduzieren; Frauen hatten mindestens genauso viel Potenzial wie all die Männer, die sie am Gängelband hielten, um sie bewusst oder unbewusst auszubeuten.

Vee war fest entschlossen, sich nicht mitreißen zu lassen.

Sie war schließlich hier, um zu protestieren.

Aber die Verlockung war groß.

Es fiel ihr schwer, den herrlichen Anblick nicht zu genießen: die funkelnden Lichter, die strahlenden Schönheiten, die sich auf der Bühne aufreihten, begleitet von den entzückten Reaktionen des Publikums. Und was Vee erst in diesem Moment so richtig klar wurde: Nicht nur das Publikum, das sich zu Tausenden in der Royal Albert Hall versammelt hatte, verfolgte das Spektakel, sondern auch Fernsehzuschauerinnen und -zuschauer in der ganzen Welt.

Vee hielt den Atem an und starrte gebannt auf die Bühne. Und als die nächste Schönheit – nein: »Frau, die dem gängigen Schönheitsideal entsprach« – die Bühne betrat, konnte Vee einfach nicht anders; sie schloss sich dem anerkennenden Raunen der Menge an.

Ja, es war künstlich, ja, es war Konditionierung, und ja, es war falsch. Aber Vee hätte trotzdem am liebsten jedes einzelne Gesicht fotografiert und die Konturen mit Licht und Schatten betont; sie hätte konventionelle Schönheit auf das Wesentliche reduziert, um sie so in etwas Kraftvolles und Atemberaubendes zu verwandeln. Die Schönheitskönigin, die gerade im Mittelpunkt stand, erzählte lächelnd, wie begeistert sie von der Farbe ihres Kleides war. Sie trug glitzernde hochhackige Sandaletten, und ihre betonierte Hochsteckfrisur sah aus, als würde sie sogar den schlimmsten Bombenanschlag der IRA überleben. Vee stellte sich die Frau barfuß vor, in einem Frotteebademantel, der zwei Nummern zu groß war und nur Gesicht, Hals, Hände und Füße enthüllte. In Vees Fantasie hatte sie klatschnass herunterhängendes Haar, aus dem die Ohren hervorlugten, und ihre Figur – gerade verkündete jemand ihre Maße, als verkörperten diese dämlichen Zahlen den einzigen Wert dieser Frau – blieb unter dem dicken Frotteestoff verborgen. Die Frau würde weder lächeln noch einen Schmollmund ziehen und auch nicht verführerisch dreinblicken. Sie würde direkt in die Kamera schauen, ohne ihre Miene zu verziehen, und ihr Blick würde sagen: Ich habe keine Zeit für euren Männer-regieren-die-Welt-Scheiß. So sehe ich wirklich aus. Das ist mein wahres Ich.

Die Miss-World-Kandidatinnen stellten sich in einer Reihe auf und verließen dann nacheinander die Bühne, begleitet vom frenetischen Beifall des Publikums. Die Feministinnen applaudierten ebenfalls, natürlich nur, um keinen Verdacht zu erregen. Vee dagegen musste wirklich aufpassen, sich nicht in der allgemeinen Begeisterung zu verlieren. Sie dachte daran, wie ihre Mutter es früher geliebt hatte, sich chic zu machen; ihr einziges Paar hochhackige Schuhe hatte sie in Seidenpapier gewickelt im Karton aufbewahrt und nach dem Tragen stets wieder dort hineingelegt. Vee beugte sich zu Leonie hinüber und sagte: »Diese

Frauen würde ich wahnsinnig gern fotografieren. Ohne Make-up. So wie sie wirklich sind.«

»Warum ausgerechnet diese Frauen?«, frage Leonie. »Was ist mit denen, die nicht dem patriarchalischen Schönheitsideal entsprechen? Das ist doch Verschwendung.«

»Warum?«

»Weil das hier keine Schönheit ist, sondern die Diktatur des Patriarchats! Das ist Intelligenzverschwendung! Und Zeitverschwendung. Wie lange brauchen diese Frauen, um ihre Augenbrauen in Form zu zupfen? Oder sich auf Idealmaße herunterzuhungern?« Vee dachte an die Fotos, die sie in der Zeitung gesehen hatte, darunter eines mit einer Frau im Badeanzug, der ein Mann ein Maßband um die Hüften hielt. Leonie hatte recht. Sie hatte immer recht. Doch Vee schwebte eine andere Weise vor, Schönheit zu porträtieren. Oder vielleicht wollte sie auch eine andere Art von Schönheit porträtieren.

Allmählich kamen ihr Zweifel, dass die geplante Protestaktion überhaupt stattfand. Wer würde es wagen, eine weltweite Fernsehübertragung zu stören? Das war doch eigentlich undenkbar. Protestkundgebungen auf der Straße oder öffentlichen Plätzen waren etwas anderes. Streiks genauso. Oder wenn Frauen sich weigerten, das zu tun, was von ihnen erwartet wurde. Das waren die Schlachtfelder, auf denen der Kampf stattfinden konnte. Aber die Unterbrechung der Miss-World-Wahl, die von Millionen Menschen weltweit auf dem Bildschirm mitverfolgt wurde? Das war doch verrückt. Als Leonie ihr das erste Mal davon erzählte, hatte Vee das Ganze für einen Witz gehalten. Sie waren auf der Eröffnung der Ausstellung eines Kollektivs junger Frauen gewesen, die gegen den Vietnamkrieg protestierten. Vee hatte die Kunstwerke und Künstlerinnen fotografiert, aber das Licht in der Galerie war ein Albtraum gewesen, weshalb sie Leonie nur mit halbem Ohr zugehört hatte. Eine Woche später hatte Leonie ihr die Einzelheiten in einem Brief verraten; Vee hatte sie sogar in ihrem Tagebuch festgehalten, aber das Ganze noch immer nicht glauben können. Sie hatte es für eine Art Schülerinnen-Pakt gehalten, wie damals, als alle schworen, aufzustehen und gemeinsam das Klassenzimmer zu verlassen, wenn ihnen wieder eine Strafarbeit aufgebrummt wurde. Oder wegen Amanda Johnson die Schule zu schwänzen, die vom Sportlehrer gezüchtigt worden war, weil sie schon zum dritten Mal in Folge ihr Sportzeug vergessen hatte, obwohl alle wussten, dass sie es nur deshalb nicht mitbrachte, weil ihre Mutter sie keinen BH tragen ließ und Amanda das Gelächter der Jungs mehr fürchtete als den Zorn des Lehrers.

Doch dann ging es los.

Und Vee machte mit.

Denn als Bob Hope auf die Bühne kam und sagte: »Ich freue mich wirklich außerordentlich, heute Abend hier auf diesem Viehmarkt zu sein«, ertönte die Fußball-Ratsche, und Vee wurde dermaßen wütend, dass sie gar nicht anders konnte, als aufzuspringen und diesen unverschämten Moderator und die Ungeheuerlichkeit der ganzen Veranstaltung niederzubrüllen. Schade, dass sie nur ihre Kamera mitgenommen hatte! Doch zum Glück reichte Leonie ihr eine Mehlbombe. Vee schleuderte sie mit voller Wucht auf die Bühne und schrie zusammen mit den anderen Frauen: »Wir sind nicht schön, wir sind nicht hässlich, wir sind wütend!« Endlich war sie einmal mittendrin, und in diesem Moment hätte sie nirgendwo anders sein wollen. Die Luft war erfüllt von Wut, Mehl und Geschrei; die Sicherheitskräfte und Polizisten kamen zwar schnell, aber nicht schnell genug. Das war Aktivismus pur! Vee und Leonie waren Teil einer Bewegung, die buchstäblich im Begriff war, die Welt zu verändern.

Der Mann im Smoking, der zuvor Leonies Gefluche missbilligt hatte, bellte: »Aufhören! Es reicht!« Vee schaute zur Seite, der

Mann war vor Empörung rot angelaufen, und bei seinem Anblick kam ihr eine weitere Erkenntnis, die ihre eigene Wut noch mehr anheizte. Sie war nicht nur hier, um gegen die Art und Weise vorzugehen, wie Frauen dargestellt wurden – sie war hier, um gegen die ganze verdammte Welt zu protestieren! Die Schönheitsköniginnen stellten sich nur deshalb zur Schau, weil die Männer in den Smokings sie anglotzen wollten. Und den Frauen, die die Männer in den Smokings begleiteten, war eingetrichtert worden, dass das in Ordnung sei. Niemand hier war der Meinung, etwas Falsches zu tun. Sie waren alle einer Gehirnwäsche unterzogen worden. Inmitten des Chaos, vor den leeren Augen der Fernsehkameras und den aufgebrachten Blicken der Leute, die wegen der Show hergekommen waren, begriff Vee plötzlich, worum es ging. Sie begriff die ganze Tragweite. Ihr fehlten zwar die Worte, aber sie fühlte es. Sie wusste vielleicht nicht alles, aber sie verstand. Und dann nahm sie den Deckel vom Objektiv ihrer Kamera und schaute durch den Sucher.

Ein paar Minuten später wurde sie mit den anderen protestierenden Frauen aus der Royal Albert Hall geworfen und fand sich draußen in der Menge neben der breit grinsenden Leonie wieder. Und weil Vee für das Gefühl, das sie überkommen hatte, die richtigen Worte fehlten, platzte sie heraus: »Ich liebe dich!« Doch Leonie schien es gar nicht zu hören.

* * *

Zwei Stunden später standen sie auf der Straße vor dem Café de Paris. Flachmänner mit Brandy und Whisky wurden herumgereicht. Leonie trank viel und schnell. Vee nippte bloß daran – die Wärme, die der Alkohol in ihr ausbreitete, war zwar angenehm, aber sie wollte einen klaren Kopf behalten, falls sie doch noch verhaftet wurde. Die Polizisten schienen freundlich und guter

Laune zu sein; sie unterhielten sich mit ein paar ruhigeren Demonstrantinnen, die versuchten, ihnen zu erklären, dass auch ihre eigenen Frauen oder Schwestern durch Schönheitswettbewerbe herabgesetzt wurden. Die Polizisten schienen sie zwar nicht ernst zu nehmen, aber man konnte nie wissen. Vielleicht kam die Botschaft ja doch an.

Vee war noch immer vollkommen überwältigt von ihrer plötzlichen Erkenntnis, wie viel Arbeit noch vor ihnen lag. Als sie in ihrer Handtasche nach ihrem Taschentuch kramte, stieß sie mit den Fingern gegen ihren Lippenstift. Sie warf ihn in den Rinnstein und schwor sich, nie wieder Make-up zu benutzen.

Jedes Mal, wenn die Demonstrantinnen anfingen, zu frösteln und müde zu werden, tauchten neue Frauen mit Plakaten auf – »Auch Frauen sind Menschen«, »Für die Befreiung aller Frauen« –, und der Sprechchor wurde durch weitere Stimmen belebt und verstärkt. Nach der erfolgreichen Aktion in der Royal Albert Hall waren alle euphorisch; Hunderttausende, wenn nicht sogar Millionen von Menschen mussten den Protest im Fernsehen gesehen haben. Vee erschien es fast unvorstellbar. Schade, dass sie das Gesicht von Barrys Mutter nicht hatte sehen können.

Vee konnte es kaum fassen, dass sie tatsächlich Teil dieser Bewegung war. An diesen Abend würde sie sich ihr Leben lang erinnern. Wer hätte gedacht, dass sie, Veronica Moon aus Colchester, Tochter eines Schreiners und einer Teilzeitverkäuferin, eines Tages hier stehen und gemeinsam mit vielen anderen Frauen ihre Stimme erheben würde, um eine neue Welt zu fordern? Und nun war sie dabei. Zeit, sich an die Arbeit zu machen, und zwar richtig.

Doch als die Begeisterung allmählich nachließ, fiel Leonie – die solche Aktionen im Gegensatz zu Vee gewohnt war – wieder ein, dass ihr Buch abgelehnt worden war. Ihre Stimmung sank in den Keller, und die Wirkung des Alkohols ließ ihre Enttäuschung hervorbrechen. Sie erzählte den anderen, die mit ihnen zusammenstanden, von ihrem Buch und beklagte sich darüber, dass ihre Schwestern sie im Stich gelassen hätten und ihre Meinung unterdrücken wollten. Schließlich begann sie zu schwanken und ließ sich auf einer Treppe nieder.

»Du solltest sie besser nach Hause bringen«, sagte Jo zu Vee. »Sie ist sturzbetrunken.« Vee schaute zu Leonie hinüber, die verstummt war, den Kopf auf die Hände gestützt. Die Polizisten ließen sie in Ruhe, wahrscheinlich weil sie im schwachen Lichtschein der Straßenlaterne wie ein alter Saufbold aussah. Vee war einen Moment lang versucht, sie zu fotografieren. Aber sie tat es nicht; das wäre gemein gewesen.

Sie durchsuchte die Menge nach bekannten Gesichtern und solchen, die ihrer Vorstellung entsprachen: alte Gesichter, müde Gesichter, Gesichter mit Doppelkinn. Leonie hatte ihr einen Wohnungsschlüssel gegeben für den Fall, dass sie sich bei der Kundgebung aus den Augen verloren. Vee brannte darauf, sich unters Volk zu mischen; Kiki war da, Fen und Jo ebenfalls; sie konnte Vee als Erste fotografieren. Leonie kam bestimmt alleine klar. Sie würden sich ja später in der Wohnung sehen.

Sie schaute abermals zu Leonie hinüber, die regungslos dasaß, den Kopf immer noch auf die Hände gestützt. Sie würde schon zurechtkommen. Und sie war ja von Schwestern umgeben, die ihr helfen würden.

Doch dann hob Leonie den Kopf, blickte sich um, und als sie Vee entdeckte, lächelte sie erleichtert. Vee erwiderte das Lächeln. Ihre Freundin war doch eigentlich am wichtigsten. Leonie brauchte ihre Unterstützung. Sie hatte Vorrang. Die Fotos konnte Vee morgen noch machen.

Im Taxi sagte Leonie kein Wort. Kaum waren sie in der Wohnung angekommen, ging Leonie noch einmal weg. Sie käme gleich wieder, sagte sie. Es war fast elf, nicht allzu spät, aber nach dem langen Tag wäre Vee am liebsten sofort ins Bett gegangen. Stattdessen erledigte sie noch den Abwasch und räumte ein wenig auf. Das hatte sie auch schon bei ihrem letzten Besuch getan. Leonie hatte ihr daraufhin vorgeworfen, sie hätte die patriarchalische Vorstellung von der Rolle der Frau vollkommen verinnerlicht. Aber das stimmte nicht; Vee hatte es einfach nur gern ordentlich. Viele Fotografen besäßen diese Eigenschaft, hatte sie Leonie gesagt, es läge nicht daran, dass sie eine Frau sei. Leonie hatte schließlich Ruhe gegeben, allerdings nicht, ohne grummelnd hinzuzufügen, dass Vee sich die Mühe hätte sparen können, weil montags die Putzfrau käme.

Leonie kehrte eine halbe Stunde später mit einer Flasche Wein und einem Teller Pizza vom Italiener nebenan zurück.

»Komm, lass uns auf dem Sofa essen«, sagte sie, ohne den blitzblanken Küchentisch eines Blickes zu würdigen. Vee hatte noch nie zuvor Pizza gegessen. Sie schaute zu, wie Leonie ein dreieckiges Pizzastück vornüber faltete, um es wie ein warmes Sandwich zu essen, und tat es ihr nach. Sie verbrannte sich fast die Finger, aber es war ihr egal; dann aß sie eben ohne Messer und Gabel. Es war köstlich, mit Tomate, Käse und rundlichen schwarzen Schnipseln, das mussten Oliven sein. Ihrem Dad hätte es bestimmt geschmeckt, er mochte überbackenen Käsetoast.

»Ich hatte gar nicht gemerkt, wie hungrig ich bin«, sagte Vee.

Leonie grinste und stellte den Teller auf den Boden. »Das habe ich mir gedacht«, sagte sie und schlang die Arme um Vee, die unwillkürlich zusammenzuckte, bevor sie sich entspannte. Leonie entging das nicht. »Bleib cool«, sagte sie. »Ich werde dich schon nicht küssen.«

»Daran liegt es nicht, es ist nur …« Vee fehlten die Worte, um Leonie zu erklären, was sie manchmal für sie empfand. Sie hatte dieses Gefühl früher schon bei Barry gehabt, aber im Unterschied zu Leonie hatte Barry sich sehr anstrengen müssen, bis Vee dieses warme Kribbeln im Bauch verspürte. Wie sonderbar. Sie wäre nie auf den Gedanken gekommen, dass es in Essex Lesben geben könnte, bis letztens diese Lokalpolitikerin ihr Coming-out hatte. Und sie wäre auch nie auf die Idee gekommen, dass sie selbst imstande sein könnte, eine Frau zu lieben. Jedenfalls nicht auf diese Art.

Doch bevor Vee weitersprechen konnte, kam Leonie ihr zuvor: »Ich glaube, auf Männer stehe ich mehr. Ich hatte ja schon mit einigen was. Aber auf Frauen will ich trotzdem nicht verzichten.«

Kaum war Vee sicher, dass sie etwas kapiert hatte, wurde mal wieder alles auf den Kopf gestellt. »Muss man sich denn entscheiden?«, fragte sie.

Leonie gab Vee einen Klaps aufs Knie. »Du lernst dazu, Schwester. Manche Leute wollen sich nicht entscheiden. Wenn man überhaupt ein Etikett dafür braucht«, sie verzog das Gesicht, um zu signalisieren, wie wenig sie davon hielt, »würde man es wohl als bisexuell bezeichnen. An beiden Ufern fischen. Aber ich habe keine Zeit, mir auch noch darüber den Kopf zu zerbrechen, ob ich mit allen vögeln will, die ich sexy finde, oder nur mit denen, die einen Schwanz haben.«

Vee nickte. Sie selbst war sich gar nicht sicher, ob sie überhaupt mit irgendjemandem vögeln wollte. Barrys Berührungen hatten ihr zwar gefallen, und wenn Leonie sie geküsst hätte, wäre sie vielleicht … interessiert gewesen. Aber ihr fehlte einfach der sexuelle Heißhunger, den alle anderen zu haben schienen. Abgesehen davon, verwirrte es sie nur, über Sex und Liebe nachzudenken. Was sie als Fotografin vor allem brauchte, war ein klarer Blick. »Klingt plausibel«, sagte sie.

Leonie bekam einen Lachanfall.

Vee konnte es nicht ausstehen, wenn man über sie lachte. »Was ist daran so lustig?«, fragte sie. Leonie kriegte sich gar nicht mehr ein, und schließlich musste Vee mitlachen, auch wenn sie keine Ahnung hatte, was der Grund war. Das schien Leonies größte Stärke zu sein: Sie war nicht nur klug und wortgewandt, sie konnte einen auch richtig mitreißen.

»Als wir uns kennenlernten, hättest du nie im Leben ›Klingt plausibel‹ gesagt, schon gar nicht in diesem Tonfall!«, gluckste Leonie. »Du hättest eher wie Eliza Doolittle reagiert: ›Is nich Ihr Ernst, Professor Higgins!‹«

Vee verdrehte die Augen. »Stimmt gar nicht. Außerdem kam Eliza Doolittle aus dem East End, nicht aus Essex. Du würdest Fulham ja auch nicht mit Wales vergleichen.«

»Schon gut, ich wollte bloß nett sein«, sagte Leonie und goss sich den letzten Rest Wein ein. Vee hatte erst ein halbes Glas getrunken. Der Wein schmeckte sauer; sie hätte eigentlich lieber auf ihr Glas verzichtet, aber wenn sie es abgelehnt hätte, hätte Leonie die ganze Flasche allein geleert.

»Wolltest du wirklich bloß nett sein?«

»Warum verblüfft dich das so?« Leonie war wieder ernst, sie schien verunsichert. Sie wollte also auch gemocht werden, auch wenn sie es nicht zeigte. Vee war erleichtert.

»Weil du sonst immer das Gegenteil von nett bist.«

Leonie fischte ihre Tabakdose aus der Tasche, zündete sich eine Selbstgedrehte an und zuckte mit den Schultern. »Wenn ich dich davon abhalten will, mit Typen zu flirten, nur damit sie nicht ausflippen, geht es nicht darum, nett oder das Gegenteil von nett zu sein, sondern darum, was richtig ist.«

Vee nickte. »Das weiß ich doch.« Den Wachmann an der Royal Albert Hall hatte sie noch angelächelt. Aber nach allem, was sie an diesem Abend erlebt hatte, einschließlich der Erkenntnis, wie perfide das alles war, würde sie sich garantiert nie wieder so verhalten.

»Gut.« Leonie grinste wieder. »Ich werde dich schon nicht anbaggern, Baby, du kannst dich beruhigt in dein Bett legen.« Sie stand auf, streckte sich und kickte den Pizzateller unters Sofa. In der Küche waren Vee ein paar identische Teller aufgefallen; der Italiener vermisste sie wahrscheinlich schon.

»Gehst du noch nicht schlafen?«

»Nein, ich will noch was schreiben.«

»Jetzt? Aber du bist …«

»Was? Besoffen? Spitz wie Nachbars Lumpi?« Leonies Leben mochte chaotisch sein, aber ihr Schreibtisch unter dem Fenster war picobello aufgeräumt. Sie schaltete die Arbeitslampe an, stützte sich mit den Händen auf dem Tisch ab und senkte den Kopf. »Schreibe, wenn du betrunken bist, und redigiere, wenn du nüchtern bist. Hemingway soll das gesagt haben. Dieser aufgeblasene Arsch, was wusste der schon. Mein Motto lautet jedenfalls: Schreibe und redigiere, egal was du intus hast.«

Sie schaute Vee an, wartete auf eine Reaktion.

»Meins lautet: Fotografiere, wenn du nüchtern bist, und mach es beim Entwickeln genauso«, sagte Vee. Vielleicht fand Leonie sie jetzt genauso aufgeblasen wie Hemingway, aber das war nun einmal ihre Arbeitsmoral.

Leonie nickte. »Ist bestimmt schlauer«, sagte sie und setzte sich an ihren Schreibtisch.

* * *

Am nächsten Morgen wurde Vee vom Duft gebratenen Specks und Leonies lautem, schiefem Gesang geweckt. Es war schon fast zehn. Sie hatte wie ein Stein geschlafen, was wahrscheinlich ebenso am Wein lag wie an den aufregenden Ereignissen am Abend zuvor, vom stundenlangen Aufenthalt in der Kälte und dem einlullenden Londoner Verkehrslärm ganz zu schweigen. Leonie begrüßte sie mit einem Grinsen, goss ihr einen Tee ein und stellte einen Teller mit Speck-Sandwiches auf den Tisch.

»Du bist aber früh aufgestanden«, sagte Vee. Auf dem Tisch lagen der *Telegraph*, der *Guardian* und der *Express*, daneben eine überquellende Papiertüte mit Äpfeln und eine Schachtel Mr Kipling French Fancies. Ihr Dad liebte diese Törtchen, und beim Gedanken an ihn wurde ihr plötzlich weh ums Herz; er widmete sich vermutlich gerade seiner sonntäglichen Vormittagsroutine, die darin bestand, den Kamin zu säubern und neues Holz für später nachzulegen.

»Ich habe noch gar nicht geschlafen«, sagte Leonie. »Ich lege mich später hin.«

Allein der Gedanke, die Nacht durchzuarbeiten, brachte Vee zum Gähnen, aber Leonie wirkte erstaunlich munter, obwohl sie erschöpft aussah und ihre Haare wie üblich eine Wäsche vertragen hätten. Ihre Ohren lugten zwischen den Strähnen hervor, was irgendwie süß aussah. »Hast du was Gutes geschrieben?«, fragte Vee.

»Die beste Kolumne, die ich je verfasst habe«, sagte Leonie und biss in ihr Sandwich. »Diese blöde Verlegerin von gestern wird in Tränen ausbrechen, wenn sie sie liest.«

»Toll«, sagte Vee. Sie stießen mit den Teetassen an. Anschließend schaute Vee sich die Zeitungen an. Eine hatte auf der Titelseite ein Foto vom Protest abgedruckt. Auf dem Titelbild der anderen war die lächelnde Miss World zu sehen; im Beitrag wurde der Protest nur am Rande erwähnt. »Sieh dir das an. Und wir waren dabei.« Das unbeschreibliche Gefühl von gestern war noch immer da und vom Bauch ins Rückgrat gewandert; Vee fühlte sich aufrechter, stärker.

Sie las den Beitrag, der unter anderem das Ergebnis der Miss-World-Wahl bekannt gab; die Ehrung der Siegerin hatten sie ja nicht mehr mitbekommen. »Wenigstens haben sie diesmal eine Schwarze gewinnen lassen«, sagte sie.

»Diese Bemerkung ist dermaßen daneben, dass ich gar nicht weiß, wo ich anfangen soll!« Leonie versetzte Vee einen Stoß, der den Speck von ihrem Sandwich fliegen ließ. Vee lachte kopfschüttelnd über sich selbst. Sie hatte mal wieder geredet, ohne vorher nachzudenken.

»Lass mich noch mal von vorn anfangen«, sagte sie. »Aus Fehlern lernt man schließlich.«

Leonie lehnte sich in ihrem Stuhl zurück und verschränkte die Arme. »Na gut, mein Kind. Ich bin ganz Ohr.«

»Okay.« Vee dachte über das nach, was sie zuvor gesagt hatte. »Niemand hat das Recht, die Fähigkeiten von Frauen anzuzweifeln …«

Leonie nickte. »Oder?«

»Oder zu behaupten, sie hätten keine.«

»Genau. Und weiter?«

»Und wenn eine Frau Erfolg hat, sollte ihre Hautfarbe dabei genauso wenig eine Rolle spielen wie ihr Geschlecht.«

»Findest du es okay zu sagen, dass die Hautfarbe keine Rolle spielen sollte?«

»Na ja«, das lag doch auf der Hand, »natürlich sollte sie keine Rolle spielen. Das wäre schließlich Rassismus.«

»Das meinte ich nicht«, sagte Leonie. »Sondern: Findest du es okay, wenn du als Weiße das sagst? Es gibt Dinge, über die du dir eigentlich kein Urteil erlauben kannst. Das wäre ungefähr so, als würde ich dich schlagen und mir dann herausnehmen zu sagen, wie weh dir das getan hat.«

Vee konnte gar nicht genug von diesen Gesprächen bekommen. Sie fühlte sich jedes Mal in ihre Kindheit zurückversetzt, als sie ihrem Vater bei der Arbeit zugeschaut und er ihr beigebracht hatte, wie man Schwalbenschwanzverbindungen fräste. Später, bei ihrem ersten Dunkelkammerkurs an der Berufsschule, hatte sie eine ähnliche Begeisterung verspürt, wenn sie etwas verstanden hatte. Wer lernen wollte, wie etwas geht, brauchte einfach nur aufzupassen.

Leonie füllte die Tassen nach. Ihre Teekanne war mit einem gestrickten Kannenwärmer überzogen. Den hatte sie bestimmt nicht selbst gestrickt; Handarbeit war eher etwas für ihre Schwester Ursula, die ziemlich spießig zu sein schien, soweit Vee gehört hatte. »Du hast gesagt: ›Wenigstens haben sie eine Schwarze gewinnen lassen‹«, fuhr Leonie fort. »›Wenigstens‹ klingt so, als wären wir mit einem Minimum zufrieden. Tja, und einen Schönheitswettbewerb zu gewinnen, ist nicht gut, weil …«

Vee schlug lachend mit der Handfläche auf den Tisch, als wollte sie beim Pokern mit ihrem Vater (sie spielten immer um Streichhölzer) einen Straight Flush abwerfen. »Weil damit patriarchalische Schönheitsvorstellungen unterstützt werden!«

»Genauso ist es, Schwester. Wir machen Fortschritte!«

»Danke, Leonie. Ich komme mir noch immer oft dumm vor.«

»Wir unterstützen unsere Schwestern. Und Wissen zu vermitteln heißt, Macht zu vermitteln. Unsere gesamte Bildung wird vom Patriarchat gesteuert. Du musst dir nicht dumm vorkommen. Weil …?« Leonie zog eine Augenbraue hoch.

»Weil das Patriarchat von Frauen erwartet, dass sie sich dumm vorkommen?«

»Volltreffer, Schwester!« Leonie hatte ihr Speck-Sandwich aufgegessen und nahm sich ein Törtchen aus der Schachtel. »Fen ist übrigens vor einigen Wochen hier ausgezogen. Willst du einziehen?«

Vee hatte sich insgeheim schon vorgestellt, wie es wäre, Leonies Mitbewohnerin zu sein. Oder ihre Schwester. Einmal – sie wusste auch nicht, was in sie gefahren war – hatte sie sich sogar vorgestellt, sie wären ein Paar. »Sehr gern!«, platzte sie heraus. Etwas Besseres, als mit einer Frau zusammenzuleben, die so gut darüber Bescheid wusste, welche Veränderungen die Welt dringend brauchte, konnte ihr gar nicht passieren. Und sie würde beim Kampf dabei sein können, richtig mitmachen können, weil sie mittendrin wäre. Aber … »Wie hoch ist denn die Miete?«

Leonie zuckte mit den Schultern. »Es gibt keine Miete. Wir teilen uns die Rechnungen.«

»Aber das … ist das dein Ernst?«

»Klar.« Leonie grinste. »Ich zahle auch keine Miete. Die Wohnung gehört meinen Eltern. Sie haben sie gekauft, als sie noch in Norwich wohnten. Damit sie irgendwo übernachten konnten, wenn sie gelegentlich in London zu tun hatten. Als sie schließlich nach London umzogen, kauften sie sich ein Haus. Die Wohnung haben sie aber behalten.«

Vee nickte, als wäre es völlig alltäglich, Eigentumswohnungen in Städten zu haben, in denen man gelegentlich zu tun hatte. »Das klingt toll«, sagte sie. »Ich würde wirklich gern hier einziehen.«

Da klingelte das Telefon. Leonie ging in den Flur, nahm den Hörer ab und kam nach einem kurzen Gespräch in die Küche zurück. »Hast du noch genug Film in deiner Kamera?«

»Ja, das habe ich immer. Wieso?«

»Wir müssen rüber zu Jo. Kiki ist gerade bei ihr. Als sie gestern Abend heimkam, hat ihr Mann sie übel zugerichtet.«

»Kikis Mann? Aber sie hat doch gesagt, er hätte nichts dagegen, dass sie mitmacht.«

»Ja, das stimmt.« Leonie zog ihre Doc Martens an. (Vee fand die Stiefel toll, aber sie selbst konnte so etwas bestimmt nicht tragen.) »Als sie heimkam, war er spitz auf sie, und als sie nicht wollte, hat er sie gezwungen. Jo versucht, sie irgendwo unterzubringen. Ich schreibe auf, was sie berichtet. Du könntest ihre Verletzungen fotografieren. Sie hat Platzwunden im Gesicht und Blutergüsse an den Schenkeln und Handgelenken.«

Vee musste schlucken. Kiki war ein echter Sonnenschein: klug, temperamentvoll, stets fröhlich. Die Vorstellung, sie so zerschunden zu sehen, war kaum zu ertragen. Aber Schwestern halfen einander, und vielleicht würden die Fotos ja für irgendetwas gut sein. »Hat jemand die Polizei gerufen?«

Leonie hielt inne und schaute Vee an. »Kiki ist mit ihm verheiratet. Rein rechtlich hat er sich nichts zuschulden kommen lassen.«

»Richtig«, sagte Vee, obwohl es alles andere als richtig war. »Ein paar Tage später sollte ich noch mal zu ihr. Dann sieht man die Verletzungen deutlicher.«

Vielleicht hatte ihre Stimme ein wenig gezittert, denn als Leonie die Mäntel brachte, umarmte sie Vee kurz und drückte sie fest an sich. »Nicht jeder wäre bereit dazu. Danke, Vee.«

21. November 1970

»Warum in aller Welt willst du ausziehen?«, fragte Stanley. Vee hatte damit gerechnet, dass ihr Vater verletzt, vielleicht sogar wütend reagierte. Doch er war vor allem bestürzt, und damit umzugehen fiel ihr noch schwerer. Für sie war stets klar gewesen, dass sie eines Tages gehen würde.

Seit sie mit Barry Schluss gemacht hatte, achtete ihr Vater viel strenger darauf, dass sie sich zur Hälfte an den Haushaltskosten beteiligte. Er befürchtete wohl, dass sie als alte Jungfer endete, und wollte auf diese Weise sicherstellen, dass sie sich selbst versorgen konnte, wenn er eines Tages starb. Sie konnte nicht fassen, wie selbstverständlich er davon ausging, dass sie so lange bei ihm leben würde. Als gäbe es für sie nur zwei Optionen: heiraten und mit ihrem Mann zusammenzuziehen oder unter dem Dach ihres Vaters zu bleiben.

Dabei hatte er sie eigentlich nie wie ein Mädchen behandelt; sie konnte mit Säge und Drehmeißel umgehen, ein Feuer in Gang bringen, Sicherungen tauschen, und wie man einen Ölwechsel machte, wusste sie auch. Er hatte ihr all das beigebracht – aber nur, weil sie ihn gefragt oder ihm Gesellschaft geleistet hatte, wenn er in der Werkstatt eine Kommode für ihr Zimmer tischlerte oder den Nachttisch des Nachbarn reparierte. Im Grunde hatte all das nur dem Zweck gedient, sie beide vor der Einsamkeit zu bewahren. Und jetzt wollte er sie auf ein dröges Dasein als alleinstehende Tochter vorbereiten. Er hörte allerdings nicht auf, von Barry zu reden; offenbar hoffte er noch immer, dass sie wieder zur Vernunft kam. Aber das konnte er sich abschminken.

Wo werden deine Londoner Freundinnen sein, wenn du älter wirst?, hatte er gesagt. Wer soll dir später einen neuen Esstisch zimmern oder die Sicherung austauschen, wenn sie mal wieder durchknallt? Das kriegen deine Etepetete-Emanzen nicht hin.

Das weißt du doch gar nicht, hatte sie erwidert, und nur weil Barry Immobilienmakler ist, heißt das nicht, dass er auch einen Nagel in die Wand schlagen kann. Sie hatte gehofft, er würde ihr Unterstellungen vorhalten; dann hätte sie ihm das Gleiche vorwerfen können. Aber er hatte nur gelächelt und gesagt: Du weißt, was ich meine. Und sie wusste es tatsächlich; das war einfach nur seine Art, ihr zu sagen, dass er sich sorgte. Sie wusste allerdings auch, dass der einzige Weg, ihn von ihrer Selbstständigkeit zu überzeugen, darin bestand, auszuziehen, arbeiten zu gehen und sich einen Namen als Fotografin zu machen.

»Ich begreife es einfach nicht, Veronica«, sagte er nun. »Ich weiß, wir sind nicht immer einer Meinung, aber dass du deswegen …«

Vee hatte ihren Vater schon einige Male fotografiert, meistens hatte sie es getan, um ein neues Teil ihrer Ausrüstung auszuprobieren. Die Aufnahmen hatten sie jedes Mal fasziniert; es lag an den Proportionen seines Gesichts, an der geraden Form der Augenbrauen im Zusammenspiel mit der Nase. Seine Ohrläppchen waren relativ lang, und sein linkes Augenlid hing im Vergleich zum rechten ein wenig herab. Nun sah er niedergeschlagen aus. Ihre Entscheidung machte ihn traurig, und am liebsten hätte sie dreierlei getan: erstens, ihn in dieser Verfassung fotografiert, zweitens, ihn beruhigt, nur damit er wieder lächelte, und drittens, ihm ihre Entscheidung erklärt. Sie entschied sich für die schwierigste Option. »Dad, es hat überhaupt nichts mit dir zu tun. Ich will einfach nur auf eigenen Füßen stehen. Und ich will Karriere machen. Und dafür gibt es keinen besseren Ort als London.«

Er schüttelte den Kopf. »Du hast dich verändert, Schatz. Ich verstehe dich einfach nicht mehr.«

Sie legte ihre Hand auf seine. Ihre war viel kleiner. Wie die Hand des kleinen Mädchens, das sie einmal gewesen war. »Ich bin noch immer dieselbe, Dad. Ich versuche nur, meinen Weg zu finden. Und ich verändere mich, so wie die Welt um uns herum sich auch verändert. Aber ist das nicht normal? Deine Eltern haben dir doch sicher auch irgendwann gesagt, dass sie dich nicht mehr verstehen, oder?«

Ein Lächeln. Dann ein Seufzer.

»Die Welt ist im Wandel, Dad«, sagte sie. »Frauen haben viel mehr Möglichkeiten außer heiraten und Kinder kriegen. Es gibt die Pille, Frauen haben jetzt eine Wahl.«

Leonie fand es wichtig, in Gegenwart von Männern über Sex und Verhütung zu sprechen, damit das »normal« wurde. Vee stimmte ihr zu. Abgesehen davon, hatte ihr Vater sich auch früher schon Sachen anhören müssen, über die Töchter normalerweise mit ihren Müttern redeten, beispielsweise Büstenhalter oder die Periode. Es war ihm also nicht fremd.

»Tatsächlich?«, fragte er.

»Ja«, erwiderte sie und schaute ihn an. Erst da wurde ihr klar, wie seltsam das für ihn klingen musste. Ihre Eltern hatten damals geheiratet, weil ihre Mutter schwanger war. Manchmal, wenn er an Weihnachten zu viel trank oder der Todestag ihrer Mutter sich jährte, sagte er zu Vee, einen besseren Unfall als sie hätte es gar nicht geben können. »Ach, Dad«, seufzte sie nun. »So habe ich das nicht gemeint …«

Er stand auf. Ihr blieb nichts anderes übrig, als seine Hand wieder loszulassen. »Ich weiß«, sagte er, aber sein Gesichtsausdruck war leer geworden, und er schaute sie nicht an. »Ich frage Johnny vom Schrebergarten, ob er mir seinen Lieferwagen leiht. Dann brauchst du nicht mehrmals hin- und herzufahren. Gib mir nur Bescheid, an welchem Tag.«

November 1970

Zeitschrift *This Month*

Leonie Barratt: Briefe einer Feministin

Unser monatlicher Frontbericht vom Kampf der Geschlechter

Lieber John,
bei der Miss-World-Wahl ging es dieses Jahr ja ziemlich hoch her. Hast du mich gesehen, John? Ich war dort. Auf die Bühne habe ich es zwar nicht geschafft, dafür aber eine meiner Mehlbomben. Den verfaulten Salat in meiner Handtasche habe ich in der Aufregung vergessen, aber Schlachten verlaufen ja selten so wie geplant.
Warst du davon beeindruckt, dass meine Schwestern und ich in Aktion getreten sind? Dass Frauen wie wir, mit Speckwülsten, zu großen Nasen und Zahnlücken, der Welt klarmachen wollten, dass wir ebenfalls achtbare Mitglieder der Gesellschaft sind? Oder warst du stattdessen darüber empört, dass dein Genuss dieser Vorführung »perfekter« Frauen in Badeanzügen und Abendkleidern unterbrochen wurde? Hast du dir vielleicht vorgestellt, wie du diesen armen, verängstigten »Schönheitsköniginnen« die Tränen abwischst? Haben sie dich in deinen Träumen angeschaut, bleich, doch noch immer schön, und dir zugeflüstert? »Ich habe Angst, John. Alles, was ich will, ist ein guter Mann, der mich liebt. Bitte halt mich fest.«
John, wir müssen uns dringend über Schönheitswettbewerbe unterhalten. Sie sind wirklich in keiner Form akzeptabel.

Weil Frauen IMMER akzeptabel sind, in JEDER Form. Es kommt nicht darauf an, wie wir aussehen.
Mir wäre es lieber, wenn ich dir das überhaupt nicht erklären müsste, aber ich tue es trotzdem, nur um ganz sicherzugehen. Damit du, wenn die Miss-World-Wahl nächstes Jahr wieder im Fernsehen läuft, deinen Abend auf eine sinnvollere Weise verbringen kannst, die nicht von Unterdrückung geprägt ist. Du könntest zum Beispiel ein Gespräch mit einer Frau führen, die du magst. Du könntest mit ihr essen gehen. Mit getrennter Rechnung, denn viele von uns fühlen sich unwohl dabei, mit einer Einladung »verwöhnt« zu werden. Und bei eurem Gespräch könntest du darauf achten, dass du genauso viel zuhörst, wie du redest. Du könntest generell bei allem, was du tust, auf den Gleichheitsgrundsatz achten. Verstehst du, was ich meine? (Damit musst du auch gar nicht bis nächstes Jahr warten. Wenn du willst, kannst du gleich morgen damit anfangen.)
Im Gegensatz zu einigen meiner Schwestern glaube ich nicht, dass du wegen des Testosterons automatisch böse bist, John. Ich glaube, du wurdest dazu konditioniert, davon überzeugt zu sein, dass Frauen eine festgelegte Rolle in deinem Leben zu spielen haben. Etwa die, schön zu sein. Badeanzüge zu tragen und sich umzudrehen, damit du ihren Hintern begutachten kannst. Sie sollen dich umschmeicheln und umgarnen, damit du sie heiratest. Und anschließend sollen sie ihr Möglichstes dafür tun, ihr Aussehen zu behalten, denn falls sie einige Pfunde zulegen und erkennen, dass Lippenstift sowieso nur ein weiteres Instrument der Unterdrückung ist, hättest du natürlich guten Grund, dir nächstes Jahr in der Royal Albert Hall eine bessere Schönheitskönigin auszusuchen. Denn so

funktioniert das Patriarchat. Wenn du ein Ding besitzt, das groß und hart werden kann und sich in deiner Doppelrippunterhose mit Eingriff verbirgt, kannst du einfach durchs Leben wandern und tun, was dir gefällt, umgeben von Frauen, die ausschließlich das tun, was man ihnen beigebracht hat. Dich zu befriedigen, zu umsorgen und sich stets so zu verhalten, dass dein Recht, dir alles zu nehmen, was du willst, niemals infrage gestellt wird.
Das ist nicht in Ordnung, John. Ich lese Zeitung (ja, ich kann lesen), schaue mir die Nachrichten an (ja, ich kann mir einen Fernseher leisten, ich habe ihn von meinem selbst verdienten Geld bezahlt), und ich sehe, dass die Schwesternschaft gerade einiges einstecken muss. Angeblich sind wir Demonstrantinnen nur neidisch. Wenn wir auch so lange Beine und so schöne Haare hätten und die Welt allein damit beeindrucken könnten, im Scheinwerferlicht zu stehen und uns anschauen zu lassen, würden wir angeblich auch sofort auf die Bühne springen. Aber da wir das nicht können, benehmen wir uns angeblich genauso, wie man es von albernen, neidischen Mädchen erwartet. Aus purer Missgunst.
Ich weiß, diese Äußerungen stammen nicht alle von dir persönlich (wobei ich trotzdem vermute, dass du, als deine Bürokollegen und Golfkumpel über das Verhalten der »verdammten Emanzen« fluchten, nicht für uns Partei ergriffen hast, was dich zu einem Teil des Problems macht). Aber solche Äußerungen unterstellen, dass der größte Erfolg, den eine Frau in ihrem Leben erzielen kann, darin besteht, auf die entstellte, puppenhafte Art schön zu sein wie die Frauen, die auf der Bühne der Royal Albert Hall präsentiert wurden. Männer, die sich mit dieser Begründung gegen die Protestaktion stellen, sind davon

überzeugt, dass Frauen, die klug, wissbegierig, geistreich oder mutig sind, all diese Eigenschaften auf der Stelle gegen eine zierliche Nase und eine perfekte Figur eintauschen würden, wenn sie die Gelegenheit dazu bekämen. Siehst du, wie tief verwurzelt das Ganze ist? Das ist patriarchalisches Denken in Reinform, und es ist falsch. Wir haben nicht unsere Schwestern mit faulen Tomaten beworfen, sondern den Mann, der unsere Schwestern herabgewürdigt hat. Es waren nicht unsere Schwestern, die wir mit Mehlbomben und Schmährufen attackiert haben. Nein – wir haben dagegen protestiert, nach unserem Aussehen beurteilt zu werden. Wir haben gegen einen Moderator protestiert, der uns mit Vieh auf einem Markt verglichen hat. Wir wollen Frauen dazu bringen, von dem Glauben abzukommen, dass ihr Wert sich an ihrem Aussehen misst. Deshalb haben wir protestiert und tun es weiterhin.

John, wenn es in deinem Leben Frauen gibt, die du liebst, beobachte sie, wenn du das nächste Mal Zeit mit ihnen verbringst. Essen sie weniger als du, oder sprechen sie davon, Diät machen zu wollen? Schminken sie sich, bevor sie zu einer Verabredung gehen? Fragen sie dich, ob sie gut aussehen?

Wenn die Antwort auf diese Fragen »Ja« lautet, fürchte ich, dass du für das Problem mitverantwortlich bist.

Hast du eine Vorstellung davon, wie viel Zeit eine Miss-World-Kandidatin in ihr Aussehen investiert? (Und mach dir nichts vor; sie nimmt an einem Wettkampf teil, bei dem Frauen gegen Frauen antreten. Was clever ist, denn das hält Frauen davon ab, zu erkennen, wo der eigentliche Kampf stattfindet.) Sie pflegt ihren Körper täglich mehrmals mit diversen Essenzen und Cremes, damit ihre Haut zarter, bleicher oder glatter wird. Sie verbringt Stunden vor dem Spiegel auf der Suche nach einem Makel, ohne zu begreifen, dass sie selbst mit Makeln makellos ist, so wie alle Frauen.

Jedes Mal, bevor sie etwas zu sich nimmt, überlegt sie, ob sie es auch wirklich essen darf, weil – stell dir das mal vor – regelmäßig bei ihr Maß genommen wird, um festzustellen, ob sie richtig in Form ist. (Und sie wird niemals richtig in Form sein. Denn wenn sie 90-60-90 misst, ist das zwar schön und gut, aber wenn alle 90-60-90 messen, wird sie denken, dass sie besser 90-58-90 oder 88-56-88 anpeilen sollte.) Alkohol ist für sie tabu. Weißt du, wie viele Kalorien ein Martini Sweet hat, John? Eine Schönheitskönigin weiß das, darauf kannst du wetten. Sie würde niemals auf einer Strandpromenade Zuckerwatte essen und sich den klebrigen Rest von den Fingern lecken. Wenn es an der Tür klingelt, macht sie nur dann auf, wenn sie perfekt geschminkt ist. Und in ihrem Flur hängt ein Spiegel, damit sie sich vergewissern kann, dass sie präsentabel aussieht, bevor sie aus dem Haus geht.

Deine Schönheitskönigin verbringt vermutlich sehr viel Zeit damit, auf hochhackigen Schuhen zu laufen, John. Wenn du halbwegs anständig bist, musst du doch einsehen, dass das nicht okay ist.

Wahrscheinlich marschiert sie tagelang damit durch die Gegend, aber niemand würde sie fragen, was sie vom Vietnamkrieg hält. Dabei hat sie bestimmt eine Meinung dazu. Sie hat es nicht verdient, auf ihr Äußeres reduziert zu werden. So wie wir – die Feministinnen, die Demonstrantinnen, denen auf der Straße nicht nachgepfiffen wird, weil sie sich dem Du-musst-hübsch-sein-Spiel verweigert haben – es nicht verdienen, dass uns als Motiv für unsere

Protestaktion bei der Miss-World-Wahl Neid unterstellt wird.
Also, unterstütze uns, John. Besitze die Größe, dir selbst, deinen Kollegen und den Frauen in deinem Leben gegenüber zuzugeben, dass unsere Protestaktion nicht auf Neid gründete, sondern in der Absicht geschah, der Welt klarzumachen, dass sie sich verändern muss. Erwarte allerdings nicht von mir, dass ich dir dafür danke. Denn die Überzeugung, dass Frauen Männern zu Dank verpflichtet sind, ist genauso inakzeptabel wie die Miss-World-Wahl. Aber das ist ein Thema, über das wir ein anderes Mal reden müssen.
Leonie

19. Februar 2018

In Dapchi, Nigeria, werden 110 Schülerinnen von der Extremistengruppe Boko Haram entführt. Am 25. März wird die BBC berichten, dass die meisten von ihnen wieder freigelassen, jedoch davor gewarnt wurden, in die Schule zurückzukehren. Fünf Mädchen werden sterben.

Queen Elizabeth II. besucht die Londoner Fashion Week.

Model Eunice Olumide sagt einem BBC-Reporter: »Die Branche kann die Wirklichkeit nicht abbilden (…) Es gibt keinen Mindestlohn für Models und auch keine Vorgabe, Kleidung in verschiedenen Größen anzufertigen.«

Noch neun Wochen und drei Tage bis zur Ausstellungseröffnung

Kopf hoch, meine Liebe«, sagte der Mann an der Ticketschranke.

Er meinte es sicher nett, aber wie pflegte Leonie immer zu sagen? Nutz jede Gelegenheit, die Leute zu erziehen. »Ich weiß Ihre Freundlichkeit zu schätzen«, sagte Vee, »aber Sie kennen mich überhaupt nicht und haben keine Ahnung, was in meinem Leben gerade los ist. ›Kopf hoch, meine Liebe‹ zu mir zu sagen ist daher wirklich unangebracht.« Sie lief weiter, ohne seine Reaktion abzuwarten. Bestimmt verdrehte er die Augen, und der Mann hinter ihr an der Schranke sagte wahrscheinlich: »Das hat man davon, wenn man nett sein will.« Vee konnte inzwischen zwar nicht mehr viel für die Bewegung tun, aber wenn sich die

Chance bot, konnte sie zumindest dafür sorgen, dass sie keine Rückschritte machte.

Sie hätte den Tag besser planen sollen. Seit Jahren führte sie ein ruhiges Leben. Sie wusste, dass sie krank war; ihr Notfalltermin bei Dr. Wilding nach ihrem ersten Treffen mit Erica war ein deutliches Signal gewesen. Und obwohl sie den ganzen Vormittag im Krankenhaus verbracht hatte, um sich gründlich untersuchen zu lassen, hatte sie ihre nächste Verabredung mit Erica an diesem Nachmittag nicht abgesagt. Ab und zu ließ Vee sich zu einem Wiedersehen mit früheren Kolleginnen oder zu einer Wohltätigkeitsveranstaltung überreden. Wie schwierig, wie anstrengend konnte es schon sein, ein paar Stunden in Gesellschaft zu verbringen? Doch wenn sie dann unterwegs war, fiel es ihr wieder ein. Es gab so viele Orte, wo sie an ihre Grenzen stieß, weil man dort rücksichtsvoll sein musste. Aber sie nahm keine Rücksicht mehr. Im Gegensatz zu früher. Früher hatte sie viel zu viel Rücksicht genommen. Bis Leonie ihr klarmachte, dass sie ihre eigenen Bedürfnisse an erste Stelle setzen durfte, weil das ihr gutes Recht war – nicht ihr Recht als Frau, sondern als Mensch. »Du bist genauso wichtig oder unwichtig wie alle anderen«, hatte Leonie gesagt. »Abgesehen von dir«, hatte Vee erwidert. Sie waren nach einem Treffen der Frauen-Befreiungsfront auf dem Weg nach Hause gewesen; Vee wohnte seit einem Monat bei Leonie. Leonie hatte gelacht und sie mit ihren klugen, strahlenden sepiabraunen Augen angeschaut. Wenn sie ihr in diesem Moment einen richtigen Kuss gegeben hätte, hätte Vee ihn erwidert.

Als Vee sich mit Ericas Ausstellungsprojekt einverstanden erklärt hatte, war sie Erica noch nicht persönlich begegnet. Sie hatte nicht ahnen können, wie sehr Erica ihrer Tante Leonie glich und dass diese Ähnlichkeit – die Augen, das Neigen des Kopfes, der Klang der Stimme, der beschwingte Gang – all das, was sie seit Jahrzehnten verdrängt hatte, wieder in ihr wachrufen würde. Wenn ihr Gedächtnis doch nur besser funktioniert hätte; durch die Operation war so viel verloren gegangen. Doch Gewissheit zu haben hätte vielleicht auch nicht geholfen.

Sie stieg in den Zug, suchte einen Sitzplatz, zog den Mantel aus und rieb sich die Armbeuge; an der Stelle, wo die Nadel hineingegangen war, saß nun ein Pflaster. Vee war es nicht gewohnt, dass jemand sie anfasste. (Ausgenommen Marja, die zu ihr nach Hause kam, um die Schmerzen wegzumassieren.) Natürlich wusste sie, dass das konzentrierte Abtasten, das sie am Vormittag über sich hatte ergehen lassen müssen, im Rahmen einer pragmatischen medizinischen Untersuchung geschah, aber sie empfand es trotzdem als unerwünschte Intimität. Und ihr war mehr oder weniger klar, was die Untersuchungen ergeben würden. Dr. Wilding hatte es ja schon angedeutet. Er hatte sich ihre Notizen angesehen und ihr zugehört, als sie ihre Kopfschmerzen, Stimmungsschwankungen, Hungerattacken und Erinnerungslücken beschrieb und dabei ständig nach den richtigen Worten suchte. Und dann hatte er gesagt: »Nun, Ms Moon, wir hatten ja schon damit gerechnet. Natürlich könnten verschiedene Ursachen dahinterstecken, aber am wahrscheinlichsten ist leider ein Rezidiv. Am besten machen wir einige Untersuchungen und warten die Ergebnisse ab.«

Die Untersuchungen im Krankenhaus hatten zwei Stunden gedauert. Vee konnte die schwebende Ungewissheit kaum ertragen. Vor allem, weil sie ja ahnte, wie das Ergebnis lauten würde; die Bestätigung wäre im Grunde eine Erleichterung. Sie stand ohnehin schon mit einem Bein im Grab. Sie hatte bereits ganze zehn Jahre mit dem Glioblastom überlebt; davon konnten die meisten anderen Betroffenen nur träumen.

In zwei Tagen hatte sie ihren nächsten Termin in der Harley Street, um über das Untersuchungsergebnis und die weitere Vorgehensweise zu sprechen.

Bis dahin war sie gezwungen zu warten.

Diesen Nachmittag würde sie wenigstens etwas Ablenkung haben. Auch wenn sie dem Treffen mit Erica nicht hätte zustimmen sollen. (»Schätzen Sie Situationen falsch ein?«, war sie bei der Untersuchung gefragt worden. »Ich glaube nicht«, hatte Vee erwidert. »Aber Sie wissen ja, auf meine Erinnerung ist kein Verlass.«)

Normalerweise war es für Vee kein Problem, mit der Bahn aus London hinauszufahren; früher kannte sie das Streckennetz in- und auswendig, so wie jetzt die Namen der Medikamente, die sie in ihrem Badezimmerschrank bunkerte. Doch die heutige Fahrt stellte eine Herausforderung für sie dar. In Waterloo stiegen zwei Familien ein, und Vee saß nicht weit genug weg, um den Lärm, den sie veranstalteten, auszublenden; sie musste ihn ertragen, bis sie in Hampton ausstieg. Die beiden Mütter sprachen wie Kindergärtnerinnen mit ihrem Nachwuchs, wie das heute anscheinend üblich war: *Stimmt, da ist ein Bus, welche Farbe hat der Bus? Kannst du die Nummer lesen? Ja, sie sieht fast wie eine 45 aus, aber sieh dir die zweite Zahl noch mal an …* Die beiden Väter (vielleicht waren es auch Onkel, Brüder oder Freunde) saßen dabei, aber auf der anderen Seite des Ganges. Der eine war mit seinem Handy beschäftigt, der andere fläzte sich auf seinem Sitz, die Hände in den Taschen, und starrte aus dem Fenster, als hätten die Kinder, die keine zwei Meter von ihm entfernt herumkreischten, nicht das Geringste mit ihm zu tun. Vielleicht würde er später, wenn sie müde wurden, eines von ihnen auf den Schultern tragen und von der Mutter Dank dafür erwarten. Vee komponierte das Foto in ihrem Kopf: den Mann, der das Kind hochhält und dabei lächelt und redet; die Frau mit Tüten beladen, ihre Gestalt zum Teil von seiner verdeckt, die hängenden Schultern und der leere Blick als Zeichen ihrer Erschöpfung.

Diese verdammten Männer.

Sie hatte es so satt.

In Hampton nahm sie ein Taxi vom Bahnhof, obwohl es bis zu Ericas Haus nicht weit war. Sie wurde durch Straßen mit imposanten Doppelhaushälften chauffiert, die meisten mit ausgebautem Dach, zwei Wagen auf der Auffahrt, gepflegten Vorgärten und glänzenden Fensterscheiben, die bestimmt nicht von den Hauseigentümern geputzt wurden. Das perfekte Spießbürgertum. Das Leben, das Erica zu führen schien, hätte Leonie ihr wohl kaum gewünscht, aber Ursula fand es bestimmt toll. So war es nun mal. Eltern strebten nach Sicherheit für ihre Kinder. Vees Vater wäre es auch lieber gewesen, wenn sie einen Mann geheiratet und eine Familie gegründet hätte.

Am Vorabend war Marja zu Vee nach Hause gekommen und hatte ihre magischen Hände wirken lassen; Vee ließ sich schon seit ihrer Operation von ihr massieren. Marja hatte die Kopfschmerzen vertrieben, und Vee hatte zehn Stunden am Stück geschlafen, traumlos, beschwerdelos. Ein Segen. Doch heute ging es ihr wieder schlechter, was natürlich zum Teil am Krankenhaus lag: künstliches Licht, keine Frischluft, wildfremde Menschen, die Vee anfassten und beim Vornamen ansprachen. Aber zum Teil hatte sie auch das Gefühl, dass ihr Kopf sie für den langen, erholsamen Schlaf bestrafen wollte. Vielleicht sah die Zukunft so aus: ein ständiges Hin und Her zwischen Schmerz und Erholung, wobei die Balance sich allmählich verlagerte, bis es keine Erholung, sondern nur noch starke und weniger starke Schmerzen gab. Vielleicht war es sogar längst so weit; vielleicht trog ihre Wahrnehmung sie, und ihr Kopf schmerzte ununterbrochen. Das hätte zumindest erklärt, warum sie an diesem Nachmittag so gereizt war.

»Da wären wir«, sagte der Taxifahrer. »Sie besuchen wohl Ihre Enkelkinder, was? Ich habe selbst ein Dutzend. Meine Frau ist nur noch mit ihnen beschäftigt, sie ist wie neugeboren!«

»Mit Ihrer Annahme liegen Sie falsch«, sagte Vee. »Ich habe einen beruflichen Termin.« Das Trinkgeld sparte sie sich.

Manchmal fragte sie sich, ob sich überhaupt etwas geändert hatte.

* * *

Vee ließ die Umgebung und die Stille auf sich wirken. Sie näherte sich dem Haus mit langsamen, leisen Schritten. Es war kalt, aber trotzdem lag etwas Mildes, Friedliches in der Luft. Ein Hauch von Frühling vielleicht.

Luft und Licht. Davon hatte sie heute noch nicht genug getankt. Für ihren täglichen Spaziergang die Themse entlang, von Battersea Park nach Putney und zurück, hatte ihr in letzter Zeit die Kraft gefehlt; vor allem wenn sie nachts schlecht geschlafen hatte, fiel es ihr schwer, sich dazu aufzuraffen. Und frühmorgens war wirklich die einzige Zeit, die dafür infrage kam; die Leute genossen es, in Ruhe eine Runde zu joggen oder mit dem Hund zu laufen, bevor der Tag begann, man nickte sich höchstens kurz zu, aber niemand mochte ein Gespräch anfangen. Das hatte sie immer als sehr angenehm empfunden.

Sie rieb sich abermals die Armbeuge. Ihre Kopfhaut juckte, weil sie im Krankenhaus vor Stress geschwitzt hatte. Vor der Haustür blieb sie stehen und reckte die Schultern. Dann klingelte sie. Sie war pünktlich.

Erica öffnete ihr mit einem Lächeln. »Hereinspaziert!«, sagte sie und führte Vee durch den Flur in eine Küche mit integriertem Esszimmer. Der Raum schien die gesamte Rückseite des Hauses einzunehmen. Er war riesig und hell, mit deckenhohen

Fenstern und Oberlichtern. Perfekt für ein Fotoshooting. Vee, die mit Blitzlicht nie warm geworden war, hatte von einem Atelier mit solchen Lichtverhältnissen stets geträumt. Ein großer, dunkler und robuster Esstisch nahm etwa ein Viertel des Raumes ein. Auf der einen Hälfte lagen mehrere Ordner und Mappen, auf der anderen Hälfte Familienkram: geöffnete und ungeöffnete Briefe, Tassen, eine Plastikschale mit Müsli, irgendein Plüschtier. Erica – barfuß, mit Pferdeschwanz, in Jeans und T-Shirt, aber trotzdem geschminkt – folgte Vees Blick. »Bitte entschuldigen Sie das Chaos. Meine Schwiegermutter kam später als geplant, um Tom abzuholen, weshalb ich auch zu spät dran bin. Aber ich bin fast so weit.«

»Nehmen Sie sich ruhig Zeit«, sagte Vee. Sie konnte zwar schnell auf hundertachtzig sein, aber zu warten störte sie überhaupt nicht, im Gegenteil. Sie wartete gern. Geduld war die Methode, mit der sie die besten Aufnahmen erzielt hatte. Beobachten und warten, bis die Künstlichkeit verschwand und der echte Mensch zum Vorschein kam.

»Danke.« Erica räumte den Tisch ab, stellte die Schale ins Spülbecken, legte das Plüschtier in einen Korb und die Briefe auf die Küchenarbeitsplatte, die aus Granit zu sein schien. Am liebsten hätte Vee ihre Stirn daraufgelegt, um die kühle, unnachgiebige Härte zu spüren.

»Kaffee?«, fragte Erica. Sie besaß eine elegante Maschine, rot mit Edelstahl, deren Kaffee zweifellos tausendmal besser schmeckte als das Zeug, das Vee vormittags aus lauter Langeweile im Krankenhaus getrunken hatte, aber Koffein und Kopfschmerzen waren keine gute Kombination. Sie schüttelte den Kopf.

»Okay, wir können gleich loslegen«, sagte Erica, nahm den Deckel von einem Schongarer und rührte darin herum. Als sie merkte, dass Vee sie beobachtete, sagte sie: »Marcus, mein Mann, ist schlimmer als ein Kind. Wenn er heimkommt und nicht innerhalb von zwanzig Minuten sein Essen bekommt, wird er unausstehlich. Aber oft weiß er nicht, wann genau er heimkommen wird. Deshalb der Schongarer.«

»Hm.« Was sollte Vee dazu sagen? Sie selbst hatte weder geheiratet noch Kinder bekommen, hatte sich nur um ihre eigenen Bedürfnisse zu kümmern brauchen. Dass ausgerechnet Erica sich so klaglos mit der Situation abfand, war allerdings deprimierend. Immerhin kuratierte sie eine Ausstellung über die zweite Welle des Feminismus, war Hochschuldozentin und eine anerkannte Expertin auf ihrem Gebiet. »Würden Sie sich selbst als Feministin bezeichnen, Erica?«, fragte sie schließlich.

»Natürlich«, erwiderte Erica, legte den Deckel wieder auf den Schongarer, wischte sich die Hände an einem Geschirrtuch ab und ging zum Esstisch herüber. »Aber die Bedeutung hat sich verändert, oder? Feminismus ist keine Schlagwaffe mehr, so wie früher, zu Ihrer Zeit.«

»Eine Schlagwaffe bringt aber mehr als ein Staubwedel.«

»Mag sein.« Erica sah ihrer Tante zwar erstaunlich ähnlich, aber deren Streitlust besaß sie definitiv nicht. Leonie hätte sofort eine Diskussion mit Vee begonnen.

Erica begann stattdessen, die Ordner auf dem Tisch auszubreiten. Es waren insgesamt sieben, jeder mit einem Foto auf der Vorderseite; es handelte sich um die Bilder, die Erica als Hauptmotive für die einzelnen Ausstellungsabschnitte gewählt hatte. In der Woche zuvor hatte sie Vee eine E-Mail wegen der Formate und Rahmen geschickt. An jenem Abend war Vee furchtbar müde gewesen; nicht nur der Kopf, der ganze Körper hatte ihr wehgetan, und das hatte nicht nur am Alter gelegen. Natürlich waren ihr die Formate und Rahmen nicht egal, doch sie hatte darauf vertraut, dass Erica sich darum kümmern würde. Deshalb hatte sie ihre E-Mail nicht richtig gelesen und sich auch nicht angeschaut, welche Fotos sie nehmen wollte. Und nun lagen sie vor ihr auf dem Tisch, zierten als billige Abzüge die Vorderseite von Aktenmappen, mit Ausnahme der letzten Mappe, die Erica mit dem Wort *»Selbstporträts(?)«* beschriftet hatte.

Mein gesamtes Werk lässt sich eindampfen, dachte Vee. Und das bleibt dann übrig. Veronica Redux.

Sie zog die Mappe mit dem Miss-World-Foto zu sich herüber, einfach nur, weil es schon so lange her war, dass sie zuletzt daran gedacht hatte.

»Das entstand, kurz nachdem die Frauen-Befreiungsfront aktiv wurde, oder?«, fragte Erica.

»Ich glaube schon«, sagte Vee.

»Hat meine Tante Leonie Sie damals mit ins Boot geholt?«

Vee musste unwillkürlich lächeln. »Sie stieß mich wohl eher hinein. Sie war die erste radikale Feministin, die ich kennenlernte. Sie öffnete mir die Augen. Ohne sie wäre mein Leben mit Sicherheit anders verlaufen.«

Oh, Gott, sie redete schon in der Vergangenheit über sich, als würde sie ihren eigenen Nachruf vorlesen.

»Sie war also gewissermaßen Ihre Mentorin?«

»So könnte man es vielleicht ausdrücken. Aber damals hätte ich es nicht so genannt, das Wort kannte ich gar nicht. Leonie half mir, auf eine sehr grundlegende Weise.«

»Mmm.« Erica ging ein paar Unterlagen durch, als suchte sie etwas Bestimmtes. Vee ließ den Blick über die Aufnahmen schweifen und dachte an 1970 zurück. Es gab so vieles, was sie damals noch nicht gewusst hatte. So viele Begriffe, die ihr vollkommen fremd gewesen waren. Als sie damals Germaine Greer las, hatte sie immer wieder in ihrem alten Schulwörterbuch nachschlagen müssen: »Patriarchat«, »Misogynie«, »Eunuch« … Einmal war sie auf einem Treffen gewesen, wo über ein neues

Lexikon der Gleichberechtigung gesprochen wurde. Sie hatte keine Ahnung gehabt, was das Wort »Lexikon« bedeutete.

»Ich war nicht so gebildet wie andere Frauen in der Bewegung. Oder jedenfalls nicht so gebildet wie die Frauen, die ich über Leonie kennenlernte. Ich fühlte mich ziemlich geehrt, weil sie mich unter ihre Fittiche nahm, und ich wollte nicht, dass sie mich für so dumm hielt, dass ich die Mühe nicht wert war. Also machte ich mich im Wörterbuch schlau und begann, Zeitung zu lesen. Außerdem verfolgte ich die Presseschau im Fernsehen und hörte mir Diskussionen im Radio an. Und ich stellte Ihrer Tante viele Fragen. Sie nahm mich immer ernst. Einige ihrer Freundinnen waren nicht so nett zu mir. Leonie betrachtete sich selbst als Autorin, aber eigentlich war sie die geborene Lehrerin.«

»Meine Mutter war Lehrerin.«

»Ursula? Ach ja, natürlich, ich erinnere mich.«

»Woran erinnern Sie sich?«

Sei vorsichtig, Vee. »Ursula kam uns manchmal besuchen, aber sie wusste wohl nicht so recht, was sie von uns halten sollte. Sie arbeitete an einer Schule und war verheiratet, führte also ein recht traditionelles Leben.«

Erica hielt bei ihrer Suche inne. »Wie war es für Sie, sich mit meiner Tante eine Wohnung zu teilen?«

»Es war …« Vee suchte angestrengt nach den richtigen Worten. »Es gab mir ein Gefühl von … Freiheit. Leonie schrieb, ging zu Gruppentreffen, manchmal unterrichtete sie. Und sie half anderen Frauen, von denen sie über … über das Netzwerk erfuhr.«

Erica hörte lächelnd zu. Sie schien gar nicht zu merken, dass Vee Wortfindungsstörungen hatte. Oder sie war als Mutter eines Kleinkindes daran gewöhnt.

»Das Ganze war organisiert. Es gab eine Liste mit Kontaktpersonen, die man anrufen konnte, wenn man etwas Bestimmtes brauchte. Manche Frauen hatten allerdings kein Telefon oder konnten aus einem anderen Grund nicht telefonieren. Dann erledigte eine Freundin den Anruf für sie.«

»Und was wollten die Frauen von Ihnen oder von Leonie, wenn sie anriefen?«

»Mit Leonie wollten sie reden, sie gab ihnen Kraft und half ihnen, einen klaren Kopf zu bekommen. Mich riefen sie an, wenn sie Fotos brauchten.«

»Und was sollten Sie fotografieren?«

Daran konnte Vee sich noch sehr gut erinnern. »Verletzungen. Frauen, die verprügelt worden waren. Die Fotos dienten dazu, das zu dokumentieren.«

Erica wurde blass. »Verstehe.« Sie war jetzt ganz bei der Sache. Der Schongarer hätte in Flammen aufgehen können, sie hätte es gar nicht mitbekommen. »Davon wusste ich gar nichts.«

»Es gibt keine Unterlagen darüber. Ich nahm die Fotos auf und entwickelte sie, aber sie waren privat. Sie gehörten nicht mir, sondern den Frauen.«

»Könnten wir einige davon in der Ausstellung zeigen?«

Vee dachte an all die Frauen, die stumm in einer dunklen Ecke im Haus einer Freundin gesessen hatten; es hatte viel Fingerspitzengefühl erfordert, sie dazu zu bringen, sich für die Aufnahmen ins Licht zu begeben. »Ich habe die Fotos damals den Frauen gegeben.«

»Nicht der Polizei?«

»Das waren andere Zeiten. Kaum eine Frau traute sich, zur Polizei zu gehen. Denn wenn sie das tat, konnte es sein, dass die Polizei ihren Mann anrief, damit er sie abholte.«

»Wie furchtbar«, sagte Erica kopfschüttelnd.

»Ja, das ist es noch immer. Auch wenn sich vieles geändert hat.«

Erica wandte den Blick ab, und Vee dachte zum ersten Mal seit Langem an die wenigen Schwestern, die es damals geschafft hatten, einen Schlussstrich zu ziehen. Kiki kehrte nicht zu ihrem Mann zurück; sie ließ sich scheiden und fing noch einmal von vorn an. Den meisten hatte dazu der Mut gefehlt.

»Wir sollten zumindest einige dieser Aufnahmen zeigen. Haben Sie vielleicht noch die Negative?«

»Gut möglich«, sagte Vee. »Aber es müssten Fotos sein, auf denen die Frauen nicht zu erkennen sind.«

»Natürlich.« Erica nickte. »Wären Sie bereit, sie herauszusuchen?«

»Ich schaue, was ich machen kann«, sagte Vee. Einige Kisten musste sie unbedingt noch durchgehen. Manche Aufnahmen wollte sie auf keinen Fall mit der Öffentlichkeit teilen, weil sie zu persönlich waren. Sie hatte sie weggelegt, weil sie sie nie wieder anschauen wollte.

»Danke«, sagte Erica und zögerte kurz, bevor sie hinzufügte: »Ich weiß, dass Sie nicht über Leonies Tod reden wollen …«

»Da gibt es nichts zu reden«, sagte Vee schroff. Sie war zwar dafür, dass Frauen ihre Ziele hartnäckig verfolgten, aber Erica ging einfach zu weit.

»Ich will Ihnen dazu auch gar keine Fragen stellen«, sagte Erica. »Ich habe nur eine Bitte: Wenn Sie nach Fotos suchen, könnten Sie dann nachschauen, ob Sie noch den Kontaktbogen mit den allerersten Aufnahmen haben, die Sie am Tag ihres Todes gemacht haben?«

»Was?«, fragte Vee verblüfft. Sie hatte Erica den Kontaktbogen und die Negative der letzten Aufnahmen gegeben, die sie an jenem Tag gemacht hatte. Dass es noch weitere gab, hatte sie ihr verschwiegen.

»Ich habe mich intensiv mit Ihren Kontaktbogen beschäftigt«, sagte Erica. »Normalerweise gehen Sie bei Porträts so vor, dass Sie Ihr Sujet anfangs aus verschiedenen Perspektiven fotografieren, damit es sich entspannt, und dann entscheiden Sie sich für einen bestimmten Winkel oder eine bestimmte Pose. Aber der Kontaktbogen vom Tag, als meine Tante starb, ist irgendwie anders. Als hätte es davor noch einen anderen Film gegeben.«

Vee zuckte mit den Schultern. Sofort schossen Schmerzen durch ihren Kopf. Das geschah ihr recht. »Das weiß ich nicht mehr«, sagte sie. Eine glatte Lüge. Natürlich wusste sie es noch.

Ein verletzter Ausdruck huschte über Ericas Gesicht. Sie merkte es, wenn sie belogen wurde. Ihr Blick wanderte wieder zu dem Miss-World-Foto. »Standen Sie meiner Tante eigentlich nah, als Sie mit ihr zusammenwohnten?«

»Ja.« Als Vee bei Leonie eingezogen war, hatte sie sie von einer Seite kennengelernt, die ihr sonst verborgen geblieben wäre. Vees verheiratete Freundinnen in Essex waren stets darauf aus gewesen, alles, was ihnen unweiblich erschien, vor ihren Ehemännern zu verbergen: Sie hatten sich im Badezimmer eingeschlossen, um sich die Augenbrauen zu zupfen oder die Achseln und Beine zu rasieren, hatten ihre Problemzonen mit verführerischen Spitzen-Negligés kaschiert, und statt ihrer Regelblutung hatten sie »Besuch von Tante Rosa« bekommen. Leonie dagegen hatte sich geradezu einen Spaß daraus gemacht, laut zu furzen, ihre zerschlissenen BHs im Bad hängen zu lassen oder sich Cornflakes direkt aus der Packung in den Mund zu schaufeln. Sie hatte Vee gefoppt, weil sie manchmal Röcke trug und unbedingt wollte, dass neben dem Spiegel im Flur eine Bürste lag; die Begründung, »vorzeigbar« aussehen zu wollen, hatte Leonie ihr natürlich genüsslich unter die Nase gerieben. Und dafür hatte Vee Leonie erst recht geliebt. Außerdem hatte Leonie ihr den Abstellraum als Dunkelkammer überlassen. Vees Vater war sehr verschlossen gewesen und hatte Umarmungen gescheut. Als Vee mit Leonie zusammengezogen war, hatte sie eine Nähe und Vertrautheit erlebt, die sie vorher nicht gekannt hatte und danach auch nie wieder erleben sollte. Das war alles schon sehr lange her, und hinzu kam, dass sie sich an vieles gar nicht mehr erinnern konnte. War sie damals vielleicht in Leonie verliebt gewesen?

»Glauben Sie, dass die Leute sich noch an den Miss-World-Protest erinnern?«, fragte Erica schließlich, als klar war, dass sie nicht mehr aus Vee herausbekommen würde. »Oder dass die jüngere Generation davon weiß? Es ist wichtig, möglichst detaillierte Hintergrundinformationen zu den Bildern zu haben.«

Erica hatte wirklich viel Zeit und Energie in die Ausstellung gesteckt, das musste Vee ihr lassen. Oft hieß es, man brauchte Talent und Glück, aber Vees Vater hatte immer gesagt: Nur wer schuftet, kommt weiter. Als sie daran dachte, was Leonie alles aufbewahrt hatte, wurde ihr schwer ums Herz, sie spürte förmlich, wie die Haut an den alten Narben spannte. »Ich weiß es nicht«, antwortete sie. »Spielt das eine Rolle? Es geht doch vor allem darum, was durch den Protest erreicht wurde.« Ihr Hochgefühl hatte damals noch tagelang angehalten; die Protestaktion war das Topthema in den Nachrichten gewesen, alle Zeitungen hatten darüber berichtet.

»Ich muss das aber irgendwie in einen Kontext bringen«, sagte Erica. »Aus heutiger Sicht sieht das Ganze … es ist schwierig. Wir reden von Frauen, die andere Frauen gezielt angegriffen haben. Das gibt es natürlich noch immer. Aber es ist anders geworden. Der Miss-World-Protest sieht regelrecht brutal aus.«

Vee seufzte innerlich. Wie in aller Welt sollte sie das Leuten erklären, die damals nicht dabei waren und so vieles als selbstverständlich betrachteten? »Wir haben damals eben vieles ausprobiert«, sagte sie schließlich. »Wir wollten die Welt zerstören, um sie neu aufzubauen, und solche Protestaktionen waren ein logischer Schritt. In unseren Augen waren Frauen, die hochhackige Schuhe und Lippenstift trugen, nicht frei, sondern Gefangene.«

Erica presste den Mund zusammen, als wollte sie seine korallenrote Bemalung verstecken. »Sehen Sie das heute denn auch noch so? Meine Generation hat jedenfalls begriffen, dass Feminismus auch bedeutet, die Entscheidungen anderer Frauen zu respektieren.«

Das wäre der perfekte Moment gewesen, um Ericas Nasen-OP zur Sprache zu bringen und ihr vor Augen zu führen, dass sie ein einzigartiges persönliches Merkmal geopfert hatte, nur um auf Männer attraktiver zu wirken. Doch dafür fehlte Vee die Kraft. Stattdessen sagte sie: »Wenn Feminismus für uns lediglich bedeutet, auf unsere Entscheidungen stolz zu sein, ohne zu erkennen, dass sie durch das Patriarchat beeinflusst werden, das uns noch immer ständig ausbremst, tun wir uns keinen Gefallen. Das war nicht unser Selbstverständnis. Wir wollten eine bessere Welt für uns Frauen. Keine Welt, in der wir das Recht anderer Frauen respektieren, unterdrückt zu werden.«

Erica zuckte kaum merklich zusammen, bevor sie erwiderte: »Soweit ich gelesen habe, waren die Feministinnen der Siebziger selbst Meisterinnen darin, andere Frauen zu unterdrücken. Inzwischen hat sich allerdings das Motto ›Leben und leben lassen‹ durchgesetzt.«

Vee blätterte schweigend die Zeitschriften durch, die auf dem Tisch lagen; auf jedem Titelbild war eine ihrer Fotografien zu sehen. Nach einer Weile sagte sie: »Leonie neckte mich, weil ich jedes Mal, wenn ich meinen Vater besuchen wollte, ein Kleid anzog.«

Erica lachte. »Wirklich? Ich habe mir meine Tante gar nicht als jemanden vorgestellt, der andere Leute neckte. Wenn meine Mutter von früher erzählte, klang das immer so, als sei Leonie vor allem damit beschäftigt gewesen …«, Erica suchte nach dem richtigen Wort, diese Neigung zur Genauigkeit war Vee nicht unsympathisch, »andere Leute zu verspotten und fertigzumachen.«

Was das anging, hatte Ursula nicht ganz unrecht gehabt. Vee nickte lächelnd und bereute es sofort, weil ihr abermals ein stechender Schmerz durch den Kopf fuhr. »In der Anfangszeit haben wir uns tatsächlich oft genauso übel verhalten wie die Männer. Das war schlimm, denn eigentlich wollten wir es doch besser machen. Wir konnten damals nicht begreifen, dass Frauen, die schon immer auf ihr Äußeres fixiert gewesen waren und fest daran glaubten, dass ihr Wert durch ihre Schönheit definiert wurde, die Miss-World-Wahl nicht als Unterdrückung, sondern als Erfolg betrachteten. Wir wollten das nicht abwerten, aber Frauen, die so dachten, empfanden es natürlich als Abwertung.«

Erica nickte ebenfalls. »Ich möchte erreichen, dass die Ausstellung die Leute dazu bringt, darüber nachzudenken, wie Frauen heute gesehen werden. Im Vergleich dazu wirkt Miss World geradezu zahm.«

Vee versuchte, sich an damals zu erinnern. »Ich glaube, wir hofften, dass das Aussehen von Frauen irgendwann keine Rolle mehr spielen würde.«

»War das vielleicht ein wenig naiv?«, fragte Erica.

»Wahrscheinlich schon«, erwiderte Vee. »Und auch idealistisch. Aber wer die Welt verändern will, braucht doch auch ein Ideal, nach dem alle streben sollen, oder? Das Ziel soll ja nicht sein, einen Kompromiss zu erreichen.« Es kam ihr seltsam vor, wie eine Aktivistin zu reden, obwohl sie in Wirklichkeit nur eine Mitläuferin gewesen war, zumindest anfangs, als sie Leonie und deren Freundinnen noch unheimlich, aber zugleich auch faszinierend gefunden hatte, wie eine Zehnjährige, die Jugendlichen beim Klauen zuschaut. »Meine Generation hat getan, was sie konnte. Und ich denke, Ihre Generation sollte diesen Kampf weiterführen. Wir haben die Grundlagen geschaffen, die Ihnen das ermöglichen. Was wir bestimmt nicht wollten, ist ...«

Vee hielt inne. Erica sah sie neugierig an, aber in ihrem Blick lag auch eine gewisse Härte. Ein Leonie-Blick.

»Was wollten Sie nicht?«

Vee schüttelte den Kopf. Sie fühlte sich zittrig, ihre Seele war erschöpft von dieser Unterhaltung und den Erinnerungen, die dadurch wachgerufen wurden. »Ich weiß nicht, Erica. Ich glaube, wir rechneten damals damit, dass Ihre Generation frei sein würde. Jedenfalls freier, als wir es waren. Aber manchmal kommt es mir vor, als hätte Ihre Generation es noch schwerer als wir.«

»Mag sein«, sagte Erica. Wenn Vee so extrovertiert wie Leonie oder Ursula gewesen wäre, hätte sie jetzt wahrscheinlich das Thema gewechselt und Erica gefragt, wie es ihr ging.

Erica schlug die Miss-World-Mappe auf und breitete den Inhalt auf dem Tisch aus: handschriftliche und gedruckte Notizen, Einverständniserklärungen, Zeitungsausschnitte. »Hierzu fehlt mir der Kontaktbogen. Haben Sie den vielleicht noch? Vielleicht finden Sie ihn ja, wenn Sie nach dem Kontaktbogen der anderen Fotos suchen, über die wir vorhin gesprochen haben.«

»Den müsste ich noch haben.« Vee hatte ihr Archiv stets sorgfältig gepflegt, im Gegensatz zu vielen Redaktionen der 1970er und 1980er, für die alles uninteressant wurde, sobald es nicht mehr brandaktuell war. Als sie begonnen hatte, direkt mit Zeitungen zusammenzuarbeiten, war sie stets darauf bedacht gewesen, sich mit den Fotolaboranten gut zu stellen, damit sie ihre Originalfilme und Kontaktbogen zurückbekam. Doch als sie sich einen Namen gemacht hatte und lukrativere Aufträge bekam, wurden ihre Filme und Kontaktbogen mit zunehmender Sorgfalt archiviert, vor allem wenn sie Prominente fotografiert hatte; selbst ihre besten Laborkontakte hatten sich damals nicht mehr getraut, ihr das Material zurückzugeben.

Bis auf eine Ausnahme.

»Wussten Sie eigentlich, dass die Laboranten früher die Filme aussortierten, die keiner mehr haben wollte, um durch den Verkauf des darin enthaltenen Silbers die Weihnachtsfeier zu finanzieren?«

»Ach ja?« Erica hörte ihr gar nicht richtig zu; sie betrachtete gerade die Aufnahmen, die Vee vor dem Café de Paris gemacht hatte: Die Spruchbänder waren grau und die Gesichter verschwommen, und doch kam die Entschlossenheit der Demonstrantinnen deutlich zum Ausdruck. Schließlich sagte sie: »Ich war übrigens noch nie auf einem Protestmarsch.«

»Was?!«, rief Vee. Sich damit abzufinden, dass die Welt sich veränderte, war eine Sache. Aber gewisse Dinge konnte sie unmöglich akzeptieren. »Das ist jetzt nicht Ihr Ernst, oder?«

»Dafür schreibe ich Protestbriefe.« Erica hielt sich die Mappe wie einen Schutzschild vor die Brust. »Außerdem gehe ich zur Bürgersprechstunde und unterzeichne Petitionen. Und ich teile viel auf Facebook. Ich bin sehr aktiv.«

»Aber Sie waren noch nie auf einem Protestmarsch.« Vee war fassungslos. »Haben Sie denn nicht gegen Trump demonstriert? Oder gegen den Krieg? Was ist mit #MeToo? Gott …«

»Ach, es gibt auch Protestmärsche gegen Gott?«

»Das ist nicht lustig, Erica.« Vee hatte im Grunde nichts dagegen, wenn die Atmosphäre zwischen ihnen sich so weit entspannte, dass sie miteinander scherzen konnten. Doch plötzlich tauchte eine Erinnerung vor ihrem geistigen Auge auf. Sie sah Leonie vor sich, die sich darüber aufregte, dass ihre Schwester alles, was unbequem, schwierig oder bedrohlich war oder sie nichts anging, einfach ausblendete. Und wenn man so wie Ursula lebte, abgepolstert in einer wohlgeordneten, wohlhabenden Welt, wollte man nicht gestört werden. Schon gar nicht von einer unbequemen Schwester wie Leonie.

»Sie wissen doch gar nichts über mein Leben und meine Überzeugungen«, sagte Erica. Sie vermied es jedoch, Vee dabei anzuschauen, und ihr Tonfall klang plötzlich sanft, als wollte sie ihr Kind oder ihren kindischen Ehemann beruhigen.

»Mag sein«, sagte Vee. »Aber ich weiß, dass Sie ein intelligenter Mensch sind. Und intelligenten Menschen ist die Welt normalerweise nicht egal.«

»Nur weil ich nicht mit einem Plakat herummarschiere, heißt das nicht, dass mir die Welt egal ist.«

»Das habe ich damit auch nicht sagen wollen.« (Doch, Vee, genau das wolltest du.) »Aber für mich ist es einfach eine Selbstverständlichkeit, auf die Straße zu gehen und zu protestieren.«

»Sehen Sie? Genau das meinte ich.« Erica stemmte die Hände in die Hüften. Ihre Stimme klang immer noch sanft, aber auch wütend und ein wenig traurig. »Ich habe promoviert und während meines Studiums immer gearbeitet. Kaum hatte ich meinen ersten Lehrauftrag an der Uni, wurde meine Mutter krank. Ich habe mich um sie gekümmert, so gut ich konnte, bis zu ihrem Tod. Danach habe ich mich um ihren Nachlass und die Auflösung ihres Haushalts gekümmert und parallel dazu meine Hochzeit vorbereitet. Und während meiner Schwangerschaft habe ich das Konzept für diese Ausstellung auf die Beine gestellt. Ich war und bin also sehr eingespannt. Daher war ich noch nie auf einem Protestmarsch. Und Marcus auch nicht. Aber er ist im Elternbeirat aktiv, wir spenden viel für wohltätige Zwecke und geben uns wirklich alle Mühe, gute Menschen zu sein. Zählt das nicht auch?«

»Es geht darum, Gleichberechtigung für die Hälfte der Weltbevölkerung zu erreichen.«

Erica schaute zur Decke. »Natürlich brauchen wir den Feminismus. Darum habe ich diese Ausstellung ja organisiert. Wir müssen zurückblicken, um nach vorne schauen zu können. Es ist wichtig, dass wir verstehen. Aber Mitgefühl ist auch wichtig. Und es ist noch immer ein Kampf, das kann ich Ihnen versichern.«

Ericas Worte versetzten Vee einen Stich ins Herz. Es war fast schon eine Erleichterung, seelischen Schmerz anstelle von körperlichem zu verspüren. Sie nickte. »Es tut mir leid, Erica. Es steht mir nicht zu, über Sie zu urteilen.« Sie musste sich mehr in Geduld und Empathie üben. Schließlich hatte sie sich auch oft missverstanden gefühlt.

»Und doch tun Sie es«, sagte Erica. »Ich kämpfe. Auch wenn Sie es vielleicht nicht sehen. Ich versuche andauernd, Marcus klarzumachen, dass es nicht meine Aufgabe ist, für alles allein verantwortlich zu sein.« Sie ließ die Schultern hängen. »Aber Sie haben recht. Ich war noch nie auf einem Protestmarsch.«

»Würden Sie denn gern mal bei einem mitmachen?«, fragte Vee.

Wo auch immer Leonie gerade war – vermutlich da, wo sie auch bald sein würde –, sie würde es Vee niemals verzeihen, wenn sie Erica nicht zeigte, was sie bisher verpasst hatte.

* * *

Marcus hatte Blumen mitgebracht: einen Strauß Rosen und Schleierkraut, rote Blüten vor hauchzartem Weiß, umhüllt von braunem Papier. Erica erschrak unwillkürlich; ihre Mutter war immer der Meinung gewesen, dass weiße und rote Blumen zusammen Unglück brachten. Gut, dass Erica nicht abergläubisch war. Trotzdem hatte sie das Gefühl, vom kopfschüttelnden Geist ihrer Mutter verfolgt zu werden. Egal – Marcus hatte Blumen mitgebracht. Erica spürte, wie etwas Spannung von ihr abfiel, sodass sie leichter atmen konnte.

»Danke«, sagte sie und schnupperte an dem Strauß, obwohl sie wusste, dass Treibhausrosen um diese Jahreszeit kaum Duft abgaben.

»Wie ist es heute gelaufen?«, fragte Marcus.

Noch schöner als die Blumen war die Tatsache, dass Marcus Vees heutigen Besuch nicht vergessen hatte. Morgens hatte sie kaum mit ihm geredet; am Abend zuvor war er mit Kollegen noch etwas trinken gegangen, erst spät heimgekommen und hatte im Gästezimmer geschlafen, um sie nicht zu stören. Das hatte er zumindest gesagt. Wann war ihr eigentlich zum ersten Mal der Gedanke gekommen, dass hinter seinen netten Gesten vielleicht etwas anderes steckte? »Vee kann manchmal recht hart sein. Und unberechenbar. Aber heute lief es ganz gut, glaube ich.« Auch das zweite Treffen mit Vee hatte Erica klargemacht, dass es noch vieles gab, worüber sie nachdenken musste. Doch eigentlich war das gar nicht schlecht; das lieferte ihr zusätzliche Inspiration für die Gestaltung der Story, die sie mit der Ausstellung erzählen wollte. Bis zur Eröffnung waren es noch acht Wochen, und sie hatte noch knapp sechs Wochen, um alles unter Dach und Fach zu bringen. Sie konnte Marcus' Mutter ja nächste Woche wieder für einige Tage einspannen. (Warum nannte sie seine Mutter eigentlich nie Sarah? Und warum fragte sie nie Marcus' Vater, ob er Zeit zum Babysitten hatte? Er war schließlich auch schon in Rente.)

»Das freut mich«, sagte Marcus und wuschelte ihr durchs Haar. Sie dachte unwillkürlich an einen Hund, der sofort angelaufen kam, wenn man ihn rief. »Wo ist Tom?«, fragte Marcus.

»Er schläft schon«, antwortete sie. Tom hatte gar nicht mitbekommen, wie sie ihn aus dem Kindersitz hob, ihm den Overall auszog und ihn vorsichtig in sein Bettchen legte. »Sarah hatte ihn auf der Fahrt im Auto nicht wach halten können. Sie hat sich mehrmals entschuldigt, aber ich sagte, es wäre okay.« Erica und Marcus waren immer fest entschlossen gewesen, sich »Erwachsenenabende« zu gönnen. Als sie sich dazu entschieden hatten, ein Kind zu bekommen, waren sie sich einig gewesen, dass sie keinesfalls zu den Eltern gehören wollten, die nur noch über ihr

Kind sprachen, sobald es auf der Welt war. Sie wollten trotzdem noch ins Kino gehen. Sie wollten sich das Baby umschnallen, die Themse entlangschlendern und irgendwo entspannt zu Mittag essen, so wie früher oft, als sie noch zu zweit waren. Und falls ihr Sexleben ein wenig durcheinandergeriet, womit natürlich zu rechnen war, wollten sie einander trotzdem weiter verwöhnen.

In der Realität sahen die »Erwachsenenabende« allerdings so aus, dass sie zusammen auf dem Sofa lagen und vor dem Fernseher einschliefen.

Erica war es insgeheim sehr recht, wenn Tom spätnachmittags ein Nickerchen machte, weil Marcus dann bereitwillig auf ihn aufpasste, während sie ein ausgiebiges Bad nahm, am liebsten mit einem Glas Wein und einem Buch, und wenigstens eine Weile das Gefühl genießen konnte, endlich einmal Zeit nur für sich selbst zu haben.

»Verstehe«, sagte Marcus und zog Erica an sich. »Zeit zu zweit.« Er hatte noch immer eine leichte Fahne; sie mischte sich zu seinem schwachen Geruch nach Aftershave und Pendlerzugschweiß. »Was hältst du von einem Schäferstündchen? Ich könnte uns später Pizza bestellen.«

Er zog sein Sakko aus und ließ es auf den Stuhl fallen, auf dem Vee vorhin noch gesessen hatte. Ericas Blick glitt über Marcus' breiten Rücken und über die Muskeln, die sich unter dem Hemd bewegten. Hatte sie überhaupt Lust auf Sex? Sie war sich nicht sicher. Aber wenn sie heute Abend Pizza bestellten, konnten sie das, was sie vorhin im Schongarer zubereitet hatte, ja morgen essen, und das war zumindest den Versuch wert, in Stimmung zu kommen.

Dritter Teil:

FOKUS

Als Fotografin müssen Sie sich darüber im Klaren sein, was Sie erschaffen wollen. Beim Fotografieren machen Sie ein dreidimensionales Objekt zum Mittelpunkt einer zweidimensionalen Darstellung, die für die Menschen, die das vollendete Bild betrachten, eine bestimmte Bedeutung haben wird. Diese komplexe Aufgabe wird Ihnen nur gelingen, wenn Sie eine bestimmte Vorstellung davon haben, was Sie eigentlich porträtieren wollen.

Veronica Moon, *Fotografien von Frauen* (unveröffentlicht)

»Alison als Beverly in *Abigails Party*«
Veronica Moon

Ausstellungsabschnitt: Die Macht des Porträts

Kamera: OM-I
Film: 400 ASA
Erstveröffentlichung: *This Month*, 1977

[Hinweis: 1976 wechselte Moon zu einer Olympus OM-I. Diese Kamera war kleiner und leichter als die Nikon FI, die sie bis dahin verwendet hatte, bot jedoch die gleichen Funktionen. Moon nutzte seither ausschließlich die OM-1 und blieb ihr auch treu, als verschiedene Nachfolgemodelle auf den Markt kamen.]

Falls Sie schon einmal Porträtaufnahmen berühmter Frauen aus den 1970ern gesehen haben, ist die Wahrscheinlichkeit groß, dass sie von Veronica Moon gemacht wurden. Sie zählte damals zu den gefragtesten und meistbeschäftigten Fotografinnen Großbritanniens. Der folgende Ausstellungsabschnitt zeigt Veronica Moon in ihrem Element. Sie gehörte zu den Vertreterinnen eines ungeschönten Stils, ähnlich wie Antony Armstrong-Jones (der spätere Lord Snowdon) oder Annie Leibovitz.
Dieses Porträt zeigt Alison Steadman als Beverly in Mike Leighs Theaterstück *Abigails Party*. Moon lichtete die Schauspielerin 1977 für das Mai-Cover der britischen Zeitschrift *This Month* ab, die von 1962 bis 1986 erschien; die Aufnahme wurde Moons erstes Titelbild. Leonie Barratt, die die Redaktion damals auf Moons Arbeit aufmerksam machte, verfasste die legendäre »Lieber John«-Kolumne des Magazins, die von 1966 bis 1981 veröffentlicht wurde.

Neben dem Steadman-Porträt ist die Zeitschriftenausgabe mit dem Coverbild zu sehen, außerdem Moons Eintrittskarte zur Theaterpremiere und der Kontaktbogen, der das Porträt sowie weitere Aufnahmen enthält. Bemerkenswert ist, dass Moon nur sehr wenige Fotos machte, auf denen die Schauspielerin direkt in die Kamera blickt.

Das Steadman-Porträt entstand im April 1977 bei der Premiere von *Abigails Party* im Hampstead Theatre. Moon lichtete Steadman neben dem Bühneneingang ab. Die Schauspielerin ist im Profil zu sehen, den Kopf leicht nach unten geneigt; ihr ruhiger, entspannter Gesichtsausdruck steht im Widerspruch zu der von ihr verkörperten Rolle. Unter dem Auge ist verschmierte Wimperntusche zu erkennen. Im Dämmerlicht wirkt das Bild leicht flächig, und das Mauerwerk hinter der Schauspielerin lässt ihre ruhige, entspannte Miene fast ein wenig unheimlich erscheinen. Dieses Porträt illustriert beispielhaft Moons unverwechselbaren Stil, der sich durch den bewussten Verzicht auf Inszenierung, die Nutzung des vorhandenen Lichts und ein Sujet auszeichnet, das sich der Kamera gar nicht bewusst zu sein scheint.

Dieser Ausstellungsabschnitt präsentiert eine Auswahl von Moons Porträtaufnahmen, hauptsächlich verschiedene Auftragsarbeiten für nationale Zeitungen und Zeitschriften. Andere Bilder stammen aus privaten Sammlungen. Moon fotografierte häufig Freundinnen und andere Mitglieder der Frauengruppe, der sie angehörte. Zudem erstellte sie Porträtaufnahmen von bekannten Aktivistinnen und Feministinnen, die diese dann als Pressefotos verwendeten.

Moon wurde gelegentlich kritisiert, weil sie auch Frauen fotografierte, die keine Feministinnen waren, und zudem auch Männer. Die Frauenbewegung hat sich seitdem weiterentwickelt; der automatische Ausschluss von Männern gilt als überholt. Doch in den 1970ern wurden Männer von Feministinnen häufig als Gegner wahrgenommen, die unmöglich verstehen konnten, wogegen Frauen ankämpfen mussten. Männer galten definitionsgemäß als Teil des Problems.

Das Jahr 1977:

~ Das von Susie Orbach und Luise Eichenbaum in London gegründete Frauentherapiezentrum feiert sein einjähriges Bestehen.

~ Im Jahr davor wird das Gesetz über häusliche Gewalt verabschiedet, das verheirateten Frauen ermöglicht, eine richterliche Verfügung gegen gewalttätige Ehemänner zu erwirken, unabhängig von einer laufenden Scheidung oder Trennung. (Erstmals dokumentiert wird die Verwendung des Begriffs »häusliche Gewalt« 1973 in einer Parlamentsrede des Unterhausabgeordneten Jack Ashley.)

~ Vier Jahre zuvor wird der Verlag Virago Press mit den Schwerpunkten Frauenliteratur und Bücher über Feminismus gegründet.

~ Der Roman *Frauen* von Marilyn French erscheint.

~ Die Vereinten Nationen proklamieren den Internationalen Frauentag.

~ Der erste *Star Wars*-Film läuft in den Kinos an.

~ *Saturday Night Fever* wird zum Kassenschlager.

~ Das Album *Rumours* von Fleetwood Mac stürmt weltweit an die Spitzen der Charts.

~ Greenpeace UK wird mit einem Startkapital von 800 Pfund in London gegründet.

~ Im Fernsehen läuft die erste Folge des Automagazins *Top Gear,* moderiert von Angela Rippon und Tom Coyne.

~ Der erste Protestmarsch unter dem Motto »Reclaim the Night« (»Wir fordern die Nacht zurück«) findet statt.

~ Bei einer Konferenz der britischen Frauenbewegung in London hält Sheila Jeffreys einen Vortrag mit dem Titel »Wir brauchen revolutionären Feminismus«.

Außerdem kommt es in der Wohngemeinschaft von Veronica Moon und Leonie Barratt in Chelsea zu einigen Spannungen.

15. April 1977

Chelsea

Vee war gerade in ihrer Dunkelkammer damit beschäftigt, den letzten Film ihres Projekts »Londoner Straßen« aus der sicheren Obhut des schwarzen Plastikzylinders in den Entwicklungstank zu befördern. Das war der schwierigste Teil des Entwicklungsprozesses, denn wenn ein Film in dieser Phase Licht abbekam, waren alle Aufnahmen unwiederbringlich verloren. Wenn in einer späteren Phase Licht hineindrang, wurde dadurch vielleicht ein Abzug ruiniert, was ebenfalls ärgerlich war, aber man konnte zumindest einen neuen entwickeln. Doch falls die Tür in dem Moment aufging, wenn man den Film aus der Dose in den Entwicklungstank beförderte, war er nicht mehr zu retten. Vee hielt den Atem an, während sie im gespenstischen roten Lichtschein der Dunkelkammerleuchte herumwerkelte.

Es gab fünf Filme, auf jedem sechsunddreißig Bilder, insgesamt hundertachtzig Aufnahmen, die Arbeit eines ganzen Jahres.

Sobald alle Filme im Entwicklungstank waren, wollte Vee den Entwickler hinzufügen, sich die Negative anschauen und die ersten Abzüge entwickeln, zwanzig vielleicht, um zu sehen, was sie hatte und was sich als Hauptmotiv ihres Projekts herauskristallisierte. Das Ganze war unglaublich spannend. Da ihre Filme inzwischen fast ausnahmslos in den Redaktionen entwickelt wurden, von denen sie die Aufträge bekam, genoss sie zudem die seltene Gelegenheit, wieder selbst in der Dunkelkammer zu stehen und zu den Grundlagen zurückzukehren. Für Vee gab es nichts Spannenderes, als ihre eigenen Aufnahmen als Erste zu erblicken und herauszufinden, ob sie mit ihren eigenen Erwartungen übereinstimmten.

Die Idee zu dem Projekt war entstanden, als sie sich einmal spätabends mit Leonie und Bea darüber unterhalten hatte, ob die Welt tatsächlich dabei war, sich zu verändern. Leonie und Bea waren pessimistisch gewesen. Sie hatten sich Sorgen gemacht, nicht nur wegen der Spaltungen innerhalb der Frauenbewegung, sondern auch wegen der unaufhörlichen Anstrengung, das Patriarchat bekämpfen zu müssen, auch dann, wenn es Erfolge gab.

Vee war jedoch anderer Meinung gewesen. Sie sah sich selbst als Beispiel für den Wandel, der gerade stattfand: Sie war eine Frau in einer Männerwelt, die vielleicht nicht überall akzeptiert wurde, sich aber dennoch behauptete. Wenn sie an ihre Zeit damals beim *Colchester Echo* zurückdachte, konnte sie kaum glauben, was sie sich damals alles hatte gefallen lassen.

Und jetzt schaut mich an, dachte sie. Schaut euch die Welt an.

Die Frauen waren aufgestanden, um Gleichberechtigung zu fordern, echte Gleichberechtigung: Schluss damit, unterbezahlt zu sein, Schluss damit, sich in alberne Kleidung hineinzuzwängen, Schluss mit der Institution der Ehe, dieser überholten patriarchalischen Vorstellung, die kein Mensch brauchte. Und die echte Gleichberechtigung setzte sich langsam, aber sicher durch – in der Gesetzgebung, in der Literatur, in feministischen Zeitschriften wie *Spare Rib,* in den Schlaghosen und Ponchos, die sich wie Freiheit anfühlten. Sie lag in der Luft bei den Treffen der Frauen-Befreiungsfront, an denen immer mehr Schwestern teilnahmen, um zu erzählen, wogegen sie sich auflehnten und was sie nicht mehr hinnehmen wollten. Es war spannend, und es würden hoffentlich noch viel mehr Frauen dazukommen.

Leonie und Bea hatten das allerdings skeptisch gesehen. Sie betrachteten Vee noch immer als Anfängerin, sie war das Feminismus-Küken, die kleine Schwester. Als Vee auf das Gesetz gegen geschlechtliche Diskriminierung und die Gleichstellungskommission hinwies, warfen Leonie und Bea sich einen Blick zu und erklärten ihr dann mit einem geduldigen Lächeln, dass das nicht reichte und Frauen wahrscheinlich sogar davon abhielt, weiterzukämpfen, weil es ihnen den Eindruck vermittelte, dass die Gleichberechtigung eine beschlossene Sache war.

Doch Vee hatte genau gewusst, wovon sie redete, denn ihr Leben war realitätsnäher als das ihrer allwissenden Freundinnen aus der Oberschicht. Also hatte sie sich vorgenommen, Leonies und Beas Einstellung mithilfe von Fotografien zu ändern. Und je mehr Aufnahmen sie machte, desto weniger zerbrach sie sich den Kopf darüber, welche Gegenargumente sie bei Leonie und Bea anbringen konnte. Intellektuell konnte sie ihnen ohnehin nicht das Wasser reichen. Aber sie konnte ihnen auf andere Weise klarmachen, was sie meinte. Sie konnte den Wandel mit ihrer Kamera festhalten, indem sie zeigte, dass Frauen ihr Leben auf ganz unterschiedliche Weise führen konnten und wie stark sie waren.

Wenn ihre Zeit es erlaubte und es draußen hell genug war, ging sie mit ihrer Kamera durch die Straßen der Nachbarschaft und fragte Frauen, denen sie unterwegs begegnete, ob sie sie fotografieren durfte. Rund um die Uhr waren Leute unterwegs; morgens eilten sie zur Arbeit, vormittags schoben sie Kinderwagen vor sich her, nachmittags gingen sie zum Pub, abends eine Runde spazieren. Am ersten Tag traute sie sich noch nicht, jemanden anzusprechen. Deshalb machte sie es sich zur Regel, einfach die erste Frau anzusprechen, die in ihr Blickfeld kam. Ohne diese Regel hätte sie nur Frauen fotografiert, die zugänglich und freundlich wirkten, aber das hätte ihrer Vision widersprochen. Die meisten Frauen waren einverstanden gewesen, sich von ihr fotografieren zu lassen, weil sie ihnen zusicherte, dass es höchstens fünf Minuten dauern würde. Und sie hatte den Frauen keine Zeit gelassen, sich die Haare in Ordnung zu bringen oder Lippenstift nachzuziehen.

Vielleicht würde dieses Projekt ja sogar in einer Ausstellung mit dem Thema »Ein Jahr im Leben« münden. An diesem Morgen hatte es sich wider Erwarten ergeben, dass sie einen ersten Blick auf die Filme werfen konnte, weil ein Fotoshooting verschoben worden war. Fleetwood Mac würden einen Tag später als geplant in London landen, weshalb sie Stevie Nicks erst am folgenden Tag fotografieren konnte. Stevie Nicks! Vee konnte es noch immer kaum fassen, dass sie diesen Auftrag bekommen hatte. Dass er sich nun verschob, bedeutete zugleich, dass sie ganz unverhofft Zeit in der Dunkelkammer verbringen konnte, worüber sie so entzückt war, dass sie vergaß, die Tür von innen zu verriegeln.

Als sie den Entwicklungstank gerade verschließen und erleichtert ausatmen wollte, wurde die Tür plötzlich aufgerissen.

Vee stülpte zwar hastig den Deckel auf den Tank, aber sie wusste, dass es nichts bringen würde.

»NEIN!«, schrie sie, als könnte sie das Licht allein durch ihre Lautstärke am Eindringen hindern und die Filme auf diese Weise retten. Wenn sie einen Hang zur Melodramatik gehabt hätte, wäre sie verzweifelt auf die Knie gesunken, aber das war nicht ihre Art. »Sag mal, spinnst du?«, blaffte sie den Kerl im Türrahmen an. »Du hast gerade ein ganzes Jahr Arbeit ruiniert, du Vollidiot!«

»Ich dachte, hier wäre das Klo«, sagte der Kerl schlaftrunken, wahrscheinlich war er noch besoffen. Er trug Leonies roten Bademantel, aber eigentlich war das überflüssig, denn der Gürtel war nicht zugebunden. Er grinste, es sollte wohl ein Versuch sein, charmant zu wirken. »Ich geh mal kurz pissen, und danach helfe ich dir, das, was ich kaputtgemacht habe, zu reparieren, okay?« Er blickte sich suchend nach dem Schaden um, den er angerichtet hatte.

»Das geht nicht«, fauchte Vee. »Es ist zu spät, das Licht hat alles kaputtgemacht!« Sie hatte wirklich noch nie den Wunsch verspürt, jemandem Gewalt anzutun, aber in diesem Moment hätte sie diesem Idioten am liebsten alle Chemikalien auf einmal über seinen verdammten Pimmel gegossen und zugesehen, wie er verschrumpelte und abbröckelte. Schade, dass in der Dunkelkammer keine besonders ätzenden Flüssigkeiten herumstanden.

»Tut mir leid«, sagte er.

»Das nützt mir nichts«, sagte Vee und rieb sich verzweifelt die Stirn. »Du kannst mir nicht helfen. Mach, dass du rauskommst!« Sie konnte den Anblick seines Stoppelkinns und seiner haarigen Wampe nicht ertragen, ganz zu schweigen davon, dass er nach Schweiß und Knoblauch stank. Wenigstens band er jetzt den Gürtel zu. Vielleicht hatte er ihre teuflischen Gedanken ja unbewusst gespürt.

Als der Kerl sich mit betrübter Miene wegschlich, kam Leonie mit verschlafener Miene aus ihrem Zimmer. Vee knallte die Tür der Dunkelkammer wieder zu und verriegelte sie diesmal. Es war zwar nutzlos, aber es fühlte sich gut an, und außerdem ersparte es ihr weitere Entschuldigungen oder Hilfsangebote.

Natürlich hätte sie sich von Anfang an einschließen sollen. Aber sie hatte einfach nicht damit gerechnet, dass Leonie und ihre Übernachtungsgäste vor elf Uhr morgens aufstanden. Das taten sie sonst nie. Lektion gelernt.

18. April 1977

Schmollst du etwa immer noch?«, fragte Leonie, als sie in die Küche schlurfte. Vee war gerade dabei, den Abwasch zu erledigen. Gut möglich, dass sie dabei eine Spur zu laut mit dem Geschirr klapperte. Vielleicht hoffte sie insgeheim, dass etwas zerbrach, damit sie ihren Ärger auf etwas anderes richten konnte.

»Ich schmolle nicht, ich bin wütend. Außerdem brauchen wir saubere Teller.« Vee überlegte kurz, sich zu ihrer WG-Genossin umzudrehen, doch stattdessen fing sie an, das Wasser wegzuwischen, das sich auf der Formica-Arbeitsplatte zwischen Wand und Spüle gesammelt hatte. »Im Übrigen denke ich, dass ich durchaus das Recht habe, wütend zu sein, denn immerhin wurde das Ergebnis monatelanger Arbeit zerstört. Während du dich ja schon aufregst, wenn ich bloß meinen Schlüssel vergesse.«

»Weil du mich deswegen um zwei Uhr morgens wach geklingelt und meinen Flow gestört hast.«

»Na und? Dein Flow war schnell wiederhergestellt. Aber meine Fotos sind für immer verloren.«

»Jetzt tu nicht so, als wäre das ein Riesenverlust. Die Fotos waren doch für niemanden.«

Vee holte tief Luft, aber nicht, um sich zu beruhigen, sondern um ihre Wut anzufeuern. Sie war in der Dunkelkammer geblieben, bis sie sicher sein konnte, dass der Vollidiot verschwunden war. Dann hatte sie ein Bad genommen und den Rest des Tages draußen mit ihrer Kamera verbracht. Zwar vermisste sie ihre altvertraute Nikon, aber die OM-I schien genau richtig für sie zu sein, sie lag gut in der Hand und war so leicht, dass sie das Gewicht kaum spürte. Eigentlich hatte sie vorgehabt, einen zweiten Versuch mit dem Projekt zu starten, aber sie war mit dem Herzen nicht richtig dabei. Und je mehr sie darüber nachdachte, was sie verloren hatte, desto wütender und trauriger machte sie das. Mit Leonie zusammenzuleben hieß vor allem, sich dem Egoismus ihrer Freundin zu ergeben. Aber diesmal war Vee in puncto Toleranz an ihre Grenze gestoßen. »Doch. Sie waren für *mich*. Sie waren *meine* Arbeit. Ich werte deine Schriftstellerei schließlich auch nicht ab, obwohl …«

»Obwohl was?«

»Nichts.« Sie hätte sagen können: »Obwohl die meisten deiner Texte abgelehnt werden«, aber das wäre unfair gewesen. Vor allem, weil Vee ihren Erfolg, zumindest am Anfang, der Tatsache zu verdanken hatte, dass Leonie sie weiterempfohlen und sie außerdem dazu ermutigt hatte, ihre Wunschaufträge einfach einzufordern.

Kurz nachdem Vee in die Wohnung in Chelsea eingezogen war, gab Leonie ihr einen Stapel Zeitungen und sagte: »Lies das. Schreib dir die Namen von Journalistinnen auf, die Beiträge geschrieben haben, und mach dir eine Liste mit Leuten, die du gern fotografieren würdest. Dann schreib den Journalistinnen und ruf die Redaktionen an. Biete ihnen an, Persönlichkeiten, die du interessant findest, zu fotografieren, falls sie Beiträge über diese Persönlichkeiten planen.«

»Und das funktioniert?«

Leonie hatte mit den Schultern gezuckt. »Ich weiß es nicht. Aber einen Versuch ist es wert, oder? Ich glaube, von Germaine Greer erscheint demnächst was Neues. Fang an, indem du vorschlägst, Germaine Greer zu fotografieren.«

»Hm«, sagte Vee. »Ich könnte es ja mal versuchen.« Fragen kostet schließlich nichts, wie ihr Dad immer sagte.

»Probier es aus«, sagte Leonie. »Warum schickst du ihnen nicht ein paar …« Sie sah Vee stirnrunzelnd an. »Wie heißen doch gleich diese Bogen mit allen Bildern, die auf dem Film sind? Wo man die gestanzten Ränder der Negative sieht?«

»Kontaktbogen?«

»Kontaktbogen, genau.« Leonie grinste. Die Bogen faszinierten sie, seit Vee ihr in der Woche nach Dagenham zum ersten Mal einen geschickt hatte. »Dann bekommen die Redaktionen einen Eindruck von deiner Arbeit.«

Also hatte Vee es probiert. Es kostete sie so gut wie gar nichts; die Kontaktbogen hatte sie ja schon, und sie illustrierten ihre Technik und Bandbreite zudem besser als Einzelaufnahmen. Ein gutes Foto konnte schließlich jedem gelingen, aber ein Kontaktbogen gab Aufschluss darüber, wie das fotografische Auge arbeitete und was die Kamera über das Sujet verriet. Drei Wochen später erhielt sie ihren ersten Auftrag, dank Eve Pollard, einer Bekannten von Leonie; sie war Journalistin beim *Daily Mirror* und legte ein gutes Wort für sie ein. Im April 1971 war das Ganze so weit gediehen, dass sie jede Woche einen Redaktionsauftrag bekam. Das war zwar nicht viel, aber besser als gar nichts. Damals war sie den ganzen Sommer über an den Wochenenden nach Essex gependelt, um weiter Hochzeiten zu fotografieren, aber wenigstens hatte sie so ihren Vater regelmäßig sehen können. Im September 1971 war es schließlich so weit, dass sie keine Aufträge für Hochzeits- oder Porträtfotografie mehr anzunehmen brauchte und nur noch als Pressefotografin arbeiten konnte. Mit ihren Honoraren war sie in der Lage gewesen, ihre Lebenshaltungs- und Reisekosten zu finanzieren, und wenn es mal knapp wurde, hatte sie auf ihr Erspartes zurückgegriffen. Nach einem weiteren Jahr war ihre Auftragslage so gut geworden, dass sie sich eine neue Kamera, neue Objektive und eine ordentliche Kameratasche hatte leisten können. Endlich hatte sie sich wie eine richtige Fotografin gefühlt.

Vee wusste, dass sie Leonie viel zu verdanken hatte. Und sie fühlte sich schlecht, weil Leonie mit ihren Texten nicht so erfolgreich war wie sie mit ihren Fotos. Die monatliche Kolumne hatte eigentlich nur als Einstieg dienen sollen, aber seither war nichts dazugekommen, was Vee überhaupt nicht verstehen konnte. Und dann war da noch die Sache mit der Abtreibung gewesen. Leonie hatte die Abtreibung als eine Kleinigkeit abgetan, aber Vee kaufte ihr das nicht so ganz ab.

Vee hatte jedenfalls ihr Bestes getan, ihre Freundin, soweit diese es zuließ, zu unterstützen und geduldig und mitfühlend zu sein. Aber deshalb war sie noch lange nicht bereit, ihr eigenes Ego komplett zurückzustellen. Abgesehen davon, hatte sie ebenfalls ein Recht darauf, verletzt und wütend zu sein.

Leonie nahm am Küchentisch Platz. Vee musste sich nicht umdrehen, sie sah die Bewegungen, die die Geräusche begleiteten, vor ihrem inneren Auge: das scharrende Nach-hinten-Ziehen des Stuhls, das dumpf tönende Sich-Hinsetzen, gefolgt von einem Seufzer. »Wenn du die Filme hier hattest, können sie doch gar nicht so wichtig gewesen sein. Die Starfotografin Veronica Moon entwickelt ihre Filme schließlich gar nicht mehr selbst. Sie lässt entwickeln. Ist es nicht so?«

Vee zwang sich, den Köder nicht zu schlucken. »Nur weil die Fotos, die ich hier selbst entwickle, keine Auftragsarbeiten sind, heißt das nicht, dass sie keine Bedeutung haben. Das solltest du doch am besten wissen.«

Leonie schnaubte, sagte aber nichts. Sie hatte schon oft versucht, ihre etwas radikaleren Texte zu veröffentlichen, jedes Mal erfolglos. Das zermürbte sie natürlich. Doch sie sah darin kein persönliches Scheitern, sondern ein Scheitern des Establishments, womit sie vermutlich recht hatte. Vee las Leonies Texte immer, bevor sie sie verschickte, und sie schlug Leonie nur selten Änderungen vor. Meistens war sie voller Bewunderung. Und ihre Bewunderung war ehrlich. Außerdem war Bewunderung das, was Leonie wollte. Nicht als Egotrip; nur als Bestätigung, dass ihre Texte funktionierten. Sie nannte das den Doolittle-Test. Vee hatte kein Problem damit. Wenn sie wissen wollte, ob ihre Fotografien funktionierten, stellte sie sich manchmal ja auch die Testfrage: »Was würde Barry wohl zu dieser Aufnahme sagen?«

Die Spüle war inzwischen blitzblank und weiteres Putzen überflüssig. Abgesehen davon, war es ermüdend, an diesem Streit festzuhalten. Was geschehen war, war geschehen. Vee wohnte nun schon seit sieben Jahren mit Leonie zusammen; das war länger, als so manche Ehe dauerte. Und sie wusste, wie solche Streitereien endeten. Leonie gab nie nach. Also wechselte Vee das Thema.

Sie drehte sich lächelnd um und setzte sich gegenüber von Leonie an den Tisch. »Wer war das eigentlich?«

»Von wem redest du?«

»Von dem Idioten, der in die Dunkelkammer geplatzt ist.«

Leonie zuckte mit den Schultern. »Das war Paul. Ich bin ihm letztes Jahr bei Fen begegnet. Das musst du wohl verpasst haben, weil du deine Seele mal wieder ans Patriarchat verkauft hattest.«

Vee überhörte die Stichelei. »Ich glaube, da hatte ich ein Shooting mit David Steel.«

»Sag ich doch.«

»Meine Güte, das war nicht Hugh Hefner, sondern der neue Vorsitzende der Liberal Party, der das Abtreibungsgesetz durchs Parlament gebracht hat.«

»Hugh Hefner würdest du bestimmt auch fotografieren, und wenn du dafür zum *Playboy*-Häschen mutieren müsstest.«

»Leonie, jetzt bleib doch mal bei der Sache. Dieser Paul, ist das der …« Vee hielt inne. Darauf hatte Leonie natürlich nur gewartet. »Der was?«

»Ach, nicht so wichtig.«

»Eben war's das aber noch.«

Genau wegen so was lassen sich die Leute scheiden, dachte Vee. Inzwischen war es einfacher geworden, sich aus einer unglücklichen Beziehung zu befreien. Scheidungen galten nun als salonfähig (zumindest in London; Essex war vermutlich noch nicht so weit). Die Schwestern sahen darin einen Sieg, der zeigte, dass Frauen sich ihrer Stärke bewusst wurden und die Kontrolle über ihr Leben übernahmen. Vee vermutete allerdings, dass die meisten Frauen sich nicht scheiden ließen, weil sie sich unterdrückt fühlten, sondern weil sie es satthatten, sich so wie Vee und Leonie zu zanken. Schon seltsam: Je besser man einander kennenlernte, desto wahrscheinlicher wurde es, dass man einander irgendwann bekämpfte, selbst wenn man sich zuvor stets unterstützt hatte. »Na los, jetzt frag schon«, drängte Leonie.

Vee seufzte. »War er der Vater?«

»Die Frage geht doch noch weiter, oder?«

»Lassen wir das, Leonie.« Vee stand auf. »Ich habe keine Zeit dafür.«

»Natürlich nicht. Du hast nur Zeit für deine verdammte Karriere.«

»Okay.« Vee hob kapitulierend die Hände. »War Paul der Vater des Babys, das du …« Sie zögerte.

»Komm schon, *Playboy*-Häschen«, stichelte Leonie. »Du hältst doch sonst immer furchtlos deine Kamera auf alles. Sag das A-Wort!«

»Auf Hugh Hefner würde ich sie bestimmt nicht halten«, sagte Vee. Es war einen Versuch wert; manchmal ließ Leonie sich durch einen Scherz zum Lachen bringen. Aber diesmal nicht. Sie war blasser als sonst, ihre Haare sahen aus, als hätte sie sie seit Tagen nicht gewaschen. Wenn Vee nicht kochte – was in letzter Zeit ständig vorgekommen war, weil sie so viel zu tun hatte –, aß Leonie nur ungesundes Zeug. Vee achtete zwar immer darauf, genug Obst zu besorgen, aber eigentlich konnte sie sich das sparen. Leonie holte sich lieber Pizza vom Italiener nebenan, löffelte Reispudding aus der Dose oder aß French Fancies und Käse. Bananen oder Äpfel mied sie, weil es ihr zu mühselig war, das Obst zu schälen.

»Jetzt bleib doch mal bei der Sache, Vee«, sagte Leonie. Ihre Augen funkelten.

»War Paul der Vater des Babys, das du losgeworden bist?«

»Kannst du die Frage auch weniger vorwurfsvoll stellen?«

»Was gefällt dir denn an der Frage nicht? Das Wort *Baby?* Oder das Wort *loswerden?*« Vee warf einen Blick auf ihre Uhr. In spätestens einer Stunde mussten sie los zum Theater, und es würde vermutlich ein langer Abend werden. Leonie wollte danach bestimmt noch zur Premierenparty. Vee mochte Theater und Partys eigentlich nicht, aber da es ihr erster Auftrag für ein Zeitschriftencover war, fühlte sie sich verpflichtet, das meiste aus dem Abend herauszuholen. Sie hoffte, dass vor der Aufführung noch Zeit war, einige Aufnahmen vor dem Theater machen zu können, bevor es zu voll wurde. Sie hatte keine Ahnung, wie berühmt Alison Steadman war; offenbar berühmt genug für ein Titelbild. Aber vielleicht konnte sie sich ja trotzdem noch unerkannt draußen vor ein Plakat stellen, um sich fotografieren zu lassen.

»Schon möglich, dass Paul der biologische Vater des Embryos war, den ich habe abtreiben lassen. Kann aber genauso gut sein, dass er es nicht war. Ich weiß es nicht, und es ist mir auch egal.«

»Aha«, sagte Vee. Sie wusste nicht, was sie sonst noch sagen sollte. Sie stand auf und spielte mit dem Gedanken, den Tisch abzuwischen, aber so wie Leonie gelaunt war, würde sie garantiert motzen, weil Vee mal wieder das Hausfrauenklischee bediente.

»Es war nur eine Abtreibung«, sagte Leonie. »Und es war *meine* Sache. Aber du hast darüber geredet, als wäre es *deine* Sache gewesen. Mir war es egal.«

Vor drei Wochen, am Tag der Abtreibung, war es Leonie allerdings überhaupt nicht egal gewesen. Sie hatte sich mit Tränen in den Augen an Vees Hand geklammert. Vielleicht nur wegen der starken Schmerzen; jedenfalls hatte sie das behauptet. Dass sie sich seitdem vollkommen gehen ließ, sprach allerdings dafür, dass es ihr viel mehr ausmachte, als sie zugeben wollte.

»Wir müssen um sechs los«, sagte Vee. »Willst du duschen, bevor ich ins Bad gehe?«

»Wohin gehen wir denn?«

Vee seufzte, weil Leonie fragte, obwohl sie es genau wusste. »Ins Hampstead Theatre. Zur Premiere von *Abigails Party*.« Da Leonie öffentliche Verkehrsmittel verabscheute, fügte sie hinzu: »Ich fahre mit dem Auto hin. Ich soll eine der Schauspielerinnen für *This Month* fotografieren.«

Leonie gab einen Stoßseufzer von sich. »Das ist heute Abend?«

»Ja.«

Leonie ließ das übliche Kopfschütteln folgen. »Ich glaube, das schaffe ich nicht, Vee. Das wird mir zu viel.«

Vee hätte sich eigentlich lieber die Zunge abgebissen, als etwas zu erwidern. »Du hast aber gesagt, du kommst mit. Ich hätte sonst jemand anderes fragen können.«

Leonie zuckte mit den Schultern. »Ich muss das hier lesen«, sagte sie und deutete auf das Buch, das seit einer Woche auf dem Küchentisch lag, ein Rezensionsexemplar mit dem Titel *Frauen*. »Ich soll es für *Spare Rib* besprechen.«

»Du kannst später weiterlesen«, sagte Vee. Sie wollte nicht allein losfahren. Sie fühlte sich mit Leonie an ihrer Seite einfach wohler, obwohl sie mittlerweile schon seit fast zehn Jahren zur Bewegung gehörte. Außerdem saß ihr noch immer der Jetlag in den Knochen; in der Woche davor war sie nach Indien geflogen, um Mutter Teresa zu fotografieren. Sie wollte heute Abend jemanden dabeihaben, damit es sich nicht wieder nur wie Arbeit anfühlte. »Jetzt komm schon, Leonie. Das wird lustig.«

»Hat eine Frau das Theaterstück geschrieben?«

Vee nahm die Tickets von der Korkpinnwand und schaute nach. »Nein. Ein Typ namens Mike Leigh.«

»Tja, das hier hat eine Frau geschrieben.« Leonie wedelte mit dem Buch. »Frau gewinnt. Und abgesehen davon, geht es mir nicht gut.«

Da platzte Vee der Kragen. Fast sieben Jahre lang wohnte sie nun schon mit dieser Frau zusammen, für die es nur eine einzige Regel gab, nämlich die, dass alles nach ihrer Nase gehen musste. »Aber es geht dir gut genug, um einen Schwachkopf zu vögeln, der zu blöd ist, das Schild NICHT ÖFFNEN an der Tür zu meiner Dunkelkammer zu lesen! Sei nicht so egoistisch, Leonie. Du bist schließlich nicht krank. Reiß dich zusammen.«

»Ich fühle mich aber nicht wohl«, sagte Leonie mit weinerlicher Stimme. »Und du hast kein Recht, darüber zu urteilen, ob ich krank bin oder ...«

»Aber ich habe das Recht, dir zu sagen, dass du dich nicht ständig davonstehlen kannst, wenn dir etwas nicht passt«, fiel Vee ihr ins Wort; das machte sie sonst nie. »Glaubst du vielleicht, *ich* habe Lust, heute Abend noch dort hinzufahren? Ich war seit heute Vormittag bei einem Shooting, und morgen früh um acht fängt schon das nächste an! Glaubst du vielleicht, dass es mir Spaß macht, als ›Tussi-Fotografin‹ bezeichnet zu werden, als wäre ich so eine Art Freak? Oder dass es mir Spaß macht, meine Klamotten zu bügeln? Ist dir schon mal der Gedanke gekommen, dass ich diesen endlosen, dämlichen Kampf manchmal satthabe?«

»Du bist seit gerade mal zehn Jahren Feministin, und du hast es schon satt?«, konterte Leonie. »Du hast es satt, dass du mit einer Kamera arbeiten kannst, ohne dass dir dabei ständig deine Titten im Weg sind? Tja, tut mir echt leid, dass du gezwungen bist, dein Geld auf Kosten deiner Schwestern zu verdienen.« Vee hatte schon öfter erlebt, dass Leonie so gehässig wurde, etwa

Männern gegenüber, von denen sie unterbrochen wurde, oder Frauen gegenüber, denen Feminismus zu kompliziert erschien oder die ein anderes Verständnis davon hatten als Leonie. Doch diesmal war Vee selbst das Ziel der Attacke, und das tat weh.

»Ich meinte nicht den Kampf der Bewegung, Leonie. Sondern unseren. Ich, die Verräterin, gegen dich, die Hüterin der Flamme, allein gegen den Rest der Welt.«

»Was soll das denn heißen?« Leonie starrte sie an.

»Das soll heißen, dass wir anderen nach vorne schauen. Dass wir Wege finden, uns in dieser Welt weiterzuentwickeln. Aber du sitzt einfach nur hier herum, urteilst über uns und belehrst uns darüber, was wir falsch machen. Vor allem diejenigen, die erfolgreich sind.«

»Willst du damit etwa sagen, dass ich nicht erfolgreich bin?«, zischte Leonie.

Vee zwang sich, Leonies Blick standzuhalten. »Du hast dich zurückgezogen, weil du das, was du wolltest, nicht erreicht hast. Ich finde, du solltest weiter deine Meinung sagen, weil wir jemanden wie dich brauchen. Aber du hast aufgegeben. Du hast dein Buch aufgegeben …«

»Das stimmt nicht«, fiel Leonie ihr ins Wort, doch es klang halbherzig. »Aber jedes verdammte Mal, wenn ich eine Idee habe, kommt mir irgendwer zuvor. Germaine Greer zum Beispiel hat mir die Chance versaut, mein erstes Buch zu veröffentlichen, obwohl es darin um viel mehr als nur um Sex ging. Und jetzt kommt Susie Orbach mit ihrem Anti-Diät-Buch und verkündet, dass wir nicht für das Patriarchat, sondern für uns selbst Diät machen sollen, aber dünn sollen wir trotzdem sein. An feministischen Büchern über weibliche Körper und Sexualität ist jetzt niemand mehr interessiert, weil Greer und Orbach ja schon darüber geschrieben haben. Als wären das die einzigen Bücher, die wir brauchen. Ein, zwei Frauenstimmen reichen, mehr ist nicht drin. Eine Ministerin im Kabinett, eine Zeitungsverlegerin, ein paar Kronanwältinnen sind genug. Gut gemacht, Feminismus.«

Leonie hatte offenbar das Bücherregal im Wohnzimmer vergessen, das mit Werken zahlreicher Schwestern gefüllt war; Essays, Polemiken, Gedichte und Prosa über Frauen und ihr Leben. Doch Vee verkniff sich die Bemerkung, denn sie musste bald los. »Du hast die Kolumne, Leonie. Das ist deine Stimme. Darauf solltest du stolz sein.«

»Klar. Das war schließlich das Ziel meiner Träume, eine feministische Kolumne zu schreiben. Komm schon, Vee. Ich hab was Besseres verdient.«

Für gewöhnlich hatten sie diesen Streit im Scherz, wenn sie betrunken waren, mitten in der Nacht. Doch diesmal, an diesem Nachmittag, an dem sie beide nüchtern waren, fühlte es sich anders an. Früher hätte Vee gelächelt und sich entschuldigt, damit sie beide zufrieden in ihre gewohnten Rollen als Mentorin und Schülerin zurückfallen konnten. Aber diese Zeiten waren vorbei, und abgesehen davon, hatte Vee ebenfalls etwas Besseres verdient. »Du schneidest dir ins eigene Fleisch«, sagte sie. »Du willst keine Kompromisse schließen, was natürlich praktisch ist, weil du dich dann als Märtyrerin sehen kannst, der das Patriarchat übel mitgespielt hat. Aber in Wahrheit kriegst du den Arsch nicht hoch, während wir anderen weitermachen.«

»Ja, die Frauenbewegung wird dir ewig dankbar sein für die Fotos, die du von Richard Burton und Elizabeth Taylor gemacht hast, von George Best, diesem Macho, ganz zu schweigen.«

»Ich habe leider nicht den Luxus, eine Eigentumswohnung und einen Treuhandfonds zu besitzen. Ich muss arbeiten gehen.«

»Richtig. Du bist so arm dran, dass dir nichts anderes übrig blieb, als zur Verräterin zu werden.«

»Es ist wichtig, dass einige von uns Kontakt zum Establishment haben.«

»Um sich über den Rest von uns lustig zu machen?«

Vee musste ihre Kameratasche noch packen und sich umziehen; sie hatte keine Zeit für diese Spielchen. »Ich muss mich jetzt fertig machen, Leonie.«

»Das war ja klar, dass du abhaust.« Leonie konnte inzwischen gar nicht mehr anders als höhnisch sein. Die warmherzige, hilfsbereite, inspirierende Freundin, bei der Vee damals einzog, ließ sich kaum noch blicken. Und Vee vermisste sie.

»Ich muss arbeiten gehen.«

»Du lässt alle im Stich. Wir haben dir vertraut. Wir haben dich aufgenommen.«

»Herrgott noch mal, Leonie. Warum machst du mich zum Sündenbock? Früher hast du mir immer das Gefühl gegeben, dass ich dazugehöre. Viele Frauen haben sich über mich lustig gemacht, weil ich keine Ahnung von Feminismus hatte, aber du hast nie über mich gelacht. Du hast mir geholfen.« Vee weinte fast nie, doch nun kamen ihr die Tränen. »Ich weiß, was ich dir verdanke. Und jetzt bin ich auf einmal deine Feindin? Nur weil ich etwas anderes mache als du? Und damit erfolgreich bin?« Der letzte Satz platzte aus Vee heraus, bevor sie sich bremsen konnte.

Manchmal fragte sie sich, ob Leonie versuchte, sie zu sabotieren. Es war schon mehrmals passiert, dass die Tür zur Dunkelkammer aufgerissen wurde, als sie dort mitten bei der Arbeit war. Letzten Monat hatte sie beinahe die Chance verpasst, Judi Dench zu fotografieren, weil Leonie »vergessen« hatte, ihr eine Nachricht weiterzuleiten. Und manchmal waren ihre Schlüssel nicht dort, wo sie sie hingelegt hatte. Da drängte sich der Gedanke an Sabotage förmlich auf. Oder aber es war ein Schrei nach Hilfe – die Art von Hilfe, die Vee nicht geben konnte und die Leonie ohnehin niemals annehmen würde.

Leonie schwieg. Nach einer Weile stand sie auf, ging zum Kühlschrank und holte den Käse heraus, den Vee gekauft hatte.

Vee ging zur Tür. »Du kommst also nicht mit?«, fragte sie.

»Mir ist nicht danach«, sagte Leonie. »Auch wenn du mir nicht glaubst.«

Wieder ein Köder, der Vee dazu bringen sollte, sich zu setzen, beruhigend auf Leonie einzureden und dafür zu sorgen, dass sie sich besser fühlte. Dafür waren Freundinnen da. Dafür waren Schwestern da. Aber dieses Mal war Vee nicht dazu bereit. Sie musste los, ihre Kameratasche packen. »Wie du willst«, sagte sie. Bevor sie die Wohnung verließ, schloss sie die Dunkelkammer von außen ab.

15. Mai 1977

Lass sie stehen, Schatz«, sagte Stanley, als Vee aufstand, um die Teller in die Küche zu bringen. »Ich räum den Tisch ab, wenn du weg bist. Du hast ja nun Besseres zu tun, als den Abwasch zu erledigen.«

Er meinte es nicht so, wie es klang. Er war stolz auf sie. »Ich mache das gern, Dad«, sagte sie.

»Lass ruhig«, wiederholte er und griff nach der Zeitschrift, die sie ihm mitgebracht hatte, um ihm ihr letztes Fotoshooting zu zeigen. »Mutter Teresa. Wer hätte das gedacht? Dass mein Mädchen nach Indien fliegt, um diese Aufnahme zu machen.«

»Unglaublich, oder?«, sagte Vee. Wenn sie einer berühmten Persönlichkeit begegnete und sich vergegenwärtigte, dass sie sie fotografieren sollte und während des Shootings auf gleicher Augenhöhe mit ihr sein würde, durchfuhr sie immer ein kleiner Schreck. (Manche dieser Persönlichkeiten taten, worum sie sie bat, andere nicht. Als Sujets waren diejenigen am besten geeignet, die zwar ihre eigenen Vorstellungen davon hatten, wie sie porträtiert werden wollten, aber trotzdem bereit waren, eine andere Meinung zu respektieren.) Vee konnte ihr Glück, diese Aufträge zu bekommen, noch immer kaum fassen, auch wenn manche sich sehr schwierig gestalteten, etwa weil die Zeit oder das Licht knapp war, eine Assistentin auf Eile drängte oder eine Journalistin versuchte, sich in Vees Arbeit einzumischen. Ein Teil von Vee war überzeugt, dass ihre Glückssträhne irgendwann aufhören und jeder neue Auftrag vielleicht ihr letzter sein würde. Für die kommenden drei Monate war ihr Kalender allerdings schon gut gefüllt. Sie musste nur dafür sorgen, dass es so weiterlief. Und dass sie weiterhin gute Arbeit machte. Wie ihr Vater immer sagte: Gib dein Bestes und bleib ständig am Ball.

»Sie ist wirklich eine Heilige«, sagte er und betrachtete das Foto von Mutter Teresa. Vee hatte sie beim Gähnen aufgenommen, die Hand vorm Mund, der Blick gesenkt, die Stirn gerunzelt, als wäre sie erstaunt über diese zutiefst menschliche Reaktion, als hätte sie noch nie zuvor Müdigkeit erlebt. Vee hatte sie gefragt, ob sie eine Pause brauchte. Sie hatte lächelnd den Kopf geschüttelt, als wollte sie damit zum Ausdruck bringen: Welche Rolle spielt es schon, wie es mir geht? Die drei Fotos, die Vee anschließend schnell hintereinander von ihr gemacht hatte, waren ihre Favoriten gewesen, und dem Bildredakteur hatten sie auch gefallen; sie waren in einer Spalte neben dem Interviewtext erschienen. Die Aufnahme mit der gähnenden Mutter Teresa hatte er auf der gegenüberliegenden Seite zwischen Schlagzeile und Verfasserzeile platziert. Neben dem Foto stand Vees Name in Großbuchstaben.

»Nicht jeder hält große Stücke auf sie«, sagte Vee. Leonie hatte nur Kritik übrig gehabt: Menschen wie Mutter Teresa würden von der Welt nur deshalb Heilige genannt, weil sie das Chaos aufräumten, das die Welt – damit meinte Leonie Männer – hinterlassen hatte.

»Ich bin wirklich sehr stolz auf dich«, sagte Stanley. »Damals, als du weggezogen bist, haben die Leute alles Mögliche gesagt: dass du London bestimmt schnell satthaben und wieder zurückkommen oder dass du dich für etwas Besseres halten würdest. Du hattest dir eben etwas in den Kopf gesetzt und wolltest es unbedingt durchziehen. Aber ich wusste, dass du deine Wurzeln nie verleugnen würdest.«

Vee schaute betreten zu Boden, als sie an ihre Versuche dachte, ihren Akzent loszuwerden. Der letzte Besuch bei ihrem Vater in Colchester war schon einen Monat her; so viel Zeit hatte sie vorher noch nie verstreichen lassen. Und eigentlich war sie auch nur hergekommen, weil sie etwas brauchte. Ursprünglich hatte sie schon vor drei Wochen herfahren wollen, am Wochenende nach *Abigails Party*, aber Leonie hatte zu viel Aufmerksamkeit beansprucht. Irgendwann gegen vier Uhr morgens – sie hätte sich am liebsten schlafen gelegt, aber Leonie goss sich noch ein Glas Beaujolais ein – war Vee klar geworden, dass es für sie beide das Beste war, wenn sie auszog. Sie waren … welches Wort hatte Kiki doch gleich benutzt, um Jo und Bernard zu beschreiben? Co-abhängig. Am nächsten Morgen, Leonie hatte sich noch im Tiefschlaf befunden, war Vee zu einem Immobilienmakler gegangen. Glücklicherweise hatte sie daran gedacht, einen Kontoauszug mitzubringen, damit man sie auch ernst nahm. Sie hatte sich ein Reihenhäuschen an der Themse in Battersea angesehen, einem sogenannten aufstrebenden Stadtteil, was Vee allerdings egal war. Sie verstand sich gut darauf, unauffällig zu bleiben, und war sicher, dass sie immer heil nach Hause kommen würde. Falls sie sich den Kauf des kleinen Hauses, eines ehemaligen Stalls, leisten konnte, würde es außerdem eine Weile dauern, bis sie es renovieren konnte. Es würde also kaum Einbrecher anziehen. Es stand seit acht Monaten leer. Zum Ende des Sommers konnte es ihr gehören.

Sie hatte sich schon so gut wie entschieden. Nur eine Sache fehlte ihr noch.

Sie stellte die Teller zurück auf den Tisch und setzte sich wieder. Was Einkaufen und Kochen anging, war ihr Vater ein Gewohnheitstier. Sonntags gab es Dosenpfirsiche mit Vanillesoße, seit sie denken konnte; sie fühlte sich jedes Mal in ihre Kindheit zurückversetzt. (Nur der Sommer brachte Abwechslung, dann bestand das Dessert aus frischem Obst aus dem Schrebergarten mit Büchsenmilch.) Die Frage, die sie ihrem Vater stellen wollte, schien absurd, weil sie sich in seiner Gegenwart wie eine Elfjährige fühlte. Aber wenn sie eines von Leonie gelernt hatte, dann das: Fragen kostete wirklich nichts, und es war erlaubt. »Dad, kann ich dich um einen Gefallen bitten?«

»Natürlich, Veronica.« Seine Miene leuchtete hoffnungsvoll auf, was ihr sofort einen Stich versetzte. Sie wusste, wie einsam er sich fühlte, seit sie ausgezogen war, auch wenn er immer genug zu tun hatte. »Was kann ich für dich tun, Schatz?«

»Ich habe ein kleines Haus gefunden, das ich kaufen möchte«, sagte sie. »Ich verdiene gut. Ich habe genug für die Anzahlung und kann auch die Hypothek bezahlen. Aber ich bekomme nur dann eine Hypothek, wenn ein Mann für mich bürgt.« Sie hörte ihre Stimme zittern, als bräche sie gleich in Tränen aus. Aber wenn etwas zum Heulen war, dann höchstens, dass Frauen sich überhaupt in dieser entwürdigenden Lage befanden. Ihr Vater deutete das Zittern in ihrer Stimme natürlich falsch.

Er tätschelte ihr die Hand. »Warum die Eile? Vielleicht begegnet dir ja doch noch der Richtige.«

Besser, sie kam ihm zuvor, damit er nicht wieder mit Barry und seiner netten Frau und seinen tollen Kindern anfing. »Nein, Dad, ich will das Haus wirklich kaufen. Als Investition.«

»Als Investition, so, so.« Er lächelte. »Ich dachte, du kommst eines Tages hierher zurück. Ziehst wieder hier ein. Dieses Haus wird dir gehören, wenn ich nicht mehr da bin. Das weißt du doch, Mädchen. Ich werde nicht ewig leben. Und die Schwestern von deiner Mutter bekommen keinen Penny von mir.«

»Dad, du bist noch nicht mal sechzig«, sagte Vee. »Und ich arbeite jetzt in London. Und bin in der ganzen Welt unterwegs. Es wäre völlig unpraktisch für mich, hier zu wohnen.« Fast hätte sie hinzugefügt, dass sie natürlich wieder zu ihm ziehen würde, wenn sie nur könnte, aber ihr Vater war ja nicht dumm.

»Hm«, sagte er. »Theoretisch könntest du diese Londoner Immobilie ja jederzeit verkaufen. Falls dir doch noch der Richtige begegnet. Oder falls du dich doch entschließt, wieder zurückzukommen.«

Vee nickte. Sie brachte es nicht über sich, laut Ja zu sagen.

»Bist du denn wirklich sicher, dass du dir die Hypothek leisten kannst? Das ist ein großer Schritt.«

»Ja, ich bin sicher, Dad.«

Stanley erhob sich und strich seiner Tochter gedankenverloren übers Haar, als wollte er ihr seinen Segen geben. Bevor er die Teller einsammelte, um sie in die Küche zu bringen, sagte er: »Dann bring mir einfach die Dokumente, Veronica, und ich unterschreibe sie dir.«

»Danke, Dad.«

Jetzt musste sie nur noch Leonie davon erzählen.

Juli 1977

Zeitschrift *This Month*

Leonie Barratt: Briefe einer Feministin

Unser monatlicher Frontbericht vom Kampf der Geschlechter

Lieber John,
ich hatte eine Abtreibung.
Ich habe dir bisher nichts davon erzählt, weil ich vermutete, du würdest es so drehen, dass es dabei nur um dich ging. Oder nur um den sich einnistenden Zellhaufen, den du sicher »das Baby« genannt hättest, als hätte es bereits einen Lieblingslöffel und ein Dreirad.
Außerdem war ich mir nicht sicher, ob es überhaupt dein Baby war. Und auf das Gespräch, das so sicher gefolgt wäre wie Schwarzwälder Kirschtorte auf Steak Diane beim Freitagabend-Dinner in einem Berni Inn, hatte ich wirklich keine Lust.
Ich weiß, was wir immer sagen – es ist völlig okay für uns, eine lockere, unverbindliche Beziehung zu führen, wir leben schließlich in den 1970ern, wer braucht denn noch die alten Regeln. Wenn du gehst, sagst du meistens: »Du weißt ja, dass es nichts Ernstes ist, oder, Schätzchen?« (Mir ist natürlich nicht entgangen, wie selten du mich bei meinem Namen nennst, Liebling.) Aber ich vermute, die Vorstellung, dass ich dieses Spielchen ebenfalls spielen könnte, passt nicht in dein Weltbild.
Du bist vielen Männern, die ich kenne oder von denen ich gehört habe, sehr ähnlich, John. Du bist total für Unge-

zwungenheit und Offenheit, aber nur, wenn du derjenige bist, der es locker nimmt. Dir gefällt der Gedanke, dass die Frau, mit der du eine lockere Beziehung hast, nur auf deinen Anruf wartet. Und wenn du mehr wollen würdest als eine offene Beziehung, wenn du dir Aufkleber mit unseren Namen auf deine Windschutzscheibe pappen und vorschlagen würdest, dass wir uns gegenseitig unseren Eltern vorstellen, käme dir bestimmt nie in den Sinn, dass die Frau etwas dagegen haben könnte. Mann, Mann, Mann! Da versuchen wir, die Welt neu zu gestalten, aber die alten Vorstellungen darüber, was Frauen wollen, sind wie Kakerlaken: einfach nicht totzukriegen.

Ungewollte Embryonen sind ein anderes Thema. Ich habe dir nicht davon erzählt, weil ich weder Zeit noch Lust hatte, mit dir über deine Rechte und Wünsche zu diskutieren. Wenn du ständig kotzen musst, nimmt das nämlich schon genug Zeit in Anspruch, ebenso wie deinen Arzt davon zu überzeugen, dass du zu labil für die Mutterschaft bist, damit er dich krankschreibt und diesen Zellhaufen, der sich in dir eingenistet hat, heraussaugt.

Mein Bauch. *Meine* Abtreibung.

Schön war es nicht gerade, aber besser als ein rostiger Kleiderbügel und eine Blutvergiftung oder eine durchlöcherte Gebärmutter. Auch besser als Gin und ein heißes Bad oder die hilfsbereite Friseuse, von der eine Schwester mir erzählte; sie hätte mich auf ihrem Küchentisch mit Bleiche ausgespült in der Hoffnung, dass niemand sie bei der Polizei anzeigt. Und besser, als ein Kind zu bekommen, natürlich sowieso. Noch vor zehn Jahren wären das meine einzigen Optionen gewesen.

John, du denkst sicher, dass ich dir diesen Brief schreibe, weil ich möchte, dass du mir Blumen bringst und mir sagst, wie tapfer ich bin, aber dass ich nicht allein damit hätte klarkommen müssen, weil du ja für mich da bist. Wenn du das tätest, würdest du dich bestimmt wie ein Held fühlen.

Doch du irrst dich. (Wann lernst du endlich dazu, John? Ich versuche nun schon seit Jahren, es dir verständlich zu machen. Schon klar, wir müssen eine jahrtausendealte Mauer aus patriarchalischem Bullshit aus dem Weg räumen, aber bisher haben wir es nicht einmal geschafft, ihr eine Kerbe zu verpassen. Wir könnten sie garantiert schneller durchbrechen, wenn du den Vorschlaghammer auch mal von deiner Seite aus schwingst.)

Ich schreibe dir diesen Brief, weil du wissen sollst, dass es mir gut geht. Ich wollte kein Baby und werde jetzt keins bekommen. Ich bin es auf saubere, legale Weise losgeworden, und weder schäme ich mich dafür, noch bereue ich es. Ich bin einfach nur erleichtert. Und ein wenig traurig, wenn ich an die Schwestern denke, die vor zehn Jahren noch keinen sicheren Abbruch haben konnten und ihr Leben riskieren mussten, um einer ungewollten Schwangerschaft zu entkommen oder der ungewollten Ehe, die ihnen drohte, wenn sie nicht das Geld oder die Kontakte für einen illegalen Abbruch hatten. Ich bin froh, dass wir das geändert haben. Natürlich wirst du einwenden, dass die Frauen das nicht allein hingekriegt haben. Also an dieser Stelle ein Hoch auf David Steel dafür, dass er das Gesetz durchs Parlament geboxt hat! Schließlich habe ich nie behauptet, dass alle Männer Mistkerle sind, oder? Wenn du einer wärst, würde ich dir wohl kaum Monat für Monat diese Briefe schreiben. Allerdings haben wir es nur deshalb nicht allein hingekriegt, weil es kaum Frauen im Parlament gibt. Das ist uns allen klar, mach dir keine

Illusionen. Dieses große Thema werden wir uns jedoch für einen anderen Brief aufsparen müssen.
Dass uns im Rahmen des staatlichen Gesundheitssystems sichere Schwangerschaftsabbrüche zugestanden werden, kommt einer Gleichberechtigung schon ziemlich nah, obwohl uns diverse Knüppel zwischen die Beine geworfen werden. (Aber wir wirken bereits darauf hin, dass es auch ohne Knüppel geht. Denn wir sind mit dem Stand der Dinge noch nicht zufrieden. Stell dir einmal vor, du könntest dich nur dann sterilisieren lassen, wenn zwei Ärzte dir bescheinigen, dass du geistig zu labil bist, um Kinder in die Welt zu setzen.) Es wird Zeit, dass wir das Ganze endlich mal unsentimental betrachten.
Ich hatte eine Abtreibung, John. Und ich bin froh darüber. Wenn du deswegen Gefühle hast, die du loswerden willst, nur zu. Ich bin absolut dafür, dass Männer zu ihren Gefühlen stehen und sie zum Ausdruck bringen, ohne sich dafür zu schämen. Aber wenn du wegen der Abtreibung, die meine Entscheidung war, deine Gefühle zum Ausdruck bringen willst, dann sieh zu, dass ich davon nichts mitbekomme. Ich habe Besseres zu tun, als dich zu trösten, und ich brauche auch keinen Trost von dir. Entgegen deiner Erwartung bin ich nämlich nicht am Boden zerstört, sondern einfach nur erleichtert.
Bis zum nächsten Mal,
Leonie

26. Februar 2018

Leider habe ich keine guten Neuigkeiten, Ms Moon«, sagte der Arzt.

»Das habe ich mir schon gedacht«, erwiderte Vee.

Die Tests waren inzwischen eine Woche her, und nun saß sie abermals bei Dr. Wilding im Behandlungszimmer. Sein Schreibtisch war leer, abgesehen von einem Laptop zu seiner Rechten sowie einer Vase mit duftlosen Rosen und einer Taschentuch-Schachtel zu seiner Rechten. In bequemer Reichweite, falls Vee eins brauchte. Natürlich.

Im Wartezimmer hatte sie sich kurz eingeredet, dass sie nur eine dumme alte Frau war, die sich unnötige Sorgen wegen ihrer Migräne machte. Sie war immerhin schon siebzig. Ihr Körper schmerzte an Stellen, die ihr früher nie wehgetan hatten. Der Rücken, die Hüften, die Knie, alles jammerte, sobald sie es überbeanspruchte.

Doch als sie aufgerufen wurde und sich erhob, um ins Behandlungszimmer des Arztes zu gehen, legte sie ihre Selbsttäuschung beiseite, so wie andere Patienten ihre Zeitschriften, sobald sie an die Reihe kamen. Vee konnte sich glücklich schätzen, dass ihr noch ein Jahrzehnt vergönnt gewesen war; die damalige Operation hatte sich als gelungene Instandhaltungsmaßnahme erwiesen, aber letztlich war es stets eine Frage der Zeit gewesen, bis der Tumor in ihrem Kopf wieder wachsen würde. Das wäre nur dann nicht passiert, wenn sie zuvor aus einem anderen Grund gestorben wäre: an einem Herzinfarkt, einer anderen Krebsgeschwulst oder wenn sie, zur falschen Zeit am falschen Ort, einem Terrorangriff oder Autounfall zum Opfer gefallen wäre. Doch dazu war es nicht gekommen. Das Schicksal hatte offenbar etwas anderes mit ihr vor.

Dr. Wilding drehte seinen Laptop so herum, dass sie auf den Bildschirm schauen konnte. »Das ist eine Aufnahme von Ihrer letzten MRT. Hier sehen Sie die Vernarbungen von Ihrem Eingriff.«

Vee nickte. Die dicke weiße Linie war die Barriere, die ihr den Weg zu einem großen Teil ihrer Erinnerungen versperrte. Und sie auch davon abhielt, Süßes zu schmecken und sich voller Selbstvertrauen ans Steuer eines Autos zu setzen.

»Und, wie ja stets zu erwarten war, ist hier eine Ansammlung von Flecken …«

»Wo?«

Der Finger des Arztes wanderte über den Bildschirm. Ein kurzer, breiter Finger, der viel zu gewöhnlich wirkte, um behutsam auf Verwachsungen in Hirngeweben zu deuten. »Hier.«

Vee schüttelte den Kopf, als hoffte sie, das Durcheinander von Worten in ihrem Schädel dadurch in die richtige Reihenfolge bringen zu können. »Ich meinte, in welchem Teil des Gehirns? Was richten diese Dinger an?«

»Ach so.« Dr. Wilding lehnte sich in seinen Stuhl zurück. »Nun, das Gehirn ist ein kompliziertes Organ. Wir verstehen noch nicht ganz, wo und wie Erinnerungen hergestellt und abgespeichert werden und wie …«

»Das weiß ich doch alles schon«, fiel Vee ihm ins Wort. Ihr war Mansplaining schon ein Dorn im Auge gewesen, bevor die jüngeren Feministinnen das Wort überhaupt erfunden hatten.

Falls Dr. Wilding über ihre Unterbrechung verärgert war, ließ er es sich jedenfalls nicht anmerken. »Dann wissen Sie ja auch, dass wir nichts mit Gewissheit sagen können. Der Tumor hat vermutlich Wurzeln in zahlreichen anderen Hirnregionen. Müssen Sie sich öfter übergeben?«

»Bisher noch nicht.«

»Haben Sie Krampfanfälle? Kommt es vor, dass Sie undeutlich sprechen?«

»Nein, noch nicht. Ich habe bloß Kopfschmerzen. Und …«

»Ja?« Er sah sie abwartend an. Aber eigentlich gab es nichts, was ihr wichtig genug erschien, um ihm davon zu berichten. Gut, da war dieses enorme Erschöpfungsgefühl, egal was sie tat. Und diese immense Ungeduld. Oder wenn sie Erica anschaute, glaubte sie manchmal, Leonie vor sich zu haben, die versuchte, ihr etwas mitzuteilen. »Alles, was Sie mir sagen können, ist hilfreich, Ms Moon.«

»Es ist nichts Besonders. Wirklich nur Kleinigkeiten. Ich fühle mich k.o. Und mir tut alles weh.« Plötzlich kam ihr eine Erinnerung: Leonard Cohen. Als sie 1974 beauftragt worden war, ihn zu fotografieren, hatte sie noch nie von ihm gehört. Danach hatte sie sich eine seiner Platten gekauft und im Laufe der Zeit sämtliche Alben, die von ihm erschienen waren. Ein Song handelte davon, dass einem Stellen wehtaten, die man früher nie gespürt hatte. »Mir fiel gerade ein Lied ein, das ich zum letzten Mal vor zwanzig Jahren gehört haben muss. Ich verlege ständig meine Schlüssel. Ich habe keinen Appetit und kann nichts mehr schmecken.«

»Das muss Sie sehr verunsichern.«

Ja. Das tat es allerdings. Aber sie wollte nicht in einem Zustand der Verunsicherung sterben. Wenn sie starb, wollte sie sich der Welt, die sie zurückließ, und ihres Platzes darin sicher sein. Sie wollte, dass ihre letzten Eindrücke so real sein würden, dass sie sie fotografieren konnte. Sie wollte die ihr verliehene Fähigkeit, aus Sujet, Licht, Film, Hintergrund und Story ein Bild zu erschaffen, das den Menschen beim Betrachten wahrhaftig erschien, bis zum Schluss bewahren. Plötzlich brach sie in Tränen aus. »Normalerweise weine ich nie«, stieß sie hervor.

»Normalerweise steht Ihr Leben auch nicht so auf dem Kopf, Ms Moon. Haben Sie Sehstörungen?«

»Was?«, schluchzte sie. Dabei hatte sie ihn durchaus verstanden. Sie wollte es nur nicht hören. Ihre Tränen wurden zu einem Sturzbach.

»Ihr Sehvermögen, Ms Moon. Irgendetwas Ungewöhnliches?«

Nein, nein, nein, nein, nein. »Nur, wenn die Kopfschmerzen anfangen. Das fühlt sich an wie Nadelstiche. Und das Licht tut weh.«

Dr. Wilding nickte, wartete.

Vee spürte einen nassen Fleck an ihrem Schlüsselbein. Die Tränen waren ihr bis unter die Seidenbluse gelaufen, die nun auf ihrer Haut klebte. »Aber das ist bei Kopfschmerzen oder Migräne doch normal!« Vielleicht war es ja tatsächlich so, wenn sie nur darauf beharrte.

Sie wurde mit einem Nicken belohnt. »Das stimmt. Aber Sie sollten dennoch damit rechnen, dass Ihr Sehvermögen nachlässt.«

»Dass es nachlässt oder verloren geht?«

»Nun …«

»Dr. Wilding, bitte! Mir fehlt dafür wirklich die Zeit!« Sie hasste den flehentlichen Klang ihrer Stimme. »Sagen Sie mir einfach, was los ist.«

Sie wurde abermals mit einem Nicken belohnt. »Im Laufe der Zeit nimmt die Wahrscheinlichkeit, dass es zu einem Verlust des Sehvermögens kommt, zu. Bei manchen Patienten kann dies ein frühes Symptom für Tumorwachstum sein.« Dr. Wilding ließ seinen Blick zurück zum Bildschirm und dann wieder zu Vee wandern, die nun kerzengerade saß, als ließe sich die Lage dadurch verbessern, dass sie den Kopf aufrecht hielt. »Diese Anhäufung hier«, fuhr er fort, »sitzt näher am Okzipitallappen, als uns lieb ist.«

»Ich werde nicht blind«, sagte Vee. Bis zu diesem Moment hatte sie gedacht, der Verlust ihrer Erinnerungen sei das Schlimmste, was ihr passieren konnte. Dass sie durch ihre daraus resultierende Unfähigkeit, sich den Tod ihres Vaters oder Leonies Tod ins Gedächtnis zu rufen, gezwungen war, ihre Fotos durchzugehen, um darauf verzweifelt herbeigesehnte Anhaltspunkte zu ihrem früheren Leben und Glück zu finden. Aber vielleicht erwartete sie noch etwas viel Schlimmeres.

Dr. Wilding lehnte sich wieder in seinen Stuhl zurück, schaute sie an und wartete.

Sie wollte nicht bemitleidet werden. Und blind werden wollte sie auch nicht. Das durfte einfach nicht passieren. Das konnte sie nicht zulassen.

Sie putzte sich die Nase, holte tief Luft, zwang sich dazu, die Schultern nach hinten zu ziehen. »Was geschieht nun?«

»Ich schlage Ihnen Folgendes vor. Regeln Sie Ihre Angelegenheiten. Legen Sie viele Ruhepausen ein. Vermeiden Sie unnötigen Stress …«

»Warum?«

»Wie bitte?« Dr. Wilding war es offensichtlich nicht gewohnt, unterbrochen zu werden. Kein Wunder, bei seinem exorbitanten Minutensatz. Aber sie hatte für solche Spielchen keine Zeit. Sie musste hinaus und sich alles anschauen, um die Erinnerungen, die ihr noch geblieben waren, mit den Farben der Welt zu füllen.

»Was passiert, wenn ich mich nicht ausruhe? Und Stress habe?«

»Nun ja …« Dr. Wilding legte die Fingerspitzen aneinander. Oh, wie sie diese Geste hasste. Sie war stolz darauf, dass sie nie jemanden in dieser Pose porträtiert hatte, obwohl in gewissen Fachkreisen vor allem Männer sich nur so fotografieren lassen wollten. »Die Erkrankung könnte schneller voranschreiten.«

»Mit anderen Worten, wenn ich mich amüsiere, sterbe ich wahrscheinlich früher?«

»Nun ja …«, wiederholte Dr. Wilding.

Vee nickte. Sie hatte ihre Antwort. »Und nun?«

»Wir können Ihnen Schmerzmittel verschreiben und Sie bitten, uns über Veränderungen auf dem Laufenden zu halten. Leider können wir nicht vorhersagen, wie die Erkrankung von jetzt an verlaufen wird. Wir kennen die Eventualitäten …«

»Und das Ende«, sagte Vee.

Er nickte. »Leider ja. Das Ende ist klar. Es ist für uns alle zwingend.«

»Zwingend. Typisch Mann.« Vee lachte, und Dr. Wilding lachte mit, obwohl ihm vermutlich ebenso wenig danach zumute war wie ihr selbst.

8. März 2018

Weltfrauentag

Zum Weltfrauentag nahmen fünf Millionen Spanierinnen am ersten landesweiten »feministischen Streik« teil, um gegen sexuelle Diskriminierung, häusliche Gewalt und ungleiche Entlohnung zu demonstrieren

Noch sieben Wochen bis zur Ausstellungseröffnung

Die Dämmerung an diesem Märzmorgen war sanft, doch Vee ertrug es trotzdem kaum, als das erste Licht an den Kanten ihrer Wohnzimmerjalousien hereinsickerte. Am Vorabend war es spät geworden. Sie war erst um elf ins Bett gegangen, hatte jedoch nicht einschlafen können, weil sie wieder Kopfschmerzen bekommen hatte. Da die Medikamente nicht gewirkt hatten, war sie schließlich gegen drei Uhr aufgestanden, hatte sich im Dunkeln nach unten getastet und sich gezwungen, das grelle Kühlschranklicht zu ertragen, um einen Eisbeutel herauszuholen und sich ein Glas Gewürzrum einzuschenken. Ihre Medikamente vertrugen sich zwar nicht mit Alkohol, aber da die Schmerzen nicht weggehen wollten, war ihr gar nichts anderes übrig geblieben, als sich auf andere Weise Linderung zu verschaffen.

Sie hatte sich dann aufs Sofa gelegt und war wohl kurz eingedöst. Doch jetzt merkte sie, wie die schlaflose Nacht ihr zugesetzt hatte. Die Kopfschmerzen waren zwar nicht schlimmer geworden, aber dafür umso hartnäckiger, sie hatten sich überall breitgemacht, im Kiefer, in der Stirn, im Hinterkopf. Das war neu. Dass sie so herumlungerten. Wäre Vee gläubig gewesen, hätte sie Gott angefleht, ihr bitte die alten Kopfschmerzen zurückzugeben. Selbst wenn sie zur Religion gefunden hätte, wäre sie Pragmatikerin geblieben. Sie hätte kein Wunder verlangt. Nur eine Milderung der Schmerzen; eine Rückkehr zur vertrauten Landschaft, wo sie gewusst hätte, wo und wie das Licht fiel. Und sie hätte darum gebettelt und gefleht, ihr Sehvermögen behalten zu können. Sie wäre sogar vor Dr. Wilding auf die Knie gefallen, wenn sie geglaubt hätte, er besäße die Macht, es zu retten.

Sie konnte damit leben, eine Fotografin im Ruhestand zu sein, aber die Vorstellung, eine erblindete Fotografin zu sein, war unerträglich.

Ihre Zeit war fast abgelaufen. Aber sie wollte unbedingt bis zum letzten Atemzug sehen können.

Wenn Vee an Erica dachte, die noch so viele Jahre vor sich hatte, war sie fast schon froh, dass ihr eigenes Leben sich dem Ende zuneigte.

Vielleicht beeinflusste der Tumor ja ihr Denkvermögen und machte sie glauben, dass es gar nicht so schlimm war zu sterben. Sie war überrascht, wie wenig es ihr auszumachen schien. Nach dem Termin in der Klinik hatte sie einen Spaziergang gemacht und sich im Regent's Park auf eine Bank gesetzt. Sie war dort bis zur Dämmerung geblieben und hatte sich alt gefühlt, betrogen und beraubt. Seither hatte sie kaum noch etwas gefühlt. »Ich bin im Begriff zu sterben«, sagte sie im Badezimmer zu ihrem Spiegelbild und suchte es nach Hinweisen ab, die ihr Aufschluss über ihre Gefühle gaben. Doch das brachte nichts.

Sie hätte wegen der Schmerzen in der Klinik anrufen können. Den Notruf wollte sie jedoch nicht wählen, das erschien ihr zu dramatisch. Sie war kein Notfall, sie war eine schmerzerfüllte Unabwendbarkeit. Und solange sie keinen Anfall hatte, konnte man im Grunde ohnehin nichts machen.

Vee beobachtete das Licht an den Kanten ihres Fensters, versuchte zu erkennen, wie es dichter wurde und wuchs. Aber das Licht war zu raffiniert, so schleichend wie ein wachsender Tumor im Kopf, den man zu leicht als nichts abtat, bis er ein unbestreitbares, unumstößliches Etwas war. Und unaufhaltbar. Während sie wartete, versuchte sie, sich daran zu erinnern, was sie sich für den Tag vorgenommen hatte. Sie wollte irgendetwas für Leonie tun. Aber eigentlich konnte das nicht sein, denn Leonie war ja tot. War es zu viel verlangt, auf einen Tod zu hoffen, der nicht mit drohender Erblindung und der ständigen Verwechslung von Gegenwart und Vergangenheit einherging, sondern schlicht und einfach nur mit Kopfschmerzen? Vee hatte sich daran gewöhnt, ohne all das zu leben, was sie ein Jahrzehnt zuvor bei dem Eingriff verloren hatte. Und je älter sie geworden war, desto unbedeutender waren ihr diese Erinnerungen erschienen, obwohl sie nach der Operation um jede einzelne davon getrauert hatte; der Verlust hatte ihr das Gefühl gegeben, als hätte man ihr den Boden unter den Füßen weggezogen.

* * *

Um halb zehn klopfte es.

»Guten Morgen«, sagte Erica mit einem breiten Lippenstiftlächeln. Ihre Energie war so umwerfend, dass Vee fast froh war, schon seit Jahrzehnten allein zu leben. Aus der Nähe betrachtet, waren andere Menschen einfach nur ermüdend. Selbst dann, wenn man nicht krank war. Andauernd wollten sie irgendetwas: sich unterhalten, Hilfe, Gesellschaft, Lob. Kompromisse. »Sind Sie bereit?«

»Wofür?«

Das Lächeln verschwand. »Den Protestmarsch?«

Heiliges Kanonenrohr. Das stand also heute an. Vee setzte sich aufs Sofa, auf ihr warmes nächtliches Ruheplätzchen. »Es geht mir nicht gut.«

»Schon wieder ein Migräneanfall?«

»Ja.«

Doch da war auch eine neue Art von Schmerz. Jetzt, wo Erica da war, spürte Vee mit jeder Faser ihres Körpers, wie sehr Leonie ihr fehlte.

»Ich habe Schmerztabletten dabei«, sagte Erica mit einem Seufzer, der verriet, dass sie sich über irgendetwas ärgerte. (War der Kontakt mit anderen Menschen eigentlich immer so schwierig? Vee fand es furchtbar mühselig, mit ihnen zu kommunizieren und ihr Verhalten zu deuten.) »Ich habe extra einen Babysitter organisiert«, fügte Erica hinzu.

Eigentlich wollte Vee sich einen Kommentar dazu verkneifen, aber dann musste sie daran denken, wie Leonie reagiert hätte. »Warum zeigen Sie Ihren Ärger nicht? Sie sind auch nur ein Mensch. Sie haben das Recht, Gefühle zu haben. Sie haben ein Recht darauf ...« – wenn doch nur diese Wortfindungsstörungen nicht wären – »... stinkfaul zu sein.« Nein, das war der falsche Begriff. »Stinksauer zu sein.«

Erica tat so, als hätte sie nicht zugehört. »Ich will nicht alleine zu diesem Marsch. Ich will sehen, was Sie sehen. Ihre Perspektive einnehmen.«

»Nicht mein Problem«, sagte Vee. Der smaragdgrüne Mantel wuchs ihr allmählich ans Herz. Die Farbe schmeichelte Ericas Teint: warm und doch kühn. Als Vee Ericas glattes, glänzendes Haar, ihre weißen Zähne und die blank geputzten Schuhe (diesmal flache Brogues aus hellgrauem Lackleder) betrachtete, wurde sie sich ihres eigenen Zustands erst recht bewusst: Sie war schweißgebadet, die Schmerzen der vergangenen Nacht klebten noch an ihr, die Krankheit verstopfte ihre Poren. Aber es sprach ja nichts gegen eine Dusche, auch wenn Besuch da war. Die Anwesenheit einer anderen Person machte den ganzen Vorgang – sich ausziehen, den ersten Schwall heißen Wassers auf der Haut spüren, sich einseifen, abtrocknen, wieder anziehen – womöglich erträglicher. Vermutlich war es das wert, weil man sich danach zumindest erfrischt fühlte.

»Ich gehe jetzt duschen. Vielleicht tut mir das ja gut. Ich habe einige Kisten aussortiert und Fotos gefunden, die Sie bestimmt stehlen wollen.« Schon wieder ein falsches Wort. Sie korrigierte sich: »Die Sie bestimmt *sehen* wollen. Sie liegen auf dem Tisch.«

Erica starrte auf die Kiste wie ein Hund auf einen Knochen. Doch sie zwang sich, ihren Blick wieder Vee zuzuwenden, und fragte: »Kann ich etwas für Sie tun? Sie sehen ziemlich mitgenommen aus.«

»Seien Sie einfach leise«, sagte Vee. Dann ging sie die Treppe hoch. Jede Stufe kostete sie enorme Überwindung.

* * *

Ich soll einfach leise sein?, dachte Erica. Was glaubt diese Frau denn, wie viel Lärm es macht, eine Kiste mit Fotos durchzugehen? Sie sollte vielleicht mal versuchen, mit einem Anderthalbjährigen zusammenzuleben, der gerade entdeckt, wie viel Krach er mit seinem Spielzeughammer veranstalten kann, wenn er nicht gerade mit seinem sprechenden Teddybären spielt.

Erica setzte Teewasser auf; das Pfeifen des Kessels war nun wirklich nicht laut. Dann öffnete sie den weißen Schrank, nahm sich eine der vier edlen weißen Porzellantassen, die sie darin fand, und löffelte losen Tee in eine gläserne Kanne. Vee schien das Leben zu führen, das in den Zeitschriften stets als perfekt suggeriert wurde; ihr schlichtes Haus war sparsam, aber schön eingerichtet. Der Kühlschrank summte so melodisch, als wäre er gestimmt worden. Erica dachte an ihren eigenen Kühlschrank, dessen Tür mit Einladungen, Rundschreiben, Müllabfuhrterminen und Toms Kunstwerken übersät war und in dessen Innerem sich halb leere Marmeladengläser und Dosen neben Obst und Salatköpfen türmten, deren Haltbarkeitsdatum längst abgelaufen war. In Vees Kühlschrank standen bloß eine Packung Milch und eine Flasche Rum im Türfach, und auf den Regalen lagen Tomaten, Birnen, frische Pasta und eine Packung Muschelsuppe. Erica fand diese Schlichtheit geradezu anbetungswürdig. So hätte sie auch gern gelebt. Sie liebte ihre Familie wirklich über alles. Aber sie ließ ihr nie Zeit für kulinarische Genüsse. Ganz zu schweigen davon, dass es bei ihnen nur ramponierte Tassen gab. Sobald sie wieder zu Hause war, würde sie die sofort in den Mülleimer befördern.

Doch jetzt nahm sie sich erst einmal die Kiste mit den Fotos vor. Sie zwang sich, nicht zu fantasieren, welche Schätze darin wohl verborgen lagen. Sie war schließlich Akademikerin. Und erwachsen. Sie würde ganz nüchtern vorgehen.

Die Kontaktbogen im A4-Format befanden sich zuunterst. Auf ihnen stapelten sich die Abzüge; auf den größeren im Format 10 x 15 cm lagen die kleineren im Format 9 x 13 cm. Allerdings waren sie nicht chronologisch geordnet; das sah Vee gar nicht ähnlich. Doch als Erica die oberste Fotografie umdrehte – das Bild war nicht weiter bemerkenswert, eine Reihe von Frauen, die Arme ineinandergehakt, ohne besondere Merkmale, abgesehen davon, dass es sich bei der zweiten Frau von links um ihre Tante Leonie handelte –, entdeckte sie auf der Rückseite ein mit Bleistift notiertes Datum, zusammen mit einer Abkürzung, die ihr nichts sagte. (WLFC. Wahrscheinlich die Abkürzung für eine Frauenbewegung. Das konnte sie ja noch checken.)

Erica beschloss, sich zunächst auf die Rückseiten zu konzentrieren und die Fotos anhand der dort notierten Datumsangaben zu sortieren. Doch schon bald siegte ihre Neugier; sie musste die Bilder wenigstens einmal kurz anschauen. Genauer unter die Lupe nehmen konnte sie sie ja später noch, aber sie wollte zumindest wissen, was auf ihnen zu sehen war. Als sie das erste umdrehte, blickte ihr Leonie finster mit erhobener Hand entgegen, als wäre sie gegen ihren Willen fotografiert worden. Erica konnte nachvollziehen, warum manche Leute ihre Tante als »einschüchternd« bezeichneten; auf dieser Aufnahme wirkte sie geradezu furchterregend. Auf der nächsten erkannte Erica ihre Mutter Ursula, die mit Leonie in einem Türrahmen stand. Das Bild erweckte den Eindruck, als sei Ursula die dominantere der beiden Schwestern: Sie redete, während Leonie mit gesenktem Kopf zuhörte, sie wirkte geradezu kleinlaut. Möglicherweise gab es im Fotoalbum von Ericas Großmutter ja eine Aufnahme von beiden aus ihrer Kindheit, wo die gleiche Dynamik sichtbar war.

Auf dem folgenden Bild war Leonie in ihrer Latzhose zu sehen, das Haar mit einem Schal zurückgebunden. Sie zeigte mit dem Finger auf einen Mann, der ihr gegenüberstand; im Hintergrund waren verschwommene Plakate zu erkennen. Auf einem weiteren stand Leonie auf einem Tisch, eine mit Bast umflochtene Weinflasche in der Hand, den Mund offenbar zu einem Siegesschrei geöffnet. Auf einem anderen saß sie zusammengesunken auf einem Stuhl, die Augen halb geschlossen, ein leichtes Lächeln auf den Lippen, und hielt ihre zum V-Zeichen gespreizten Finger in die Linse. Das nächste Bild zeigte sie bei einer Demo, ein Gesicht in einer Masse von anderen Gesichtern, die alle mit gespannten, konzentrierten Mienen in die gleiche Richtung schauten, als warteten sie auf etwas. Es war die Art von Foto, bei dem man den Atem anhielt und sich wünschte, selbst dort gewesen zu sein und miterlebt zu haben, was diese Frauen gerade hörten.

Erica legte die Aufnahmen von Leonie nebeneinander und stellte sie sich in dem Ausstellungsbereich vor, der das allerletzte Porträt von ihrer Tante zeigte. Sie würden den Leuten den Verlust von Leonie noch stärker bewusst machen, weil sie ihre Lebendigkeit sehen würden, direkt neben dem Foto, das sie im Augenblick des Todes zeigte. Plötzlich war Ericas Herz von Wehmut erfüllt. Tränen stiegen ihr in die Augen. Sie konnte sich zwar kaum an ihre Tante und deren Tod erinnern, aber dafür hatte sie, solange sie denken konnte, mit der Trauer ihrer Mutter gelebt. Eine Trauer, die nun in ihr selbst erwachte, ein langsames leises Wehklagen in den Eingeweiden, als sie an all das dachte, was sie unwiederbringlich verloren hatte. Ihre Mutter. Antworten auf die Fragen zu Leonies Tod. Wie dumm von ihr zu glauben, sie könnte Vee dazu bringen, ihr von Leonie zu erzählen. Wie töricht von ihr, noch immer darauf zu hoffen.

Erica wandte sich vom Tisch ab, ging zum Fenster und betrachtete die knospenden Bäume, die den nahenden Frühling ankündigten. Sie holte tief Luft. Sie wollte endlich erfahren, was an jenem Tag passiert war, selbst wenn sie dafür diese Ausstellung und ihre gesamte Arbeit opfern musste. Ihre eigenen Erinnerungen waren nur vage und fühlten sich unstimmig an. Veronica hätte ihr helfen können, aber sie wollte nicht. Sie wollte einfach nicht.

Am liebsten hätte Erica geweint, aber sie riss sich zusammen. Sie ging zum Tisch zurück und betrachtete ihre Tante aus der Perspektive der Akademikerin. Wenn Leonie imstande gewesen war, einen kühlen, klaren Kopf zu bewahren, konnte sie das auch.

Die Fotos ließen sich bestimmt, auch ohne auf die Rückseite zu schauen, grob datieren oder zumindest in eine chronologische Reihenfolge bringen. Im Laufe der 1970er kamen die weiten Schlaghosen aus der Mode, die Frisuren wurden kürzer, die Protestbanner ausgefeilter, die Slogans durchdachter. Außerdem hatte Vee ihren Fokus allmählich von Landschaftsansichten und Menschenansammlungen auf Gesichter und Leute im Gespräch verlagert. Die später entstandenen Fotos zeigten Leonie oft bei

Diskussionen. Manchmal wirkte ihre Miene sanft, meistens jedoch aggressiv, dann lehnte sie sich vor und ballte die Faust oder hob die Hand, um ihrem Gegenüber Einhalt zu gebieten. Sei still, sagte ihre Körpersprache. Hör auf, dich querzustellen, hör auf, dagegenzuhalten.

Plötzlich fiel Erica auf, dass sie die Fotos auch anhand von Leonies Figur datieren konnte. In den 1960ern war ihre Tante einfach nur stämmig gewesen, aber Anfang der 1970er wurde sie allmählich fettleibig oder adipös, wie man das heute nannte. Im Laufe der Zeit nahm sie immer mehr zu; aus dem Doppelkinn wurde ein Dreifachkinn, sie ging auseinander wie ein Hefekuchen, bekam regelrechte Wurstfinger, die Gelenke waren gar nicht mehr zu erkennen. Sie sah aus wie Andrea Dworkin, die etwas später auf der Bildfläche erschien und erst nach Leonies Tod als Radikalfeministin bekannt wurde, zumindest soweit Erica wusste. Wie leicht es ihr fiel, diese Parallele zwischen den beiden zu ziehen. Als sähen alle übergewichtigen Frauen gleich aus. Dünne Frauen glichen einander schließlich auch nicht wie ein Ei dem anderen. Es war gar nicht so leicht, auf solche Vergleiche zu verzichten. Dabei hätte das eigentlich längst selbstverständlich sein müssen. Jedenfalls, wenn es nach Vee ging. Sie hatte natürlich recht. Aber bloß weil jemand der Meinung war, dass ein Problem längst gelöst sein müsste, war es noch lange nicht aus der Welt.

Erica sprangen auch noch andere Dinge auf den Fotos ins Auge, etwa Leonies Übergang von Latzhosen zu Herrenhemden und weit geschnittenen Hosen. Außerdem fiel Erica auf, dass Vee fast nie auf den Auslöser drückte, wenn ihr Sujet direkt in die Kamera blickte; stattdessen lichtete sie die Person lieber ab, wenn sie mit irgendetwas beschäftigt war. Die fotografischen Entscheidungen der Veronica Moon lieferten eigentlich genug Stoff für eine weitere Doktorarbeit. Vielleicht sogar für ein Buch.

»Ich glaube, es geht jetzt etwas besser«, ertönte Vees Stimme hinter ihr.

Erica wischte sich rasch die Tränen aus den Augen, bevor sie sich umdrehte.

Vee hatte sich umgezogen: Jeans, weiße Bluse unter einem dunkelblauen Pulli, der zwar nicht neu aussah, aber aus einem Material war (Kaschmir?), das ewig hielt. Ihre Füße steckten nun in Strümpfen, und an der Tür standen ein Paar Stiefel und ihre Tasche. Offenbar wollte sie nun doch mitkommen. Trotzdem schien sie noch immer etwas neben der Spur zu sein. So wie Tom, wenn er morgens kuscheln wollte, bevor er sich in seine neuesten Kinderabenteuer stürzte. Oder wie Marcus nach dem Sex, wenn er sie an sich zog, auf die Stirn küsste und etwas sagte wie: *Wir haben es doch gar nicht so schlecht, oder, Schatz? Wir haben doch Glück, einander zu haben, findest du nicht?* Das waren die einzigen Momente, in denen er unsicher klang, und ehrlich gesagt auch die einzigen Momente, in denen sie spürte, dass sie ihn noch immer liebte. Natürlich wusste sie, dass sie ihn liebte. Aber es auch zu spüren, war etwas anderes.

»Kann ich Ihnen etwas bringen?«, fragte sie. »Soll ich Ihnen einen Tee machen?«

Vee schloss kurz die Augen, um nachzudenken. »Ein Wasser, bitte«, sagte sie dann. »Verdammt!«, fügte sie hinzu. »Ich habe meine Tabletten oben vergessen. Würde es Ihnen etwas ausmachen, sie mir zu holen? Sie sind im Badezimmerschrank. Oberes Regal, in der weißen Pillendose.«

Im Badezimmerschrank sah es genauso ordentlich aus wie im Kühlschrank. Auf dem oberen Regal standen drei verschiedene Pillendosen. Erica erschrak. Sie war keine Expertin, aber die Medikamente deuteten darauf hin, dass Vee ernsthaft krank war. Eine der Dosen enthielt Steroide, die anderen beiden starke Schmerzmittel, die es nur auf Rezept gab. Erica schluckte. Sie hatte die ganze Zeit gedacht, Vee wäre schwierig, weil sie … tja, weil sie halt zu dieser Sorte von Frauen gehörte.

Erica brachte Vee die Pillendosen und holte ihr ein Glas Wasser aus der Küche. Vee dankte ihr mit einem Nicken, nahm das Glas mit leicht zitternder Hand und schluckte ein paar Tabletten, wobei sie routiniert den Kopf in den Nacken warf. Dann stützte sie sich auf einer Stuhllehne ab und schloss die Augen. »Ich weiß nicht, ob meine Kopfschmerzen überhaupt noch weggehen oder ob ich mich inzwischen so an sie gewöhnt habe, dass ich keinen Unterschied mehr merke«, sagte sie.

»Heute scheinen sie zumindest nicht ganz so schlimm zu sein wie an dem Tag, als wir uns in der Galerie getroffen haben«, entgegnete Erica.

Vee verzog den Mund zur Andeutung eines Lächelns. »Das waren keine Kopfschmerzen. Das war eine Attacke.« Die erste Attacke ihrer letzten Schlacht. Sie fasste sich vorsichtig an die Schläfe.

Erica war verunsichert. Was sollte sie jetzt machen? Sie konnte natürlich allein zu dem Protestmarsch fahren. Sie war ja kein kleines Kind. Aber sie wollte nicht ohne Vee dorthin. Schließlich sagte sie: »Danke, dass ich mir die Fotos anschauen durfte.«

»Was halten Sie von den Aufnahmen?«

Vielleicht lag es daran, dass Vee klang, als wäre es ihr egal, oder an ihren geschlossenen Augen, dass es Erica leichtfiel, ehrlich zu sein. »Ich hatte den Eindruck, dass meine Tante auf vielen Bildern aggressiv aussah. Geradezu streitsüchtig.«

Vee nickte kaum merklich, der Hauch eines Lächelns umspielte ihren Mund. »Überrascht Sie das?«

»Nein, eigentlich nicht«, antwortete Erica. »Wie gesagt: Das, was ich von ihr weiß, basiert hauptsächlich auf Erzählungen. Und auf ihren Texten. Sie war offenbar eine Frau, die keine Kompromisse einging.«

»Hmm«, machte Vee, sagte aber nichts weiter.

Die Stille ließ Erica weiterreden, auch weil sie nicht darüber nachdenken wollte, was die ganzen Tabletten zu bedeuten hatten. »Leonies Essay über Abtreibung hat mir sehr zu denken gegeben. Nicht die Kolumne, sondern der Text in ihrem Buch. Ihre Position war klar. Für sie war das nur eine Kleinigkeit, so banal wie Zähne ziehen.«

Vee ließ nicht erkennen, ob sie überhaupt zuhörte. Während sie weiter schwieg, sprudelte es aus Erica nur so heraus: »Ich erinnere mich noch an meine erste Schwangerschaft. Meine Mutter war anderthalb Jahre zuvor gestorben, und wir hatten erst ein Jahr später geheiratet. Eine Achterbahnfahrt der Gefühle. Leonie hat sehr rational über Abtreibung geschrieben. Doch die meisten Menschen sind sehr emotional, wenn es um Babys geht. Insofern kann ich nachvollziehen, dass manche Leute mit Leonies direkter Art nicht zurechtkamen.« Erica hatte Leonies Buch auf dem iPad gelesen und es schließlich mit zitternder Hand weggelegt, um zu Tom hinüberzuschauen, der auf dem Sofa eingeschlafen war, von Kissen umrahmt, damit er nicht herunterfiel und sich wehtat. Seine makellosen Ohrmuscheln hatten unter dem glatten, weichen Haar hervorgelugt. Sie brachte es nicht übers Herz, es ihm abzuschneiden. Und doch fragte sie sich manchmal, ob sie wohl glücklicher wäre, wenn sie ihn nicht bekommen hätte.

Als Ericas Wortschwall versiegt war, öffnete Vee die Augen und schaute Richtung Fenster, zum Licht. Schließlich begann sie zu sprechen, doch ihr Mund bewegte sich kaum, als versuchte sie, beim Sprechen den Kiefer stillzuhalten. »Wie deprimierend. Dass Frauen in Ihrem Alter, mit Ihrer Bildung und Ihren Mitteln, ihr eigenes Ich einfach aufgeben. Das ist das Gegenteil von dem, was die Bewegung erreichen wollte.«

Jetzt ging das wieder los. Erica musste sich endlich damit auseinandersetzen, wenn sie nicht untergehen wollte. Sie war schon jetzt kaum imstande, Tom oder Marcus in die Augen zu schauen, wenn sie nach Hause kam. »Haben Sie damals nicht auch für das Recht gekämpft, nicht verurteilt zu werden? Manchmal kommt mir das wie reines Wunschdenken vor. Ich werde nämlich ständig verurteilt, und übrigens weitaus häufiger von Frauen als von Männern.« Sarah etwa, ihre Schwiegermutter, war empört darüber, dass Erica einmal pro Woche eine Reinigungskraft bezahlte, statt selbst zu putzen. Eine frühere Kollegin wiederum hatte ihr vorgeworfen, dass ihre Entscheidung, sich ein Kind anzuschaffen, den anderen Frauen zusätzliche Arbeit aufbürdete. Ihre männlichen Kollegen dagegen wollten gar nicht wissen, wie sie die Kinderbetreuung regelte und welche Kompromisse sie eingehen musste, solange sie rechtzeitig da war, wenn der Job es verlangte. »Ständig betonen Sie, Sie hätten in den Siebzigern für die Freiheit der Frauen gekämpft, aber zugleich wollen Sie meiner Generation vorschreiben, wie unsere Freiheit auszusehen hat. Das widerspricht sich doch.«

Vee schwieg so lange, dass Erica schon dachte, sie hätte sie geflissentlich überhört, doch dann sagte sie: »Da haben Sie vermutlich recht.«

»Ha!«, dachte Erica.

Sie standen eine Weile wortlos da. Schließlich ging Erica zum Tisch hinüber und schaute sich die Fotos noch einmal an. Zum ersten Mal seit langer Zeit war ihre Tante mehr als nur eine abstrakte Gestalt für sie, mehr als nur das schwarze Schaf der Familie. »Sie sieht aus, als wollte sie etwas bewegen. Und sie sieht wütend aus.«

»Das war sie auch.« Vee musste unwillkürlich lächeln. »Eigentlich waren wir das alle. Wir wollten damals die Welt verändern, weil wir erkannt hatten, wie ungerecht sie war, und wir wollten nicht einsehen, dass diese Veränderungen viel Zeit benötigten. Wenn Sie mir damals prophezeit hätten, dass es vierzig

Jahre später noch Protestmärsche gibt, hätte ich Ihnen Schwarzmalerei vorgeworfen. Und Leonie hätte Ihnen sofort die Leviten dafür gelesen, den Einfluss der Frauenbewegung infrage zu stellen.« Sie schaute Erica zum ersten Mal richtig an. »Rufen Sie uns ein Taxi, während ich mir die Stiefel anziehe?«

»Wird Ihnen der Marsch auch nicht zu viel?«

»Keine Ahnung, aber ich habe gestern Abend meine Kamera vorbereitet, also lasse ich es auf einen Versuch ankommen.«

»Sie wollen Fotos machen?« Erica musste sich verhört haben. Vee hatte die Fotografie doch an den Nagel gehängt. In einer E-Mail im Vorfeld zu der Ausstellung hatte sie geschrieben: »Ich habe seit über zwanzig Jahren kein Foto mehr gemacht und werde nie wieder eine Kamera in die Hand nehmen. Das dürfen Sie aber nicht als Zitat bringen. Sie dürfen mich überhaupt nicht zitieren.« Als Erica Marcus die E-Mail vorlas, hatte er gemeint: »Wenn du das wirklich durchziehen willst, brauchst du Nerven wie Drahtseile.«

»Ja«, sagte Vee. »Ich bin schließlich Fotografin.«

»Ich dachte, das Kapitel wäre für Sie abgeschlossen«, sagte Erica verblüfft. Plötzlich machte ihr Herz vor Freude einen Purzelbaum, ihre Wehmut war wie weggeblasen.

Vee lächelte. »Ich hab's mir eben anders überlegt.«

* * *

Eigentlich war es wohl eher so, dass Vees Tumor ihren Verstand dazu gebracht hatte, es sich anders zu überlegen. Es gab eigentlich gar keinen Grund mehr für sie, zu diesem Protestmarsch zu gehen und ihn auch noch zu fotografieren. Doch als sie am Vortag ihre Ausrüstung durchgegangen war, hatte sie auf einmal gedacht: *Warum nicht?* Diese Chance würde sich ihr niemals wieder bieten. Und auf dem Marsch würde sie ohnehin niemand erkennen, und falls doch, würde es niemanden interessieren. Die Leute hatten Besseres und Wichtigeres zu tun, als sich darum zu scheren, was Veronica Moon gerade trieb. Und die Pressefotografen, die dort auftauchen würden, waren bestimmt viel zu jung, um sie zu erkennen. Vielleicht hatten sie von ihr gehört, sich sogar mit ihrem Werk beschäftigt, aber sie sah jetzt wie eine alte Frau aus, die nicht weiter auffiel. Also würde sie ein paar Fotos machen. Vorausgesetzt, der Tumor machte ihr keinen Strich durch die Rechnung.

Wenn man einen Tumor hatte, der sich durchs Hirn fraß, hieß das nicht nur, dass man darauf gefasst sein musste, bald zu sterben und, schlimmer noch, zu erblinden; das Problem bestand auch darin, dass man den eigenen Gedanken nicht mehr trauen konnte. Als sie Erica besucht und ihr zugehört hatte, war Vee bewusst geworden, wie einsam und verunsichert Erica war und dass sie jemanden brauchte, so wie Vee früher Leonie gebraucht hatte. Und plötzlich hatte Vee das Gefühl gehabt, unbedingt mit Erica zu diesem Marsch gehen zu müssen. Auch, weil sie irgendwie das Gefühl hatte, dass sie es Leonie vielleicht schuldete.

Doch kaum saß sie mit Erica im Taxi, dachte sie nur noch daran, welche Schäden das ratternde Herumkurven des Wagens ihrem maroden Hirn zufügte. Sie ballte die Fäuste, schloss die Augen und zwang sich durchzuhalten, bis das Taxi sie an der Great George Street absetzte.

Als sie wieder festen Boden unter den Füßen hatte und spürte, wie die Kameratasche beim Laufen gegen ihre Hüfte schlug, wusste sie, dass sie es schaffen würde. Sie bogen in die Parliament Street ein und folgten dem Strom aus Asphalt, bis er sich in ein Meer von Frauen verwandelte.

Als sie näher kamen, hörten sie Liederfetzen, Gelächter und Sprechgesänge, die wie wohltuende Wellen auf und ab ebbten. Der Klang protestierender Frauen war einfach unvergleichlich.

Die Atmosphäre war elektrisierend, so energiegeladen, dass Vee sich von ihr getragen fühlte. Leichtfüßig ging sie neben Erica her, ihre Schritte verfielen in einen gleichmäßigen Rhythmus. Vee spürte, wie ihre Atemzüge tiefer wurden und ihre Wirbelsäule sich aufrichtete. Sie hatte ganz vergessen, wie gut es tat, an einem Protestmarsch teilzunehmen, und wie aufregend, real und wichtig es war. Ihre Ränder lösten sich auf, vermischten sich mit dem Licht und den Klängen, in denen sie badete. Sie nahm Benzingeruch wahr, atmete die Luft ein, die die Frauen um sie herum bei ihren Protestrufen ausstießen. »Ver-ein-te Frauen sind un-be-sieg-bar.« Wie lange war es her, dass sie, wie in diesem Moment, mittendrin gewesen war, als Teil der Schwesternschaft? Als der Sprechgesang von Neuem begann, ließ sie ihre eigene Stimme ertönen und fiel in den Chor mit ein.

Sie hatte noch immer Kopfschmerzen, aber es kam ihr vor, als wären sie auf die andere Seite ihres Schädels gewandert, wo sie von den Rufen, Gesängen und Trommeln der Demonstrantinnen übertönt wurden; sie machten ihr nichts mehr aus. Erica war neben ihr, still, doch mit weit geöffneten Augen, als sie sich den Frauen Richtung Trafalgar Square anschlossen. Jetzt war der Moment, lautstark Gerechtigkeit und Autonomie zu fordern, einschließlich des Rechts, nicht begafft, belästigt, bevormundet, erpresst oder missbraucht zu werden. Warum brüllte Erica nicht auch und tat es den anderen Frauen gleich? Das war schließlich ihr verdammtes Recht! Vee streckte die Hand aus, berührte Ericas Arm und lächelte der jüngeren Frau zu, als diese sich umdrehte. Erica erwiderte das Lächeln.

Als sie sich dem Trafalgar Square näherten, wurde das Aufgebot an Ordnungskräften merklich größer: berittene Polizisten-Duos, Einsatzwagen in den Nebenstraßen, Kleingruppen von uniformierten Beamten in Alarmbereitschaft. Die Welt hatte offenbar endlich begriffen, dass Frauen eine potenzielle Gefahr darstellten. Vees Grinsen wurde immer breiter; eigentlich hätte ihr das Gesicht wehtun müssen, doch sie spürte es nicht, sie spürte gar nichts. Ericas Blick wanderte zur Polizei hinüber und dann wieder zu ihr, sie schien beunruhigt. »Wir sind hier die Starken!«, rief sie Erica ins Ohr. »Wir haben keine Waffen nötig, im Gegensatz zu denen!« Hoffentlich behielt sie recht.

Die Demonstrantinnen versammelten sich auf dem Trafalgar Square vor einer Bühne. Vee fasste Erica am Arm. Berührungen waren gar nicht schwer, wenn man erst einmal damit angefangen hatte. »Ich stelle mich an den Rand«, sagte sie. »Von dort aus kann ich besser fotografieren. Machen Sie sich wegen mir keine Sorgen, falls wir uns verlieren. Ich komme schon zurecht. Schicken Sie mir morgen einfach eine Mail.« Erica nickte und schaute sich um. Sie war noch dabei, das Ausmaß und den Ernst des Ganzen zu begreifen, während die Polizei einen Saum um den Platz bildete, der sich immer weiter füllte. Auch Fernsehteams waren da, um die Kundgebung zu filmen. Vee dachte über Ericas Alltag nach. Wenn sie sich nicht um ihr Kind kümmerte, war sie als Dozentin und Kuratorin tätig. Sie war ein Bücherwurm, ein Einzelkind und vermutlich nicht besonders gesellig, auch wenn sie verheiratet war. Vee wusste zumindest teilweise, wie sich das anfühlte. »Viel Spaß«, sagte sie in der Hoffnung, ermutigend zu klingen. Plötzlich brandete Beifall auf, und die erste Rednerin erschien auf der Bühne.

Sie war eine berühmte Schauspielerin, die von einem Regisseur sexuell belästigt worden war. Er hatte sich anschließend ihr Schweigen erkaufen wollen, doch darauf hatte sie sich nicht eingelassen. Obwohl ihre Geschichte längst allgemein bekannt war – eine von der Sorte, die den #MeToo- und #TimesUp-Bewegungen zu einer Dynamik verholfen hatte, die die Welt nicht länger ignorieren konnte –, wurde es still in der Menge, als sie begann, sie ein weiteres Mal zu erzählen. Sie war eine gute Rednerin, setzte regelmäßig Pausen, damit ihre Worte beim Publikum sacken konnten. Und das taten sie. Vee hatten die Reden auf den Protestmärschen schon immer am meisten gefallen, mehr noch als der Tumult und die Sprechchöre. Ihr erster Marsch, an dem sie zusammen mit Leonie teilgenommen hatte, war allerdings um einiges kleiner gewesen – Erica musste ja wirklich überwältigt sein –, und die Welt hatte sich seitdem verändert. Aber manche Dinge waren noch genauso wie damals. Die Demonstrantinnen hörten ruhig und konzentriert zu, sie strahlten Intelligenz und Entschlossenheit aus, und Vees Wunsch, all das auf Film zu bannen und zu dokumentieren, war noch genauso stark wie vor fünfzig Jahren.

Sie stieg auf eine niedrige Mauer, öffnete ihre Kameratasche und holte ihre geliebte Olympus OM-I hervor. Wann hatte sie sie zum ersten Mal benutzt – 1975? Ihr war damals sofort klar gewesen, dass sie nie wieder eine andere Kamera brauchen würde, selbst wenn es später neuere und moderne gab. Stattdessen hatte sie sich noch ein weiteres Exemplar dieses Modells gekauft, und dann hatte sie sich auf den Weg gemacht, die Welt zu erobern, die Hauptkamera um den Hals und die Ersatzkamera über die Schulter geschlungen. Die Olympus wurde damals zu ihrem Werkzeug und ihrer Waffe, zu ihrer treuen Begleiterin, die mit ihr durch dick und dünn ging. Vee schlang sich den zerschlissenen, altvertrauten Kameragurt um den Hals, nahm den Objektivdeckel ab – sie genoss es jedes Mal zu spüren, wie die Spannung nachgab – und steckte ihn sich in die Tasche. Wenn sie das tat, war sie keine todkranke Siebzigjährige. Sie war wieder die ehrgeizige Zwanzigjährige, die dynamische Dreißigjährige, die selbstbewusste Vierzigjährige und die Fünfzigjährige auf dem Höhepunkt ihrer Karriere. Sie war die Sechzigjährige, die wieder neu anfangen musste. Sie war Veronica Moon: Sie fotografierte, sie beobachtete, sie war stark.

Sie hob die Kamera vors Gesicht, und ihr linkes Auge fand den Sucher, genoss die entspannte Art des Sehens, zu der er einlud. Ihr rechtes Auge schloss sich, und die Stelle zwischen den Augenbrauen lehnte sich gegen die Oberseite der Kamera. Es war seit jeher ihr linkes Auge, das durch den Sucher schauen wollte – die Kamera fühlte sich einfach nicht richtig an, wenn sie versuchte, ihr rechtes Auge zu benutzen. Das bedeutete, dass sie jedes Mal, wenn sie eine Aufnahme gemacht hatte, den Kopf wegdrehen musste, damit sie den Hebel rechts oben zum Weiterspulen bedienen konnte. Früher war sie neidisch auf Fotografen gewesen, die schnell hintereinander Aufnahmen machen konnten, weil sie das rechte Auge benutzten und daher beim Spulen weiter durch den Sucher schauen konnten. Doch irgendwann war ihr klar geworden, dass dieser Moment der Verzögerung und Neuausrichtung ihr die Chance bot, etwas zu entdecken, das womöglich einen Tick besser war als das, was sie zuvor fotografiert hatte.

Erica schaute zu ihr herüber. Vee lächelte und signalisierte ihr mit der freien Hand, dort zu bleiben, wo sie war. Erica war schließlich nicht auf sie angewiesen und sie auf Erica auch nicht, im Gegenteil. Fotografinnen waren einzelgängerische Wesen, halb Mensch, halb Kamera. Vees Füße standen fest auf dem Boden, und ihre Hände bewegten sich ruhig und konzentriert, so wie immer, wenn sie arbeitete.

Vee schaute durch den Sucher und ließ ihren Blick über die Menge schweifen, bis ihr etwas ins Auge fiel. Als Erstes bemerkte sie eine Frau mit einem fünf- oder sechsjährigen Kind auf den Schultern, beide lächelten, obwohl sie einander nicht ins Gesicht sehen konnten. Vee drückte auf den Auslöser, spulte weiter, spähte abermals durch den Sucher, hielt nach dem nächsten Bild Ausschau. Einem besseren diesmal.

Wo war Erica? Sie brauchte einige Sekunden, um sie zu entdecken. Erica wurde von der Menge weiter nach vorn geschoben, ein typisches Phänomen bei solchen Veranstaltungen, man merkte es gar nicht. Vee sah jedoch kein Motiv, das eine Aufnahme lohnte, nur das Grün von Ericas Mantel und das glatte Braun ihres Haars, nichts Besonderes. Sie würde Erica später ablichten, als Erinnerung für sie, dass sie dabei gewesen war.

Vee ging in die Hocke. Ihr Blick verschwamm kurz, schärfte sich dann wieder. Aus dieser Perspektive sahen die hochgehaltenen Protestschilder wie eine Skyline vor dem kalten blauen Märzhimmel aus; die Kopfbedeckungen der Frauen darunter bildeten den Horizont. Das war interessanter. Klick.

Kaum hatte sie angefangen, konnte sie gar nicht mehr aufhören. War sie früher auch so besessen gewesen? Wahrscheinlich schon. Eigentlich hätte ihr kalt sein müssen, doch sie fror nicht. Als Nächstes fotografierte sie eine ältere Frau mit lila gefärbtem Haar und rosa Pussy-Mütze, die sich die Hände warm hauchte; die Atemwolke in der kalten Luft ließ ihren verärgerten Blick noch dramatischer wirken. Das war ein gutes Bild. In Vees Glanzzeit hätte jeder Bildredakteur, der sein Geld wert war, beim Anblick dieser Szene ein Titelbild vor Augen gehabt: lila Haar, rosa Mütze, blauer Himmel, graue Atemwolke, der funkelnde Blick einer Frau, die bemerkte, dass sie gerade von einer Fremden fotografiert wurde. Die Titelzeile hätte vielleicht so gelautet: *»Die Emanze, die aus der Kälte kam«*.

In der Menge entdeckte sie weitere Gesichter und nahm auf, was sich auf ihnen widerspiegelte: Empörung, Einigkeit, Traurigkeit. Die Menge war bunter als früher, es gab Farben in allen Schattierungen. Vielleicht, weil es mehr Sorten von Frauen als früher gab.

Leonie hatte einmal geschrieben, dass der Feminismus nur dann Erfolg haben würde, wenn sich außer Weißen und Lesben auch noch andere Frauen für ihn starkmachten. Schau dir das an, Leonie, dachte Vee. Hier haben sich Schwarze, Braune, Weiße, Homosexuelle, Heterosexuelle, Bisexuelle, Cisgender, Transgender versammelt – alles dabei, wie du es wolltest. Vee knipste und knipste. Wenn sie gekonnt hätte, hätte sie jede einzelne Frau fotografiert, die dort war. Wenn die Filme gereicht hätten, hätte sie sogar die anwesenden Männer abgelichtet.

Oh, fühlte sich das gut an. Falls sie Schmerzen hatte, spürte sie sie nicht. Ihr altes Ich war wieder da. Sie hatte zwar einen Teil ihres Gehirns verloren, aber mit der Kamera in den Händen fühlte sie sich wieder so gut wie ganz.

Sie sah ihrem nahenden Tod entgegen, und trotzdem war sie so glücklich wie schon lange nicht mehr.

Sie war hier, inmitten des Trubels, spürte den Zorn und den überwältigenden Zusammenhalt der Schwesternschaft, und das gab ihr das Gefühl, wieder jung zu sein. Auch wenn es wahrscheinlich das letzte Mal war, dass sie an so etwas teilnehmen konnte. Meine Güte, was hätten sie in den Siebzigern alles bewirken können, wenn es damals schon Smartphones und soziale Medien gegeben hätte, die von jeder Frau genutzt werden konnten, um ihre persönlichen Erfahrungen und ihre Empörung via Hashtag mit der ganzen Welt zu teilen! Leonie wäre begeistert gewesen. (In einem ihrer Artikel hatte sie sich wutschnaubend darüber ausgelassen, dass die Medien noch immer fest in Männerhand waren.) Wenn die Frauenbewegung der 1970er über die Mittel verfügt hätte, die den Frauen von heute quasi in die Wiege gelegt wurden, hätte sie wesentlich mehr erreicht. Garantiert.

Leonie wäre bestimmt begeistert gewesen, Erica hier zu sehen. (Irgendetwas an Ericas Namen irritierte Vee, es nagte an den Rändern ihrer verlorenen Erinnerungen.) Und gleichzeitig wäre sie wahrscheinlich entsetzt gewesen, dass Erica noch nie zuvor an einem Protestmarsch teilgenommen hatte. Hätte Leonie noch gelebt, wäre Erica vermutlich schon auf sehr vielen gewesen, ob es Ursula gefallen hätte oder nicht. Vee schaute durch den Sucher. Erica war inzwischen weiter vorgerückt, Vee konnte sie an ihrem grünen Rücken erkennen. Sie sprach mit der Frau, die neben ihr stand, und zeigte auf die Bühne. Vee ließ die Kamera wieder sinken, schloss die Augen und ließ ihre Kopfschmerzen im ohrenbetäubenden Lärm der Menge untergehen, die mit lauten Rufen die Forderungen der Rednerin unterstützte, mehr Engagement, Beharrlichkeit und Widerstand zu zeigen und niemals aufzugeben. Als sie die Augen wieder öffnete, sah sie, dass Erica zu ihr herüberschaute und ihr zuwinkte. Sie strahlte förmlich. »Danke!«, formte sie lautlos mit den Lippen, und dann tat sie es den anderen Frauen gleich und reckte die Faust in die Luft, während die Rednerin die Bühne mit gleichfalls erhobener Faust verließ.

Vee kannte die nächste Rednerin nicht, aber ihre Figur und ihre geschmeidigen Bewegungen sprachen dafür, dass sie Athletin war.

Und tatsächlich, sie hielt eine Medaille hoch und ließ sich von der Menge bejubeln – Vee erschien es noch immer ungewöhnlich, wenn Frauen Lorbeeren einheimsten –, und als der Beifall nachließ, begann sie, eine Geschichte zu erzählen. Sie handelte von Missbrauch und Angst, von zu vielen Männern in Machtpositionen, die sich Dinge herausnahmen, die ihnen nicht zustanden, und die Menge wurde still und lauschte gebannt. Vee hörte mit wachsendem Entsetzen zu. Sie hatte schon sehr viele solcher Geschichten gehört, aber statt sich an sie zu gewöhnen, schien es ihr, als machte jede einzelne von ihnen die anderen noch schlimmer, bitterer und trauriger. Als sie in die Menge blickte, sah sie ein tränenüberlaufenes Gesicht, und ein Stück weiter zwei Frauen, die sich umarmten, und an der Seite eine Frau, die ihr Protestschild heruntergenommen hatte, um sich dagegenzulehnen. Auf dem Schild stand in handgeschriebenen Großbuchstaben: »WIR WEHREN UNS SEIT 1968 – HÖRT DIESE SCHEISSE

DENN NIE AUF?« Vee machte ein Foto von dem Schild und der Frau, wie sie mit gebeugtem Rücken und konzentrierter Miene zur Bühne schaute. Vielleicht war sie dieser Frau damals sogar begegnet.

Obwohl sie nur aus der Entfernung zuschaute, ohne in die zornigen Rufe der protestierenden Frauen einzufallen, fühlte sie sich noch immer als Teil dieser Bewegung. Sie vergaß ihren Körper, hätte gar nicht sagen können, ob sie noch Kopfschmerzen hatte; sie war vollkommen bei der Sache, im Hier und Jetzt. Während die Rednerinnen sich auf der Bühne abwechselten, war sie damit beschäftigt, die Kamera scharf zu stellen, Fotos zu knipsen, weiterzuspulen und nach dem nächsten Motiv Ausschau zu halten, und dabei spürte sie, wie sie von Empörung und Trauer, aber auch von Kraft durchströmt wurde. Ihre eigenen Sorgen waren nichts im Vergleich zu den Problemen, die hier im Mittelpunkt standen. Die Sprechchöre wurden lauter, klangen zunehmend schärfer. Die Polizeipferde wurden unruhiger, aus dem Augenwinkel sah Vee eines, das mit den Hufen stampfte und den Kopf hochriss, als wollte es sich vom Zaumzeug befreien. Vee drehte sich mit der Kamera in seine Richtung, vielleicht lieferte es ja Futter für ein Bild. Die Luft knisterte förmlich vor Spannung, der ganze Trafalgar Square schien wie elektrisiert zu sein. So lief das manchmal. Die Demonstrantinnen waren in aufgeheizter Stimmung, bereit, in Aktion zu treten; so sollte es auch sein. Aber am besten war es, wenn sie in dieser Stimmung nach Hause gingen und ihre Energie anschließend in Aktionen steckten, mit denen sie die Welt tatsächlich verändern konnten. Leonie hatte das »verzögerte Verstärkung« genannt, und sie war eine wahre Meisterin darin gewesen. Wenn sie damals, in den Anfangstagen, auf Versammlungen gesprochen hatte, hatten die Schwestern anschließend regelrecht darauf gebrannt, etwas zu unternehmen. Bei der nächsten Zusammenkunft hatten sie dann stolz ihre unrasierten Beine gezeigt und eifrig davon berichtet, wie sie Briefe an Abgeordnete geschickt, ihrem Chef die Stirn geboten oder zu Hause das schmutzige Geschirr auf dem Tisch hatten stehen lassen; sollte es doch gefälligst jemand anders abräumen und spülen.

Doch hier gab es zu viel Energie; der Zorn und der Zusammenhalt waren zu groß, als dass alle einfach nach Hause hätten gehen können. Vielleicht brachte der heutige Marsch das Fass einfach zum Überlaufen, zumindest für Frauen wie Vee, die seit Ende der 1960er mit dabei waren oder für diejenigen, die protestierten, als Trump an die Macht kam, in der Hoffnung, dass es nur ein paar Monate anstatt Jahre dauern würde, bis sich alles wieder zum Besseren wandte. Vielleicht waren die Ereignisse, die sich nun abzeichneten, notwendig: dass die Frauen endlich mal Amok liefen und Schaufenster einwarfen, statt ihre Wut auf Instagram loszuwerden. Vee reckte langsam die Schultern nach hinten. Vielleicht würde sie selbst gleich losrennen und Steine schleudern. Bei der Vorstellung lächelte sie. Wann hatte sie zum letzten Mal das Gefühl gehabt, dass Leonie stolz auf sie gewesen wäre?

Erica kam strahlend auf sie zu, sie war kaum wiederzuerkennen. Sie fing an zu reden, obwohl sie noch mindestens drei Meter entfernt war und Vee sie unmöglich verstehen konnte. Vee bekam nur den letzten Satz mit, als Erica schließlich neben ihr stehen blieb: »Ich hatte ja keine Ahnung, dass es so toll sein würde!«

»Schön«, sagte Vee. Sie dachte an die Miss-World-Wahl zurück, bei der sie zum ersten Mal begriffen hatte, dass sie nicht die Einzige war, die das Gefühl hatte, von der Welt ausgebremst zu werden, obwohl sie ehrgeizig war und viel leistete.

»Ich will mich nicht mehr zurückhalten«, sagte Erica. »Ich will aktiver werden. Ich muss mich damit auseinandersetzen. Ich muss genauer hinsehen.« Sie blickte auf ihre Schuhe, dann zu

Vee, schirmte sich die Augen ab, geblendet von einem plötzlichen Sonnenstrahl. »Manchmal habe ich weggesehen. Doch ab jetzt schaue ich hin und werde etwas dagegen unternehmen.« So angriffslustig, wie ihre Augen funkelten, hätte sie wahrscheinlich sofort einen Ziegelstein geworfen, wenn sie einen zur Hand gehabt hätte.

»Schön«, wiederholte Vee und stieg von der Mauer. »Das freut mich.« Und dann tat sie etwas, das sie normalerweise nie tat. Sie umarmte Erica. Und Erica erwiderte ihre Umarmung, ohne zu zögern, und sagte: »Danke.« Ihr Haar an Vees Wange fühlte sich genauso an wie Leonies. Vee wusste gar nicht mehr, wann sie zum letzten Mal umarmt worden war oder umarmt werden wollte. Vielleicht lag das an dem Tumor. Man hatte sie ja vorgewarnt, dass es im Verlauf der Erkrankung zu »Verhaltensänderungen« kommen konnte. Aber war der Wunsch, jemandem nahe zu sein, je näher der Tod kam, wirklich so seltsam? War die Tatsache, dass es in Bezug auf Leonie und Erica Dinge gab, an die sie sich nicht mehr erinnern konnte, für eine Frau in ihrem Alter wirklich so ungewöhnlich?

»Was machen Ihre Kopfschmerzen?«, fragte Erica. »Möchten Sie nach Hause?«

Wahrscheinlich wäre es gut für Vee gewesen, nach Hause zu fahren. Dieser Tag würde auf jeden Fall Konsequenzen nach sich ziehen; Schmerzen, Erschöpfung, vermutlich hatte sie die Anstrengung hierherzukommen das Absterben eines ganzen Hirnareals gekostet. Aber in diesem Moment – und es war ihr egal, ob ihr der Tumor das zuflüsterte oder nicht – erschien ihr der Gedanke an ihre eigene Wohnung so verlockend wie ihr eigenes Grab.

Doch bevor sie Erica antworten konnte, ging es los.

Ein schrilles Kreischen ertönte, dann Geschrei. Vee drehte sich instinktiv um und hob die Kamera vors Auge. Eine Frau mit einem Protestschild hatte eine Auseinandersetzung mit einem Polizisten. Vee machte ein Foto, dann noch eins, während sie sich den beiden näherte.

Der Polizist bemerkte sie und kam auf sie zu. »Haben Sie mich fotografiert?«

»Ja«, sagte Vee. Sie griff nach dem Objektivdeckel in ihrer Tasche und setzte ihn zurück auf die Kamera.

»Darf ich fragen, warum?«

»Es gibt keinen Grund, warum ich es nicht tun sollte.«

»Sind Sie Journalistin?«

»Nein.«

»Sie war mal eine«, sagte Erica, »und zwar eine verdammt gute.«

»Könnten Sie mir das bitte zeigen?«

»Das geht nicht«, sagte Vee. »Das ist eine Filmkamera, keine Digitalkamera.«

»Und sie muss das auch nicht«, mischte Erica sich ein. »Es ist nämlich ihr gutes Recht, Fotos zu machen.«

Vee lächelte Erica zu; es tat gut, dieses Feuer in ihr zu sehen und zu wissen, dass es in ihr loderte.

Erica ließ sich von ihrem Lächeln ermutigen, noch mehr Öl ins Feuer zu gießen. »Verdammte Bullen«, sagte sie zu Vee, als könne der Beamte sie nicht hören. »Das sind auch bloß Typen, die sich das Recht rausnehmen, Frauen zu belästigen. Verdammte Mistkerle.« Vee hatte Erica noch nie fluchen hören. Und jetzt legte sie sich sogar mit einem Polizisten an.

Auf der anderen Seite des Trafalgar Square kippte die Stimmung; die Rufe wurden aggressiver, die Sprechchöre verwandelten sich in Wutgesänge. Alle auf dem Platz schienen die Fäuste zu ballen, die versammelten Demonstrantinnen ebenso wie die Einsatzkräfte.

Vee war klar, was das bedeutete.

Die Fernsehteams zu ihrer Linken filmten die Streitereien, die vereinzelt ausbrachen. Bald würde daraus ein Aufstand entstehen, die Polizei würde eingreifen, was die Demonstrantinnen erst recht erzürnen würde, und dann konnte niemand mehr in Ruhe nach Hause gehen.

Der Polizist musterte Erica von oben bis unten. »Könnte ich bitte Ihre Tasche durchsuchen, Madam?«

»Warum wollen Sie meine Tasche durchsuchen?«, fragte Erica, das Kinn entschlossen hervorgereckt. Vee sah bereits kommen, was als Nächstes passierte. Sie nahm die Objektivkappe wieder ab und zückte ihre Kamera.

8. März 2018

Hampton, vier Stunden später

»Gott sei Dank, da bist du ja.« Als Erica hereinkam, stand Marcus hastig auf. Er hielt Tom auf dem Arm, der sich kurz regte, aber weiterschlief. Erica beneidete ihren Mann um diese Fähigkeit. Wenn sie ihren schlafenden Sohn hielt, wurde er schon bei der kleinsten Bewegung wach. »Wo warst du?«, fragte Marcus. »Warum hast du nicht angerufen? Ich habe mir Sorgen gemacht. Hast du meine Nachrichten nicht bekommen?«

»Mein Akku ist leer.« Erica hängte ihren Mantel auf, streifte sich die Schuhe ab und ließ sie neben dem Schuhregal auf dem Boden liegen. Sie war zu erschöpft, um sich zu bücken und sie an ihren Platz zu stellen. Marcus würde ihr das bestimmt vorhalten, sobald er es bemerkte, weil sie sich auch immer beschwerte, wenn er seine Schuhe liegen ließ.

Sie war völlig erledigt; ihr taten die Füße weh, sie war heiser, halb taub, und ihre Augen schmerzten. Doch der Adrenalinschub in ihrem Körper sorgte dafür, dass sie trotzdem hellwach war. Sie war hungrig, durstig, erregt, regelrecht geil. »Du wirst nicht glauben, was mir heute passiert ist.«

Im Kühlschrank war kein Wein mehr. Saubere Gläser gab es auch nicht. Am Abend zuvor hatten sie Besuch von Freunden gehabt, und da Marcus sich den ganzen Tag um den Kleinen kümmern musste, hatte er es natürlich nicht geschafft, die Spülmaschine auszuräumen. Erica füllte einen bunten Kinderbecher mit Weißwein vom Regal und warf den letzten Eiswürfel aus dem Gefrierfach hinein. Dann gab sie Tom einen Kuss auf sein warmes, flaumbedecktes, sauber duftendes Köpfchen. Als sie Marcus ebenfalls einen Kuss geben wollte, drehte er das Gesicht weg und nahm wieder auf dem Sofa Platz.

»Ich habe mir Sorgen um dich gemacht«, sagte er.

»Dann sei doch froh, dass ich jetzt zu Hause bin.« Sie setzte sich neben ihn, lehnte den Kopf an seine Schulter und ging darüber hinweg, dass er bei ihrer Berührung erstarrte.

»Das bin ich auch. Vor allem, weil du schon vor Stunden wieder hier sein wolltest. Spätestens um fünf, hattest du gesagt.«

»Tja, es kam nun mal etwas dazwischen.« Erica wusste, wie Marcus tickte. Ihr gesunder Menschenverstand riet ihr, nichts weiter zu sagen, sondern aufzustehen, ein Bad zu nehmen, ins Bett zu gehen, sich an Marcus zu schmiegen, wenn er sich zu ihr legte, und ihm die Hand auf die Brust zu legen, um ihm zu signalisieren, dass sie trotz allem noch wach genug für ihn war. Aber der Adrenalinrausch ließ sie alle Vorsicht vergessen. »Willst du denn gar nicht wissen, was passiert ist?«

Er seufzte, lächelte und ließ Tom vorsichtig los, um Erica den Arm um die Schultern zu legen. »Warst du stagediven? Hast du dich tätowieren lassen? Bist du jetzt bei der Fremdenlegion?«

»Ich wurde festgenommen!«, platzte sie heraus.

»Was?« Marcus spannte unwillkürlich die Muskeln an. Tom regte sich und murmelte etwas.

»Ein Polizist wollte meine Handtasche durchsuchen, und ich habe ihm gesagt, dass er sich verpissen soll. Er hatte Veronica davon abhalten wollen, Fotos zu machen. Ich fand das nicht in Ordnung. Und da wurde ich festgenommen und aufs Revier gebracht.«

»Das ist nicht dein Ernst, oder?« Marcus drehte sich zu ihr. Tom regte sich kaum merklich.

»Doch! Im Revier musste ich eine Ewigkeit warten. Dann haben sie mich durchsucht und meine Fingerabdrücke genommen.« Erica hielt ihm die Finger wie zum Beweis hin, obwohl man keine Tintenspuren sehen konnte, weil ihre Abdrücke gescannt worden waren. »Und meine DNA. Als ich fragte, ob das üblich sei, meinten sie, ja. Dann haben sie mir die Nummer einer Anwältin gegeben, die ich anrufen sollte, und die meinte dann, es sei nicht nötig, dass sie käme, weil die Polizei nichts weiter unternehmen würde. Danach wurde ich in ein Verhörzimmer gesetzt.«

»Wow«, sagte Marcus. Es klang nicht bewundernd, aber sie tat so, als fiele es ihr nicht auf, und lächelte. Marcus lächelte nicht. Seine verletzte Miene glich einem Himmel mit aufziehenden Wolken, die ein nahendes Gewitter verkündeten.

»Erica, ich war schon besorgt, als du kamst, aber jetzt bin ich erst recht beunruhigt.«

Und schon verging ihr die Lust am Prahlen. »Ich hatte Angst.« Sie hatte tatsächlich ein paar Minuten lang Angst gehabt, dass aus ihrem abenteuerlichen Ausflug zum Polizeirevier ein Fall geworden war, bei dem sie jemanden provoziert hatte, den sie nicht hätte provozieren sollen und der die Macht besaß, sie dafür büßen zu lassen. Man hörte ja immer wieder von Justizirrtümern. Ob sie ihre Festnahme bei künftigen Bewerbungen würde erwähnen müssen? Sie musste an die unzähligen Frauen denken, die nicht über den Luxus verfügten, der ihr Schutz bot - Geld, Hautfarbe, Bildung –, auch wenn sie sich gern einredete, dass ihr all das nichts nützte.

Marcus verzog den Mund zu einem Lächeln. »An deiner Stelle hätte ich auch Angst gehabt. Warum hast du mich denn nicht angerufen? Tom und ich hätten dich da rausgeholt.«

»Weil dann eine Beamtin kam und von mir wissen wollte, was passiert war, und als ich es ihr erzählt hatte, ließ sie mich gehen.«

Marcus legte Tom neben sich aufs Sofa und legte ein Kissen als Barriere an den Rand, damit er nicht herunterfallen konnte. Erica rutschte ein Stück zur Seite, um Platz zu machen. Als sie die Beine übereinanderschlug, stieg ihr der Geruch ihrer Schweißsocken in die Nase.

»Und was hat Veronica getan, als das passiert ist?«, fragte Marcus.

»Sie hat mich fotografiert. Was hätte sie auch sonst tun sollen?«

»Das klingt ja, als hättest du einen tollen Tag gehabt.«

Erica dachte an die Rednerinnen. Einige hatten von unverhohlener männlicher Gewalt berichtet, andere von der schleichenden Unterdrückung, bei der Frauen systematisch verunsichert wurden, bis sie davon überzeugt waren, dass es sich nicht lohnte, wegen einer Hand auf dem Knie einen Aufstand zu machen. Sie hatte darüber nachgedacht, wie es dazu gekommen war, dass gute Menschen wie Marcus und sie, die natürlich an Gleichberechtigung glaubten, dem üblichen Trott verfallen waren, sprich: Er ging arbeiten, und sie blieb die meiste Zeit zu Hause und kümmerte sich um das Kind, weil es sich so besser rechnete. Er verdiente mehr als sie, und mit seinem Gehalt konnten sie die Hypothek bezahlen, während das Geld, das sie mit nach Hause brachte, nur das Zubrot war, mit dem sie Restaurantbesuche, Urlaube und auch die Landhauspartys bezahlten, die in ihrem Freundeskreis spätestens ab dem vierzigsten Geburtstag ein Muss waren. Marcus und sie hatten das so entschieden; nicht weil sie die Frau war, sondern weil es aus praktischen Gründen Sinn machte. Aber jetzt hätte sie sich dafür am liebsten in den Hintern getreten, denn der einzige Grund, warum es aus praktischen Gründen Sinn machte, bestand darin, dass die Welt zu Marcus' Vorteil gestaltet war. Und indem sie das akzeptiert hatte, war sie mitschuldig geworden.

»Ich habe über die Welt nachgedacht, in der Tom aufwächst«, sagte sie. »Und darüber, was ich eigentlich dazu beitrage, damit sie ein Ort wird, der allen Schutz bietet.«

Marcus nickte, doch bevor sie weiterreden konnte, sagte er: »Ich bringe Tom jetzt besser ins Bett.«

Natürlich erwartete er, dass sie ihm nun anbot, das zu übernehmen, weil er sich zehn Stunden lang allein um ihr gemeinsames Kind gekümmert hatte. Aber sie bot es ihm nicht an, sondern ließ ihn gehen. Und dann goss sie sich noch etwas Wein nach, ignorierte willentlich die Spülmaschine und ließ sich ein Bad einlaufen. Viel war das nicht, aber immerhin ein Anfang.

Vierter Teil: ABSTAND

Der Abstand zwischen Fotografin und Sujet muss nicht unbedingt groß sein. Es ist nicht nötig, alles zu zeigen. Vertrauen Sie darauf, dass sich die Leute beim Betrachten den Raum dahinter, darum herum und dazwischen denken können. Bei einer Fotografie, die nur Kopf und Schultern zeigt, wird sich bestimmt niemand fragen, ob die abgebildete Person wohl auch Beine hat. Gehen Sie so nah heran, wie es notwendig ist, um das zu zeigen, was Sie zeigen wollen. Und denken Sie daran: Der interessanteste Teil eines Menschen ist in der Regel sein Gesicht.

Veronica Moon, *Fotografien von Frauen* (unveröffentlicht)

»Margaret Thatcher auf dem Parliament Hill«
Beste politische Fotografie des Jahres, 1979
Veronica Moon

Ausstellungsabschnitt: Bekannteste Werke

Kamera: OM-I
Film: Kodak, 200 ASA
Erstveröffentlichung: *Observer*, 1968

Margaret Thatcher erkennen Sie sicher auf Anhieb – aber haben Sie jemals ein Foto gesehen, auf dem sie so entspannt und ungezwungen aussieht?
Als sie von Veronica Moon abgelichtet wurde, zählte Margaret Thatcher, spätere Baroness Thatcher, bereits zu den berühmtesten Frauen des zwanzigsten Jahrhunderts. Kurz zuvor war sie Premierministerin von Großbritannien und damit das erste weibliche Staatsoberhaupt in Europa geworden. Moon erhielt den Auftrag, sie für das Titelbild der Zeitschrift *Observer* zu porträtieren.
Das Foto entstand auf dem Parliament Hill, in der Nähe von Thatchers Wahlbezirk Finchley. Moon war als Fotografin inzwischen so renommiert, dass sie ihre eigenen Vorstellungen verwirklichen konnte. Sie machte ausschließlich Schwarz-Weiß-Aufnahmen, obwohl die meisten führenden Zeitungen bereits seit den Sechzigern Farbbeilagen hatten und 1982 schließlich auch *The Times* als letzte dazu überging, ihre Beilage in Farbe zu drucken.
Hier sehen wir Thatcher, wie sie mit einem leichten Lächeln an der Kamera vorbeischaut, während ihr Halstuch im Wind flattert. Das Bild wurde damals mit folgender Schlagzeile veröffentlicht: *Margaret Thatcher als erste Regierungschefin: In welche*

Richtung weht der Wind? Angeblich fand Thatcher damals keinen Gefallen an ihrem Porträt; es sah ihr wohl »nicht staatsmännisch genug« aus. Die restlichen Fotos der Titelstory, die ebenfalls von Moon stammen, wirken kaum bemerkenswert: Sie zeigen die Premierministerin, wie sie in kerzengerader Haltung den Blick über London schweifen lässt oder sich mit leicht geneigtem Kopf mit einem Passanten unterhält, der seinen Hund ausführt. Dennoch tragen die Fotografien unverkennbar Moons Handschrift: Am Bildrand erscheint der Hund, und sein Herrchen wiederum sieht Thatcher nicht direkt an, sondern schaut ihr über die Schulter, als sehne er das Ende der Begegnung herbei. Moon sollte Thatcher danach nie wieder fotografieren.
In diesem Ausstellungsabschnitt finden Sie eine Auswahl von Moons bekanntesten Werken. Ab Ende der 1970er bekam sie fast ausschließlich Aufträge für Titelbilder.

Das Jahr 1979:

~ Die Vereinten Nationen erklären 1979 zum Internationalen Jahr des Kindes.
~ Im sogenannten Winter der Unzufriedenheit führen eine hohe Inflation und die schwache Konjunktur zu Streiks und Unruhen.
~ Der konservative Politiker Airey Neave wird im März durch eine Autobombe der IRA getötet.
~ Der Yorkshire Ripper mordet weiter. Erst 1981 wird Peter Sutcliffe gefasst und wegen Mordes an dreizehn Prostituierten und versuchten Mordes an sieben weiteren verurteilt. Er wird behaupten, die Stimme Gottes habe ihm befohlen, die Frauen zu töten.
~ Dame Josephine Bearnes übernimmt als erste Frau den Vorsitz der britischen Ärztevereinigung.

- Der Mittelstreckenläufer Sebastian Coe stellt innerhalb von 41 Tagen drei neue Weltrekorde auf.
- Der erste FFK-Strand Großbritanniens erhält grünes Licht.
- Mehrere populäre Fernsehsendungen feiern Premiere: die Diskussionsrunde *Question Time,* das Trödel-Format *Antiques Roadshow,* die Sitcom *Terry and June* über ein Ehepaar aus der Mittelschicht und die in der Oberschicht angesiedelte Sitcom *To the Manor Born.*
- Die Frauenrechtsorganisation Southall Black Sisters wird gegründet mit dem Ziel, sich für schwarze Frauen mit afrikanischen oder asiatischen Wurzeln einzusetzen.
- Im Kino starten Ridley Scotts *Alien* mit der noch unbekannten Sigourney Weaver in der Hauptrolle und Monty Pythons *Das Leben des Brian.*
- Sechs der dreizehn Frauen, die im Jahr zuvor bei einer Demonstration der *Reclaim The Night*-Bewegung festgenommen worden waren, kommen wieder frei.
- Auf dem Buchmarkt erscheinen *Blaubarts Zimmer* von Angela Carter, *Des Lebens bittere Süße* von Barbara Taylor, *Kain und Abel* von Jeffrey Archer sowie *Per Anhalter durch die Galaxis* von Douglas Adams.
- Der amtierende Labour-Premier James Callaghan verliert ein Misstrauensvotum. Bei den anschließenden Neuwahlen gehen die Konservativen als Sieger hervor, und Parteichefin Margaret Thatcher wird neue Premierministerin.

Außerdem wird Veronica Moon vom *Observer* beauftragt, Margaret Thatcher zu fotografieren, was bei Leonie Barratt auf großes Unverständnis stößt.

15. Mai 1979

»Hallo, Lee.« Kenneth war einen Kopf größer als Leonie und breit wie ein Schrank. Als er sie umarmte, fühlte sie sich mit einem Mal sehr klein. Das gefiel ihr ganz und gar nicht. Sie entwand sich seinem Griff.

»Hi. Lange nicht gesehen.«

Er grinste und warf sich aufs Sofa in der Ecke des Redaktionsbüros, wo er arbeitete. »Setz dich«, forderte er sie auf. »Hätte ich vorher gewusst, dass du vorbeikommst, hätten wir uns vielleicht woanders treffen können, aber ich hab im Moment viel zu tun.«

Sie hatte tatsächlich überlegt, ihm vorher Bescheid zu geben, aber sie wollte lieber spontan bei ihm auftauchen und möglichst rasch wieder gehen. »Ich bin gleich noch mit Veronica Moon verabredet«, sagte sie.

Ken sah beeindruckt aus. »Du bewegst dich ja in ganz schön hohen Kreisen.«

Alle schienen vergessen zu haben, dass Leonie diejenige gewesen war, die Vee zu ihrer Karriere verholfen hatte. Oder aber es war allen egal. »Leck mich«, sagte sie. Eigentlich wollte sie das Ganze schnell über die Bühne bringen, aber jetzt, wo sie hier war, fiel es ihr schwerer, als sie dachte.

»Was kann ich für dich tun? Unser kleines Date letztens war ja echt der Hammer. Weißt du noch?« Er grinste anzüglich. Leonie dachte an den Abend zurück. Sie ließ nur sehr selten einen Kerl bei sich übernachten. Bei einem dieser Besuche hatte der betreffende Idiot leider Vees Fotos zerstört.

»Genau deshalb bin ich hier«, sagte sie. »Unser kleines Date hatte nämlich Folgen.«

Das Schöne an Ken (abgesehen von seinen Qualitäten im Bett) war, dass man ihm immer sofort ansah, was er dachte. Zuerst riss er verblüfft die Augen auf, dann runzelte er nachdenklich die Stirn und ließ den Blick über ihre Brüste und ihren Bauch wandern. »Lee, das tut mir leid. Aber das ist doch schon Monate her, oder?«

»Sechs Monate, um genau zu sein«, sagte sie. »Ich hab's erst vor ein paar Wochen gemerkt.«

Er nickte. »Verstehe.« Übersetzung: Pummelchen wie du merken natürlich erst dann, dass sie schwanger sind, wenn sie einen Test machen. Er lehnte sich auf dem Sofa zurück. »Puh. Meine Güte. Das tut mir echt leid.«

»Tja. Kann passieren.« Komm schon, Leonie. Sprich weiter. Aber plötzlich wollte sie gar nicht mehr mit ihm sprechen. Sie wollte lieber bei Vee sein. Schwestern waren bei so was einfach besser.

»Ich dachte, du nimmst die Pille.«

»Falsch gedacht.« Leonie lehnte aus Prinzip alles ab, was Frauen die Verantwortung zuschob, außer wenn es sich um Geld drehte, aber ihr fehlte die Energie, das jetzt zu erklären.

»Was willst du denn jetzt machen?«, fragte Ken. »Ist es zu spät für … für eine …« Er machte eine Abwärtsbewegung vom Bauch Richtung Knie.

»Eine Abtreibung? Ja.«

»Aha.« Er lächelte nervös. »Aber du willst doch bestimmt nicht, dass wir … äh … zusammenziehen. Oder heiraten. Oder?«

Meine Güte, war das nervig. Sie hatte keine Lust mehr auf dieses quälende Spiel aus Pausen und Seufzern. »Herrgott, Ken, wir schreiben das Jahr 1979. Ich will dich nicht heiraten, bloß weil ich schwanger bin. Und auch aus keinem anderen Grund.«

Er kannte sie gut genug, um mit einem Lachen zu reagieren. »Da bin ich aber erleichtert. Was hast du stattdessen vor?«

»Ich will das Kind zur Adoption freigeben. Aber ich dachte, ich frag dich besser zuerst, ob du es haben willst.«

»Wow.« Ken beugte sich vor und fuhr sich mit den Fingern durchs Haar. Er hatte längeres Haar als Leonie, es reichte ihm bis zum Kinn. »Wow. Wahrscheinlich sollte ich, aber … ich weiß nicht, wie ich das schaffen soll. Mit der Arbeit und so. Und die Wohnung ist auch nicht gerade … Ich meine, ich würde ja, wenn ich könnte, aber … es geht einfach nicht.«

Leonie zuckte mit den Schultern. »Alles klar.«

»Aber warte.« Ken zog seine Geldbörse aus der hinteren Hosentasche. »Ich kann dich unterstützen. Falls du Geld brauchst, bis … die Sache erledigt ist.«

»Nein danke, nicht nötig.« Leonie hievte sich vom Sofa hoch. Selbst die guten Kerle konnten sich bequem aus der Affäre ziehen, indem sie einfach drei Minuten lang eine gequälte Miene aufsetzten und der Frau schließlich Geld anboten. Höchste Zeit, sich mit Vee zu treffen, und danach hatte sie noch einen Termin wegen der Frauenhäuser. Richtige Arbeit. Sie hatte schon genug Zeit mit Ken verschwendet.

15. Mai 1979

13:00

»Tut mir leid, dass ich zu spät komme.« Vee sagte das nicht einfach so daher, sie meinte es ernst. Es war nicht ihre Art, andere Leute warten zu lassen, sie legte Wert auf Pünktlichkeit, oft war sie sogar überpünktlich. Sie hatte nur eben zum ersten Mal ein Regierungsoberhaupt fotografiert.

»Bist du inzwischen schon so wichtig, dass du deine Verabredungen mit Normalsterblichen vergisst?« Vor Leonie standen ein halb leeres Pint Cider und ein Glas Whisky.

»Nein«, sagte Vee. »Aber normalerweise bist du diejenige, die sich verspätet. Deshalb hatte ich gehofft, dass wir gleichzeitig ankommen.«

Leonie lachte und stand auf. Sie umarmte Vee, klammerte sich geradezu an sie. »Ich hatte auch einen Termin, der allerdings schneller zu Ende ging, als ich dachte. Reiner Zufall, dass ich pünktlich hier war. Du kannst dich also ganz cool zurücklehnen, Baby.«

»Danke. Ich hol uns erst mal was zu trinken, und dann erzähl ich dir, wie mein Vormittag gelaufen ist. Du wirst dich kaputtlachen.«

Vee ging zur Bar und bestellte zwei Pints Cider, Chips und Würstchen im Schlafrock. Sie hatte an diesem Tag zwar keinen Auftrag mehr, wollte den Nachmittag aber trotzdem zum Arbeiten nutzen. Doch es sprach ja nichts gegen einen Drink, wenn sie dazu etwas aß, das den Alkohol absorbierte. Anschließend würde sie den Film zum Labor bringen und den Jungs dort erklären, wie sie ihn entwickeln sollten. Sie kannten Vee inzwischen gut genug, um sicherzustellen, dass sie den Film nicht überbelichteten und auch keine Effekte verwendeten. Vee gestaltete die Aufnahmen ohnehin schon genau so, wie sie sie haben wollte. Manchmal, wenn es draußen zu dunkel oder das Licht drinnen nicht optimal war oder der Blitz kaputtging, musste ein wenig retuschiert werden. Bald sollte es angeblich nur noch Zeitschriftenbeilagen in Farbe geben, aber Vee konnte sich nicht vorstellen, jemals mehr zu brauchen als die Werkzeuge, die sie schon hatte: Schwarz-Weiß-Film, natürliches Licht, Blitz nur im Notfall und Geduld.

Als sie zum Tisch zurückkam, stopfte Leonie gerade irgendetwas in ihre Tasche zurück.

»Was hast du denn vorhin so Lustiges getrieben, Schwester?«, fragte sie.

Vee beugte sich zu ihr. »Ich habe Margaret Thatcher auf dem Parliament Hill fotografiert.« Eigentlich hatte sie damit gerechnet, dass ihre Freundin schallend loslachen würde. Doch Leonie sah sie nur traurig an. So wie Vees Vater, wenn sie sich sonntags von ihm verabschiedete.

»Du hast Thatcher fotografiert?«, sagte sie. »Du bist wirklich eine Verräterin.« Sie klang empört, doch viel verhaltener als sonst. Vee musterte ihre Freundin. Leonie sah erschöpft aus, und sie war irgendwie anders als sonst. Vee konnte den Unterschied gar nicht genau festmachen. Aber da war irgendetwas, das bei ihrem letzten Treffen noch nicht da gewesen war. Oder aber es war genau umgekehrt, und etwas, das bei ihrem letzten Treffen noch da gewesen war, fehlte nun.

Vee nickte. »Ja, ich bin eine Verräterin. Vielleicht bin ich aber auch ein Vorbild für junge Frauen, die Fotografinnen werden wollen.« Sie trank einen Schluck. »Willst du denn gar nicht wissen, was bei dem Shooting passiert ist?«

Leonie zuckte nur lächelnd mit den Schultern. Das war wirklich seltsam. Normalerweise wollte Leonie immer alles sofort wissen, sie konnte gar nicht anders. Sie liebte Tratschereien, mochte der Begriff auch sexistisch und diskriminierend klingen.

Leonie öffnete die Chipstüte und nahm einen Schluck von ihrem frischen Pint. »Wenn du es unbedingt erzählen willst.« Doch bevor Vee etwas sagen konnte, fügte sie hinzu: »Angeblich bilden alle männlichen Abgeordneten sich ein, dass Thatcher total auf sie steht.«

»Das sagt ja eine Menge darüber aus, wie sie über sich selbst denken.«

»Und auch in Bezug darauf, wie manipulativ Thatcher ist.«

Vee hatte Leonie noch nie zuvor so reden hören. »Schon klar, dass dir ihre Politik nicht gefällt, Leonie, aber wo ist deine Solidarität geblieben? Sie ist schließlich auch eine Schwester.«

Vee hatte in letzter Zeit öfter die Erfahrung gemacht, von Männern angemacht zu werden, obwohl sie sie nicht im Geringsten dazu ermutigt hatte. Wenn sie Nein sagte, wurde ihr vorgeworfen, »Signale auszusenden«. Sie hatte aber kein Interesse mehr an Liebe, egal welcher Art. Denn sie war zu der Erkenntnis gelangt, dass es nur zwei Menschen auf der Welt gab, die ihr wirklich am Herzen lagen: ihr Vater und Leonie.

Leonie seufzte. »Na gut, dann erzähl mir halt von Thatcher. Wenn es wirklich lustig ist. Etwas Aufheiterung könnte ich gut gebrauchen. Danach erzähle ich dir meine Neuigkeiten.«

»Bist du sicher?« Dass Leonie ihr den Vortritt gab, war ebenfalls höchst ungewöhnlich. Aber Leonie nickte und nahm sich ein Würstchen im Schlafrock.

»Wir waren auf dem Parliament Hill«, begann Vee. »Der Ort war nicht meine Idee. Gutes Licht, aber heute Vormittag war es ziemlich windig dort. Thatcher war … tja, wie diese Leute meistens sind.« Leonie zog die Augenbraue hoch. »Berühmte Leute, meine ich«, fuhr Vee fort. »Freundlich, aber zugleich distanziert. Sie werden ständig fotografiert und wollen es einfach hinter sich bringen. Wie auch immer, ich fing dann an, sie zu fotografieren, aber sie machte sich Sorgen wegen ihrer Frisur, fasste sich ständig an den Kopf.«

Leonie lachte. »Thatchers Betonfrisur? Die könnte noch nicht mal ein Orkan durcheinanderbringen.«

»Ich hatte sie schon dazu gebracht, ihren Hut abzunehmen«, erzählte Vee weiter. Sie hatte der Premierministerin gesagt, dass er vielleicht davonflog und es deshalb besser wäre, ihn abzusetzen. Aber in Wahrheit wollte sie ihn nicht auf dem Foto haben, denn er war wirklich hässlich, ein überdimensionierter Pillbox-Hut. »Sie gab ihn einem ihrer Leibwächter, und er stand die ganze Zeit da und hielt das Ding wie eine Torte vor sich.« Als Vee die Hände ausstreckte, um den Leibwächter nachzuahmen, fing Leonie an zu lachen. Es war so schön, wenn sie lachte. Mit Leonie zusammen zu sein gehörte noch immer zu den besten Momenten ihres Lebens. Sie war wie eine alte Katze, die einen biss und kratzte, aber auch wärmte, und das war es wert. Wobei Leonie natürlich noch jung war. Aber sie schien schneller zu altern als andere Menschen.

»Ich dachte, das würde sie entspannen, aber sie sah noch immer aus wie … es war noch nicht das, was ich wollte. Ich machte zwar Fotos von ihr, aber sie sah darauf genauso aus wie auf ihren offiziellen Porträts. Du weißt, was ich meine.«

Leonie nickte. »Wie eine Schuldirektorin mit Stock im Arsch.«

»Genau«, sagte Vee. »Und wenn sie lächelte, sah sie noch schlimmer aus. Wie eine Schuldirektorin mit Stock im Arsch beim Krippenspiel.« Leonie prustete vor Lachen Cider in ihr Glas. »Und dann brachte der Wind tatsächlich ihre Frisur durcheinander, eigentlich blies er nur eine Strähne hoch, weil ihre Frisur natürlich vor Haarspray erstarrt war. Und da sagte sie: ›Ich will auf keinen Fall zerzaust aussehen.‹ Also nahm ich den Schal, den du mir mal gegeben hast, und …«

»Meinen Schal?«

»Genau. Den aus Dagenham.« Vee bewahrte ihn seit damals in ihrer Kameratasche auf, er gehörte ebenso zu ihrer Ausrüstung wie ihr Belichtungsmesser.

»Du hast das Ding immer noch?«

Vee nickte. »Klar«, sagte sie. »Wenn es windig ist, benutze ich ihn, damit mir die Haare nicht ins Gesicht fliegen.«

»Hast du ihn etwa Thatcher gegeben?« Leonies Grinsen wurde immer breiter.

Vee nickte. Als sie daran zurückdachte, musste sie selber lachen. »Sie sah mich an, als wäre ich komplett irre. Sie hätte den Schal am liebsten mit der Kneifzange genommen. Ich sagte ihr, wenn sie ihn sich um den Hals bindet, würde er im Wind flattern, und dann würden die Leute, die sich das Bild später anschauen, begreifen, dass es am Tag der Aufnahme stürmisch war und ihre Frisur möglicherweise aus diesem Grund etwas anders aussah als sonst. Sie musterte den Schal, und dann schaute sie zu dem Typen hinüber, der ihren Hut hielt, als dächte sie: *Was zum Teufel soll das hier?* Aber dann band sie sich den Schal um den Hals. Keine zwei Sekunden später blies der Wind ihr den Schal ins Gesicht. Ich dachte, okay, das war's. Sie bricht das Ganze ab, und mir wird nichts anderes übrig bleiben, als das zu nehmen, was ich schon im Kasten habe. Doch stattdessen lachte sie und zog sich den Schal aus dem Gesicht, und als sie ihn wieder losließ, ließ der Wind ihn zur Seite flattern, und in diesem Moment drückte ich auf den Auslöser.«

»Mein Schal hat also versucht, Thatcher zu erwürgen? Und das wird dein nächstes Titelbild?«

»Ganz genau«, sagte Vee. Der Form halber hatte sie noch ein paar andere Fotos gemacht, bis der Film voll war, aber sie wusste: Das war die perfekte Aufnahme. Plötzlich wurde ihr etwas bewusst. »Sie hat ihn noch! Sie hat mir den Schal nicht zurückgegeben.«

diesen Gründen damit haderten. Schon ihre Artikel für *Spare Rib* waren auf verhaltenes Echo gestoßen. Fen hatte vorsichtig versucht, Leonie zu erklären, dass Frauen sich durch ihre Texte womöglich genauso bevormundet fühlten wie durch das Diktat des Patriarchats. Die einzigen ihrer Texte, die gut ankamen, waren ihre monatlichen »Lieber John«-Kolumnen, die vor über zehn Jahren als Experiment begonnen hatten und seither ununterbrochen erschienen waren. Leonie wollte jedoch nicht darauf hören, wenn man ihr klarzumachen versuchte, dass der mildere Tonfall ihrer Kolumnen ihre Botschaft viel wirkungsvoller herüberbrachte als ihre schärfer formulierten Texte. Sie sah keinen Sinn darin, bittere Pillen zu versüßen.

Und dann war letztes Jahr Susie Orbachs *Anti-Diät-Buch* erschienen, und die Verlegerin, die an Leonies Buch über weibliches Essverhalten interessiert gewesen war, hatte einen Rückzieher gemacht. Vee hatte versucht, Leonie zu trösten; es sei nur eine Frage der Zeit, bis sich ein anderer Verlag fände, der ihre Art zu schreiben wertschätzte. Leonie hatte widerwillig versprochen, es weiter zu versuchen. Und nun hatte sie ihr Ziel erreicht! Vee war begeistert. Endlich würde die Welt erkennen, dass Leonie ein Genie war. Aber vor allem wollte Vee, dass Leonie sich glücklich fühlte. »Dein Buch wird veröffentlicht! Ich freu mich so für dich, Leonie!«

»Nein, wird es nicht«, sagte Leonie. »Es wurde abgelehnt.«

»Warum?«

Leonie zuckte resigniert mit den Schultern. Ihr Kinn zitterte. »Ich bin eben zu polemisch. Ich schwimme nicht mit dem Strom.«

Vee nickte mitfühlend. Bevor sie sagen konnte, dass es ja möglicherweise einen Mittelweg gab, fügte Leonie hinzu: »Vielleicht bin ich aber auch einfach nicht gut genug.«

»Nein, Leonie!«, protestierte Vee. »Das darfst du nicht sagen! Gib jetzt nicht auf, bloß weil die Verlage ein paar Bücher von anderen Frauen veröffentlichen und meinen, damit ihr Soll erfüllt zu haben …«

»Ich habe es sogar bei Virago versucht«, fiel Leonie ihr ins Wort. »Selbst die wollen mich nicht.«

»Was? Wieso?«

»Weil sie mich nicht mögen. Ich bin nicht die Sorte Feministin, die ihnen vorschwebt.«

Vee hatte ein ganzes Regal voller Virago-Bücher, auch wenn sie noch nicht alle gelesen hatte. Sie konnte kaum glauben, dass ausgerechnet dieser Verlag, bei dem doch angeblich alle Stimmen Gehör fanden, Leonie abgelehnt hatte.

»Haben sie dir das gesagt?«

Diesmal signalisierte Leonies Schulterzucken, dass sie keine Lust hatte, auf Vees Frage einzugehen. Stattdessen sagte sie: »Ich bin übrigens schwanger.«

Vee war geschockt, doch sie versuchte, es sich nicht anmerken zu lassen. »Du bekommst ein Baby? Heißt das, diesmal willst du es zur Welt bringen?«

»Sieht ganz danach aus.«

»Wow.« Vees Blick wanderte unwillkürlich zu den leeren Gläsern. »Das hätte ich nicht gedacht.«

»Als ich es festgestellt habe, war es schon zu spät, etwas zu unternehmen«, sagte Leonie. »Mir bleibt also gar nichts anderes übrig.« Vees Blick wanderte zu den Zigarettenstummeln im Aschenbecher, dann zu der Packung, die auf dem Tisch lag. Aber es stand Vee nicht zu, Leonie zu kritisieren. Wenigstens rauchte sie nur Mentholzigaretten.

»Dann hast du momentan bestimmt gar nicht den Kopf frei zum Schreiben. Das bringt dein Leben ja völlig durcheinander.«

Leonie schüttelte den Kopf. »Wie gesagt, ich werde es nur deshalb bekommen, weil es zu spät war, es loszuwerden. Ich hab's einfach zu spät gemerkt. Meine Periode kommt immer total unregelmäßig.«

Ein Mann, der gerade am Nebentisch Platz genommen hatte, schaute irritiert zu ihnen herüber und warf seinem Begleiter einen kopfschüttelnden Blick zu. Leonie lehnte sich auf ihrem Stuhl zurück, stieß sein Bierglas um und zischte: »Frauen bluten nun mal. Sei froh, dass dich eine zur Welt gebracht hat.«

»Schlampe!« Der Mann sprang auf im Versuch, dem Bierschwall auszuweichen, der sich auf seine Schuhe ergoss. »Fette Kuh!«

»Fick dich ins Knie«, sagte Leonie. Normalerweise hätte Vee in dieser Situation sofort ihre Kamera gezückt. Das Gesicht des Mannes, auf dem sich Wut gepaart mit Verblüffung über seine eigene Ohnmacht spiegelte, hätte ein perfektes Bild ergeben. Aber leider hatte sie ihre Olympus im Auto gelassen.

»Heißt das, du willst das Kind zur Adoption freigeben?«, fragte Vee, als Leonie sich ihr wieder zuwandte.

Leonie rieb sich die Augen und gähnte. Vee schaute weg. Wahrscheinlich wollte Leonie verbergen, dass sie Tränen in den Augen hatte. Nur wenn sie nach außen hin cool und selbstbeherrscht wirkte, würde sie mit Vee über die Sache sprechen. Und wenn sie es tat, durfte Vee ihr keine Sekunde lang das Gefühl geben, dass Leonie schwach war, denn dann würde Leonie das Gespräch so unvermittelt beenden, wie sie das Bierglas des Mannes umgestoßen hatte.

Leonie nahm die leere Chipstüte und faltete sie zusammen. Schließlich sagte sie: »Schätze schon. Keine Ahnung. Oder ich lege es vor irgendeiner Tür ab.«

Vee erstarrte. Das meinte Leonie doch wohl nicht ernst, oder? Sie hatte vermutlich recht damit, dass es ohnehin schon zu viele Kinder auf der Welt gab, aber …

Leonie griff nach Vees Hand. »Du solltest dein Gesicht mal sehen! Ich lege es natürlich nicht vor irgendeiner Tür ab, keine

Sorge. Ich will das Baby zwar nicht, aber ich bin ja schließlich kein Unmensch!«

»Wenn es zur Welt gekommen ist, änderst du deine Meinung vielleicht«, sagte Vee. Schon als sie die Worte aussprach, ahnte sie, dass sie das Falsche gesagt hatte. Dabei wollte sie wirklich nur helfen. Aber Leonie tickte nun mal anders.

»Warum sollte ich?«, fragte sie.

»So was kommt vor«, erwiderte Vee. Bei jedem anderen Gespräch wäre es jetzt um Mutterinstinkt, Hormone und Verbundenheit gegangen, aber Leonie hatte damit nichts am Hut. Vee im Grunde auch nicht, und sie wollte eigentlich auch gar nichts mehr sagen, aber es war zu spät. Leonie hatte längst ihre Gedanken gelesen. Als Fotografin musste Vee immer darauf bedacht sein, möglichst unauffällig zu wirken und sich Kommentare zu verkneifen, damit das Sujet sich so weit entspannte, dass es sein wahres Selbst zeigte. Doch manchmal fiel es ihr schwer, den Mund zu halten.

»Redest du etwa vom Mutterinstinkt?«, fragte Leonie. »Der Frauen angeblich dazu bringt, nur noch zu Hause zu hocken und ihren Familien zu dienen? So ein Schwachsinn!«

»Ich habe doch gar nichts gesagt!«, rief Vee.

»Du wolltest aber«, sagte Leonie. »Aber es gibt keinen Mutterinstinkt. Noch so ein Scheißbegriff, den Männer erfunden haben, um Frauen klein zu halten.«

Vee nickte und trank einen Schluck. Es hatte keinen Sinn, mit Leonie zu streiten – nicht nur, weil es Leonie war, sondern auch, weil sie recht hatte. Vee hatte sich jedenfalls noch nie ein Kind gewünscht, ganz zu schweigen von der Beziehung, die anscheinend damit einherging.

»Bei manchen primitiven Völkern haben die Leute keine Ahnung, zu wem die Kinder gehören. Sie werden geboren und dann von der nächsten Titte in Reichweite gestillt. Die können dir gar nicht sagen, wer aus wem herauskam.«

Leonie bezog sich oft auf Naturvölker, um ihre Argumentation zu unterstreichen. Aber Vee verkniff sich eine Bemerkung darüber. Sie wollte nicht über hypothetische Babys reden, sondern über das Baby, das gerade mit am Tisch saß und gerade sein zweites Pint Cider trank.

»Wann ist der errechnete Geburtstermin?«, fragte sie.

»In drei Monaten«, sagte Leonie. »Ich weiß es erst seit letzter Woche. Zu spät für eine Abtreibung. Und ich will mich nicht unbedingt die Treppe hinunterstürzen.«

Vee konnte nur hoffen, dass das ebenfalls ein typischer Leonie-Scherz war. »Aber …«

»Aber was?«

»Was ist mit dem Vater? Vielleicht will er sich ja um das Kind kümmern?«

»Nein. Außerdem will ich es keinem Mann überlassen.«

»Warum nicht? Wenn es keinen Mutterinstinkt gibt, spricht doch nichts dagegen, es zu tun, oder?«

Leonie grinste breit. »Sieh an, manchmal kann unsere High-Society-Fotografin ja doch noch Witze machen.«

»Danke für das Kompliment«, sagte Vee erleichtert. Doch Leonies Grinsen konnte nicht darüber hinwegtäuschen, dass es ihr schlecht ging. Vee stupste sie am Arm und lächelte ihr zu. Aber Leonie schaute weg.

Nach einer Weile fragte sie: »Würdest du es haben wollen?«

»Was haben wollen?«, fragte Vee.

»Das Baby. Du kannst es haben, wenn du willst.«

»Ist das dein Ernst?«, fragte Vee ungläubig. Leonie nickte.

»Warum nicht?« Sie zündete sich eine Zigarette an. »Wir sind Freundinnen. Als wir uns kennenlernten, wolltest du unbedingt deinen Verlobten heiraten, weißt du noch? Wenn du's getan hättest, wärst du doch bestimmt sofort schwanger geworden, oder?«

»Das ist jetzt unfair«, sagte Vee. Leonie meint es bestimmt nicht ernst, dachte sie. Das ist nur ihre Art, mit einer Welt umzugehen, von der sie sich ungerecht behandelt fühlt. »Ich wusste es damals nicht besser. Und ich kannte dich noch nicht. Ich war eben naiv.«

Leonie nickte und schwieg eine Weile. Dann fragte sie: »Und? Willst du?«

Vee hatte kaum geschlafen. Sie hatte bis spät in die Nacht Rechnungen geschrieben und war morgens in aller Herrgottsfrühe aufgestanden, um sich für das Thatcher-Shooting vorzubereiten. Sie musste sich verhört haben. Leonie konnte ihre Frage unmöglich ernst meinen. »Will ich was?«

Leonie atmete tief durch. »Das Baby. Willst du es haben? Du kannst es dir doch leisten, ein Kindermädchen zu nehmen. Oder du nimmst es einfach mit zur Arbeit. Es würde dich bestimmt kaum stören.«

Sie machte offenbar doch keinen Spaß. Vee trank einen Schluck und nahm sich ein Würstchen im Schlafrock, um Zeit zum Nachdenken zu gewinnen. Wollte sie ein Baby? Brauchte sie eins? Manchmal fragte ihr Vater: *Was machst du, wenn ich nicht mehr da bin? Dann bist du ganz allein!* Sie war eigentlich sicher, dass ihr das Alleinsein nichts ausmachen würde. Sie schloss die Augen und dachte an die Stelle in ihrem Körper, an der theoretisch ein Kind heranwachsen konnte. Sie spürte das Gleiche wie sonst auch: keine Sehnsucht, sondern Leere. Vor ungefähr vier Jahren hatte sie beschlossen, dass sie keine Lust mehr auf Beziehungen hatte. Der Mann, mit dem sie damals zusammen gewesen war, hatte ihr vorgeworfen, ihre Kamera mehr zu lieben als ihn. Sie hatte ihm zwar widersprochen, doch er hatte recht gehabt. Sie ging lieber in die Dunkelkammer als in ein Restaurant. Wenn eines ihrer Fotos veröffentlicht wurde, fühlte sich das für sie besser an als Sex. Als sie sich mit ihrem selbst verdienten Geld ein eigenes Haus kaufen konnte, war das der befriedigendste Moment ihres Lebens gewesen. Zum Lieben hatte sie ja Leonie.

Vee stellte sich vor, wie es wäre, bei einem Fotoshooting in einem dieser Umschnall-Dinger ein Baby vor sich herzutragen oder es in einem Kinderwagen neben sich zu haben, wo es kreischend mit den Armen wedelte, während sie versuchte, einen CEO dazu zu bewegen, seine professionelle Distanziertheit abzulegen, oder eine Frau, die für ihr Aussehen berühmt war, dazu zu bringen, mit dem Posieren aufzuhören und einfach nur sie selbst zu sein. Es würde nicht funktionieren. Und mal ganz davon abgesehen: Falls sie sich irgendwann wider Erwarten doch noch ein Kind wünschte, wollte sie sich bewusst dafür entscheiden. Und bestimmt nicht hoffen, dass ihr jemand ein Kind anbot, als wäre es ein Sack überschüssiger Kartoffeln aus dem Schrebergarten ihres Vaters, den man einfach in ihrem Kofferraum abladen konnte. Schließlich sagte sie leise: »Ich bin wie du, Leonie. Ich will kein Kind. Ich wollte eigentlich noch nie eins haben. Ich hatte nur deshalb geglaubt, dass ich eins wollte, weil die Welt es mir einredete.« Du bist diejenige, die mir beibrachte, anders darüber zu denken, dachte sie. Sie war drauf und dran, es auch auszusprechen, aber dann hätte ihre Stimme gezittert. Und außerdem ging es hier nicht um sie, sondern um Leonie. »Bist du dir wirklich sicher, dass du es weggeben willst?«

»Auf jeden Fall, Schwester. Was soll ich denn damit anfangen?« Sie legte sich die Hand auf den Bauch und zog sie sofort wieder weg, als hätte das Kind darin danach getreten.

»Und du würdest es mir geben?«

»Wenn du es nehmen würdest. Aber nur, wenn du mir versprechen würdest, es nicht dieser verdammten Thatcher anzudrehen.« Vee musste unwillkürlich lachen. Doch dann wurde ihr bewusst, dass sie in drei Monaten für ein anderes Lebewesen die Verantwortung übernehmen konnte. Wenn sie das wollte.

Das alte, freundliche Grinsen erschien auf Leonies Gesicht. Es erinnerte Vee an die Leonie, die sie damals in Dagenham kennengelernt hatte, als sie noch nicht so unberechenbar und angsteinflößend gewesen war. »Also, was sagst du, Vee?«

»Ich weiß nicht.« Vee spürte etwas in sich aufwallen. Mutterinstinkt? Nein, definitiv nicht; sie hatte noch nie ein Kind gewollt. Es fühlte sich eher wie die schwindelerregende Erkenntnis an, dass sie durch ihre bisherige Einstellung möglicherweise etwas Großartiges verpasste. Sie hatte auf eine Beziehung und damit gleichzeitig auf ein Kind verzichtet, weil die Fotografie für sie stets Vorrang gehabt hatte. Und hier stand sie nun: Sie hatte gerade die Premierministerin fotografiert, sie war in der Branche bekannt und wurde respektiert, sie arbeitete und unterstützte dadurch die Frauenbewegung, und wenn sie allein nach Hause kam, machte es ihr nichts aus. Die Gesellschaft wollte sie glauben machen, dass sie einsam war, doch das stimmte nicht. Sie war eine Einzelgängerin. Eine Beobachterin. Sie ließ sich vom Patriarchat eben nicht vorschreiben, was sie als Frau brauchte. Mit Einsamkeit hatte das nichts zu tun.

Besser, sie richtete den Fokus wieder woanders hin. »Du würdest mir also wirklich dein Kind überlassen?«

»Ist es nicht besser, wenn ich selbst entscheide, wo es hinkommt? Statt es auf der Türschwelle eines Krankenhauses abzulegen?« Leonie zeigte auf ihren Bauch, der bei näherer Betrachtung tatsächlich eine andere Form angenommen hatte; Vee konnte es sogar unter der schlabbrigen, viel zu großen Bluse und der Fettschicht erkennen, die ihre Freundin sich im Laufe der Jahre vermutlich absichtlich angelegt hatte, als eine Art Statement.

»Leonie. Was redest du denn da? Es gibt doch inzwischen Adoptionsagenturen, die …«

Leonie brach in schallendes Gelächter aus. »Wenn du dein Gesicht sehen könntest! Klar gibt es Adoptionsagenturen. Das weiß sogar ich. Okay, ich werde es einer Agentur geben. Die sollen sich dann um alles kümmern.« Sie seufzte und sah Vee zum ersten Mal, seit sie ihr von der Schwangerschaft erzählt hatte, direkt in die Augen. »Ich wollte bloß nicht, dass es bei irgendwelchen Vollidioten landet.«

»Dann sorgst du dich also doch?«, fragte Vee vorsichtig. »Zumindest ein bisschen?«

»Ich sorge mich um die Welt. Und die Welt braucht nicht noch ein Kind, das von einem patriarchalischen Volltrottel erzogen wird. Es sollte mir doch wohl gelingen, das zu vermeiden. Sofern ich eine Person finde, die weder patriarchalisch noch ein Volltrottel ist.«

»Verstehe«, sagte Vee. Das Problem war nur, dass Leonies Überzeugung nach so ziemlich die gesamte Weltbevölkerung unter der Knechtschaft des Patriarchats stand. Und sie musste etwas für dieses Baby empfinden. Vielleicht gab es so etwas wie Mutterinstinkt ja tatsächlich nicht, aber Menschlichkeit gab es schon.

»Willst du es wirklich nicht haben?«, fragte Leonie.

»Nein.« Diesmal war Vee ihrer selbst sicher. »Auf keinen Fall. Aber ich freue mich, dass du in mir keine Handlangerin des Patriarchats siehst.«

»Zumindest nicht die ganze Zeit. Willst du noch was trinken?« Leonie hievte sich hoch.

Vee konnte die Filme ja auch morgen noch zum Labor bringen. Ihre Freundin brauchte sie jetzt mehr. Als Leonie mit Bier und Chips von der Bar zurückkam, fragte sie: »Hast du eigentlich *Angst vorm Fliegen* gelesen?«

»Ich weiß nicht genau. Ich habe *Frauen* gelesen.« Vee versuchte sich zu erinnern, wie ihr das Buch gefallen hatte. Sie wusste noch, dass sie den dicken Wälzer auf einem Flug nach Kuala Lumpur gelesen hatte, auf dem Weg nach Australien, wo sie Barry Humphreys als Dame Edna Everage für den *Spectator* fotografieren sollte. Irgendwann war ihr die Geschichte jedoch langweilig geworden. Als sie das Buch durchhatte, war sie froh gewesen, allein zu leben.

Leonie wollte allerdings nicht über das Buch *Frauen* reden. »Also, wenn das hier …« – sie deutete auf ihren Bauch – »… ein Mädchen wird, werde ich es Erica nennen. Nach Erica Jong.«

»Wer ist das?«, fragte Vee. Der Name kam ihr bekannt vor. Leonie musterte sie mit vorwurfsvoller Miene. »Sie hat *Angst vorm Fliegen* geschrieben. Als das Buch 1973 erschien, habe ich es dir geschenkt. Aber du hast es nie gelesen. Ich fand es nach deinem Auszug. Es war noch verpackt.«

»Tut mir leid.«

»Das sollte es auch.« Leonie lehnte sich zurück. »Wenn du es gelesen hättest, wüsstest du nämlich, dass ich mir den Namen Erica ausgesucht habe, weil das Kind bei einem Spontanfick entstanden ist.«

Vee hätte Leonie am liebsten gefragt, ob sie dann überhaupt sicher sein konnte, wer der Vater war. Aber da sie nicht spießig wirken wollte, sagte sie stattdessen: »Ich kann dir helfen, eine Adoptionsagentur zu finden. Wenn du willst.«

»Danke«, erwiderte Leonie. »Aber ich rede erst mal mit meiner Schwester. Vielleicht kann sie sich ja einmal in ihrem Leben nützlich machen.« Ursula war organisiert und pragmatisch. Sie schien tatsächlich perfekt dafür geeignet zu sein, in Leonies Auftrag Adoptionsagenturen zu kontaktieren. Vee atmete auf. Sie war sehr erleichtert, die Bürde der Verantwortung nicht tragen zu müssen.

16. Mai 1979

Pimlico, London

Vic Whistler hatte angeregt, das Fotoshooting bei ihm zu Hause zu machen, und Vee hatte zugestimmt. Nicht zuletzt deshalb, weil sie Radiomoderatoren schon bei der Arbeit fotografiert hatte und die Lichtverhältnisse in den Studios eine große Herausforderung waren. Kleine, enge und relativ dunkle Räume waren schwierig, selbst mit Blitz, und nie gab es ausreichend Platz für die Ausrüstung. Einmal war sie deshalb nach draußen ausgewichen und hatte das Shooting vor dem Gebäude mit dem Schriftzug des Senders im Hintergrund gemacht, aber dabei war es ständig zu Unterbrechungen und Störungen gekommen, vor allem durch junge Mädchen, die in Radiomoderatoren offenbar Popstars zum Anfassen sahen. Vee hatte doppelt so lange wie sonst gebraucht, war völlig erschöpft nach Hause gefahren und hatte nicht die geringste Ahnung gehabt, ob der Film überhaupt etwas taugte. Ein gutes Bild war zwar eigentlich immer dabei, aber sie hatte eben lieber Gewissheit.

Vic Whistler öffnete die Tür, das Hemd fast bis zum Bauchnabel geöffnet, ein Medaillon auf dem lockigen Brusthaar. Ein großer Mann. Strahlend weißes Lächeln. »Die berühmte Veronica Moon«, sagte er und gab ihr die Hand. »Welche Ehre, Sie kennenzulernen. Die Frau, die es geschafft hat, sogar meinen Freund Squires präsentabel abzulichten, obwohl sein Gesicht wie ein Pavianhintern aussieht.«

Vee hatte sich Whistlers Sendung vorher zweimal angehört, um ein Gefühl dafür zu bekommen, was sie erwartete. Whistler war das nächste große Ding, weshalb die Zeitschrift *Smash Hits* ihm eine Titelstory widmen wollte, und Vee sollte das Coverbild aufnehmen. Sie selbst konnte den ganzen Hype nicht nachvollziehen; sie fand seine Witze kindisch und seinen Musik-Mix zu unruhig, um als angenehme Hintergrundmusik durchzugehen, aber vielleicht gefiel das seinem Publikum ja. (Wahrscheinlich war sie mit dreißig eh schon zu alt, um seine Fans zu verstehen.)

»Darf ich mich mal umsehen?«, fragte sie.

»Sehr gern.« Er folgte ihr durch den Flur ins Wohnzimmer, das über einen Balkon mit Blick auf die Themse verfügte. Wenn sie Whistler richtig platzierte, konnte sie London unscharf im Hintergrund erscheinen lassen, sozusagen als die Stadt, die ihm gerade zu Füßen lag. Sie hatte sich das Haar mit einem Kopftuch zurückgebunden; ihren Schal hatte sie ja leider Thatcher überlassen. Vielleicht wäre ein Bürstenschnitt die Lösung. Oder eine Frisur, die nicht ganz so extrem war. So wie der Haarschnitt von Chrissie Hynde, die sie vor nicht allzu langer Zeit für den *Melody Maker* fotografiert hatte; der war gut, lässig und praktisch.

Whistler stand noch immer direkt hinter ihr. »Sie haben ja eine tolle Aussicht hier«, sagte sie. »Dann legen wir mal los.«

»Meinen Sie loslegen oder hinlegen?«, fragte Whistler anzüglich. Vee tat so, als hätte sie seine Bemerkung nicht gehört. Leonie verstand sich gut darauf, schlagfertige Antworten zu geben, Biergläser umzustoßen oder jemandem den Stinkefinger zu zeigen, aber Vee traute sich das nicht, und abgesehen davon, war sie bei der Arbeit; sie hatte einen Auftrag zu erledigen. Sie holte ihre Kamera heraus, nahm den Objektivdeckel ab und schob ihn in die Gesäßtasche ihrer Jeans.

»Könnten Sie sich mit dem Rücken zum Fluss vor die Brüstung stellen, den Blick zur Tür gerichtet?«

»Klar«, sagte er, ging auf den Balkon hinaus, lehnte die Arme auf die Brüstung hinter sich und schob das Becken nach vorn. Vee stellte sich in den Türrahmen und kniete mit einem Bein nieder. Bestimmt fragte Whistler sie als Nächstes, ob sie ihm etwa einen blasen wolle, aber erstaunlicherweise hielt er den

Mund. Als sie durch den Sucher blickte, sah sie auch, warum. Er hatte sich ein verführerisches Grinsen ins Gesicht getackert, das er anscheinend durchziehen wollte, bis er die Kamera knipsen hörte. Sie drückte auf den Auslöser. Sie konnte von Glück reden, wenn es ihr gelang, Whistler vom Posieren abzubringen.

Sie brauchte ein halbes Dutzend Aufnahmen, bis er entspannt genug war, dann machte sie sich ernsthaft an die Arbeit. Sie stellte ihm Fragen darüber, was er von seinem Balkon aus alles sehen konnte, er beantwortete sie, und jedes Mal, wenn er zu ihr schaute, um sich zu vergewissern, dass sie ihm noch zuhörte, drückte sie abermals auf den Auslöser. Auf den fertigen Aufnahmen würde wahrscheinlich die Person zu sehen sein, die er früher einmal gewesen war, bevor er sich die Rolle aneignete, die er nun verkörperte. Er würde sich garantiert beschweren, sobald er das Titelbild zu sehen bekam.

Sie nahm einen ganzen Film auf, dann gingen sie in sein Wohnzimmer, wo sie auf einen Esszimmerstuhl steigen musste, um die schweren Samtvorhänge beiseitezuziehen, damit genug Licht hereinfiel. Unter dem Vorwand, sie zu stützen – »Vorsichtig, Schätzchen, ich will ja nicht, dass Ihre kostbare Ausrüstung beschädigt wird!« –, umfasste er ihre Hüften, und als sie wieder vom Stuhl hinunterkletterte, legte er ihr die Hand auf den Hintern. Sie entwand sich seinem Griff und forderte ihn auf, sich zu setzen. Dann nahm sie sich einen anderen Stuhl, stellte sich darauf, schaute auf Whistler hinab und machte noch ein paar Fotos. Aus dieser Perspektive sah er schrecklich aus, aber genau deshalb machte sie die Bilder; sie genoss es geradezu. Bis er sein Hemd noch ein Stückchen weiter öffnete, sodass seine gepiercte Brustwarze zum Vorschein kam. Er wollte, dass Vee sein Piercing fotografierte, damit die ganze Welt es zu sehen bekam. Da hatte sie ihn und dieses ganze dumme Spiel endgültig satt. Und trotzdem bedankte sie sich bei ihm; sie lobte ihn sogar noch dafür, wie er ihr Modell gestanden hatte, weil sie darauf angewiesen war, weiterhin Aufträge von den Bildredakteuren zu bekommen.

Sie brachte die Filme dann direkt zum Labor und fuhr nach Hause. Dort gönnte sie sich eine lange, heiße Dusche. Anschließend dachte sie darüber nach, Leonie anzurufen. Aber sie hatte an dem Abend keine Kraft mehr, Leonie von dem Radio-DJ zu erzählen. Denn Leonie würde nicht nur sein Verhalten, sondern auch ihres kritisieren. Außerdem wollte sie nicht schon wieder über Leonies Schwangerschaft oder ihren Vorschlag reden, dass Vee das Baby ja adoptieren könne. Vee war fest davon überzeugt, dass sie richtig gehandelt hatte, diesen Vorschlag abzulehnen. Mutter zu sein war eine viel zu wichtige Aufgabe, die konnte man nicht einfach nebenbei erledigen. Natürlich ging es vielen Eltern so, dass sie sich plötzlich in dieser Situation wiederfanden und damit zurechtkommen mussten. Aber Vee konnte das einfach nicht, sie war nicht so gestrickt.

Sie würde Leonie ein paar Tage später anrufen. Sobald sie wieder mehr Kraft hatte. Sobald sie genau wusste, dass sie ihre Meinung nicht ändern wollte.

Aber eigentlich war sie sicher, dass sie Leonies Baby nicht haben wollte.

Juni 1979

Zeitschrift *This Month*

Leonie Barratt: Briefe einer Feministin

Unser monatlicher Frontbericht vom Kampf der Geschlechter

Lieber John,
ich weiß, was du gerade denkst.
Aber nicht, weil ich eine Hexe bin oder die sogenannte weibliche Intuition besitze, eine der vielen hirnrissigen Fähigkeiten, die man Frauen andichtet, damit sie sich gefügig im Hintergrund halten.
Ich weiß, was du gerade denkst, weil wir uns schon seit vielen Jahren kennen und ich daher weiß, wie dein Verstand funktioniert.
Du denkst gerade: »Eine Frau an der Regierungsspitze! Endlich etwas, das Leonie Barratt zufriedenstellt! Seit Jahren meckert diese Nervensäge darüber, dass es keine Gleichberechtigung gibt, aber jetzt hat sie es schwarz auf weiß, dass sie sich irrt. Einen überzeugenderen Beweis als eine Frau an der Regierungsspitze kann es doch gar nicht geben!«
Doch wenn sich hier jemand irrt, dann du, John. Du kannst meine Gedanken nämlich nicht lesen, so wie ich deine.
Mich stellt das nicht zufrieden.
Es stellt mich zwar zufrieden, dass unser Land nun endlich von einer Frau regiert wird, aber das war längst überfällig, auch wenn es natürlich eine gute Sache ist.

Und das ist auch schon der einzige positive Aspekt, den ich dem Ganzen abgewinnen kann.
Lassen wir die Tatsache beiseite, dass die Fanfare »Eine Frau an der Regierungsspitze!« nur deshalb von allen Seiten ertönt, weil eine Frau in dieser Machtposition nicht nur hierzulande, sondern weltweit eine absolute Ausnahmeerscheinung ist – und damit das genaue Gegenteil von Gleichberechtigung. Das Geschlecht spielt keine Rolle, wenn es darum geht, dieses Amt auszufüllen.
Doch lassen wir die Symbolik beiseite und reden wir über den Menschen.
Von Mrs Thatchers Persönlichkeit haben wir bereits einen Eindruck gewinnen können. Seit sie als Bildungsministerin die Gratismilch an Grundschulen abschaffte, wird sie Milchdiebin genannt. (Ob man sie, wenn sie ein Mann wäre, wohl ebenfalls als Milchdieb angeprangert hätte? Ich glaube kaum.) Wenn sie von Sparkurs spricht, gibt sie sich als bescheidene Hausfrau. Angeblich flirtet sie, um ihren Willen durchzusetzen. Sie kann ihr Amt als Regierungsoberhaupt nur ausüben, indem sie ständig darauf hinweist, dass sie eine Frau ist. Echte Gleichberechtigung sieht anders aus.
In Zeitschriften wurde berichtet, dass sie als Mutter Familie und Karriere »jonglieren« muss, und in Interviews wird sie gefragt, wer in ihrer Ehe die Hosen anhat. Gab es diese Art der Berichterstattung eigentlich auch bei ihrem Vorgänger Edward Heath? Seltsamerweise nicht. Falls auf Thatcher ein Mann folgt, wird man ihn wohl kaum mit solchen Fragen belästigen.
Eine Frau an der Regierungsspitze mag also auf den ersten Blick etwas Erfreuliches sein, John, aber wir sollten eines nicht vergessen: Solange wir darüber reden, was sie anhat,

Und nun ist es sogar noch bequemer für euch geworden, denn das nächste Mal, wenn eine Frau mit dir über unsere sexistische Gesellschaft redet (für dich wird das wahrscheinlich nur Gejammer sein, und falls du einen anstrengenden Tag hattest, weil du mal wieder so viel brüllen und den harten Mann markieren musstest, wirst du die Frau vielleicht sogar als Nervensäge bezeichnen, wofür du dich dann wirklich schämen solltest, John), kannst du ein neues Ass aus dem Ärmel ziehen.
Du kannst nämlich sagen: »Was redest du denn da? Wir haben doch jetzt eine Frau an der Regierungsspitze.«
Margaret Thatcher tut leider nichts, um die Situation der Frauen zu verbessern, und daran wird sich wohl auch nichts ändern.
Also nein, es stellt mich nicht zufrieden, dass eine Frau an der Spitze unserer Regierung steht. Denn sie tut nichts für den Feminismus. Aber für euch wird sie wahrscheinlich eine ganze Menge tun.
Bis zum nächsten Mal,
Leonie

29. März 2018

Zehn Tage zuvor hat Mississippi das strengste Abtreibungsgesetz der USA erlassen: kein Abbruch mehr nach der fünfzehnten Woche

Noch vier Wochen bis zur Ausstellungseröffnung

Ich habe Toms Tasche gepackt«, sagte Marcus. »Es müsste alles drin sein, was er braucht.«

»Schön.« Erica lächelte, aber bedanken wollte sie sich nicht bei ihm. Warum sollte sie auch? Sie hatten schließlich vereinbart, sich abwechselnd um Tom zu kümmern.

Doch Marcus wirkte gekränkt. Erica hatte trotz guter Vorsätze ziemlich viel an ihm herumgenörgelt, seit sie beschlossen hatte, sich stärker für den Feminismus zu engagieren. Sie brauchte Zeit. Zeit und Raum zum Nachdenken. Aber in den Wochen nach dem Protestmarsch hatte sie weder das eine noch das andere gehabt, weil sie viel zu sehr damit beschäftigt gewesen war, die Ausstellung vorzubereiten und Babysitter für Tom zu organisieren. Und Marcus zu beruhigen. Veränderungen ließen sich eben nicht über den Zaun brechen.

»Alles okay bei dir?«, fragte Marcus. Sein Tonfall verriet, dass es ihm genauso schwerfiel wie ihr, sich an das neue Kräfteverhältnis in ihrer Ehe zu gewöhnen. »Rede mit mir.«

Erica holte tief Luft. »Ich dachte, ich könnte Mutter sein, ohne …« Sie deutete auf die unaufgeräumte Wohnung, das nicht enden wollende Chaos in der Küche, all die Makel, die sich einfach nicht vermeiden ließen. »Ohne all das hier. Ich dachte, es würde … anders sein.«

»Bist du für heute startklar?«, fragte Marcus. »Kann ich noch etwas für dich tun?« Sobald er seiner Mutter den Kleinen übergeben hatte, würde er sich mit seinem Laptop ins Homeoffice verziehen und garantiert keinen Gedanken an den Abwasch verschwenden. Erica verspürte eine Mischung aus Neid und Wut.

»Ja, das bin ich«, sagte sie.

»Aber?«

»Ich muss dauernd an den Tag denken, als der Protestmarsch stattfand. Vee hatte vorher starke Kopfschmerzen und bat mich, ihr ein paar Schmerztabletten aus dem Badezimmer zu holen. Das waren verschreibungspflichtige Medikamente, richtig heftige. Ich würde sie gern mal darauf ansprechen.« Erica hatte eigentlich im Internet nachschauen wollen, wofür genau diese Tabletten waren, aber sie konnte sich nicht mehr an den Namen erinnern; seit dem Marsch war einfach zu viel passiert.

»Vee ist doch schon ziemlich alt, oder?«

»Ja …«

»Da ist es doch ganz normal, dass man Wehwehchen bekommt. Ist bestimmt nichts Schlimmes.«

»Wahrscheinlich nicht.«

Marcus räumte das Frühstücksgeschirr ab und fing an, die Spülmaschine zu beladen. Allerdings ohne das Geschirr vorher kurz unter den Wasserhahn zu halten, so wie Erica es immer tat. Sie verkniff sich eine Bemerkung.

Seit sie Mutter war, wurde ihr durch den kleinen Tom immer bewusster, wie vergänglich das Leben war und dass eigentlich Tag für Tag ein Stückchen von ihr starb. Marcus dagegen schien durch die Vaterschaft zu wachsen, sie schien ihn stärker und selbstsicherer zu machen.

Er schaute auf und lächelte. »Wenn du dich beeilst, erwischst du den Zug noch.«

29. März 2018

Heute hatte Vee keine Kopfschmerzen. Oder jedenfalls nur leichte. Die Medikamente, die sie einnehmen musste, waren unangenehm, aber die Fußreflexzonenmassage von gestern hatte ihr gutgetan. Sie freute sich schon auf Ericas Besuch. Inzwischen hatte sie ihre gesamten Fotografien aussortiert und sie entweder Erica gegeben, von ihrer Agentur archivieren lassen oder weggeworfen. Nur die ganz privaten Fotos hatte sie behalten. Sie besaß noch zwei Kisten mit Dokumenten, sah sich allerdings nicht imstande, sie durchzugehen; klein gedruckte Papiere und verblasste Schrift waren Gift für ihre Augen.

Stattdessen beschloss sie, ihre Bücherregale auszumisten. Einen Teil der Bücher wollte sie der Wohlfahrt spenden, den Rest sollte Erica bekommen. Und vielleicht war ja auch etwas dabei, das sie der Universität überlassen konnte, an der sie früher unterrichtet hatte, falls Interesse bestand.

Als sie *Angst vorm Fliegen* aus dem Regal nahm, wurde ihr plötzlich schwindlig. Am Buchtitel konnte es nicht liegen, denn sie liebte das Fliegen, sie drückte sich an ihrem Fensterplatz jedes Mal die Nase an der Scheibe platt, wie ein Kind. Seltsam. Warum löste Jongs Roman diese Reaktion bei ihr aus? Sie hatte keine Erinnerung daran, ihn jemals gelesen zu haben. Sie schlug das Buch auf und fand eine handschriftliche Widmung von Leonie: »Für V von L, in Liebe«. Leonie hatte ihr sehr viele Bücher gegeben. Leonie hatte ihr überhaupt sehr viel gegeben. Sie war schon damals dankbar dafür gewesen, doch wenn sie jetzt auf ihr Leben zurückblickte und sah, welch großen Platz Leonie darin einnahm, empfand sie erst recht Dankbarkeit. Eine tiefe Traurigkeit überkam sie.

Da klopfte es an der Tür. Erica.

Sie war Leonie wirklich wie aus dem Gesicht geschnitten. Die Erinnerung tat weh. Es war kein schwelender Schmerz wie der in ihrem Schädel, sondern ein lodernder, als wäre Leonie gestern erst gestorben und Vee schuld an ihrem Tod. Vee holte tief Luft, hörte das Rauschen in ihren Ohren. Sie öffnete die Tür.

Erica schaute auf und wedelte mit ihrem Handy. »Ich lese gerade zum zweiten Mal die Kolumnen meiner Tante. Die mit dem Titel ›Lieber John‹.«

Vee lächelte. »Kommen Sie herein. Und, wie finden Sie sie?«

Erica ging voraus ins Wohnzimmer, legte einen Aktenordner auf den Tisch und schaute Vee an. Sie schien nach dem richtigen Wort zu suchen. Das war Vee an studierten Menschen seit jeher sympathisch gewesen. Schließlich sagte Erica: »Ehrlich gesagt, finde ich sie ziemlich gnadenlos.«

Vee war enttäuscht. »Wirklich? Die Texte mögen hart klingen, aber gnadenlos? Wir haben damals eben kein Blatt vor den Mund genommen.«

Erica lachte; sie klang wie Leonie, als ihr Lachen noch nicht von Sarkasmus und Gehässigkeit gefärbt war. Und abermals spürte Vee den Schmerz der Trauer in sich auflodern. »Sind Sie heute etwa diplomatischer?«, fragte Erica.

Ein jähes Stechen fuhr durch Vees Schädel, vielleicht eine Erinnerung, die sich meldete. »Meistens nicht«, gestand sie. Dann fügte sie hinzu: »Danke, dass Sie sich vor dem Protestmarsch um mich gekümmert haben. Ich weiß das wirklich zu schätzen.«

Ericas Miene zuckte kaum merklich. Ein kurzes Hochziehen der Augenbrauen, ein minimales Zurückweichen des Kopfes, und Vee dachte: *Seit wann verblüffe ich andere eigentlich, wenn ich mich bei ihnen bedanke?* Vielleicht lag es ja an dem Tumor, aber ihr Herz (dem sie nach wie vor trauen konnte) flüsterte ihr zu, dass sie auch schon vor ihrer Erkrankung grantig gewesen war. »Höflichkeit und ein Lächeln kosten nichts«, hatte ihr Vater oft gesagt. Was aus ihr geworden war, hätte ihn nicht beeindruckt, Retrospektive in einer namhaften Galerie hin oder her.

Sie dachte an den Tag zurück, als er ihre Sachen in einen geliehenen Laster lud, um ihr beim Umzug nach London zu helfen, obwohl er sich wünschte, dass sie bei ihm in Colchester blieb. Sie musste freundlicher zu Erica sein. Das war das Mindeste.

»Ich war froh, dass ich etwas für Sie tun konnte«, sagte Erica.

»Tut mir leid, dass ich beim Marsch keine große Hilfe war«, entgegnete Vee. Als Erica von der Polizei abgeführt wurde, hatte sie nur zugeschaut. Sie wusste aus Erfahrung, dass sie nichts weiter tun konnte, als auf Neuigkeiten zu warten. Abends hatte sie Erica noch eine E-Mail geschickt und geschrieben, sie hoffe, dass es Erica gut ging, und dann war sie völlig erschöpft und vor Kopfschmerzen wie gelähmt ins Bett gefallen. Sie bekam die Konsequenzen ihrer Handlungen immer rascher zu spüren. Der Protestmarsch war zu viel für sie gewesen, und der Preis, den sie dafür hatte bezahlen müssen, war ein verlorener Tag gewesen, den sie in einem Nebel aus Halbschlaf, Schmerzmitteln, kaltem Rum und heißem Toast verbracht hatte. Aber es war ihr egal gewesen. Für die Rückkehr aufs Schlachtfeld hatte sich dieser Preis gelohnt. Und obendrein hatte sie eine jüngere Schwester dazu bewegen können, zum ersten Mal an einem Marsch teilzunehmen.

»Es mag egoistisch klingen, aber ich hatte richtig Spaß daran, mich mit dem Polizisten anzulegen«, erwiderte Erica. »Marcus fand das allerdings gar nicht lustig.«

Vees Erinnerungsvermögen glich einer Filmrolle, die die Aufnahmen eines ganzen Lebens enthielt, aber zu viel Licht abbekommen hatte, sodass die Bilder wie weggefressen waren. Doch egal, wie viel von ihrer Hirnmasse der Tumor bereits zerstört hatte, mancher Dinge war sie sich trotzdem gewiss. Sie war zum Beispiel sicher, dass Erica nicht glücklich war. Wenn sie über ihre Familie sprach, klang eine gewisse Zerbrechlichkeit durch. Hinzu kam, dass sie ihre E-Mails spätabends verschickte, wenn vernünftige Menschen Zeit mit ihren Liebsten verbrachten oder längst schliefen. *Schwestern helfen einander,* hörte sie Leonie klar und deutlich sagen. Vee musste wirklich netter zu Erica sein.

Erica legte die Hand auf den Aktenordner. »Hier sind die neuesten Fassungen der Einführungstexte für die Ausstellungsabschnitte und das aktualisierte Layout«, sagte sie. »In einer Woche muss ich die Sachen der Galerie zur Freigabe vorlegen, und ab dann werden keine Änderungen mehr möglich sein. Also schlage ich vor, wir gehen das alles mal durch, und dann ...« Sie sah müde aus, die Haut unter den Augen schimmerte leicht bläulich, wie bei einem Kind.

»Oder ich gebe die Sachen jetzt sofort frei, und wir genehmigen uns irgendwo einen Kaffee«, fiel Vee ihr ins Wort.

»Wollen Sie sich das etwa jetzt alles durchlesen? Das ist ziemlich viel ...«

»Nein, Erica, das will ich nicht. Wozu auch? Ich weiß ja, was Sie schon alles gemacht haben. Sie haben intelligente Fragen gestellt und sich die Antworten genau angehört. Ich ...« Vee zögerte. Sie war sich nicht sicher, ob sie das, was sie als Nächstes sagen wollte, jemals zuvor einem anderen Menschen gesagt hatte. »Ich vertraue Ihnen.«

»Aber ... ist es Ihnen denn nicht wichtig?«, fragte Erica.

»Was ich denke, spielt keine Rolle«, sagte Vee. Sofort wurde ihr klar, dass sie sich falsch ausgedrückt hatte, denn Erica sah am Boden zerstört aus. »Verstehen Sie mich bitte nicht falsch«, fügte sie hastig hinzu. »Ich meinte damit: Bei der Fotografie geht es nicht darum, dass die Kamera die Wahrheit sagt, sondern dass die Person, die das Bild betrachtet, es selbst interpretiert. Verstehen Sie? Sie haben mich betrachtet und interpretiert. Und das ist Ihnen wirklich gut gelungen.«

Vee dachte an all das, was sie im Stillen getan hatte in der Hoffnung, dass niemand je davon erfuhr. Darin bestand ihr wahres Erbe. Sie berührte Erica an der Schulter. (Warum fasste sie neuerdings ständig Leute an? Früher hatte sie das nie getan.) »Kommen Sie. Um die Ecke gibt es ein Café.«

Sie wollte ihren Mantel holen, doch Erica zögerte. »Bevor wir gehen, möchte ich Sie etwas fragen, Vee. Was sind das für Medikamente, die Sie gegen Ihre Kopfschmerzen nehmen? Ist es etwas Ernstes?«

Vee atmete tief durch. Hinter ihrem Ohr begann es zu pochen. Besser, sie war jetzt ehrlich, obwohl sie eigentlich nicht darüber reden wollte. »Ich habe ein Glioblastom. Einen Gehirntumor. Die Prognose ist nicht gut. 2007 hatte ich zum ersten Mal einen. Damals hatte ich Glück, weil er entfernt werden konnte.« Ihre Hand wanderte unwillkürlich zum Schädel und betastete die Narbe hinter ihrem linken Ohr, wo ihre Haare ein wenig abstanden. »Man hatte mir allerdings schon damals gesagt, dass der Tumor zurückkehren würde. Es war nur eine Frage der Zeit.« Beim letzten Satz stockte ihre Stimme.

»Das tut mir leid.« Erica sah tief betroffen aus. Vee schaute weg. Sie wollte weder Erica noch sich selbst in Verlegenheit bringen. »Eine weitere Operation ist nicht möglich?«, fragte Erica.

Vee schüttelte den Kopf. »Diesmal ist der Tumor inoperabel.« Sie zuckte mit den Schultern. »Mir sind zehn Jahre geschenkt worden.« Es klang pragmatisch, auch wenn es sich nicht so anfühlte.

»Oh«, sagte Erica. Dann fragte sie vorsichtig: »Haben Sie … Waren es denn zehn gute Jahre?«

Vee lachte. (Noch etwas, das sie öfter als früher tat. Lag das etwa auch an dem Tumor? Spielte das überhaupt eine Rolle? Nein. Hauptsache, sie behielt ihre Sehkraft, alles andere war ihr egal.) »Eine neue Dankbarkeit für das Leben stellte sich jedenfalls nicht bei mir ein. Auch wenn ich mich bemühte, sie zu empfinden. Ich fing wieder an zu reisen. Ich wurde zur …« Wie hieß

Theater gewesen oder hatte händchenhaltend mit ihm in einem Café gesessen? (Wann hatte sie eigentlich das letzte Mal Lust dazu gehabt?) Und warum dachte sie überhaupt über solche trivialen Dinge nach, wenn sie einer todkranken Frau gegenübersaß?

»Ihre Fotografien sind wirklich wichtig, Vee«, sagte sie, weil sie das Gefühl hatte, etwas über die Bilder sagen zu müssen. »Für die gesamte Gesellschaft.« Vee hatte ihre Kamera bei jeder sich bietenden Gelegenheit auf die Unauffälligen und Uninteressanten gerichtet. Deshalb war ihr Greenham-Archiv so einzigartig. Den Teilnehmerinnen des Frauenfriedenscamps von Greenham war bewusst gewesen, dass sie im Begriff waren, die Welt zu verändern, und niemand hatte das so eindrucksvoll festgehalten wie Vee. Und dann gab es noch die von Vee porträtierten Frauen, die vor ihren gewalttätigen Männern in die Frauenhäuser geflüchtet waren. Sie hatten rechtlich keine Möglichkeit gehabt, sich gegen ihre Männer zur Wehr zu setzen, aber Vees unerschrockene Aufnahmen waren der Beweis dafür, was man ihnen angetan hatte. Erica war fast in Tränen ausgebrochen, als sie die Umschläge öffnete, die Vee ihr per Kurier geschickt hatte. Sie enthielten Kontaktbogen mit Bildern von anonymen Frauen, deren Gesichter mit Blutergüssen übersät waren; Vee hatte sie in diesem Zustand fotografiert. Und einige Wochen später hatte sie die Opfer abermals abgelichtet, als sie sich erholt hatten und wieder lachen konnten.

Vee warf Erica einen Blick zu und verzog den Mund ein wenig; ein Signal, dass sie nicht weiter darauf eingehen wollte. Stattdessen fragte sie: »Wie hat Ihnen eigentlich Ihre erste Erfahrung als Aktivistin gefallen?«

»Es war ...« Erica schüttelte den Kopf. »Ich kann noch immer kaum glauben, dass ich mich mit dem Polizisten angelegt habe. Ich bin vorher noch nie mit dem Gesetz in Konflikt geraten.«

»Das scheint Ihnen richtig Spaß gemacht zu haben«, sagte Vee lächelnd, als wollte sie Erica signalisieren, dass es in Ordnung war, nicht weiter übers Sterben zu reden.

Erica musste unwillkürlich lachen, und mit einem Mal löste sich die ganze Anspannung des Vormittags in Luft auf. »Das war vielleicht was! Ich bin förmlich explodiert, weil ich mich von dem Polizisten nicht niedermachen lassen wollte. Und eh ich es mich versah, wurde ich auch schon abgeführt.«

»Dafür belangt wurden Sie aber nicht, oder?«

»Nein.« Erica dachte an die Stunden zurück, die sie auf dem Polizeirevier verbracht hatte, an die Mischung aus Adrenalinkick und Angst, als sie mit den anderen Frauen zusammen wartete, den Geruch von altem Schweiß und Industriereiniger in der Nase – aber das war nichts, wirklich gar nichts im Vergleich zu dem, was Leute wie Vee und Leonie durchgemacht hatten. »Für Sie klingt das alles bestimmt sehr harmlos«, sagte sie.

»Das würde ich nicht sagen«, erwiderte Vee. »Ich wurde zum Beispiel nie festgenommen. Zumindest, soweit ich mich erinnern kann. Leider ist mein Gedächtnis … tja, wie formuliere ich das am besten? Es ist voller Löcher.«

»Oh. Das muss schlimm sein.«

»Mag sein … andererseits weiß ich ja nicht, was ich nicht mehr weiß.« Vees Hand wanderte wieder zu der Stelle an ihrem Kopf, wo die Narbe war. »Und es geht mir schon lange so. Ich bin es also gewohnt. Es gibt Dinge, an die ich mich wirklich überhaupt nicht mehr erinnern kann. Den Tod meines Vaters zum Beispiel. Dass er tot ist, weiß ich nur, weil es auf seiner Sterbeurkunde steht. Er starb einige Monate vor Leonie. Und er fehlt mir so sehr, als könnte ich mich an seinen Tod erinnern. Aber ich kann es nicht.«

»Das ist …«, setzte Erica an, doch ihr fiel kein Begriff ein, der dem Ganzen wirklich gerecht geworden wäre. Schrecklich, furchtbar, grauenvoll – mit diesen Worten beschrieb sie normalerweise Dinge, die nicht einmal annähernd so schlimm waren.

»Genau.« Vee nickte langsam mit dem Kopf, als wollte sie ihn nur vorsichtig bewegen. »So ist es.«

»Sie wurden vielleicht nicht festgenommen«, sagte Erica, »aber Sie waren auf jeden Fall viel eher eine Aktivistin als ich.« Kaum war ihr das Wort »waren« über die Lippen gekommen, fluchte sie innerlich und wollte es wieder zurücknehmen. »Sie *sind* viel eher eine als ich.«

»Ich war ganz gut im Reden«, sagte Vee, als hätte sie gar nicht bemerkt, dass Erica die Vergangenheitsform benutzt hatte. »Leonie brachte mir die richtigen Worte bei. Ich nahm an Protestmärschen teil, machte lautstark bei den Sprechchören mit. Aber mein eigener Aktivismus bestand vor allem darin, dass ich fotografierte. Und später wurde ich dann als Fotografin erfolgreich. Einmal bezeichnete Leonie mich als Zuhälterin. Oder nannte sie mich eine Hure? Wahrscheinlich beides.« Sie lachte. »Damals war ich empört darüber, aber sie hatte recht.«

»Es ist trotzdem schrecklich, so etwas zu sagen.«

»Leonie hat oft schreckliche Sachen gesagt.«

»Das meinte meine Mutter auch immer. Sie meinte, Tante Leonie hätte geredet, ohne vorher nachzudenken, und ihre Worte seien niemals nett gewesen.«

»Das kann ich so nicht bestätigen«, sagte Vee. »Ursula und Leonie hatten eben nicht viel gemeinsam. Und Ihre Mutter konnte Leonies Ansichten eigentlich nie etwas abgewinnen.«

Erica lachte. »Das hat Leonie ihr wohl kaum durchgehen lassen.«

»Stimmt. Aber Ursula ließ sich von ihr nichts vorschreiben, im Gegenteil. Bei mir nahm Leonie sich eine Menge heraus; wenn wir uns treffen wollten, kam sie jedes Mal zu spät oder sagte einfach ab. Aber was Ursula sagte, wurde gemacht.« Als Vee ihre Tasse abstellte, zitterte ihre Hand plötzlich.

»Alles in Ordnung?«, fragte Erica.

Vee zögerte. »Mir ist gerade etwas eingefallen. Einmal kam Ursula vorbei, um Leonie abzuholen. Vielleicht wollten die beiden ihre Mutter besuchen, ich weiß es nicht mehr. Leonie versuchte jedenfalls, sich herauszureden. Da sah Ursula sie an und sagte: ›Ich habe gestern eine Horde widerspenstiger Siebenjähriger zum Schwimmunterricht und zurück verfrachtet. Du tust jetzt, was ich dir sage, verstanden?‹ Ich dachte, Leonie würde ausflippen, doch dann fingen beide an zu lachen, und Leonie folgte Ursula wie ein Lamm.«

Erica lachte. »Das klingt ganz nach meiner Mutter.«

»Dabei machte es Leonie schier wahnsinnig, dass ihre eigene Schwester keine Feministin war«, fuhr Vee fort. »Wir dachten damals, wir könnten alles verändern. Wir hatten kein Verständnis dafür, dass es Frauen gab, die nicht mitmachen wollten. Frauen wie Ursula, aber auch andere. Wir hatten keine Ahnung, wie privilegiert wir waren. Frauen, die zwei Jobs gleichzeitig hatten, fanden aber gar nicht die Zeit, bei den Protestmärschen mitzumachen. Für alleinerziehende Mütter war es unmöglich, zu den Treffen zu kommen, weil sie sich keine Babysitter leisten konnten. Und Frauen, die nicht weiß waren, fühlten sich unwohl bei der Vorstellung, die einzige Teilnehmerin mit anderer Hautfarbe zu sein. Wir haben vieles als selbstverständlich vorausgesetzt, was überhaupt nicht selbstverständlich war. Und wir hatten nicht die geringste Vorstellung davon, wie lang der Weg, der vor uns lag, sein würde. Wir konnten uns einfach nicht vorstellen, dass die heutige Frauengeneration so ist, wie sie ist.«

Vee meinte es zwar nicht beleidigend, aber Erica war trotzdem gekränkt. Doch dann dachte sie an ihren Doktortitel, den sie nie benutzte, obwohl es ihr Recht war, und daran, dass sie und nicht Marcus die Babysitter-Kontakte auf dem Handy gespeichert hatte. Und sie schämte sich dafür.

Vee griff vorsichtig nach ihrer Tasse. »Leonie fehlt mir«, sagte sie leise und schaute Erica dabei an, als wollte sie signalisieren, dass sie nun ihre eigene Regel brach und doch bereit war, über ihre Beziehung zu Leonie zu sprechen.

»Ich kann mich kaum an sie erinnern«, erwiderte Erica genauso leise, als könnte zu lautes Sprechen Vee vom Weiterreden abhalten. Sie sehnte sich so sehr danach, endlich zu erfahren, was wirklich an dem Tag passiert war, als ihre Tante starb.

»Hatten Sie so wenig Kontakt zu ihr?«, fragte Vee.

»Nein, das nicht«, antwortete Erica. »Aber sie und meine Mutter stritten viel. Meine Mutter sagte, für jemanden, der keinen Mutterinstinkt besäße, hätte meine Tante erstaunlich viel an ihr auszusetzen.«

Vee lächelte. »Leonie hatte nie Angst davor, anderen ihre Meinung zu sagen.«

»Früher konnte ich nie verstehen, warum meine Mutter sich so über sie aufregte. Jetzt schon.« Erica dachte an die ständigen Einmischungen ihrer Schwiegermutter, die zweifellos nett gemeint waren, Erica aber trotzdem jedes Mal wütend und traurig machten, weil ihr durch sie bewusst wurde, wie sehr sie ihre eigene Mutter vermisste.

Vee schaute sie abermals an, und plötzlich hatte Erica das Gefühl, als wollte Vee sie mit ihrem Blick fotografieren. Im Café schien es mit einem Mal lauter zu werden. Erica nippte verlegen an ihrem Espresso, nur um irgendetwas zu tun, obwohl sie ihn eigentlich gar nicht mehr trinken mochte; er war längst kalt geworden und schmeckte ohnehin viel zu bitter.

Schließlich sagte sie zu Vee: »Wissen Sie eigentlich, dass viele Leute glauben, Sie hätten sich damals das Leben genommen?« Sie hatte schon oft darüber nachgedacht, und jetzt schien eine gute Gelegenheit, es zu erwähnen. »Als das Foto von Leonies Tod veröffentlicht wurde und alles herauskam.«

Vee schnaubte. »Sollen die Leute doch glauben, was sie wollen. Ich wohne noch immer im selben Haus wie damals, als Leonie starb. Ich habe mich nie versteckt. Ich lebe nur sehr zurückgezogen.«

»Hat denn niemand versucht, Sie zu kontaktieren?«

»Oh, doch. Ich musste das Telefon wochenlang ausstöpseln, ständig klopften Reporter an die Tür, die Nachbarn beschwerten sich schon wegen des Lärms. Aber ich weigerte mich, auf die Reporter zu reagieren, und irgendwann ließen sie mich endlich in Ruhe und fingen stattdessen an, von Selbstmord zu faseln.«

Vee fasste sich abrupt an den Kopf, als hätte sie plötzlich Schmerzen.

»Geht es Ihnen gut?«, fragte Erica. »Brauchen Sie ein Glas Wasser?«

»Nein, alles in Ordnung«, sagte Vee mit einem Lächeln, das einer Grimasse gleichkam. Sie war kreidebleich geworden. Besser, Erica brachte sie nach Hause.

»Lassen Sie uns gehen«, sagte sie, und Vee erhob sich stumm.

Fünfter Teil:
BEWEGUNG

Wenn Sie Bewegung fotografieren, werden Sie Schärfe und Unschärfe haben. Auf dem Foto einer Läuferin zum Beispiel wird sich deren entschlossene Miene klar abzeichnen, während die Bewegungen ihrer Arme und Beine unscharf vor einem verschwommenen Hintergrund erscheinen. Bewegung fotografisch festzuhalten bedeutet, dass manches scharf erkennbar ist und manches verloren geht.

Veronica Moon, *Fotografien von Frauen* (unveröffentlicht)

»Der Salut von Greenham Common«
Veronica Moon

Ausstellungsabschnitt: Ein Protest in Bildern

Kamera: OM-I
Film: 200 ASA
Erstveröffentlichung: *Guardian* Wochenendbeilage, Oktober 1981

Der Name des ehemaligen Militärflughafens »Greenham Common« in der Grafschaft Berkshire ist untrennbar mit dem Frauenfriedenscamp verbunden, das 1981 dort errichtet wurde, um gegen die geplante Stationierung amerikanischer Nuklearwaffen zu protestieren. Mit Sitzstreiks, Blockaden und teils spektakulären Protestaktionen wurde das Camp, das bis ins Jahr 2000 existierte, rasch zum Symbol der Friedens-, Frauen- und Anti-Atomkraft-Bewegung.
Diese Aufnahme entstand wenige Wochen nach Beginn der Proteste, als Moon das Friedenscamp zum ersten Mal besuchte. Ihr Foto wurde Titelbild der Samstagsbeilage des *Guardian* vom 31. Oktober 1981, und die dazugehörige Coverstory lautete *»Greenham Common: Die Wut einer neuen Generation«*. Diese Reportage war Moons einzige offizielle Zusammenarbeit mit der Autorin und Journalistin Leonie Barratt.
Die legendäre Aufnahme zeigt eine Gruppe von Frauen, die in eine Diskussion vertieft sind. Eine von ihnen hält ein Klemmbrett, eine andere steht gestikulierend daneben, alle Beteiligten wirken hoch konzentriert. Unter den Zuhörerinnen ist eine Frau, die ein schlafendes Kleinkind im Arm hält; eine weitere trägt ihr Baby in einer Stoffschlinge. Im Hintergrund ist der Maschendrahtzaun zu sehen, an den die Frauen sich bei ihren Pro-

testaktionen ketteten. Die einzige Person, die Moons Anwesenheit damals bemerkte, war ein etwa achtjähriges Mädchen, das neben seiner Mutter stand. Das Kind schaut mit ernster Miene direkt in die Kamera und macht dabei das Victory-Zeichen.

Die Aufnahme zog zahlreiche Karikaturen und Spötteleien der rechten Presse nach sich, die sich insbesondere in den Anfangstagen des Camps über die Demonstrantinnen lustig machte. Das Friedenscamp der Frauen blieb dennoch fast zwei Jahrzehnte bestehen und trug maßgeblich dazu bei, dass die amerikanischen Luftstreitkräfte schließlich abzogen. Moon kehrte oft nach Greenham Common zurück, um weitere Aufnahmen zu machen; die meisten dienten der offiziellen Dokumentation der Protestaktionen, die übrigen waren für ihr eigenes Archiv. Selbst als sie ihre Tätigkeit als Fotografin beendet hatte, war sie regelmäßig dort zu Besuch.

Das Jahr 1981:

~ Baroness Young übernimmt als erste Frau den Vorsitz des britischen Oberhauses.
~ Die SDP (Social Democratic Party) wird von Shirley Williams und drei weiteren ehemaligen Labour-Politikern gegründet.
~ Der erste London-Marathon findet statt.
~ Prinz Charles heiratet Lady Diana Spencer.
~ Bucks Fizz gewinnen den Eurovision Song Contest.
~ Die Fernsehserie *Brideshead Revisited* wird ein Riesenerfolg.
~ Das Musical *Cats* feiert am Londoner Westend Premiere.
~ Susan Brown nimmt als erste Frau an der Ruderregatta zwischen Oxford und Cambridge teil; sie ist Steuerfrau des Oxford-Teams, das schließlich gewinnt.
~ Es kommt zu Aufständen im Londoner Stadtteil Brixton und im Liverpooler Stadtteil Toxteth, angeheizt durch soziale

Spannungen und Rassenhass. Premierministerin Margaret Thatcher lässt die Polizei mit Gummigeschossen, Wasserwerfern und Panzerfahrzeugen gegen die Protestierenden vorgehen.

~ Das Buch *Pornographie – Männer beherrschen Frauen* von Andrea Dworkin erscheint in den Vereinigten Staaten.

Außerdem wird das Friedenscamp von Greenham Common gegründet, um gegen die Stationierung US-amerikanischer Atomwaffen auf britischem Boden zu protestieren. Leonie Barratt und Veronica Moon reisen im Auftrag der britischen Tageszeitung *Guardian* dorthin, um darüber zu berichten.

18. Oktober 1981

Leonie

Dort ist es«, sagte Vee, unnötigerweise. Leonie war schließlich nicht blind. Das Friedenscamp stach förmlich ins Auge, vor dem spätherbstlichen Braun der Bäume und dem eintönigen Grau des betonierten Militärflughafens wirkte es wie ein knallbunter Zirkus. »Soll ich dich hier rauslassen?«

Als Vee ihr diesen Job anbot, klang sie zögernd und zugleich erleichtert, als wollte sie sagen: »Endlich kann ich mich mal bei dir revanchieren.« Am liebsten hätte Leonie ihr gesagt, dass sie sich verpissen sollte, weil sie Vees Tour, einen auf solidarisch zu machen, nicht ausstehen konnte; in Wahrheit dachte sie immer nur an sich selbst. Aber Leonie konnte den Auftrag gebrauchen. Und um Stoff zum Nachdenken und Schreiben zu haben, musste sie draußen in der Welt sein, um sehen zu können, was schieflief. Sie war gerade dabei, ein Buch über Mutterschaft zu schreiben, ein richtig gutes Buch. Aber solange Frauen nicht begriffen, dass sie sich zuerst von männlichen Erwartungen lösen und ihren Körper so akzeptieren mussten, wie er war, würden sie Leonie ihr Argument, dass das Gerede von der heiligen Mutterschaft nur eine weitere Unterdrückungsmethode war, kaum abkaufen. Betty Friedan hatte es ja schon mit *Der Weiblichkeitswahn* versucht und Marilyn French mit *Frauen,* aber was hatte das gebracht? Rein gar nichts. Es gab zwar viele Frauen, die sagten, der Feminismus hätte ihrem Leben eine neue Richtung gegeben, doch sobald sie einen Mann kennenlernten, der ein besseres Auto fuhr als sie, ließen sie sich schwängern, und zum Schluss flutschte alles, woran sie je geglaubt haben, zusammen mit dem Scheißmutterkuchen aus ihnen heraus.

Es war jetzt über ein Jahr her, seit sie Vee angerufen hatte. Aber Vee war an jenem Abend nicht zu ihr gekommen. Sie hatte Leonie alleingelassen. Später hatte sie allerdings ein schlechtes Gewissen bekommen. Sie hatte Leonie Blumen geschickt und sie einen Tag später angerufen, aber Leonie war nicht rangegangen. Sie hatte Leonie dann einen Brief geschrieben, der erst Wochen später zerknittert bei ihr ankam; sie hatte ihn irgendwo im Ausland abgeschickt, wo sie wegen irgendeines Auftrags hingeflogen war. Aber als Leonie sie gebraucht hatte, war sie nicht für sie da gewesen. Gut, als Leonie sie angerufen hatte, war schon alles über die Bühne gegangen; das Baby war längst abgegeben und das Leben wieder zur Normalität zurückgekehrt. Aber vielleicht hatte Leonie sie gerade deswegen als Freundin gebraucht. Doch Vee war ihre Karriere wichtiger gewesen. Sie hatte nur an sich selbst gedacht. Seit damals hatte Leonie sie nicht mehr gesehen. Als Vee sie dann letztens anrief, um ihr die gemeinsame Reportage anzubieten, hatte Leonie ihr anhören können, wie unwohl ihr dabei war, und sie hatte es regelrecht genossen.

Leonie hatte eigentlich vorgehabt, Vees Angebot abzulehnen, aber ihre Kolumne wurde bald eingestellt, also musste sie eine andere Möglichkeit finden, im Gespräch zu bleiben. Die sporadischen Aufträge für *Spare Rib* reichten nicht, und abgesehen davon, hatte sie auch keine Lust mehr, ständig das Gleiche zu predigen.

Sie waren nun schon anderthalb Stunden mit dem Auto unterwegs, und in dieser Zeit hatte Vee schon über alles Mögliche geredet, nur nicht über den damaligen Abend. Leonie war die ganze Zeit still geblieben, um Vee auflaufen lassen. Dabei hatte sie eigentlich vorgehabt, Vee den Unterschied zwischen Ehrgeiz und Egoismus zu verklickern. Man konnte über Vee denken, was man wollte, aber sie war zumindest immer bereit gewesen, zuzuhören und etwas dazuzulernen. Aber leider hatte sie nonstop darüber geredet, mit welchem Kram sie gerade beschäftigt war. (Dabei hätte Leonie die Info »Ich habe Fotos gemacht« völlig gereicht, sie wusste es ohnehin, weil sie alles sammelte, was von Vee erschien. Eines Tages würde sie ihr vielleicht sagen, wie stolz sie auf ihren Erfolg war. Vees Fotografien waren gut, sogar ihre Porträts von aufgeblasenen Kerlen oder von Weibern, die bloß deshalb berühmt waren, weil sie Männer glauben machten, dass Frauen nur aus Titten und Arsch bestanden. Weil Vee es auf jedem ihrer Fotos schaffte, diesen Leuten ihre Selbstgefälligkeit und Überheblichkeit zu nehmen.)

Leonie fühlte sich jetzt wieder gut. Eigentlich hatte sie sich die ganze Zeit gut gefühlt; der damalige Abend war bloß ein Ausrutscher gewesen, die dummen Bemerkungen des Patriarchats waren ihr einen Moment lang zu sehr unter die Haut gegangen, und sie war zu erschöpft gewesen, dagegenzuhalten. Aber Vee hatte das nicht interessiert. Und das tat immer noch weh.

Vee hielt am Straßenrand, schaltete den Motor ab und drehte sich zu ihr. Und obwohl Leonie immer felsenfest zu ihren Überzeugungen stand, beispielsweise dazu, ihren Körper mit geistiger und körperlicher Nahrung zu füllen, um seine Grenzen auf diese Weise auszudehnen, machte die Geschmeidigkeit, mit der Vee sich bewegte, sie neidisch.

Vee hatte Tränen in den Augen. »Hör zu, Leonie«, sagte sie. »Ich weiß, dass ich damals einen Fehler gemacht habe. Ich hätte zu dir kommen sollen.«

»Ach ja?«, sagte Leonie. So leicht wollte sie Vee nicht davonkommen lassen.

»Ja«, stieß Vee hervor. Ihr Essex-Akzent kam durch; das passierte ihr oft, wenn sie aufgeregt oder angespannt war. Leonie musste an den Tag ihrer ersten Begegnung denken, als Vee noch Rock und Stöckelschuhe getragen und sich dezent zurückgehalten hatte. Seit damals war sie ganz schön weit gekommen, so viel stand fest. Vee rang mit den Händen. Schließlich fuhr sie fort: »Mir war damals nicht klar, wie schlecht es dir ging. Das war … ich kannte dich so nicht, ich konnte das einfach nicht einordnen. Als wir dort im Pub saßen …« Sie hielt inne, sah Leonie fragend an.

»Ich erinnere mich«, sagte Leonie. Vee hatte gedacht, dass sie einen Witz machte, als sie ihr das Kind anbot. Dabei hätte Vee klar sein müssen, wie ernst es ihr damit war. Aber sie hatte den Vorschlag einfach abgeschmettert, als hätte Leonie versucht, ihr ein altes T-Shirt anzudrehen, das sie nicht mehr tragen wollte. Dabei war Leonies Vorschlag die perfekte Lösung gewesen, denn Vee verdiente viel Geld und war außerdem längst nicht so unkonventionell, wie sie immer tat. Sie hätte schließlich beinahe einen Immobilienmakler aus Essex geheiratet, und wenn es so weit gekommen wäre, hätte sie bestimmt ein Mädchen und einen Jungen bekommen und das Mädchen nach ihrer Mutter und den Jungen nach seinem Vater benannt. Sie hatte diese Seite, und deshalb war Leonie davon ausgegangen, dass ihr die Vorstellung, das Kind zu übernehmen, gefallen würde. Doch Vee hatte ihr Angebot abgelehnt, ohne mit der Wimper zu zucken. Aber wenn jemand aus Versehen in ihre Dunkelkammer platzte, war das ein Riesendrama für sie.

Ursula hingegen hatte auf Leonies Angebot reagiert, als sei es die größte Ehre, die ihr zuteilwerden konnte; sie war in Tränen ausgebrochen und hatte sich vor Dankbarkeit gar nicht mehr eingekriegt. Schon komisch, wie schnell das alles in Vergessenheit geraten war; inzwischen galt die gute Tante Leonie als Nervensäge, die keine Ahnung hatte, was es hieß, eine richtige Mutter zu sein. Gut, das mochte stimmen, aber Leonie vertrat eben die Meinung, dass Mädchen keine rosa Kleidung tragen und nicht nur mit Puppen, sondern auch mit Lego spielen sollten. Ursula und Alec sahen das allerdings anders, und Leonie musste das wohl oder übel akzeptieren. Im Grunde machte sie sich ja auch nicht wirklich etwas aus Erica, sie hatte zu ihr die gleiche abstrakte Einstellung wie zu Kindern ganz allgemein: Sie waren insofern wichtig, als dass sie zum Kampf dazugehörten. Denn die Welt ließ sich natürlich viel schneller verändern, wenn Kinder von Anfang an lernten, dass sie alle gleich waren. Das lag ja auf der Hand. Aber niemand begriff das. Jedenfalls nicht so richtig. Selbst diejenigen, die versuchten, ihre Kinder gleich zu erziehen, liefen herum, als verdienten sie eine Medaille dafür.

Damals war alles genau nach Plan gelaufen. Nachdem Leonie und Ursula vereinbart hatten, dass Ursula das Baby nehmen würde, fuhren sie zusammen nach Norfolk und quartierten sich dort ein. Leonie ging davon aus, dass sie so eine Art Privatadoption machen würden, aber Ursula überraschte sie mit einem Plan, der sie an die gemeinsamen Streiche ihrer Kindheit erinnerte, und mit einem Mal fühlte sich das Ganze wie ein Spiel an. Plötzlich waren sie wieder die zwei schlauen Schwestern, die die Erwachsenen an der Nase herumführten. In Norfolk ging Leonie dann unter Ursulas Namen zu einem Arzt, der sie direkt zur örtlichen Entbindungsstation überwies, wo man prompt mit ihr schimpfte, weil sie nicht schon viel früher zum Arzt gegangen war. Und dann warteten sie zweieinhalb Monate. In dieser Zeit in Norfolk fing Leonie an, ihr neues Buch zu schreiben, um darin zu erklären, warum sämtliche Vorstellungen, die Frauen vom Muttersein hatten, falsch waren. Sie hievte sich abwechselnd an den Schreibtisch, aufs Klo und ins Bett. Und abends vorm Einschlafen fragte sie sich, ob sie, wenn das Ding erst geboren war, wohl auf diese Version ihrer selbst zurückblicken und über ihre eigene Ahnungslosigkeit lachen würde. Vielleicht würde ihr Hirn sich ja ebenfalls in eine breiige Masse verwandeln und ihre ganze Welt nur noch um das Baby kreisen, das sich an ihrem Nippel festsaugte. Und vielleicht würde sie ihr Manuskript dann in den Mülleimer werfen. Warum überhaupt so lange warten.

Ihre anderen drei Bücher hatte schließlich auch niemand haben wollen.

Aber zum Glück war es ja anders gekommen.

Eigentlich war es sogar ziemlich leicht gewesen. Na gut, abgesehen von dem Teil, wo sie das kleine schleimige Froschding herauspressen musste. Das tat echt weh. Aber die Betäubungsmittel, die man ihr verabreichte, waren spitze, und als sie den Krankenschwestern sagte, dass sie sich gefälligst verpissen sollten, als sie versuchten, sie untenrum zu rasieren und ihr einen Einlauf zu verpassen, gaben sie ihr alle Betäubungsmittel, die sie haben wollte. Ursula wandte zwar ein, dass das vielleicht nicht gut für das Kind sei, aber ihr sagte sie ebenfalls, dass sie sich verpissen sollte.

In einer idealen Welt hätte sie sich das Kind nach der Geburt erst gar nicht angeschaut, sondern es Ursula sofort mitnehmen lassen, damit sie direkt mit dem Bemuttern anfangen konnte. Aber sie mussten ja weiter ihre Rollen spielen. Als man Leonie das in ein Handtuch gewickelte Baby in die Arme legte, schaute sie es also an und stellte erleichtert fest, dass sie nichts fühlte. Sie hatte dieses ganze Gegurre um Babys ohnehin noch nie verstanden. Sie hatte übrigens auch nie mit Puppen gespielt. Daher war sie während der Schwangerschaft auch davon ausgegangen beziehungsweise hatte gehofft, dass sie nichts fühlen würde. Und das tat sie auch nicht. Zuerst betrachtete sie die Haare des Babys, um seinem Blick auszuweichen, falls es sie wütend anglotzte. Und als sie ihm dann doch vorsichtig in die Augen schaute, die vom selben Braun wie ihre eigenen waren, verspürte sie nichts weiter als Interesse. Es war ein Baby. Es sah aus wie eines. Seine Bestandteile – Fingernägel, Ohren – konnte sie wie die Details eines sorgfältig herangezogenen Gewächses oder kreierten Kunstwerks bewundern, wie ein Gemälde von Frida Kahlo oder die Kuppel des runden Lesesaals der British Library, der in ihren Augen wie eine Hommage an die Klitoris aussah.

»Wie soll sie denn heißen?«, fragte die Hebamme.

»Erica«, erwiderte Leonie lächelnd, wie man es von einer frischgebackenen Mutter erwartete, und ließ ihren Blick zu Ursula schweifen. Der Vorname war ihr Preis dafür gewesen, sich für ihre Schwester auszugeben. Dadurch ging das Kind unwiderlegbar in Ursulas Eigentum über.

»Und ihr zweiter Vorname lautet Bella«, fügte Ursula hinzu, die sich als hingerissene Schwester/Tante Leonie ausgab. »Unsere Mutter heißt nämlich Isabella. Dann kann die Kleine sich irgendwann aussuchen, welchen Namen sie verwenden will.« Damit wollte Ursula Leonie natürlich eins auswischen; sie mochte ihr zwar dankbar sein, aber Zugeständnisse konnte Leonie sich abschminken. Wenn es einen Namen gab, den Leonie wirklich verabscheute, dann »Bella«, »die Schöne«. Schließlich hatte sie es sich zur Lebensaufgabe gemacht, dafür zu kämpfen, dass Frauen nicht länger nach ihrem Aussehen beurteilt wurden. Ganz davon zu schweigen, dass der Spruch »Ursula ist die Hübsche und Leonie die Clevere« die Schwestern seit frühester Kindheit begleitet und in ihren Möglichkeiten beschränkt hatte. Ausgerechnet die Hübsche war nun clever genug gewesen, ihre Kinderlosigkeit zu beenden, indem sie der Cleveren aus der Klemme half, die dumm genug gewesen war, ihre Schwangerschaft erst zu bemerken, als es schon zu spät war, etwas deswegen zu unternehmen.

Leonie war erschöpft gewesen. Sie hatte ihren wunden, tropfenden Körper zutiefst satt. Ihre Brüste schmerzten, sie hatte eine Naht am Damm und obendrein auch noch Hämorrhoiden. Wenn sie sich wohler gefühlt hätte, wäre sie bestimmt stark genug gewesen, sich gegen »Bella« zur Wehr zu setzen. Aber vielleicht war es besser, den Mund zu halten. Wahrscheinlich wollte Ursula bloß testen, ob Leonie wirklich ihr Wort hielt und auf Einmischungen verzichtete.

Die Hebamme nickte. »Erica Bella Woodhouse«, sagte sie, als wollte sie den Namen absegnen. Dabei ging es die Hebamme überhaupt nichts an, wie das Kind hieß, und eigentlich scherten weder Leonie noch Ursula sich darum, was diese Frau, die sie nie wiedersehen würden, von der Namenswahl hielt. Doch in diesem Moment wurde ihnen klar, dass ihr Plan aufging und sie davonkommen würden, und sie lächelten sich zu. Die Hebamme dachte wahrscheinlich, dass es ein Ausdruck purer Freude über das neugeborene Kind war.

Leonie musste damals noch einige Tage im Krankenhaus bleiben, wodurch sie gezwungen war, weiterhin so zu tun, als ob sie sich für Erica interessierte, obwohl sie es in Wahrheit nicht tat. Sie ahmte die Mienen anderer Eltern nach, wenn diese ihre Kinder betrachteten, und sie nahm das Baby auch immer an, wenn man es ihr reichte, damit niemand auf die Idee kam, dass sie es gar nicht liebte. Doch es hatte einen Moment gegeben, einen einzigen nur, in welchem sie ein bisschen mehr als Gleichgültigkeit gespürt hatte. Eines Morgens, als man ihr Erica in die Arme legte, schlief oder schrie das Baby nicht, so wie sonst, sondern war wach und friedlich. Und Leonie hatte in diese Augen geschaut, die wie ihre eigenen waren, und die Nase berührt, die ihrer eigenen schon ein wenig glich. Das Baby hatte ihren Blick erwidert, dann gegähnt, und zu ihrer eigenen Verblüffung hatte Leonie gelacht und Erica einen Kuss auf den Kopf gegeben. Ja, das hatte sie tatsächlich getan. Ein Moment reinster Zuneigung für das Resultat eines ihrer Spontanficks. Aber der Moment war schnell vorbei gewesen.

Ihr Körper hatte sich wieder erholt. Und sie hatte ihr Leben weitergelebt.

Doch Vee wusste von alldem nichts. Sie hatte Leonie einfach ihrem Schicksal überlassen. Sie hatte es nicht verdient, dass Leonie es ihr jetzt leicht machte.

10. April 2018

Vee

Ist das Ihr Ernst?« Vee warf einen Blick auf den Jungen, der auf der Rückbank von Ericas Kombiwagen im Kindersitz angeschnallt war. Die Fahrt nach Greenham Common würde anderthalb Stunden dauern. Erica hatte angerufen und den Ausflug vorgeschlagen, weil sie Vees Fotografien vom Friedenscamp gesehen hatte. Jedenfalls behauptete sie das. Vee vermutete allerdings eher, dass Erica Mitleid mit ihr hatte. Fragen wegen der Ausstellung konnte sie kaum noch haben, denn es war ja schon alles in Druck; für Änderungen war es nun zu spät. Manchmal wurde Vee jedoch von dem Wunsch überwältigt, Greenham Common noch einmal zu sehen; von einer Sehnsucht geradezu, so intensiv und heftig wie die Panik, die sie fast jeden Morgen beim Aufwachen verspürte. Die Erinnerungen, die sie noch an diesen Ort hatte, waren schön.

Also hatte Vee zugesagt. Allerdings hatte sie nicht damit gerechnet, dass ein Kind mit von der Partie sein würde. Sie war noch nie gut mit Kindern zurechtgekommen, und die Tatsache, dass sie inzwischen fast ständig unter Kopfschmerzen litt, machte es nicht besser.

»Mein Babysitter hat mich hängen lassen«, erklärte Erica. »Also habe ich überlegt, was schlimmer wäre: Ihnen kurzfristig abzusagen, oder Tom einfach mitzubringen? Er wird die ganze Zeit schlafen.«

Vee lachte, obwohl das die Übelkeit verstärkte, mit der sie bereits seit drei Tagen kämpfte. »Die ganze Zeit, meinen Sie? Auf der Hinfahrt, vor Ort und auf der Rückfahrt? Ich verstehe ja nicht viel von Kindern, aber das erscheint selbst mir höchst unwahrscheinlich.« Sie musterte den Jungen hinter der Autoscheibe. Ihr war kalt, aber wenn sie in den Wagen gestiegen wäre, hätte sie ihr Einverständnis signalisiert, und das wollte sie nicht. Der Junge erwiderte ihren Blick mit einer Mischung aus Langeweile und Verachtung. Er schien auch keine Lust auf diesen gemeinsamen Ausflug zu haben. Na, immerhin.

»Es tut mir leid, Vee«, sagte Erica. Sie sah fast genauso genervt aus wie ihr Sohn, nur lag es bei ihr an Erschöpfung gepaart mit Frustration.

»Ich wünschte, Ihre Generation hätte nicht andauernd den Drang, sich zu entschuldigen«, sagte Vee, stieg ein und zwang sich, die Beifahrertür leise zu schließen. Sie mochte Erica, um ihrer selbst willen und auch, weil sie Leonie so ähnlich war. Außerdem konnte Erica ja nichts dafür, dass der Babysitter sie hatte hängen lassen. Hoffentlich behielt sie recht und der Junge blieb still. Aber Vee wollte trotzdem lieber nicht daran denken, wie ihr Schädel reagieren würde, falls das Kind zu schreien anfing.

Seit dem Schwindelanfall am Themseufer, der sie achtundvierzig Stunden lang aus der Bahn geworfen hatte, war sie kaum noch aus dem Haus gegangen, und die einzigen Personen, mit denen sie seither Kontakt gehabt hatte, waren Erica und Marja gewesen. Ihre Zeit hatte sie größtenteils damit verbracht, alte Zeitschriften, Bücher und Klamotten auszumisten, und wenn sie das Gefühl bekam, dass sie es brauchte, hatte sie Schmerzmittel eingenommen. Na ja, eigentlich auch dann, wenn sie es nicht gebraucht hatte. Am frühen Abend würde Marja wieder vorbeikommen, um ihren Körper dazu zu bringen, müde zu werden und durchzuschlafen.

Erica setzte sich ans Steuer und knallte die Fahrertür zu. »Meine Generation entschuldigt sich, weil Ihre Generation uns das Gefühl gibt, dass wir es müssen, weil wir Kind und Karriere gleichzeitig wollen.«

Es nieselte nur ein wenig, aber Erica stellte den Scheibenwischer trotzdem auf Turbogeschwindigkeit, die Dinger machten einen Höllenlärm. Vee zuckte unwillkürlich zusammen. Erica beachtete sie jedoch gar nicht. Vee dachte an das Ziel der Fahrt, Greenham Common. An die Frauen und an die Kinder. »Sie haben recht«, sagte sie schließlich zu Erica. Dann drehte sie sich um, obwohl die Bewegung sie schmerzte. Sie schaute das Kind auf der Rückbank an und sagte: »Guten Morgen.« Erica ließ den Motor an und fuhr los. Nun war es zu spät für Vee, wieder auszusteigen.

Es war allerdings noch nicht zu spät für sie, sich ein bisschen mehr Mühe zu geben. »Bald ist es ja so weit, und die Ausstellung beginnt«, sagte sie. »Sind Sie denn zufrieden?« Vor einer Woche hatte es einige hektische Last-Minute-Mails gegeben, aber nun war endlich alles unter Dach und Fach.

Erica zuckte mit den Schultern und seufzte lächelnd. »Der Vorverkauf läuft gut. An den Wochenenden soll es Zeittickets geben. Die Galerie ist zufrieden, alles ist in Druck, der Aufbauplan ist abgesegnet.«

»Müssen Sie denn jetzt noch viel tun?«

»Ich werde mir am Freitag vor der Eröffnung alles anschauen. Bis dahin werden die neuen Wände aufgestellt und gestrichen sein. Dann prüfen wir, ob das Layout stimmt, die Techniker hängen die Abzüge auf, installieren die Schaukästen ...« Erica mochte erschöpft und von Vee genervt sein, aber die Vorfreude war ihr deutlich anzuhören.

»Sie haben sich wirklich enorm ins Zeug gelegt«, sagte Vee. Sie hatte früher auch so hart gearbeitet, aber sie war nur als Fotografin tätig gewesen, sie hatte nicht zwei Jobs gleichzeitig gehabt und sich obendrein noch um eine Familie kümmern müssen, so wie Erica.

»Ja, das habe ich«, sagte Erica. Vee traute ihren Ohren kaum. Endlich klopfte Erica sich einmal selbst auf die Schulter! »Bevor die Ausstellung anfängt, werde ich natürlich noch einen Rundgang mit Ihnen machen«, fügte Erica hinzu. »Falls Sie wirklich sicher sind, dass Sie nicht doch zur Eröffnung kommen wollen.«

»Ja, ich bin sicher«, sagte Vee. Plötzlich bekam sie Gewissensbisse, weil sie es Erica beileibe nicht leicht gemacht hatte. »Ausstellungen lassen sich bestimmt einfacher kuratieren, wenn die Künstler tot sind«, sagte sie.

»Vee!«, rief Erica entsetzt.

Vee hätte sich am liebsten auf die Zunge gebissen. Natürlich hatte sie nicht bedacht, wie Erica diese Äußerung interpretieren würde. »Ich habe nicht von mir geredet«, sagte sie hastig. »Ich meinte das ganz allgemein. Wenn Sie vollkommen freie Hand gehabt hätten, ohne …« Was versuchte sie da eigentlich zu sagen? Dass die eigene Geschichte für immer in Stein gemeißelt war, sobald man starb? Weil man nicht mehr versuchen konnte, Tatsachen zu verdrehen, zu beschönigen oder zu streichen? Um eine tote Fotografin hätte Erica sich nicht kümmern müssen, sie hätte keinen Ausflug nach Greenham Common mit ihr machen und sie nicht fragen müssen, ob sie an der Vernissage teilnahm. Mehr hatte Vee damit gar nicht sagen wollen. Aber Erica hatte es natürlich anders verstanden, weil sie ja wusste, dass Vee nicht mehr viel Zeit blieb. Und da Vee sich nicht imstande sah, Erica zu erklären, was sie eigentlich gemeint hatte, sagte sie stattdessen: »Es tut mir leid.«

Erica lachte. »Ich höre wohl nicht recht. Sie entschuldigen sich?«

Das geschah Vee recht. »Es tut mir leid, dass ich es Ihnen so schwer gemacht habe«, sagte sie. »Ich hatte nicht die Absicht …«

»Ich weiß. Aber falls es Ihnen hilft: Ich hätte es bei dieser Ausstellung gar nicht anders haben wollen.«

Der Tumor machte Vee wirklich rührselig. »Das bedeutet mir sehr viel.«

Sie schaute aus dem Fenster und betrachtete die Landschaft, die allmählich grüner wurde. Vielleicht würde dies ihr letzter Ausflug sein. Sie konnte sich gar nicht sattsehen. In den vergangenen Wochen hatte sie sich mit vielem abgefunden, aber die Vorstellung, auch nur einen einzigen Tag in völliger Dunkelheit verbringen zu müssen, ohne zu wissen, wer bei ihr war, erschien ihr unerträglich.

Die Reifen fraßen eine Meile nach der anderen. Erica saß schweigend am Steuer. Vee spürte die Bewegung und ließ sich von den Fahrgeräuschen und dem gemeinsamen Atemrhythmus einlullen. Wenn sie bereit gewesen wäre, die Augen zu schließen, wäre sie bestimmt sofort eingeschlafen.

Als der Wagen anhielt und Erica »Wir sind da!« rief, jauchzte Tom vor Vergnügen. Vee musste unwillkürlich lächeln. Zu ihrer eigenen Überraschung hatte sie Freude an diesem Klang.

18. Oktober 1981

Leonie

»Du schienst so … gelassen«, sagte Vee. »So wie früher, am Anfang, als du alles wusstest und ich von nichts eine Ahnung hatte.« Sie redete so, als wäre es nun umgekehrt, als wäre sie die Lehrerin und Leonie die Schülerin. Leonie hätte ihr am liebsten widersprochen, aber dann hätte sie zuerst den Kloß herunterschlucken müssen, der ihr plötzlich im Hals saß, und diese Blöße wollte sie sich auf keinen Fall geben. Also schwieg sie lieber und ließ Vee weiterreden. »Hinterher dachte ich viel nach über das, was du gesagt hattest. Und ich dachte: Wenn ich jemals schwanger werde, dann möchte ich …« – Vee hielt inne, suchte nach den richtigen Worten – »… das auch so distanziert sehen können.«

»Aha«, war alles, was Leonie hervorbrachte. Wow, sie musste wirklich müde sein, wenn sie so mit den Tränen kämpfte. *Reiß dich zusammen.* Sie räusperte sich in der Hoffnung, dass es wie ein Husten klang. Sie hatte wirklich unterschätzt, wie sehr sie sich von Vee im Stich gelassen fühlte.

Vee schaute weg. »Was ich damit sagen will, ist, dass ich damals erst einmal über deinen Vorschlag mit dem Baby nachdenken musste. Das tat ich dann auch, und ich konnte dich verstehen. Ich bewunderte dich sogar dafür. Und als du dann anriefst, war mir der Ernst der Lage einfach nicht bewusst gewesen. Mir war nicht klar gewesen, wie sehr du mich in jenem Moment gebraucht hast.« Vee sah aus, als müsste sie gleich losheulen. Das geschah ihr nur recht.

»Und was hättest du getan, wenn dir klar gewesen wäre, wie ernst das Ganze war?«, fragte Leonie. »Hättest du deine wahnsinnig wichtige Preisverleihung dann sausen lassen?«

Jetzt sah Vee ihr in die Augen. Sie seufzte. »Willst du das wirklich wissen?«

»Allerdings.«

»Auch darüber habe ich viel nachgedacht, und ehrlich gesagt, weiß ich es bis heute nicht.« Sie seufzte abermals. »Denn ich frage mich immer wieder: Würden wir von einem Mann auch verlangen, dass er eine Preisverleihung sausen lässt? Wären wir genauso verblüfft, wenn er sich weigerte? Fänden wir das genauso schlimm?«

Als Leonie begriff, dass sie sich in ihrer eigenen Schlinge verfangen hatte, löste der Kloß in ihrem Hals sich auf, und sie konnte nur noch lachen. Vee hatte recht. Der Abend war nur einer von vielen gewesen, damals genauso bedeutungslos wie heute.

»Was ist denn aus dem Baby geworden?«, fragte Vee.

»Verpiss dich, Veronica. Die Frage kommt zu spät.«

»Bitte, Leonie.«

Was soll's, dachte Leonie. »Meine Schwester hat mir damals geholfen«, erwiderte sie. Und da sie keine Lust hatte, weiter darüber zu reden, fügte sie hinzu: »Jetzt lass uns endlich aussteigen. Die Arbeit ruft.«

10. April 2018

Vee

Das Schild am Eingang zum Friedensgarten verkündete, dass an dieser Stelle das allererste Frauenfriedenscamp stattgefunden hatte. Hier musste Vee dann wohl ihre ersten Aufnahmen gemacht haben. Das Tor zum Militärflughafen stand noch, ebenso wie der Maschendrahtzaun, an den die Frauen sich damals gekettet hatten. Aber das war auch schon alles, was von dieser Zeit übrig geblieben war. Die alten Flughafengebäude hatte man abgerissen, um Platz für einen Land-Rover-Händler und ein Auktionshaus zu schaffen. Schilder wiesen den Weg zu weiteren Geschäften, die Kücheneinrichtungen und Autos verkauften. Aus dem Gelände war ein seelenloser Businesspark geworden. Man konnte sich kaum vorstellen, dass dieser Ort fast zwei Jahrzehnte lang mit starken Emotionen verknüpft gewesen war, mit leidenschaftlichem Engagement, Angst, Hoffnung und Entschlossenheit. Nun herrschte nur noch Leere hier.

Vee konnte kaum glauben, wie lange ihr erster Besuch schon zurücklag. Siebenunddreißig Jahre. Aber so dachte man wohl, wenn man alt war. Manchmal beneidete Vee Leonie um ihren frühen Tod. War das ungehörig? So plötzlich und so jung zu sterben war doch eigentlich ein Geschenk. Seit Leonie tot war, hatte Vee fast gar nichts mehr zustande gebracht. Eigentlich hätte sie damals gleich mitsterben können. (Oder waren das nur Gedanken eines kranken Hirns?)

Weiter unten auf dem Schild stand: »Wir hoffen, dass die Zeit, die Sie hier verbringen, Sie inspirieren wird.« Vee hegte diese Hoffnung ebenfalls. Doch vielleicht wünschte sie sich zu viel.

Erica folgte ihr in einigem Abstand mit dem Kinderwagen und hielt den plappernden Tom bei Laune. Vee schob das Tor auf und folgte dem schmalen ungepflegten Pfad, der zu einem Kreis mit einem halben Dutzend hochragender Steinblöcke führte. In seiner Mitte stand eine Skulptur aus Frauengestalten, die an züngelnde, lodernde Flammen erinnerten. Ein Stück weiter befand sich ein abgeschalteter Springbrunnen in Form einer Steinspirale mit den eingravierten Worten »Der Geist lässt sich nicht töten«. Eine Gedenktafel erinnerte an Helen Wyn Thomas, die im Friedenscamp ums Leben gekommen war, als sie während eines Protests von einem Militärfahrzeug überfahren wurde. Das war 1989 passiert; Vee konnte sich erinnern, darüber gelesen zu haben. Damals war sie in Kanada gewesen, im Rahmen ihres Versuchs, ein Faible für Landschaftsfotografie zu entwickeln. Sie hatte großes Heimweh gehabt und sich nach ihren Schwestern und Leonie gesehnt. Sie wusste noch, wie sie in ihrem Hotel in Quebec die Fotos in der bereits mehrere Tage alten Zeitung betrachtet und gedacht hatte, dass sie wesentlich besser geworden wären, wenn der Fotograf sich mehr Mühe mit der Bildkomposition gemacht hätte. Die Bilder waren zu himmellastig gewesen; den Schock und die Trauer in den Gesichtern der Menschen hatte man kaum erkennen können. Beim Fotografieren durfte man sich aber nicht scheuen, auch das Schreckliche im Detail zu zeigen.

Die Gedenktafel gehörte zu einem üppig bepflanzten Blumenbeet, dessen leuchtendes Grün den Ort sogar an diesem trüben Märztag lebendig machte und ihn zumindest teilweise von der Außenwelt abschirmte.

Erica, die inzwischen aufgeholt hatte, stellte den Kinderwagen neben die Skulptur und gesellte sich zu Vee.

»Wurden Sie bejubelt, als Sie zum ersten Mal kamen?«

»Von wem denn?«

»Von den Frauen im Friedenscamp. Die Zeitung hatte ja schließlich keine unbekannte Fotografin geschickt, sondern Veronica Moon.«

»Wahrscheinlich fanden sie es gut, dass zwei Frauen gekommen waren, um über sie zu berichten. Aber gejubelt haben sie bestimmt nicht; sie hatten schließlich Wichtigeres zu tun.«

Vee hatte nur wenige Erinnerungen an Greenham, aber eine davon war noch so präsent, dass sie unwillkürlich lächeln musste; eine Art Momentaufnahme von Leonie und ihr selbst, entstanden bei ihrem gemeinsamen Besuch. Vee mit ihrer Kameratasche, eine Olympus in der Hand, die andere über die Schulter gehängt, damit sie nichts verpasste; daneben Leonie, die Vee nach einem Stift gefragt hatte. Leonies Reportage war natürlich großartig geworden. Doch Vee war sicher, dass in Greenham noch etwas anderes passiert war. Als sie dort im Friedensgarten an ihre Freundschaft mit Leonie dachte, bekam sie das Gefühl, als wäre damals etwas gerettet worden.

»Ich finde Ihre Aufnahmen auch deshalb so wichtig, weil sie den Menschen zeigen, wie bedeutend dieser Ort war«, sagte Erica.

»Oh, ja, das war er.«

»Ständig werden weibliche Stimmen und Gesichter aus der Geschichte herausgeschrieben. Mit der Ausstellung will ich erreichen, dass sie wieder im Mittelpunkt stehen.«

»Das ist gut«, sagte Vee. Sie konnte wirklich froh sein, dass ihr vieles von dem, was sie vergessen hatte, trotzdem noch zugänglich war durch die Fotos, die sie gemacht hatte.

»Auch Ihre Stimme«, fügte Erica hinzu.

»Ich weiß.«

Sie gingen schweigend weiter, spazierten langsam im Steinkreis herum. Erica schaute regelmäßig zum Kinderwagen hinüber. Es war niemand sonst da.

»Was wissen Sie noch von meiner Mutter?«, fragte Erica.

In Vees Erinnerung flatterte etwas auf und flüsterte ihr zu, vorsichtig zu sein, ganz vorsichtig.

Eigentlich hatte sie kaum Kontakt zu Ursula gehabt, nur dann, wenn sie vorbeigekommen war, um Leonie abzuholen; sie war nie lange geblieben. Aber es musste doch irgendetwas Positives geben, was sie Erica sagen konnte. (Sag ihr etwas Harmloses, flüsterte die innere Stimme ihr zu. Etwas Harmloses!) Endlich fiel ihr etwas ein. »Ich weiß noch, dass ich Ursula einmal anbot, sie zu fotografieren. Sie wartete gerade auf Leonie, die noch nicht fertig war. Wir … nun ja, wir versuchten, uns zu unterhalten, aber wir waren beide nicht besonders gesprächig und hatten auch kaum etwas gemeinsam. Also fragte ich sie, ob ich sie fotografieren sollte, während sie wartete.«

Erica hing ihr förmlich an den Lippen. »Ich glaube, diese Aufnahmen kenne ich noch gar nicht.«

Vee musste unwillkürlich lachen, obwohl ihr in diesem Moment klar wurde, dass sie Erica besser etwas anderes erzählt hätte, denn sie musste sie nun enttäuschen. »Weil es diese Aufnahmen nicht gibt. Ihre Mutter wollte nicht, dass ich sie fotografiere. Sie sagte: ›Ich habe Ihre Arbeiten gesehen, Veronica, und Sie sind wirklich sehr gut, aber das ist nichts für mich.«

»Das ist nichts für mich.« Aus Ericas Mund klang es wie ein Mantra. »Das hat sie andauernd gesagt. Bei allem! Willst du ein Stück Kuchen? Nein, das ist nichts für mich, ich muss auf meine Linie achten. Sollen wir uns den neuen Film mit Richard Gere anschauen? Nein, das ist nichts für mich.«

Erica lächelte. Vee war erleichtert. Man konnte nie wissen, wie die Leute reagierten, wenn man sie an einer Erinnerung teilhaben ließ. Oder ihnen anbot, sie zu fotografieren. »Die beiden waren sich ähnlicher, als sie dachten.«

Erica lächelte abermals, doch diesmal schwang ein wenig Traurigkeit mit. »Stimmt. Meine Mutter sagte immer, Leonie sei stur.

Aber der Gedanke, dass sie selbst es auch war, ist ihr nie gekommen.« Sie seufzte, dann richtete sie sich auf, schien ein Stückchen zu wachsen, und aus der Tochter, die um ihre Mutter trauerte, wurde wieder die Kuratorin, die ihrer Vernissage entgegenfieberte. »Wie war das damals, als Sie mit Leonie hier waren?«, fragte sie. »In welcher Rolle haben Sie beide sich gesehen?«

Einen Augenblick lang hatte Vee das Gefühl, als wollte ihr Verstand ihr einen Streich spielen, denn sie sah Leonie plötzlich vor sich, genauso lebendig wie an jenem Tag. Sie war einer alten Freundin in die Arme gefallen, mit der sie gar nicht gerechnet hatte, und anschließend hatte sie sich ohne Umstände zu den anderen Frauen auf den Boden gesetzt und angefangen, sich mit ihnen zu unterhalten. Ab und zu hatte sie sich etwas notiert, aber so beiläufig, dass man gar nicht merkte, dass sie die Frauen interviewte. Sie war ausgelassen gewesen, hatte viel gelacht. Leonie war immer dann zur Höchstform aufgelaufen, wenn sie von einer Frauenschar umgeben war. Falls sie geschauspielert hatte, war es Vee nicht bewusst gewesen. Da war jedoch auch noch etwas anderes gewesen, etwas Unangenehmes, aber es wollte ihr partout nicht einfallen. »Leonie war in ihrem Element. Sie war sofort mittendrin.«

»Sie auch?«

»Ich?« sagte Vee. »Nein, ich schaute nur zu.« Sie hatte immer nur zugeschaut.

Sie fröstelte; das tat sie neuerdings oft. Erica dagegen schien warm zu sein. Sie hatte den Mantel offen, den oberen Blusenknopf auch. Und sie trug eine Halskette mit einem Anhänger, den Vee zuvor noch nicht gesehen hatte: ein offenes Herz, durch das die Kette hindurchlief. Der Frühling hatte längst begonnen, aber Vee hatte ständig das Gefühl, an der Schwelle zum Winter zu stehen. Sie zog sich ihre Handschuhe über, obwohl sie gar nicht so recht sagen konnte, ob ihre Hände wirklich kalt waren.

Vielleicht fanden sich die Menschen ja auf diese Weise mit ihrem eigenen Tod ab. Wenn man seinen eigenen Sinnen nicht mehr trauen konnte, wenn die eigenen Erinnerungen sich nur noch wie der eigene Schatten unter einem wolkenverhangenen Himmel anfühlten, begriff man, dass das Leben sich dem Ende zuneigte. Komisch, dass einem erst dann klar wurde, wie sehr man daran hing. Selbst wenn man über dreißig Jahre wie eine Einsiedlerin gelebt hatte, der alles egal war.

Erica blickte sich um, als versuchte sie sich vorzustellen, dass das Friedenscamp noch existierte. Und irgendwie tat es das auch. »War dies ein fröhlicher Ort?«, fragte sie. »Es klingt bestimmt komisch, aber es fühlt sich so an.«

»Es wurde auch gesungen und gelacht, falls Sie das meinen«, erwiderte Vee. »Lagerfeuer und gemeinsames Batiken waren aber nicht alles. Die Frauen kamen ja nicht ins Camp, um sich zu amüsieren. Beim Feminismus ging es damals um Freiheit und Gerechtigkeit, nicht um das Recht auf Spaß.«

Ericas Blick wanderte zu dem stillen Kinderwagen. Sie schien etwas entgegnen zu wollen, als wäre sie mit Vees Worten nicht einverstanden. Doch sie schwieg. Natürlich schwieg sie. In ihren Augen war Vee eine todkranke Frau, die umsorgt und verhätschelt werden musste. Wie ein Kind, aber eins, das mehr Mühe machte.

18. Oktober 1981

Leonie

Es hatte gutgetan, alles mal auszusprechen. Und der Schmerz jenes Abends war ohnehin längst im Strom des Blutes und der Zeit untergegangen, den das Frausein mit sich brachte. Leonie schnappte sich ihr Notizbuch und den Stift, den sie sich von Vee geschnorrt hatte – selbst Vees Stifte waren inzwischen nur noch vom Feinsten –, und schrieb: *»Im Strom des Blutes und der Zeit: Wie das Leben von Frauen in der Mutterschaft untergeht.«* Zu Leonies aktueller Reportage passte der Satz zwar nicht, aber vielleicht konnte sie ihn in ihrem Buch verwenden. Das würde für Wirbel unter den Schwestern sorgen.

Vee war schlanker geworden, seit sie sich das letzte Mal gesehen hatten, auch muskulöser. Und sie trug die Haare raspelkurz, das stand ihr. Einige Male während der Fahrt war Leonie drauf und dran gewesen, Vee über den Kopf zu streichen, um herauszufinden, wie die Stoppeln sich anfühlten. Vee hatte schon immer die Figur eines mageren präpubertären Jungen gehabt und daher nie bedrohlich gewirkt. Vielleicht hatte sie es so weit gebracht, weil sie sich – flachbrüstig und schmalhüftig, wie sie war – unauffällig durch die Lücken des Status quo hatte zwängen können, und da sie als Frau so maskulin wirkte, war das Patriarchat eher bereit, ihren Erfolg zu akzeptieren. Sie trug die Kameratasche stets mit sich herum, als wäre sie ein Fliegengewicht, aber von wegen! Das Ding wog mindestens eine Tonne, Leonie hatte es diesen Morgen regelrecht vom Beifahrersitz wuchten müssen. (Vee hatte gemeint: »Hinten hast du es vielleicht bequemer.« Das klang natürlich schöner als »Für vorne bist du zu fett«. Leonie hatte sich daraufhin natürlich extra nach vorne gesetzt, nur um es ihr zu zeigen. Im Wagen war es allerdings so eng gewesen, dass ihre Oberschenkel nur mit Ach und Krach zwischen die Beifahrertür und den Schalthebel passten.)

Als Vee merkte, dass sie von Leonie beobachtet wurde, lächelte sie, so wie früher, zu Beginn ihrer Freundschaft, als sie noch ganz begierig gewesen war, Leonie von all den Chauvi-Schweinen zu erzählen, denen sie mal wieder begegnet war. Leonie erwiderte ihr Lächeln. Es war gut, dass Vee sie eingeladen hatte mitzukommen. Es war gut, hier zu sein, wieder mittendrin zu sein und von vorderster Front berichten zu können. Die Bewegung brauchte Frauen wie sie, die in der Lage waren, strategisch zu denken und auch mal das große Ganze zu sehen, statt immer nur zu reagieren. In ihrer eigenen Gedankenwelt zu leben konnte allerdings recht einsam sein, vor allem wenn das, was sie schrieb, von niemandem gelesen wurde.

Die Sonne schien, schwach nur, aber immerhin wärmte sie ein wenig. Leonie ließ den Blick über das Gelände neben dem Militärflugplatz schweifen, die Ansammlung von Zelten, die Banner, die im Wind flatterten, und all die Frauen, die muntere Entschlossenheit ausstrahlten. Tanya, eine Freundin aus alten Tagen, kam auf sie zu. »Leonie?«

Leonie breitete die Arme aus. »Wer sonst?«

Die folgende Stunde war ein Durcheinander aus alten und neuen Gesichtern, Informationsaustausch und gegenseitigem Erzählen. Leonie blieb kaum Zeit, einem glotzenden Soldaten den Stinkefinger zu zeigen. Vee hielt sich wie üblich im Hintergrund und machte ihre Fotos. Sollte sie doch. Leonie stürzte sich lieber ins Getümmel. Was konnte besser sein als Frauen, die die Menschheit schützten, Frauen, die gegen Bomben kämpften, Frauen, die verdammt noch mal die Welt retteten? Es gab zwar auch ein paar Männer im Camp, aber das waren Trittbrettfahrer, die am Rand blieben; sie kannten ihren Platz. Irgendwann in der Zukunft würde das Zeitalter der Gleichberechtigung beginnen, aber davor gab es hoffentlich eine Periode ausgleichender Gerechtigkeit. Damit die Männer mal am eigenen Leib erfuhren, wie sich das anfühlte, nur ein Mensch zweiter Klasse zu sein. Als einer der Männer ihr eine Tasse Tee brachte, nahm sie sie, ohne ihn eines Blickes zu würdigen.

Es musste schon ziemlich lange her sein, seit sie Tanya zuletzt gesehen hatte, denn Tanya hatte jetzt zwei Kinder. Das ältere, ein Mädchen, tollte mit ein paar anderen Kindern herum, die ebenfalls mit ihren Müttern ins Camp gekommen waren; irgendwo mussten sie ja bleiben. Tja, je früher sie mit dem Aktivismus anfingen, desto besser. Tanyas Jüngstes war noch ein Säugling. Bald gesellten sich andere Frauen dazu, und es war fast so wie früher, als sie nach den Treffen noch auf ein paar Bier in den Pub gingen, um darüber zu reden, was in der Welt alles schieflief und wie sie das ändern wollten. Nur dass sie jetzt Fencheltee tranken und darüber sprachen, was sie seitdem erreicht hatten. Ihr Fazit lautete, dass es einige verblüffende Erfolge, zahlreiche Kompromisse und auch Fortschritte gegeben hatte, aber noch ein weiter Weg vor ihnen lag. Leonie berichtete von einigen schockierenden Fällen aus den Frauenhäusern, für die sie sich ehrenamtlich engagierte. Außerdem wurde über die Aufstände in Toxteth und die Hungerstreiks in Nordirland geredet. Schließlich lenkte Leonie das Gespräch auf die drohende Gefahr eines Atomkriegs, die natürlich kein einziger Schwanzträger abwenden wollte. »Das ist unfair«, sagte eine Frau, der Leonie noch nie begegnet war. »Mein Mann engagiert sich genauso stark wie ich. Und vergesst nicht Bruce Kent von der CND. Der setzt sich auch sehr ein.«

Leonie seufzte, weil es besser funktionierte als Zähnefletschen. »Diese Argumentation ist typisch für das Patriarchat«, erklärte sie. »Die Männer sagen uns ständig: ›Ihr Frauen seid doch schon sehr weit gekommen. Schaut euch Thatcher, Shirley

Williams und Esther Rantzen an. Und die Zahl der zugelassenen Anwältinnen liegt doch auch schon im zweistelligen Bereich. Ihr habt es endlich geschafft!‹«

»Leonie«, sagte Tanya. »Ich finde, Jacqui hat recht. Es wird Zeit, dass wir Männer als Teil unserer Bewegung akzeptieren.«

Leonie schaute zu Tanya herüber – ein Fehler, denn Tanya war gerade dabei, ihren Säugling zu stillen, vollkommen ungeniert, die Bluse bis zum Bauchnabel geöffnet, und warum auch nicht, es war ihr gutes Recht. Doch Leonie drehte sich bei diesem Anblick der Magen um. Sie versuchte, ihrer alten Freundin ins Gesicht zu schauen, aber Tanya blickte auf ihr verdammtes Baby hinab, als wäre es der neue Jesus. Leonie hasste es, dass Babys Frauen so veränderten. Zumal es gar nicht dazu kommen musste. Sie hatte es doch bewiesen. Erst als Leonie sich räusperte, schaute Tanya auf und sagte lachend: »Aber die Kompromisslosen brauchen wir natürlich auch, damit wir authentisch bleiben.«

Jacqui schien das allerdings nicht so zu sehen, sie wirkte noch immer eingeschnappt. Vielleicht war es ja ihr Mann gewesen, der Leonie den Tee gebracht hatte. Oder aber sie gehörte zu der Sorte Frauen, die rund um die Uhr eingeschnappt waren. Na, sollte sie doch. Leonie wandte sich Tanya zu. »Wie alt ist das Kind?«, fragte sie. Nicht dass es sie interessierte, aber ihr fehlte einfach die Kraft, Jacqui zurechtzuweisen. Sie schien bei Weitem nicht so lernwillig zu sein wie Vee. Außerdem war das Bein, das Leonie angewinkelt hatte, eingeschlafen, sodass sie nicht einfach aufstehen und weggehen konnte. Sie streckte die Beine aus.

»Drei Monate«, antwortete Tanya. Sie nahm das Baby von der Brust und hielt es über ihre Schulter. Als es rülpste, lächelte sie. Dann stand sie unvermittelt auf, und ehe Leonie sich's versah, hielt Tanya ihr das Baby hin; ihr blieb gar nichts anderes übrig, als es zu nehmen. »Halt ihn mal kurz, ja?«, sagte Tanya. »Ich muss mal eben nach Saffron sehen.«

Die anderen Frauen hatten inzwischen das Thema gewechselt. Nun saß Leonie also da, mit dem Baby, das auf ihren Beinen lag, eingebettet in der Mulde ihrer zusammengedrückten Oberschenkel. Sie hob ihre Knie ein Stückchen an, presste ihre Fußsohlen auf den Boden und stützte ihren Oberkörper mit den Händen ab, sodass das Baby weiterhin sicher auf ihren Beinen lag, ohne dass sie es berühren musste. Das hässliche Ding war noch ganz runzlig im Gesicht.

Leonie schaute weg und sah Vee, die mit ihrer Kamera herumschlich. Als Vee Leonie bemerkte, hob sie sich die Kamera vors Auge. Leonie schaute ihr direkt in die Linse mit der stummen Botschaft: *Wehe, du fotografierst mich jetzt.* Vee verzichtete auf das Foto. Zumindest sah es so aus. Sie ließ die Kamera wieder sinken und ging weg.

Das letzte Mal, als Leonie ein Baby gehalten hatte, war der Moment gewesen, als sie Erica Ursula überreichte. Sie hatten ihr Täuschungsmanöver in Norfolk wirklich gut hinbekommen, waren nach der Geburt noch sechs Wochen dortgeblieben, damit die Frau von der Gesundheitsfürsorge ihr Ding machen und Leonie-alias-Ursula zu den vorgeschriebenen Untersuchungen gehen konnte. Leonie schrieb derweil weiter an ihrem Buch, und Ursula kümmerte sich um das Baby und hielt es die meiste Zeit von Leonie fern. Alec kam an den Wochenenden. Nachdem er sich unbeholfen bei Leonie bedankt hatte, schien es ihm erstaunlich leichtzufallen, die Tatsache zu verdrängen, dass das Kind nicht von ihm stammte. (Als Leonie zum ersten Mal mit Ursula darüber geredet hatte, ob sie das Baby nehmen wollte, hatte sie Ursula gefragt, was Alec davon halten würde. Ursula hatte schnippisch erwidert: »Ach, spielt es neuerdings eine Rolle für dich, was Männer denken?« Das war zwar unfair gewesen, aber sie hatte den Nagel natürlich auf den Kopf getroffen. Also hatte Leonie nie wieder gefragt und auch nie erfahren, wie Alec zu dem Ganzen stand. Wahrscheinlich war er zufrieden, wenn Ursula es war. Und wahrscheinlich hatte er auch die Nase voll davon, sich von seiner Frau, die unbedingt ein Kind wollte, ständig von einer Fruchtbarkeitsklinik zur nächsten schleppen zu lassen.) Nach Ablauf der sechs Wochen kehrten sie dann ins vorweihnachtliche London zurück. Ursula suchte sich einen neuen Hausarzt, stellte ihm Erica als ihre Tochter vor, und damit war die Sache geritzt. Ihre erstaunliche Schwangerschaft nach jahrelangen vergeblichen Versuchen, ein Kind zu bekommen, erklärte Ursula mit dem Hinweis auf die noch ungelösten Geheimnisse des weiblichen Körpers; wie man von anderen Betroffenen hörte, kam es ja nicht selten vor, dass Frauen, die ihren Kinderwunsch schon aufgegeben hatten, plötzlich doch noch schwanger wurden.

Als sie wieder in London waren, bestand Ursula zu Leonies Überraschung darauf, eine Übergabezeremonie durchzuführen, damit das Baby nicht nur rechtlich, sondern auch symbolisch zu Ursulas Kind wurde. Leonie war ziemlich unbehaglich zumute, als sie Erica aus dem Moseskorb in Ursulas Wohnzimmer hob – er stand im Erkerfenster, als wäre Erica eine Pflanze, die besonders viel Licht zum Wachsen brauchte – und mit dem Kind vor ihre Schwester trat, die ernst und erschöpft dreinblickte, als erwartete sie einen Urteilsspruch. Als könnte Leonie plötzlich verkünden, dass sie das Kind nun doch nicht abgeben wollte.

Ericas Kopf ruhte auf Leonies Armbeuge, und Ericas Rücken lag in ihrer Hand. Sie wollte sie eigentlich gar nicht anschauen, aber irgendwie hatte sie das Gefühl, dazu verpflichtet zu sein. Als müsste sie so tun, als ob sie Gott weiß was aufgeben würde, Ursula zuliebe. Also machte sie wieder das Gesicht, das sie nach der Geburt immer vor den Krankenschwestern aufgesetzt hatte. Ursula hatte Leonie an den Tagen zuvor genau beobachtet und nervös nach Anzeichen einer möglichen Bindung gesucht. Aber als Leonie auf das komische kleine Ding schaute, das im Begriff war, ein Mensch zu werden, empfand sie nichts, höchstens ein wenig Mitleid. Besser, das Kind wäre mit einem Schwanz zur Welt gekommen, dachte sie. Dann würde sein Leben einfacher sein. Dann trat Leonie einen Schritt nach vorn und legte Ursula das Kind in die ausgestreckten Arme. »Danke«, sagte Ursula, und Leonie nickte. Danach trug Ursula Erica aus dem Zimmer. Leonie betrachtete den leeren Moseskorb und war dann nach Hause gegangen. Dort hatte sie eine Flasche Wein getrunken. Und dann hatte sie Vee angerufen. Rückblickend waren die Tränen und das Bedürfnis, Vee bei sich zu haben, wahrscheinlich nur ein Ausdruck von Erleichterung gewesen. Aber davon wusste Vee nichts.

10. April 2018

Vee

Es begann zu regnen. Das Prasseln der Tropfen gesellte sich zum Lärm der vorbeifahrenden Autos. Der Friedensgarten lag im Winkel zweier Straßen, die in einen stark frequentierten Kreisverkehr mündeten, ständig hörte man Autos bremsen, beschleunigen, bremsen, beschleunigen. Hinzu kam das Rauschen des Windes. Vee verspürte einen Anflug von Klaustrophobie. Das sind doch nur Autos und das Wetter, redete sie sich ein. Du weißt doch, wie sich das anhört. Das ist harmlos. Achte nicht darauf, was der Tumor dir weismachen will.

Erica griff nach dem Regenschirm, der im unteren Fach von Toms Kinderwagen lag. Durch das Verdeck und die zusätzliche Plastikabdeckung, die Erica hinuntergezogen hatte, war Tom gut vor dem Regen geschützt. Erica zögerte kurz, bevor sie Vee den Schirm reichte. »Leider ist er rosa.«

»Rosa ist bloß eine Farbe«, entgegnete Vee. Und das Rosa des Regenschirms war eine gute, kräftige Farbe, die sich leuchtend vom düsteren Grün der Bäume und Grau des Himmels abhob. »Das würde gut aussehen. Als Foto.«

Sie erinnerte sich, dass sie, als sie das erste Mal hergekommen war, eine Frau in gelber Latzhose fotografiert hatte. Die Frau war wie eine leuchtende Sonne gewesen; selbst die kunterbunten Batik-Klamotten der anderen hatte sie überstrahlt. Es war einer der seltenen Momente gewesen, in denen Vee ernsthaft überlegt hatte, zur Farbfotografie zu wechseln. Ihre Karriere hatte angefangen, als die Schwarz-Weiß-Fotografie in den Zeitschriften noch Standard gewesen war; erst ab Anfang der Achtziger hatte man vermehrt auf Farbdruck gesetzt, doch Vee war ihrem Steckenpferd treu geblieben. Sie hatte instinktiv gewusst, dass die Art und Weise, wie sie ihr Handwerk gelernt hatte, für sie der beste Weg war, und mit natürlichem Licht konnte sie nahezu alles hinbekommen. Aber das Gelb dieser Latzhose hätte sie trotzdem gern auf Film gebannt.

»Manche Feministinnen mögen Rosa nicht«, sagte Erica und zog sich die Kapuze über.

»Was Feministinnen tatsächlich nicht mögen, ist die Infantilisierung von Frauen«, erwiderte Vee und betrachtete Toms gelbe Jacke und weiße Wollmütze. Ob Erica ihm wohl absichtlich keine blauen Sachen gekauft hatte?

Vee spazierte unter ihrem rosa Schutzschirm den Steinkreis des Gartens entlang. Es war kalt und ungemütlich, sie hatte stundenlang in einem Auto ausgeharrt, und trotzdem war sie heute … nicht unglücklich. Erica, die inzwischen wieder den Kinderwagen schob, lief damit neben ihr her.

»Wie war das, als Sie zum ersten Mal herkamen?«, fragte sie.

Dieser Tag war Vee noch gut im Gedächtnis. »Es gab ein riesiges Tor, ein ständiges Hin und Her von Lastwagen, überall waren Soldaten …« Sie hielt inne, ließ die Erinnerungen an glückliche Zeiten vor ihrem inneren Auge vorbeiziehen. »Ich mochte die Atmosphäre im Friedenscamp sehr. Damals wurde die Frauenbewegung von ständigen Debatten beherrscht. Es gab zwar noch Aktivismus, aber es wurde immer ausschweifender diskutiert. Was bestimmt auch wichtig war, aber es tat gut, hierherzukommen und zu erleben, dass nicht nur geredet, sondern auch etwas getan wurde. Das erinnerte mich an die Anfangszeit.«

»Und dann machten Sie dieses legendäre Foto aus der Anfangszeit des Camps«, sagte Erica. Vee wusste, welches Bild sie meinte. Es wäre wahrscheinlich der wichtigste Meilenstein ihrer Karriere geworden, wenn Leonie nicht so gestorben wäre, wie sie gestorben war. »Es ist wirklich etwas Besonderes. Ein Symbol.«

Vee seufzte. »Ich hatte bloß im entscheidenden Moment auf den Auslöser gedrückt. Wie das Ganze später interpretiert wurde, ist eine ganz andere Geschichte.«

18. Oktober 1981

Leonie

»Danke«, sagte Tanya, als sie endlich zurückkam. Sie nahm Leonie das Baby wieder ab und setzte sich damit aufs Gras. Wenigstens kribbelten Leonies Beine inzwischen nicht mehr. Leonie hatte sich den patriarchalischen Vorstellungen von Schönheit und Frausein stets verweigert und sogar ihren Körper benutzt, um sich dagegen aufzulehnen. Doch als sie sah, wie geschmeidig Tanya, Vee und die anderen sich bewegten, wie mühelos sie sich auf den Boden sinken ließen und wieder aufstanden, ohne überschüssige Last, die auf ihre Knochen drückte, beneidete sie sie um ihre Leichtigkeit. Sie las gerade ein Buch von Andrea Dworkin und bewunderte ihre Art, dem Patriarchat zu zeigen, dass es keine Macht über sie hatte. Dworkin hätte sich auch nicht mühelos ins Gras setzen können. Vielleicht hatte Leonie ja in ihr endlich eine intellektuelle Verbündete gefunden.

»Und, was gibt's Neues bei dir?«, fragte Tanya.

»Ich habe viel in den Frauenhäusern zu tun. Und ich schreibe viel.«

»Cool.«

»Könnte schlimmer sein.« Leonie hasste jede einzelne Stunde, die sie in den Frauenhäusern verbrachte. Nicht, weil sie den Schwestern nicht helfen wollte. Ihr war bewusst, wie privilegiert sie war; sie konnte sich überhaupt nicht vorstellen, wie es war, nirgendwo hingehen zu können und keinen Penny, geschweige denn die Gewissheit zu haben, in Ruhe atmen zu können. Aber sie wollte die Dinge vom anderen Ende aus reparieren. Denn in einer gleichberechtigten Welt würden Frauen gar keine Frauenhäuser mehr brauchen.

»Hast du noch keinen gefunden, an den du dich binden willst?«, fragte Tanya.

Genau aus diesem Grund sollten Frauen keine Kinder bekommen, dachte Leonie. Weil ihr Hirn dann nur noch Schwachsinn produziert. Sie schüttelte den Kopf. »Warum fragst du mich das überhaupt? Mir ist nicht danach. Mir war noch nie danach, und daran wird sich wohl auch nichts mehr ändern. Ich bin inzwischen dreiundvierzig. Scheiß auf Familie.«

»Das respektiere ich natürlich«, sagte Tanya, nur um sofort respektlos hinzuzufügen: »Ehrlich gesagt konnte ich mir auch nie vorstellen, dass du jemanden finden würdest. Aber Trev ist echt was Besonderes. Nicht alle Männer sind Mistkerle. Und die Kinder …«

Komm mir jetzt nicht mit diesem Lächeln, dachte Leonie. Verschon mich bitte damit. Doch den Gefallen tat Tanya ihr nicht. Leonie sah dieses Lächeln andauernd bei Ursula, seit sie Erica genommen hatte. Es setzte sich aus einem Drittel Heiterkeit, einem Drittel Scheinheiligkeit und einem Drittel aufrichtigem Glück zusammen. Leonie hatte keine Lust, sich das anzusehen. Vee hatte sich ihr Glück wenigstens durch eigenes Tun verdient, anstatt sich auf ihre Hormone zu verlassen.

Leonie stand auf. Schweiß lief ihr den Rücken herunter. Ihr Hintern war ganz feucht vom Gras. Sie hatte keine Lust mehr, draußen zu bleiben. »Ich muss jetzt mit meiner Arbeit weitermachen«, sagte sie und schaute sich nach Vee um. Was sie gesehen und gehört hatte, reichte wahrscheinlich schon als Material; ihre eigene Meinung würde sie für sich behalten und stattdessen zitieren, was über Solidarität und die Tatsache gesagt worden war, dass die Frauen sich um die Rettung des Planeten kümmern mussten, weil die verdammten Männer es ja nicht auf die Reihe brachten. (Na gut, auf das Wort verdammt würde sie verzichten.) Und was nicht gesagt worden war, konnte sie ja erfinden. Es war ja nicht so, als wüsste sie nicht, wie diese Unterhaltungen abliefen. Sie hatte schließlich schon oft genug an solchen Gesprächen teilgenommen.

Vee war nirgends zu sehen. Leonie beschloss, zum Auto zurückzugehen. Sie verbrachte inzwischen so viel Zeit allein, dass ihr schon eine knappe Stunde in Gesellschaft zu viel wurde. Doch dann hörte sie, wie jemand ihren Namen rief. Sie drehte sich um. Bea.

Als sie damals während des Dagenham-Streiks ihre kleine Affäre gehabt hatten, war Bea ihr immer wie eine erschienen, die nur vorgab, Feministin zu sein. Leonie hätte schwören können, dass Bea eines Tages einen Kerl heiraten würde, der genauso stinkreich war wie sie, und ihre guten Taten fortan auf eine Handvoll gemeinnütziger Organisationen in unmittelbarer Nähe reduzieren würde, wenn überhaupt. Doch zu ihrer Überraschung hatte Bea promoviert – darüber, dass die Frauenbewegung eher eine Reaktion auf Armut war als auf das Patriarchat –, einige Jahre als Dozentin in den Vereinigten Staaten verbracht, und seit ihrer Rückkehr leitete sie die Abteilung einer Londoner Universität, wo sie sich mit einer Kombination aus Charme und der Weigerung, Leuten zuzuhören, die nicht ihrer Meinung waren, ihren Weg bahnte. Als Bea sie umarmte, wollte Leonie sie gar nicht mehr loslassen.

»Hey«, sagte Bea. »Was bringt dich denn hierher?«

»Eine Reportage«, sagte Leonie. »Veronica Moon macht die Fotos.«

»Ach ja, richtig.« Bea schaute sich um. »Sie hat eben ein paar Fotos von unserem Meeting gemacht. Ich bin nur für ein paar Tage hier.«

»Du warst doch damals auch in Dagenham, als sie uns dort über den Weg gelaufen ist, oder?« Leonie wusste auch nicht so recht, warum sie über Vee redete, wahrscheinlich nur, um nicht über sich selbst zu reden. Schon gar nicht in Gegenwart von Bea, dieser Vorzeige-Feministin, die alle in den Schatten stellte.

»Ach Gott, stimmt!«, sagte Bea. »Das hatte ich ganz vergessen. Sie war damals noch nicht lange dabei, oder? Und was gibt es Neues bei dir? Was machst du so? Wir haben uns ja eine Ewigkeit nicht mehr gesehen. Ich habe das Gefühl, seit ich fünfunddreißig geworden bin, vergeht die Zeit doppelt so schnell wie vorher.«

Leonie zuckte mit den Schultern. »Ich habe ein paar Bücher geschrieben. Aber niemand will sie veröffentlichen.«

»Wirklich? Warum nicht?« Plötzlich war Bea ganz Ohr. Früher hatte sie immer Klebeband, einen großen Schraubenschlüssel und einen frischen Schlüpfer in ihrer Handtasche. Den Schraubenschlüssel hatte sie benutzt, um Schaden anzurichten, am liebsten in Pornoläden, wo sie zur Furie werden konnte.

»Zu radikal. Zu intensiv. Niemand will hören, warum ich der Meinung bin, dass es so etwas wie eine Mutter gar nicht gibt.« Sie versuchte, es wie einen beiläufigen Witz klingen zu lassen, doch ihre Stimme klang brüchig, was Bea nicht entging.

»Das sollten sie aber.« Bea bot Leonie eine Marlboro an, nahm sich selbst eine aus der Packung und gab erst Leonie und dann sich selbst mit einem alten Zippo Feuer, das früher vermutlich Fen gehört hatte. Das waren glückliche Zeiten gewesen, damals. Fen war auch eine von den Guten. Sie lebte jetzt irgendwo am anderen Ende der Welt – war es Südamerika? – und arbeitete in einem Dschungel oder so was in der Art. Sie hatte es nicht lange in der Verlagswelt ausgehalten, sie fand sie zu zahm. Leonie musste wirklich versuchen, besser zuzuhören.

»Ich weiß«, sagte sie und zog an ihrer Zigarette. Vor drei Jahren hatte sie das letzte Mal geraucht. Ursula hatte sie dazu gebracht, damit aufzuhören, als sie ihr von dem Baby erzählt hatte. Sie hatte auch versucht, sie vom Weintrinken abzubringen. Der

Geschmack des Rauchs in ihrem Mund war so warm wie die Worte eines fast vergessenen Songs.

Sie standen eine Weile schweigend da und schauten zum Camp hinüber. Bea gab drei Männern in einem vorbeifahrenden Wagen den Stinkefinger, obwohl es eigentlich gar keinen Grund dafür gab. Als sie Leonies fragenden Blick bemerkte, sagte sie: »Ich versuche, mich in Männer hineinzuversetzen. Ich verhalte mich zum Beispiel immer so, wie es mir passt, und gehe davon aus, dass ich ungestraft davonkomme.« Sie drückte ihre Zigarette aus und fügte hinzu: »Ich bin übrigens gerade dabei, einen Studiengang für Frauen zu gründen. Hast du Interesse?«

»Ja, vielleicht.« Abgesehen davon, dass es richtig gewesen war, das Baby wegzugeben, war Leonie an diesem Vormittag klar geworden, dass sie gar nicht mehr richtig dazugehörte. Sie hatte keine Lust mehr, am Lagerfeuer zu übernachten und ein Loch zum Reinscheißen zu buddeln. Aber sie musste trotzdem einen Weg finden, Teil dieser Bewegung zu bleiben, die ihr gesamtes Erwachsenenleben geprägt hatte.

»Du bist eine großartige Lehrerin, Leonie.«

Am Rande des Camps saßen ein paar Kinder im Kreis; eine Frau brachte ihnen gerade ein Lied übers Zählen bei. »Meine Mutter wollte immer, dass ich Lehrerin werde«, sagte sie und deutete mit dem Kopf zu der Frau. »Eine von dieser Sorte.« Als Erica zur Welt kam, war Leonies und Ursulas Mutter schon so dement gewesen, dass sie ihre Enkelin kaum noch von ihren Töchtern unterscheiden konnte.

»Na, dann hast du jetzt die Gelegenheit, ihre Erwartungen auf den Kopf zu stellen«, sagte Bea. »Ruf mich an.« Dann gab sie Leonie einen Kuss, und als sie zum Camp zurückging, hinterließ sie einen schwachen Blumenduft.

10. April 2018

Erica

Tom war anzusehen, dass er sich nicht beruhigen würde, also nahm sie ihn auf den Arm. Er war noch klein, aber er wurde merklich schwerer, und es strengte sie zunehmend an, ihn hochzuheben. Als sie ihn an sich drückte, schmiegte er sich schlaftrunken an sie und lehnte die Stirn an ihre Wange. Es war nicht einfach für sie, sich diese Sanftheit im Umgang mit ihrem Kind zu bewahren. Denn sie lebte in einer Welt, die ständig von ihr erwartete, Härte zu zeigen.

Erica schaute zu Vee hinüber, die den Steinkreis entlangspazierte. Die Farbe des Schirms hob sich leuchtend vom trostlosen Grau dieses Tages ab. Erica drückte Tom noch ein bisschen fester an sich. Dann gesellte sie sich zu Vee, die sich nun wieder der Skulptur in der Mitte näherte, während sie den Regenschirm zusammenfaltete und die Wassertropfen abschüttelte. »Ich glaube, Tom wird jetzt wach bleiben«, sagte sie, und der Kleine bestätigte ihre Worte mit einem Gähnen, bevor er mehrmals blinzelte und sich umschaute. »Was möchten Sie jetzt machen?«, fragte sie und wappnete sich innerlich dafür, von Vee mit Vorwürfen bombardiert zu werden, weil sie den Kleinen dabeihatte, obwohl die Friedenscamp-Aktivistinnen ihre Kinder damals ja auch nicht zu Hause gelassen hatten, im Gegenteil.

Doch Vee lächelte nur und zeigte auf ihre Kameratasche. »Was halten Sie davon, wenn ich ein Foto von Ihnen mache?«

10. April 2018

Vee

Ericas Blick war köstlich: zuerst verblüfft, dann erschrocken, dann erfreut, die reinste Diashow. In früheren Zeiten hätte Vee schon längst ihre Kamera gezückt und Ericas Mienenspiel auf Film gebannt.

»Ist das Ihr Ernst?«

»Aber natürlich.« Vee musste fast lachen, weil Erica so überrascht war. »Ich bin schließlich Fotografin.«

»Wow«, sagte Erica, sah Tom an, wischte ihm etwas vom Gesicht und strich sich das Haar hinters Ohr. »Okay. Was soll ich machen?«

»Seien Sie einfach Sie selbst.« Vee schaute durch den Sucher und drückte auf den Auslöser, um zu sehen, wie Erica reagierte. Die Aufnahmen, die sie vor einigen Wochen vom Protestmarsch gemacht hatte, waren nichts Besonderes gewesen, aber es hatte ihr Spaß gemacht, wieder in der Dunkelkammer zu werkeln.

Der Anblick der Kamera schien Erica Unbehagen zu bereiten; sie wurde stocksteif und wirkte verunsichert, geradezu verängstigt. Vee musste ihr helfen, locker zu werden. »Welche Erinnerungen haben Sie eigentlich noch an Leonie?«

»Nicht viele«, erwiderte Erica. Kaum begann sie zu sprechen, entspannte sich ihre Miene, und ihre Haltung wurde wieder natürlich, das Kinn leicht erhoben, der Kopf ein wenig geneigt. Vee drückte abermals auf den Auslöser. Das Bild war noch nicht optimal, aber immerhin zuckte Erica bei dem Geräusch nicht zusammen, das war gut. Und Tom schaute sich weiterhin schlaftrunken um; er schien es gewohnt, fotografiert zu werden. »Leonie hat mir früher immer ein wenig Angst eingejagt«, sagte

Erica. »Vielleicht, weil sie so korpulent war. Aber …« Sie schaute zu Vee hinüber, als läge ihr eine Frage auf der Zunge. Vee drückte abermals auf den Auslöser. Diesmal kam sie dem Bild, das sie aufnehmen wollte, schon ein wenig näher; etwas von Leonies Scharfsinn lag in Ericas Ausdruck, doch auch ihre eigene Klugheit, die ebenso beeindruckend war.

»Aber?«

»Ich hatte das Gefühl, dass Leonie mich ständig beobachtete. Doch wenn ich sie ansah, tat sie immer so, als wäre sie mit etwas anderem beschäftigt.«

Vee ging etwas zur Seite, und irgendwo über und hinter ihr wanderten die Wolken weiter, und das Licht wurde heller, wärmer. Erica drehte den Kopf zu Vee. »Meine Tante konnte Kinder nicht ausstehen.« Sie gab Tom einen Kuss auf den Kopf, als müsste sie dem etwas entgegensetzen. »Nichts lag ihr ferner, als Interesse an einem Kind zu zeigen.«

»Haben Sie sie oft gesehen?«

»Eigentlich nicht. Jedenfalls nicht dass ich wüsste. Die meisten meiner Erinnerungen an sie stammen aus den Wochen vor ihrem Tod. Als sie aus Amerika zu Besuch kam, wohnte sie bei uns. Ihre eigene Wohnung hatte sie untervermietet. Jahre später erzählte mir meine Mutter, wie sehr sie Leonie vermisste, seit sie in die Staaten gezogen war, um dort zu unterrichten. Deshalb wollte sie, dass Leonie bei uns wohnte, während sie in England war. Aber kaum war Leonie ins Gästezimmer gezogen, bereute meine Mutter es schon. Leonie zu lieben war eben leichter, wenn sie sich am anderen Ende der Welt befand.«

Erica versuchte, Tom wieder abzusetzen, doch er jammerte und klammerte sich an sie. Als sie sein Gewicht auf ihre andere Hüfte verlagerte, wand er sich, und sie wurde angespannt. »Können Sie zur Skulptur hinüberschauen?«, fragte Vee. Erica reagierte schneller als erwartet, und da war das Bild: Eine Haarsträhne klebte an ihrem Lipgloss und zog eine dunkle Spur über ihre Wange, während sie gedankenverloren die Flammengestalten der Skulptur betrachtete. Vee atmete auf; ihr Körper erinnerte sich an das erlösende Gefühl, das jedes Mal eintrat, wenn sie die Aufnahme, die sie haben wollte, endlich im Kasten hatte. Denn sie konnte nie sicher sein, dass sie ihr gelingen würde. Das perfekte Bild war reine Glückssache. Auch diesmal war ihr das Glück treu gewesen.

Vermutlich zum letzten Mal.

Wirklich sehr schade, dass Erica sich die Nase hatte operieren lassen. Aber das war natürlich ihr gutes Recht. Es war schließlich ihr Körper, und sie musste mit den Folgen ihrer Entscheidungen leben, so schmerzhaft sie auch sein mochten.

Erica schien nun ganz in sich versunken zu sein; Vee machte noch zwei weitere Fotos, dann ließ sie sie ihren Gedanken nachhängen. Die Ärmste hatte sicher kaum ein paar ruhige Momente in ihrem Leben. Vee genoss es, ihre alte Kamera in der Hand zu halten und das Scheuern des Gurts in ihrem Nacken zu spüren, wenn sie sich bewegte. Sie liebte dieses Gefühl.

Und dann schaute Erica direkt in die Kamera. Vee drückte instinktiv auf den Auslöser: die Form des Gesichts, dazu das Spiel von Licht und Schatten, dieses Dunkle, Harte im Blick und der Mund voller unausgesprochener Worte – eigentlich war *das* die Aufnahme. Sie durfte sich eben niemals sicher sein. Das hatte sie fast vergessen. Glaub niemals, dass du das Bild schon hast. Sonst gehst du womöglich zu früh nach Hause.

»Unsere Begegnung hat mich dazu gebracht, anders zu denken«, sagte Erica. »Sie haben mein Leben verändert, Vee.«

Vee ließ die Kamera sinken. »Gut.« Auf einmal verspürte sie ein unbegreifliches Gefühl der Erleichterung. »Sie haben mein Leben auch verändert«, sagte sie mit Tränen in den Augen.

18. Oktober 1981

Vee

Als Vee zum Auto zurückkam, saß Leonie schon wartend auf dem Bordstein. »Ich habe nach dir gesucht«, sagte Vee.

»Jetzt hast du mich ja gefunden.« Leonie lächelte blinzelnd und streckte die Hand aus.

Vee ergriff sie und zog Leonie hoch, während sie sich mit der anderen Hand am Auto festhielt.

»Hast du alles bekommen, was du brauchst?«, fragte Vee. Kaum hatte sie es gesagt, bereute sie es, denn Leonie tat sich schon schwer genug damit, den Auftrag Vee zu verdanken.

Doch Leonie lächelte nur. »Wie sieht's bei dir aus?«

Vee erwiderte ihr Lächeln. »Das wird sich noch zeigen.«

»Verbarrikadierst du dich nachher wieder in deiner Dunkelkammer?«

Vee ignorierte den Köder. »Der *Guardian* kümmert sich um die Entwicklung der Filme. Meine Assistentin kommt morgen und nimmt sie mit.«

»Du hast eine Assistentin?« Leonie schien ehrlich beeindruckt.

»Natürlich«, sagte Vee. »Damit ich Zeit habe für das, was wirklich wichtig ist. Deine Manuskripte zum Beispiel.« Leonie erwiderte nichts, aber Vee konnte ihr ansehen, dass sie sich freute. Sie kannten einander schon so lange. »Danke«, sagte sie nach einer Weile in die Stille hinein.

»Wofür?«, fragte Leonie.

»Ich dachte, du würdest mir deine Texte vielleicht nicht mehr schicken. Nach der …«

Jetzt war sie zu weit gegangen. Leonie schaute weg; ihre Miene verhärtete sich. »Die einzige Ehre, die meinen Büchern zuteilwird, ist, dass sie von der preisgekrönten Veronica Moon gelesen werden«, sagte sie.

Vee schloss den Wagen auf. Sie stiegen ein und fuhren schweigend los.

Nach etwa fünf Meilen fragte Leonie: »Du hast doch nicht etwa ein Foto von mir und diesem Baby gemacht, oder?«

»Nein«, sagte Vee. Sie hatte eine Nahaufnahme von Leonie gemacht, ohne das Baby. Als sie durch den Sucher geschaut hatte, war Leonies Miene nachdenklich und friedlich gewesen, doch als sie auf den Auslöser drückte, hatte Leonie gemerkt, dass sie beobachtet wurde und direkt in die Kamera geblickt. Manchmal klappte es, manchmal nicht. Aber Leonie musste von dem Bild nichts wissen, sie würde es ohnehin nie zu sehen bekommen.

»Dann ist ja gut«, sagte Leonie, wobei sie Vee einen skeptischen Blick zuwarf. Vee beschloss, lieber das Thema zu wechseln.

»Übrigens ist mir Bea über den Weg gelaufen. Ich habe sie seit einer Ewigkeit nicht mehr gesehen.«

»Das Gleiche hat sie über dich auch gesagt«, erwiderte Leonie. »Wir haben darüber gesprochen, wie du dich verändert hast.«

Das war natürlich sarkastisch gemeint, doch Vee musste sich den Schuh ja nicht anziehen. »Tun wir das nicht alle? Wobei mein Weg natürlich etwas weiter war als eurer.« Sie strich sich übers Haar, spürte die Stoppeln auf ihrer Handfläche. Als sie damals nach Dagenham gefahren war, um den Streik zu fotografieren, hatte sie noch mit Lockenwicklern geschlafen und die Locken jeden Morgen mit Haarspray fixiert. Damals hatte sie sich noch bereitwillig an ihrer eigenen Unterdrückung beteiligt. Sie war eine Schlafwandlerin gewesen, aber zum Glück hatte es diese kleine, neugierige und hellwache Stimme in ihrem Innern gegeben, die sie dazu gebracht hatte, den streikenden Ford-Näherinnen einen Besuch abzustatten. »Ich konnte mich ja nicht gerade gut behaupten.«

Leonie lachte. Es klang freundlich, anerkennend. »Da warst du nicht die Einzige. Es gibt noch immer Tausende von Frauen, die sich nicht behaupten können.« Sie kurbelte die Fensterscheibe hinunter und zündete sich eine der noch übrig gebliebenen Zigaretten aus der Schachtel an, die Bea ihr gegeben hatte. »Aber Frauen müssen nun einmal lernen, sich in dieser Welt zu behaupten. Die andere Alternative besteht darin, die eigene Unterdrückung einfach hinzunehmen, sich von irgendeinem Mann flachlegen zu lassen, sein Kind zu bekommen und sich selbst aufzugeben.«

Dagenham-Vee hätte das einfach geschluckt, aber Greenham-Vee dachte kurz nach und erwiderte schließlich: »An deinem Männerbild ist nicht zu rütteln, oder?«

»Ich habe gerade eine halbe Stunde lang mit Tanya geredet. Früher war sie ganz wild darauf, Reifen aufzuschlitzen. Jetzt tropft ihr aus beiden Titten Milch, und sie will nur noch friedlich protestieren.«

Vee lachte. »Daran trägt aber doch kein Mann die Schuld. Das ist Tanyas Entscheidung. Sie meinte mal, ich würde mich selbst blockieren, bloß weil ich keine Lust hatte, an einem ihrer Selbstbefriedigungs-Workshops teilzunehmen.«

»Schon möglich«, sagte Leonie. »Tanya war schon immer total auf ihre Möse fixiert. Warum auch nicht. Jede führt diese Schlacht mit ihren eigenen Waffen.«

»Mag sein«, sagte Vee. »Aber mir gefällt die Vorstellung nicht, eine Schlacht zu führen. Ich sehe mich eher als Aktivistin.« Sie schaute zu Leonie hinüber. Ihre Blicke trafen sich, und sie lächelten beide, während sie schweigend weiterfuhren; ein zufriedenes Schweigen, wie früher, als sie in ihrer WG sonntags beim Frühstück zusammen Zeitungen gelesen, dem Klang der Londoner

Kirchenglocken gelauscht und – in Leonies Worten – den Aufruf zum Gebet genüsslich ignoriert hatten.

Nach einer Weile sagte Leonie: »Du würdest es sofort eine Schlacht nennen, wenn es dazu geführt hätte, dass du ein Baby aus dir rauspresst.«

»Wie geht es dir denn jetzt?«, fragte Vee, obwohl sie genau wusste, wie Leonie reagieren würde. »Ich meine, in Bezug auf …«

»Du hast kein Recht, mir diese Frage zu stellen«, antwortete Leonie. »Das weißt du genau.«

Vee nickte. Sie machte Leonie keinen Vorwurf daraus, dass sie sich weigerte, mit ihr darüber zu reden. Sie hatte Leonie schließlich im Stich gelassen. Und Leonie bestrafte sie nun dafür, indem sie ihr kein Wort über das Baby erzählte. Das tat weh. Hinzu kam, dass Vee sich auf seltsame Weise für dieses Kind verantwortlich fühlte, um das sie sich nicht hatte kümmern wollen, für diesen strahlenden Funken Leonie, der nun irgendwo in der Welt vor sich hin leuchtete.

10. April 2018

Erica

Erica erkannte die Vee, die sie vor zwei Monaten in der Photographers' Gallery kennengelernt hatte, kaum wieder. Sie hatte sich über Glioblastome erkundigt und wusste daher, dass die Erkrankung mit Persönlichkeitsveränderungen einherging. Und sie wusste von der Überlebensrate. Es war unglaublich, dass Vee trotz all ihrer Schmerzen und Sorgen so viel Stärke bewies. Aber das Gleiche hatte sie auch schon einmal von sich selbst gedacht. Nach dem Tod ihrer Mutter war es ihr unvorstellbar erschienen, ohne sie weiterzuleben. Und doch hatte sie es geschafft. »Es war bestimmt toll, damals hier gewesen zu sein«, sagte sie. »Und all das mitzuerleben.«

»Wir haben einfach weitergemacht«, sagte Vee. »So wie Sie, Erica.« Sie deutete auf Tom. »Wir wussten nicht, was werden würde. Wir waren eben …« Sie hielt kurz inne. »Die Frauen, die ich damals bei der Bewegung kennenlernte, machten mit, weil sie das Gefühl hatten, etwas tun zu müssen. So wie Ihre Tante.«

»Und wie Sie«, sagte Erica. Tom griff nach ihrem Ohrläppchen und rieb daran. Das tat er immer, wenn er müde war, egal ob er gleich einschlief oder eben erst aufgewacht war. Das linke Ohr taugte dafür ebenso gut wie das rechte. Erica musste unwillkürlich lächeln.

»Ich war bloß … dabei«, sagte Vee so wehmütig, dass Erica fast die Tränen kamen. Dann zeigte Vee nach unten, auf einen der Steine, die den Sockel der Skulptur bildeten. »Schauen Sie.«

Erica brauchte eine Sekunde, bis sie erkannte, dass Vee auf einige Kieselstapel deutete, die behutsam übereinandergeschichtet waren. Sie stellte sich die Frauen vor, die heute hierherkamen – vielleicht die Töchter der Camp-Aktivistinnen, die damals die Menschenkette am Zaun gebildet hatten. Bestimmt suchten sie den Boden sorgfältig nach einem Kiesel ab, um ihn auf einen der Stapel zu legen, ganz vorsichtig, damit er nicht umkippte. Bei der Vorstellung geriet Ericas inneres Gleichgewicht ins Wanken. »Steindauben«, sagte sie.

»Richtig«, sagte Vee und beugte sich hinunter, um nach einem Kiesel zu suchen. »Mir ist das Wort nicht mehr eingefallen.« Sie streifte einen Handschuh ab, hob einen kleinen, flachen Feuerstein auf, vielleicht war es auch Schiefer, und betrachtete ihn einen Moment von allen Seiten, bevor sie in die Hocke ging, um ihn mit zitternder Hand auf einen der kleineren Stapel zu legen. Als sie wieder aufrecht stand, sagte sie: »Ich war dabei.« Diesmal klangen ihre Worte spirituell, fast wie ein Gebet. Dieser Ort war noch immer eine Quelle der Kraft.

Dann trat Vee einen Schritt zurück und streckte Erica die Arme entgegen. Zuerst verstand Erica nicht, was Vee wollte. Dann begriff sie, dass Vee ihr anbot, Tom zu übernehmen, um ihr Raum zu geben. Erica reichte ihr das nun schlafende Kind, spürte, wie Vee sich wappnete und wieder entspannte, sobald sie sich auf das Gewicht seines Körpers eingestellt hatte. Tom wachte durch die Bewegung wieder auf und schaute sie beide an – Erica und Vee hielten den Atem an –, und dann lächelte er, lehnte den Kopf an Vees Schulter und griff nach ihrem Ohrläppchen.

Erica ging in die Hocke, um sich ebenfalls einen Stein zu suchen. Nach einer Weile fand sie einen kleinen, glatten, länglichen Kiesel, der an einem Ende spitz zulief. Vorsichtig legte sie ihn auf Vees Feuerstein.

Ihr war schon wieder zum Weinen zumute. Sie kannte das gar nicht von sich. Bei ihrer Hochzeit war Marcus derjenige gewesen, der Tränen vergossen hatte. So gefühlsduselig war sie nur während ihrer Schwangerschaft gewesen.

Verdammt.

Oktober 1981

Zeitschrift *This Month*

Leonie Barratt: Briefe einer Feministin

Unser monatlicher Frontbericht vom Kampf der Geschlechter

Lieber John,
ich werde nicht lügen. Meine Beziehung zu dir ist die längste konstruktive Beziehung mit einem Mann, die ich in meinem bisherigen Erwachsenenleben geführt habe. Mit meinem Vater komme ich zwar klar, aber er gehört zu den Konservativen, die reich genug sind, ihre Töchter auf Internate zu schicken. Wenn ich also als Erwachsene Zeit mit meinem Vater verbringe, kommt nicht viel dabei herum. Wir haben die gleichen Augen, mehr nicht.
Ich habe nie geheiratet und auch nicht die Absicht, es noch zu tun. Momentan habe ich weder einen Partner noch eine Partnerin, und meine früheren Beziehungen haben nie lange gehalten. (Ich erzähle dir das nur, weil ich mich dazu entschieden habe. Ich weiß es zu schätzen, dass du nicht gefragt hast, aber du hättest auch nicht das Recht dazu; niemand hätte das.) Ich langweile mich schnell, vor allem in Gegenwart von Leuten, die einer richtigen Diskussion nicht gewachsen sind. Ich brauche geistige Anregung. Bisher habe ich jedoch keine Person gefunden, die mich intellektuell so stimuliert hat, dass ich meinen Kleiderschrank mit ihr hätte teilen wollen. Und warum sollte ich auch? Ich bin glücklich. Ich glaube nicht an den Spruch »Wer allein lebt, ist einsam«. Ich bin mir selbst jedenfalls genug.

Du, John, bist also meine wichtigste männliche Langzeit-Bezugsperson. Ich glaube, du hast zugehört, und ich hoffe, du hast gelernt. Es war interessant, mit dir zu reden. Es hat mir geholfen, über die Welt, in der wir – du und ich – leben, nachzudenken und zu verstehen, dass wir sie vollkommen unterschiedlich wahrnehmen.
Doch alles Gute endet irgendwann. Die Zeiten ändern sich, und wir entwickeln uns weiter. Wir sind nun an den Punkt gelangt, wo unsere Wege sich trennen.
Ich wette, du bist mit dir selbst gerade ziemlich zufrieden, John. Ich weiß, was du denkst. Ja, ich kann wirklich deine Gedanken lesen. Du denkst gerade: *Tja, dann haben wir es wohl geschafft!* Die Frauen sind endlich gleichberechtigt. Die Sache wurde geregelt. Denn Leonie Barratt lässt erst dann locker, wenn sie hat, was sie will. Wenn sie mir nicht mehr schreiben will, liegt das daran, dass ich jetzt alles über Frauen und Gleichberechtigung weiß.
Und du hast ja auch dazu beigetragen, oder?
Du hast diese Kolumne gelesen, bis zum Schluss, meistens jedenfalls.
Du hast das Recht deiner Frau verteidigt, wieder arbeiten zu gehen, obwohl deine und ihre Eltern dagegen waren. Du kannst den Einkauf inzwischen genauso gut erledigen, und du hast sogar einmal versucht, einen Knopf anzunähen. Wir haben gewonnen. Wir können eine Ehrenrunde drehen, Hand in Hand, du und ich, denn wir sind jetzt vollkommen gleich.
Ich sehe dich, John, wie du auf all die Frauen zeigst, die Macht haben. Thatcher, die über ihr Nest von Speichelleckern herrscht. Billie Jean King, die sich geoutet hat, und der Himmel ist trotzdem nicht eingestürzt. Wir haben inzwischen sogar eine schwarze Nachrichtensprecherin.

Ich sage nicht, dass wir nichts erreicht haben. Wir haben so eine Art oberflächlichen Anstand erreicht, wenn es um die Gleichberechtigung von Frauen geht. Wir sind wie ein Paar, das sich vor seinen Gästen streitet. Wir gehen sehr höflich miteinander um, doch das bedeutet noch lange nicht, dass Frieden herrscht. Ja, es gibt Gesetze über Chancengleichheit und gleiche Entlohnung. Aber der Kampf ist noch nicht vorbei. Er hat sich nur verlagert. In manchen Bereichen wurde immerhin annähernd so etwas wie Chancengleichheit erreicht, aber das Patriarchat hat sich – wie jeder gute Gegner – neu aufgestellt. Die Frauenfeindlichkeit kommt jetzt in einem anderen Gewand daher. Jemand, der schon seit Jahrtausenden die Welt beherrscht, hat natürlich einige Überlebenstricks auf Lager.

Der Kampf hat sich verlagert – auf größere, aber auch auf kleinere Gebiete.

In Greenham Common retten Frauen die Welt, weil ihr Männer es wichtiger findet, eure Schwänze zu schwingen. Das muss an den riesigen Phallussymbolen liegen, die eure amerikanischen Freunde dort stationieren wollen. Wir kämpfen nicht nur für die Gleichberechtigung der Frauen, sondern setzen uns auch noch für die Abschaffung von Atomwaffen ein! Frauen, die mehrere Dinge auf einmal machen – kommt dir das vertraut vor, John? Ich werde dir jetzt mal ein Geheimnis verraten. Das Haus, in dem du wohnst, putzt sich nicht von allein.

Viele Frauen tragen diesen Kampf bereits in ihrem eigenen Leben aus. Nicht alle von uns. Aber immerhin. Unsere Möglichkeiten, eine Veränderung des Denkens zu bewirken, sind allerdings begrenzt, egal wie sehr wir uns bemühen. Und was diejenigen betrifft, die es nicht tun – tja, John, das könnte man als patriarchale Indoktrination bezeichnen, von der du profitieren kannst. Sie wird durch Fernsehserien wie *Some Mothers Do 'Ave 'Em* unterstützt, die uns glauben machen, dass Männer, die sich weigern, erwachsen zu werden, lustig, harmlos und liebenswert sind. Da können wir nur hoffen, dass das neue Jahrzehnt in Sachen seichte Unterhaltung bessere Geschütze auffahren wird.

Frauen wollen nicht nur beruflich, sondern auch privat Gleichberechtigung erreichen – und von den Männern, die sie sich als Lebenspartner ausgesucht haben, erwarten sie nicht nur Unterstützung, sie setzen sie sogar voraus. Und damit meine ich praktische Unterstützung wie kochen, Betten machen und Windeln wechseln. Von der »Ich verdiene das Geld und du kümmerst dich um den Haushalt«-Abmachung, die vielen Männern noch immer als selbstverständlich gilt, ist hier nicht die Rede.

Du würdest auch davon profitieren, John. Denn was wir erreichen wollen, ist echte Gleichberechtigung, nicht die Umkehr der herrschenden Verhältnisse, also Männer, die Böden schrubben und bei den Frauen, von denen sie unterdrückt werden, um Taschengeld betteln müssen. Die Welt, die uns vorschwebt, würde dir bestimmt auch besser gefallen. Vielleicht traust du dich ja sogar schon, es deiner Frau zu sagen, wenn du nicht in Stimmung bist, weil du dich wegen deiner Arbeit sorgst. Vielleicht nimmst du dir ja schon die Freiheit, samstags auch mal ein Buch zu lesen oder spazieren zu gehen, statt wie sonst immer Fußball zu schauen oder im Garten zu werkeln. Vielleicht wechselt deine Frau und du euch ja beim Kochen und Autowaschen ab. Falls du einen Sohn hast, hast du ihm vielleicht schon gesagt, dass es auch für Jungs okay ist, zu weinen. Wenn du eine Tochter hast, lässt du sie hoffentlich Hosen tragen und genauso schnell und waghalsig Rad fahren wie ihren Bruder.

Und wenn dir selbst mal zum Heulen ist, hast du hoffentlich auch das Gefühl, es zu dürfen.
Alle sollten von einer sich verändernden Welt profitieren. Nicht dass mir besonders viel daran liegt, wie es Männern ergeht – in der Geschichte der Menschheit ging es schließlich oft genug nach eurem Willen, da könnt ihr ein wenig Unterdrückung ruhig mal wegstecken. Aber das Leben sollte auf Fairness gründen.
Also, hier stehen wir nun. Wir verändern uns. Diese Kolumne wird eingestellt und durch etwas anderes ersetzt. Aber wenn du glaubst, dass der Feminismus damit verschwindet, liegst du falsch, John. Es wäre ein Irrtum zu glauben, dass die zornigen Frauen, die noch übrig sind, sich alle in Greenham Common versammelt haben oder dass die Welt einen annehmbaren und praktikablen Kompromiss erzielt hat. In Bezug auf Gesetzgebung, Karrierechancen und Privatleben haben wir schon einiges erreichen können. Aber das heißt noch lange nicht, dass jetzt alles in Ordnung ist.
Meine Schwestern und ich halten weiter die Stellung, und keine von uns ist wie die andere, denn Frauen sind nun einmal grundverschieden. Manche von uns tragen die Haare raspelkurz, andere haben Lockenmähnen, einige sind mehrfache Mütter, andere haben keine Lust, Kinder in die Welt zu setzen. Manche von uns verdienen ihr Geld als Kellnerinnen, andere als Anwältinnen. Wir lassen uns nicht vertreiben und werden bestimmt nicht vergessen, dass wir die gleichen Rechte haben wie ihr.
Bis irgendwann mal wieder, John. Und denk dran: Egal wo du gerade bist, es gibt immer eine Frau, die dich im Auge hat.
Leonie x

Sechster Teil:

BELICHTUNG

Ein Porträt aufzunehmen bedeutet, einfach ausgedrückt, mithilfe von Film und Licht die Persönlichkeit eines Menschen einzufangen. Um eine Frau zu porträtieren, ist es wichtig, sie von ihrer Vorstellung in Bezug darauf, wie sie aussehen sollte, abzubringen. Dafür brauchen Sie Zeit und Geduld. Außerdem ist es wichtig, dass die Frau, die Sie ablichten werden, Ihnen vertraut. Wenn Angehörige der Frau das Porträt betrachten und beeindruckt sind, wissen Sie, dass es Ihnen gelungen ist.

Veronica Moon, *Fotografien von Frauen* (unveröffentlicht)

»Leonie Barratt«
Veronica Moon

Ausstellungsabschnitt: Moment des Todes

Kamera: OM-I
Film: 200 ASA
Erstveröffentlichung: Zeitschrift *Observer,* Oktober 1984

Wenn Sie bisher nur eine einzige Fotografie von Veronica Moon kennen, dann vermutlich diese.

Es handelt sich um Moons berühmteste Aufnahme und zugleich um diejenige, die ihrer Karriere ein Ende setzte.

Leonie Barratt sitzt auf einem Stuhl, die Augen halb geschlossen, die Mundwinkel vom Hauch eines Lächelns umspielt. Das Bild zeigt sie vom Kopf bis zur Taille. Im Hintergrund ist ein verschwommenes Buchregal zu erkennen. Barratts Gesicht erscheint im Kontrast dazu gestochen scharf; die Falten am Mund sind deutlich zu sehen. Schatten zeichnen sich unter den Augenbrauen und dem Kinn ab. Das Porträt ist authentisch, es verzichtet auf Weichzeichnung und schmeichelndes Licht. Auf den ersten Blick sieht Barratt gedankenverloren aus. Doch tatsächlich ist sie tot – sie starb, wenige Sekunden bevor diese Aufnahme gemacht wurde.

Dieses Bild ist ein Paradebeispiel dafür, wie Fotografie funktioniert. Es heißt, »die Kamera lügt nie«. Fakt ist jedoch, dass wir beim Betrachten vor allem das sehen, was wir in ein Bild hineininterpretieren. Unser erster Eindruck ist, dass Barratt ihren Gedanken nachhängt. Doch sobald wir erfahren, dass sie wenige Sekunden vor der Entstehung dieser Aufnahme starb, sehen wir nur noch das.

Die Zeitschrift *Observer,* die Moon mit dem Porträt beauftragt hatte, veröffentlichte die Aufnahme als Titelbild mit der Schlagzeile *»Ist der radikale Feminismus gestorben?«*. Damals behaupteten die Herausgeber, nicht gewusst zu haben, dass das Foto post mortem entstanden war, obwohl sich die Nachricht von Barratts Tod sehr schnell herumgesprochen hatte. Moon wurde von der Presse und auch innerhalb der Frauenbewegung, die in ihr eine Verräterin sah, diffamiert. Inzwischen ist die Welt daran gewöhnt, Aufnahmen von Toten zu sehen, doch 1984 waren solche Fotografien noch tabu.

Nach Publikwerden der Aufnahme zog Moon sich völlig zurück. Erst fünf Jahre später, 1989, trat sie wieder in Erscheinung, als Dozentin für Fotografie am Roehampton College (inzwischen Roehampton University), wo sie bis zu ihrer Pensionierung im Jahre 2005 unterrichtete. Doch sie veröffentlichte nie wieder ein Foto.

Der Kontaktbogen mit der Aufnahme, die der *Observer* damals als Titelbild wählte, ist hier ebenfalls zu sehen; er wurde bisher noch nie öffentlich gezeigt. Das Titelbild ist die drittletzte Aufnahme auf dem Kontaktbogen. In der darauf folgenden Aufnahme ist Barratts Kopf zur Seite gekippt, und das letzte Foto auf dem Film zeigt die undeutliche Aufnahme eines Türrahmens.

Leonie Barratts Schwester erklärte der Presse wiederholt, dass Leonie hätte gerettet werden können, wenn rechtzeitig lebensrettende Maßnahmen ergriffen worden wären.

Veronica Moon hat sich über das, was damals passierte, bisher nie öffentlich geäußert.

Das Jahr 1984:

~ Die Half-Penny-Münze wird aus dem Verkehr gezogen.

~ Die erste Bürgermeisterin von London ist seit einem Jahr im Amt.

- Torvill und Dean gewinnen bei den Olympischen Winterspielen die Goldmedaille im Eistanz.
- Der britische Bergarbeiterstreik beginnt, und die Initiative »Frauen gegen Zechenschließungen« wird gegründet.
- Die Thames Barrier, eines der weltweit größten Sturmflutsperrwerke, wird eingeweiht.
- Bei einem Bombenanschlag der IRA auf ein Hotel in Brighton, wo der Parteitag der Konservativen stattfindet, werden fünf Personen getötet und mehr als dreißig verletzt.
- Margaret Thatcher ist noch immer Premierministerin.
- Der Song »Do They Know It's Christmas?« von Band Aid hält sich fünf Wochen lang an der Spitze der britischen Charts.
- Im Fernsehen laufen die ersten Folgen von *Crimewatch* und *The Bill.*
- Anita Brookner veröffentlicht ihren Roman *Hotel du Lac.*
- Der Roman *Die Wespenfabrik* von Iain Banks erscheint.
- Robin Morgan bringt die Anthologie *Sisterhood Is Global* über die internationale Frauenbewegung heraus.

Außerdem kann Leonie Barratt sich darüber freuen, dass sie endlich die Anerkennung erhält, die sie verdient.

Juli 1984

Colchester

»Es war Ihrem Vater sehr wichtig, vor seinem Tod noch alles zu regeln, Miss Moon«, sagte Derek Davison, der Anwalt von Vees Vater und zugleich der Sohn eines seiner ältesten Freunde. Vee hatte bisher nur schriftlich mit ihm zu tun gehabt. Es war leichter für sie gewesen, den ganzen Papierkram nach Stanleys Tod auf dem Postweg zu erledigen. Doch nun war sie nach Colchester zurückgekehrt, um die letzten notwendigen Schritte einzuleiten. (Bevor sie das Haus verkaufen ließ. Ihren Vater würde sie trotzdem für immer im Herzen tragen.)

Die Haushaltsauflösung war bereits vom Tisch. Nach der Beerdigung hatte sie die Sachen mitgenommen, die sie behalten wollte; für alles weitere hatte ein Dienstleister gesorgt. Nach dem Termin mit Davison wollte sie sich mit Barry treffen. Er war zur Beerdigung gekommen und wirklich nett gewesen, hatte Vee Fotos von seinen Kindern gezeigt und gewitzelt, dass die Bilder, die sie damals von ihm gemacht hatte, nun bestimmt ein Vermögen wert seien. Er leitete inzwischen ein Immobilienbüro, und sie hatte ihn beauftragt, das Haus zu verkaufen. Sie vertraute ihm; er würde sich bestimmt gut darum kümmern. Außerdem war er in der Lage, sie nicht in erster Linie wie eine Frau, sondern wie einen Menschen zu behandeln. Im Moment fühlte sie sich allerdings eher wie ein schwer verletztes Tier. Ihr Vater war für sie stets der Fels in der Brandung gewesen, und sein Verlust fühlte sich wie eine klaffende Wunde an, die niemals verheilen würde.

Derek Davison war ihr auf Anhieb unsympathisch. Als seine Sekretärin ein Tablett mit Teekanne, zwei Tassen, Zuckerdose und Milchkännchen brachte, hielt er es nicht für nötig, sich bei ihr zu bedanken. Er schien anzunehmen, dass Vee ihnen beiden nun Tee eingießen würde, aber da konnte er lange warten. Er hatte sich nicht vorbereitet und ging erst jetzt, während des Termins mit ihr, die ganzen Papiere durch; ein Unding. Wenn Vee zu einem Fotoshooting kam, hatte sie den Film schließlich auch schon in der Kamera und legte ihn nicht erst ein, wenn sie dort war.

»Wenn Sie so freundlich wären, mich mit Ms statt Miss anzureden«, sagte Vee. »Im Übrigen hatte mein Vater mit mir darüber gesprochen, was im Falle seines Todes passieren sollte. Ich bin also mit dem Inhalt seines Testaments vertraut.«

Der Anwalt nickte. »Natürlich sind Sie die einzige Begünstigte. Was die Dinge aus rechtlicher Sicht einfach macht. Haben Sie vor, das Haus zu verkaufen?«

Es passte ihm nicht, von ihr korrigiert zu werden; nun verzichtete er ganz auf die Anredeform. »Warum wollen Sie das wissen?«, fragte Vee.

»Wie bitte?« Davison sah verblüfft auf. Vee hätte fast losgelacht. Mit dem Tod ihres Vaters war auch der letzte Funken Toleranz in ihr erloschen. Seit Stanley vor drei Monaten an einem Herzinfarkt gestorben war, hatte sie alle angeblafft, die ihr mit dummen Bemerkungen gekommen waren; angefangen bei ihren Tanten, die sich auf der Beerdigung darüber beklagt hatten, dass Vee immer noch ledig war, bis hin zu dem Bankangestellten, der sie gefragt hatte, ob er ihr beim Ausfüllen der Formulare behilflich sein sollte, als sie das Konto ihres Vaters hatte auflösen wollen. (»Würden Sie das einen Mann etwa auch fragen?«, hatte sie erwidert. Der Bankangestellte hatte sich darauf hastig entschuldigt, aber sie hatte ihm gar nicht mehr zugehört. Sie war viel zu sehr damit beschäftigt gewesen, zu trauern und ihr seelisches Gleichgewicht wiederzufinden, um Geduld für die unbedachten Äußerungen Außenstehender aufzubringen.)

»Was ich vorhabe, geht Sie eigentlich nichts an«, sagte sie zu Davison. »Und wenn ich nicht die Tochter, sondern der Sohn meines Vaters wäre, hätten Sie diese Frage auch gar nicht gestellt, oder?« Doch war sie überhaupt noch eine Tochter? Eigentlich war sie jetzt eine Waise. Besser, sie dachte nicht weiter darüber nach. Sie befand sich gerade auf einem sehr schmalen Pfad, konnte nur sehr vorsichtig einen Fuß vor den anderen setzen, durfte weder nach links noch nach rechts schauen, geschweige denn tief Luft holen oder den Blick zum Himmel richten. Sie musste mit ihrer Trauer fertigwerden. So wie früher, als ihr Vater noch lebte und sie beide um ihre Mutter getrauert hatten.

»Verzeihung, ich wollte Ihnen nicht zu nah treten, Veronica«, sagte der Anwalt. Jetzt nahm er sich auch noch die Frechheit heraus, sie mit ihrem Vornamen anzureden. Er wollte sie ums Verrecken nicht Ms nennen. Es war wirklich unglaublich, wie viele Männer nicht imstande waren, dieses simple Wort auszusprechen. Entweder sie betonten es so übertrieben, dass es lächerlich klang, oder sie nahmen es gar nicht erst in den Mund. So wie dieser Wichser. »Wenn wir noch irgendetwas für Sie tun können, sind wir gern für Sie da.«

»Nicht nötig«, erwiderte Vee. »Meine Anwältin in London wird sich ab jetzt um alles kümmern.« Fens Nichte hatte vor Kurzem ihre Zulassung erhalten und sich ein Büro im Gästezimmer ihrer Mutter eingerichtet. Und da Schwestern sich gegenseitig halfen, hatte es nicht lange gedauert, bis die ersten Mandantinnen bei ihr anklopften. Wenn es um Testamente, Vollmachten, Scheidungen oder Hausverkäufe ging, konnten die Schwestern nämlich sehr gut Unterstützung gebrauchen. Vee erhob sich und warf Davison einen letzten Blick zu. »Und für Sie bin ich Ms Moon, verstanden?«

5. September 1984

Veronica. Wie immer sind Sie zu früh dran.« Ursula ließ Vee herein. Sie trug Leggings und einen Sweater, auf dem vorn ein Fleck prangte; ihre Wimperntusche war unter einem Auge verschmiert. Ihr Blick sagte: »Sie haben mir gerade noch gefehlt.« Sie sah aus, als hätte sie im Laufe des Vormittags bereits fünf Schlachten gekämpft und nur drei gewonnen.

Vee dagegen hatte in aller Ruhe geduscht, Kaffee getrunken und sich angezogen; weiße Bluse, grauer Pulli mit V-Ausschnitt, schwarze Jeans, Doc Martens. Insgesamt hatte sie eine halbe Stunde gebraucht, alles ganz friedlich, ohne Radio oder Musik, denn sie genoss die Stille. Ursula hatte inzwischen bestimmt Kinder, denn sie gehörte zu den Frauen, die unbedingt Mutter werden wollten. Jede nach ihrer Fasson.

»Kommen Sie mit.«

Vee folgte ihr ins Haus. Sie verzichtete auf eine Bemerkung darüber, wie lange es schon her war, seit sie sich zuletzt gesehen hatten. Für Ursula war sie bloß eine von Leonies Emanzen-Freundinnen, keine »normale«, die den Konventionen entsprach. Wobei Leonie ausschließlich Emanzen-Freundinnen hatte; mit anderen hätte sie ihre Zeit nicht verschwendet. Ursula trat zur Seite, damit Vee nach hinten zur Wohnküche durchgehen konnte. »Sagen Sie Bescheid, falls Sie irgendwas brauchen«, sagte sie, bevor sie die Treppe hochging.

Leonie saß auf einem Stuhl am Fenster. Sie stand nicht auf, hob jedoch die Hand zur Begrüßung. Plötzlich wurde Vee von einem überwältigenden Gefühl der Liebe für ihre alte Freundin erfasst, die sie dorthin gebracht hatte, wo sie nun stand. Leonie war die Einzige, die ihr noch blieb.

»Leonie.« Vee beugte sich hinunter, um sie zu umarmen. Der vertraute warme Blick aus den wachen leuchtenden Augen war noch immer da, auch der reine, ein wenig scharfe Lavendelgeruch, den Vee mit Leonie und mit ihrer gemeinsamen WG-Zeit in Verbindung brachte. Sie hatte die früheren Zornausbrüche ihrer Freundin fast schon vergessen, sie erinnerte sich nur noch an Leonies Großzügigkeit und an ihre Entschlossenheit, der Welt verständlich zu machen, wie wichtig die Befreiung der Frauen war – nicht nur die Befreiung von den patriarchalen Strukturen in ihrem Umfeld, sondern auch von denjenigen in ihren eigenen Köpfen.

»Hallo, Schwester«, sagte Leonie und legte Vee eine Hand auf die Schulter. »Schön, dich zu sehen.«

»Ich freue mich auch, dich zu sehen«, erwiderte Vee und richtete sich wieder auf. Es fühlte sich komisch an, Leonie zu überragen. »Und auch darüber, wie … wie sich alles entwickelt hat.«

»Na ja«, wiegelte Leonie ab, doch sie lächelte. Vee war froh, sie lächeln zu sehen. Amerika schien ihrer Freundin gutzutun.

»Jetzt aber nicht tiefstapeln«, entgegnete sie. »Du hast es schließlich verdient.« Sie nahm ihre Kamera in die Hand, ihre gute alte OM-1, die sie sich zuvor um den Hals gehängt hatte. Die ersten Fotos, die sie machen wollte, sollten Leonie dazu bringen, sich zu entspannen. Leonie hatte rote Flecken am Hals, ein Zeichen, dass sie verlegen war. Und sie hatte Schweißperlen über der Oberlippe, obwohl es ziemlich kalt im Zimmer war. Vees Assistentin, Annabel, hatte sich den Raum einige Tage zuvor angeschaut, das Licht gemessen und eine Skizze angefertigt, die tatsächlich genau den Gegebenheiten entsprach.

»Ist das ein Drehstuhl? Wenn du dich so drehst, dass du genau gegenüber dem Fenster sitzt, müsste alles perfekt sein.«

Leonie lachte. »Dein Wort in Gottes Ohr. Was keine Bestätigung sein soll, dass es Gott gibt.« Sie tippelte mit den Füßen, bis sie auf ihrem Stuhl genau gegenüber vom Fenster saß. Die leichte Bewölkung machte das geradezu frühlingshafte Sonnenlicht weicher. Damit konnte Vee arbeiten.

»Wann soll dein Buch erscheinen?«, fragte sie.

»Am fünfzehnten.«

»Und was glaubst du, wie es ankommen wird?«

Leonie hatte Vee regelmäßig Entwürfe geschickt, per Luftpost aus Amerika, wo sie an einem College unterrichtete. Im April hatte Vee schließlich die Druckfahnen bekommen. Leonie hatte sie in ihrem Buch bei den Danksagungen erwähnt: »Danke an VM, meine allsehende Schwester und Freundin.« Vee hatte es dann noch einmal gelesen, obwohl sie es ja bereits kannte. Doch es hatte sich anders angefühlt, als sie die Druckfassung in den Händen hielt. Das Buch war nun real geworden, und sie begriff, was ihr Vater gemeint hatte, wenn er ihr früher sagte, dass er stolz auf sie war. Sie erinnerte sich noch an seinen leuchtenden Blick, als sie ihm erzählt hatte, dass sie von einem Verlag beauftragt worden war, ein Buch über Fotografie zu schreiben; eine Art Einführung für Anfängerinnen. (»Ich schreibe ein Buch für Frauen, die sich ihre erste richtige Kamera besorgt haben«, hatte sie ihm erzählt.) In den Wintermonaten hatte sie fast ihre gesamte Freizeit damit verbracht, das Buch zu schreiben, sie hatte kaum noch Zeit für ihren Vater gehabt. Doch erst als sie die Fahnen von Leonies Buch in den Händen gehalten hatte, war ihr bewusst geworden, wie viel Arbeit in einem Buch steckte.

Und Leonies Buch war grandios – ein Muss für alle Fans, die mit ihren zuvor erschienenen Texten und ihren Ansichten bereits vertraut waren. Vee hatte keine Ahnung, wie das Buch bei Leuten ankommen würde, die die scharfsinnige und kompromisslose Autorin und die enorme Kraft ihrer Worte noch nie live erlebt hatten. *Was Sie über Frauen wissen sollten (vor allem, wenn Sie selbst eine sind)* war eine unbequeme, ja schonungslose Abhandlung darüber, wo Frauen eigentlich schon längst stehen müssten und warum sie es noch nicht taten. Dass Thatcher ihr Fett abbekam, war ja noch okay, aber eigentlich zog Leonie so gut wie allen Frauen das Fell über die Ohren, ganz unabhängig davon, ob sie arbeiten gingen oder nicht, Lippenstift benutzten oder heimliche Lesben waren. Und die Männer wurden von Leonie ebenfalls an den Pranger gestellt, weil sie das Ganze entweder noch nicht begriffen hatten oder weil sie genau wussten, was Sache war. Selbst die Feministinnen kamen bei Leonie nicht gut weg – hauptsächlich, weil sie die patriarchalen Strukturen unterstützten, anstatt sie in Grund und Boden zu stampfen, aber auch, weil sie die Erfahrungen von Schwestern verschiedener Hautfarbe und aus anderen Kulturen nicht miteinbezogen. Vee hatte bei der Lektüre jedes Wort genossen, aber sie wusste ja auch, dass Leonie einer eiskalten Dusche glich, die irgendwann versiegte. Doch wer das nicht wusste, fand ihre Texte natürlich schockierend.

Leonie zuckte mit den Schultern, aber ihre Augen strahlten. Sie konnte ihre Freude nicht verbergen, und das machte sie umso liebenswerter. »Wie eine Streitschrift halt ankommt«, erwiderte sie. »Bei Leuten, denen sie gefällt, rennt man damit offene Türen ein. Das ist wie Eulen nach Athen tragen.«

»Das wäre schade«, sagte Vee. Leider gab es nicht viele Menschen, die Leonies Sinn für Humor verstanden. Die meisten fanden ihn gehässig.

»Wieso schade?« In Leonies Blick lag eine Mischung aus Neugier und Ablehnung; ein Zeichen, dass Vee sich noch auf sicherem Boden bewegte. Und ein perfektes Fotomotiv. Klick.

»Wenn die Leute sich durch dein Buch angegriffen fühlen, verstehen sie deine Botschaft vielleicht falsch und lesen nicht weiter …«

»Dann sind sie noch nicht bereit dafür«, sagte Leonie.

Sie beugte sich vor und sah Vee mit funkelnden, leicht zusammengekniffenen Augen an, wie ein Raubvogel kurz vorm Angriff. Klick.

»Willst du vielleicht sagen, dass meine Arbeit bedeutungslos ist?«, fuhr Leonie fort. »Weil sie nichts bewirkt? Und weil die Bedeutung von Arbeit sich deiner Meinung nach ja nur danach bemisst, wie viel Ruhm sie einbringt?«

Vee überhörte den letzten Satz. Sie hatte keine Lust, zum tausendsten Mal darüber zu streiten, dass sie nicht ausschließlich Frauen fotografierte, die der Bewegung angehörten. »Nein, das habe ich nicht gemeint. Aber …« Sie seufzte. Sie war nicht hergekommen, um sich zu streiten. Das Buch war eben typisch Leonie: clever, auf den Punkt und manchmal kaum zu ertragen.

»Aber was?«

Vee ließ die Kamera wieder sinken. »Ich sehe keinen Sinn darin, Menschen etwas zu geben, womit sie sich nicht identifizieren können. Du vergeudest damit nur …«

»Ich gehöre eben zu denen, die ihre Prinzipien nicht verraten …«

Vee hob die Hand. Normalerweise ging sie nicht so weit, Leonie Einhalt zu gebieten. Vielleicht hielt Leonie deshalb inne. »Was ich damit meine …«, sagte Vee, verblüfft darüber, wie sanft ihre Stimme klang, fast so, als schwangen Tränen darin mit, »… ist, dass du dein Potenzial vergeudest.«

Leonie wandte den Blick ab. »Wie ich schon sagte. Das Buch ist eine Streitschrift. Ich bin meiner Zeit eben voraus. Das ist meine Aufgabe. Ich bin an vorderster Front. Ich sehe darin keine Vergeudung.«

Das Licht, das durchs Fenster auf Leonies Gesicht schien, gewann plötzlich an Intensität; der Septemberwind trieb die Wolken auseinander und ließ die Sonne stärker durchkommen. Leonies Stirn, der Rücken ihrer stolzen Adlernase und ihre Wangen badeten förmlich im warmen Licht. Klick. Es wurde Zeit, dass Vee ihr Sujet zum Lachen brachte. »Mit deinem Buch rennst du bestimmt viele offene Türen ein, aber sobald die Leute merken, dass du auch sie kritisierst, schmeißen sie dich wahrscheinlich im hohen Bogen raus.«

»Tja.« Leonie grinste kokett. Klick. »Ich bin halt einfach zu cool.«

Sie brachen beide in Gelächter aus, und das Rad der Zeit schien sich auf wundersame Weise zurückzudrehen. Plötzlich waren sie wieder in ihrer gemeinsamen Wohnung in Fulham, im Jahrhundertsommer von 1976, als Leonie sich einen Spaß daraus gemacht hatte, einen Kerl zu verarschen, der glaubte, ihr erklären zu müssen, was Volkswirtschaft ist. Sie waren wieder in Vees erstem Auto, auf dem Rückweg von einer Demo in Leeds, Leonie hatte getrunken, ohne sich zu betrinken, das Radio war gelaufen, und sie hatten sich die Zeit damit vertrieben, die sexistischen Sprüche in den Songs zu zählen – was eigentlich alles andere als lustig gewesen war, aber sie hatten trotzdem Spaß, sie hatte sich vor Lachen gar nicht mehr eingekriegt, weil sie die Sprüche mit tiefer Stimme nachgeäfft hatten. Auf einmal waren sie wieder Freundinnen – und egal wie oft sie sich gegenseitig verletzt oder im Stich gelassen hatten, in diesem Moment konnten sie kaum bestreiten, dass sie einander ausgesucht hatten und nie voneinander lassen würden. Als die Bildredakteurin angerufen hatte, um Vee für das Fotoshooting zu buchen, hatte sie hinzugefügt, dass Leonie unbedingt von Vee fotografiert werden wollte. Vee hatte extra zwei andere Aufträge verschoben, um herkommen zu können. Sie war noch nie zuvor in diesem Zimmer gewesen, und trotzdem hatte sie das Gefühl, zu Hause zu sein.

»Worüber lacht ihr denn so?«, ertönte eine Stimme und ließ sie beide verdutzt innehalten. Ein Mädchen stand im Türrahmen. Der Blick der Kleinen wanderte gespannt von Leonie zu Vee, als wollte sie entweder lächeln oder die Stirn runzeln, je nachdem, wie die Erwachsenen reagierten. Sie wollte nicht, dass man sie wegschickte.

Leonie begann von Neuem zu lachen, sie schien gar nicht mehr aufhören zu können. Doch Vee war so ernst geworden, als hätte ein Lehrer sie beim Herumalbern erwischt.

Die Kleine war Leonie wie aus dem Gesicht geschnitten, sie hatte die gleichen Augen, die gleiche Nase, das gleiche markante Kinn.

Hatte Leonie ihr Baby damals etwa doch behalten? Es wäre jedenfalls nicht das erst Mal, dass eine geplante Adoption abgesagt worden wäre, weil die Mutter sich umentschieden hatte. Und dann wäre es nur logisch, wenn Leonie das Ganze verschwiegen hätte, denn wenn sie das Baby tatsächlich behalten hatte, stünde das ja im Widerspruch zu ihrer Argumentation, dass der Mutterinstinkt nur ein Produkt des Patriarchats war.

Doch die Kleine konnte unmöglich Leonies Tochter sein. Sie trug ein pinkfarbenes Röckchen, ihr Haar wurde durch Spangen im Zaum gehalten, und ihre Füße steckten in kirschroten Lackschühchen. Leonies Tochter hätte wild und zerzaust ausgesehen, und sie wäre niemals zögernd im Türrahmen stehen geblieben.

Das Mädchen musste also Ursulas Kind sein. Hoffentlich hatte es nicht nur Puppen zum Spielen, sondern auch Autos. Aber seine Kleidung und die Haarspangen ließen auf eine Konditionierung schließen, die Leonie bestimmt zur Weißglut trieb. Welche Ironie des Schicksals, dass sie so etwas ausgerechnet in ihrer eigenen Familie erleben musste. »Wer ist die Kleine?«, fragte Vee.

»Das ist Erica«, sagte Leonie. »Hast du *Angst vorm Fliegen* eigentlich inzwischen gelesen?«

»Ja, allerdings.« Vee hatte das Buch tatsächlich vor einer Weile gelesen und es sogar recht lustig gefunden.

Oh. Oh, Gott.

Erica Jong.

Spontanfick.

»Willst du uns verraten, wie alt du bist, Erica?«, sagte Leonie. Erica hielt vier Finger hoch. »Vier. Am 17. November werde ich fünf.«

Leonie warf Vee einen Blick zu. »Jetzt weißt du es aus erster Hand.«

Vee fiel wieder ein, was Leonie ihr in Greenham Common gesagt hatte. »Heißt das, Ursula hat …? Warum hast du damals nichts gesagt?«

»Hab ich doch«, sagte Leonie.

»Daran würde ich mich noch erinnern«, entgegnete Vee. Erica beobachtete die beiden Frauen aufmerksam, ihr Blick wanderte hin und her. Und Leonie beobachtete Vee ebenfalls, während sie darauf wartete, dass sie weitersprach. Vee konnte es kaum fassen, Leonie zusammen mit dem Kind zu sehen. »Ich habe dich damals gefragt, und du hast mir gesagt, dass ich mich verpissen soll«, schob sie nach.

»Keine Schimpfwörter in Gegenwart meiner Nichte, wenn ich bitten darf«, sagte Leonie. Vee schaute zu der Kleinen hinüber, die mit erschrockener Miene dastand.

Sollte sie dem Kind jetzt etwa sagen, dass es ihr leidtat? Vee konnte sich nicht erinnern, als Kind von Erwachsenen jemals gehört zu haben, dass ihnen etwas leidtat, außer, als ihre Mutter gestorben war.

»Und was habe ich damals noch gesagt?«, fragte Leonie.

»Du sagtest, eine Schwester hätte dir geholfen.«

»Ich sagte, *meine* Schwester hätte mir geholfen.«

»Oh.« Vee schaute Erica an, die nun die Hände in die Hüften gestemmt hatte. Ihr Schreck über Vees Schimpfwort war offenbar verflogen, und ihre anfängliche Neugier hatte wieder die Oberhand gewonnen.

»Worüber habt ihr vorhin gelacht?«, fragte Erica. »Ich konnte euch oben hören. Ihr habt mich beim Spielen gestört.« Vee prustete unwillkürlich wieder los, weil die Kleine so entrüstet aussah – und auch, um die Wahrheit zu verdauen, die sie soeben erfahren hatte: Ursula hatte ihrer Schwester Leonie damals geholfen, indem sie ihr das Baby abnahm. Und Leonie hatte ihrer Schwester Ursula dadurch ebenfalls geholfen, weil die sich immer ein Kind gewünscht hatte.

Als Vee sich wieder beruhigt hatte, fragte sie vorsichtig: »Ist Erica denn Ursulas einziges Kind?«

»Ja«, sagte Leonie. »Es gab damals Probleme, deshalb …«

»Was denn für Probleme?«, fragte Erica.

»Sei still, wenn die Erwachsenen reden«, sagte Leonie barsch. Ihr Tonfall hätte vermutlich jedes andere Kind verscheucht, doch Erica ließ sich davon nicht einschüchtern. Sie kam wirklich ganz nach ihrer leiblichen Mutter.

»Ihr redet aber über mich«, sagte die Kleine kühn, die Hände noch immer in die Hüften gestemmt.

Dann passierte etwas, womit Vee niemals gerechnet hätte: Leonie streckte dem Kind die Arme entgegen. Mutter und Tochter schauten einander kurz in die Augen, aber Vee war nicht schnell genug, um diesen Moment mit der Kamera einzufangen. Und dann lief Erica zu Leonie hinüber, doch statt ihr auf den Schoß zu klettern, wartete sie darauf, von ihr hochgehoben zu werden. Leonie griff Erica unter die Achseln und hob sie auf ihren Schoß, und diesmal konnte Vee rechtzeitig knipsen. Die Aufnahme war nicht gut, sie machte es eigentlich nur, um zu testen, ob Leonie sie davon abhalten wollte. Doch das tat sie nicht. Über Ericas Kopf hinweg sagte sie: »Ich hätte eine Klausel in die Vereinbarung mit aufnehmen sollen. In Bezug auf Rosa und alles, was dazugehört.«

Klick. »Es überrascht mich, dass du es nicht getan hast.«

»Ich hatte daran gedacht. Aber ich war nicht gerade in Topform.«

Erica schaute erst Leonie an, dann Vee. »Worüber redet ihr denn? Zeigst du mir, wie deine Kamera geht?«

»Über nichts Wichtiges«, sagte Leonie.

»Wenn ich genug Bilder von Leonie habe, kann ich dir gern zeigen, wie die Kamera geht«, sagte Vee.

Erica nickte. »Machst du jetzt noch ein Bild?«

Vee kniete mit einem Bein nieder, damit das Objektiv sich auf Augenhöhe mit Erica befand. »Ja.«

Und Erica – dieses kostbare Kind, das sicher rund um die Uhr angebetet wurde und wahrscheinlich keinen Tag verbringen konnte, ohne abgelichtet zu werden, den gerahmten Familienfotos nach zu urteilen, die an jeder Wand, auf jedem Regal, auf jeder Kommode zu sehen waren – tat das, was ihr beigebracht worden war. Sie posierte. Zuerst setzte sie ein breites, unechtes Lachen auf, dann drehte sie sich zu Leonie und gab ihr einen Kuss auf die Wange. Mit etwas Glück hatte Vee den Moment erwischt, bevor Leonie verblüfft die Miene verzog und zurückwich. Die nächste Aufnahme gelang ihr jedoch definitiv, als sie den Moment einfing, als Leonie sich die Wange abwischte, Erica lachte und Leonie ebenfalls lachte, wobei sie allerdings nicht ihre Tochter, sondern Vee ansah, als wollte sie sagen: »Was soll man machen.« Diesen Gesichtsausdruck hatte Vee noch nie zuvor bei Leonie gesehen. Klick.

»Erica!«, rief Ursula von oben. Alle zuckten vor Schreck zusammen. Dann hörten sie, wie Ursula die Treppe hinunterstieg und näher kam.

»Ich bin hier, Mummy!«, rief Erica. »Sie wollen mir nicht sagen, warum sie gelacht haben!«

Vee erhob sich. Sie rechnete damit, dass Leonie Erica nun loslassen und Erica zu ihrer Mutter rennen würde, deren Schritte sich beschleunigten, als eilte sie zu einem Kochtopf mit siedendem Wasser, den sie auf dem Herd vergessen hatte.

Doch Leonie zog Erica näher zu sich, kitzelte sie an der Taille, und Erica quiekte und lachte. »Vee und ich haben gelacht, weil wir uns gegenseitig gekitzelt haben«, sagte Leonie zu Erica. Sie verstellte dabei ihre Stimme, sodass sie ganz hoch und schrill klang, wie Mütter es häufig taten, wenn sie mit ihren Kindern redeten. »Und zwar so!«

Vee drückte mehrmals hintereinander auf den Auslöser. Sie konnte nie widerstehen, wenn plötzlich Bewegung entstand und das Bild mit leuchtendem Leben füllte.

Erica bekam eine Hand frei und kitzelte Leonie am Hals. Leonie neigte den Kopf zur Seite und schnappte mit den Zähnen spielerisch nach Ericas Fingern; sie schien tatsächlich Spaß daran zu haben. Erica brüllte vor Vergnügen bei diesem ausgelassenen Spiel mit der Frau, die sie für ihre Tante hielt und offenbar nicht besonders gut kannte. Ihre Beine zappelten, ihr Milchzahnmund war weit geöffnet, ihre Augen strahlten, eine Haarklammer hatte sich gelöst. Und dann legte Leonie die Hand auf Ericas Gesicht, und die beiden schauten einander an mit einem Ausdruck von … was? Vee konnte es nicht in Worte fassen, es war komplizierter als Liebe, doch auch mehr und zugleich weniger als Zuneigung. Sie konnte es zwar nicht benennen, aber dafür konnte sie es auf Film festhalten. Klick.

Dann erschien Ursula in der Tür und sagte: »Ich glaube, das reicht jetzt.« Sie hatte sich umgezogen, statt Leggings und Sweater trug sie nun Jeans, hochhackige Schuhe und ein Fledermaustop.

Leonie kitzelte Erica abermals, aber die Kleine hatte ebenso plötzlich aufgehört zu lachen, wie sie angefangen hatte, ihr kleines Gesicht war nun wieder ganz ernst. Vee wollte noch ein letztes Foto machen, doch Ursula bekam ihre Absicht mit, streckte den Arm in ihre Richtung und bedeutete ihr mit einem Fingerzeig, aufzuhören; sie ließ Erica und Leonie dabei nicht aus den Augen. Die Geste war dermaßen autoritär, dass Vee die Kamera sofort sinken ließ.

»Wir spielen doch nur«, sagte Leonie. Erica versuchte hinunterzurutschen, ihre Beine zappelten, aber Leonie hielt sie auf ihrem Schoß fest, fast wie einen Schutzschild.

»Ach, wirklich?«, fragte Ursula. Die Schwestern starrten einander an, Leonie trotzig, Ursula wütend.

»Ja. Leider sehe ich meine ...« – Leonie stockte, genoss es sichtlich, mit der Pause zu spielen, bevor sie fortfuhr – »... Nichte ja nur selten.«

»Tja, und an wem liegt das wohl?«, erwiderte Ursula. Vee schaute zu Erica herüber, in deren Miene sich Verwirrung gepaart mit Resignation widerspiegelte, irgendwo zwischen »nicht schon wieder« und »ich wünschte, jemand würde mir sagen, was los ist«. Es war seltsam, diesen Ausdruck im Gesicht eines Kindes zu sehen. Die Kleine zappelte weiter auf Leonies Schoß, und als Leonie ihren Griff endlich lockerte, ließ sie sich auf den Boden gleiten. Sie machte Anstalten, zu Vee hinüberzugehen, vermutlich, um sich ihre Kamera anzuschauen, aber Ursula, die den Arm noch immer ausgestreckt hielt, um Vee vom Fotografieren abzuhalten, griff nach ihrer Tochter, zog sie an sich und legte ihr die Hand auf die Schulter, damit sie an ihrem Platz blieb. »Wir reden später darüber.«

»Nein, tun wir nicht«, sagte Leonie. »Ich verschwinde, sobald Vee mit den Fotos fertig ist. Ich habe Besseres zu tun, als mir wieder stundenlang deinen Bullshit anzuhören.«

Ursula beugte sich zu Erica. »Komm, Schätzchen. Wir hören uns lieber nicht an, wie deine Tante Leonie Schimpfwörter benutzt. Dein Daddy und ich wollen nicht, dass sie einen schlechten Einfluss auf dich hat.«

»Die Dame mit der Kamera hat auch ein Schimpfwort benutzt«, sagte Erica.

»Das ist sehr schade«, sagte Ursula. »Schimpfwörter haben bei uns wirklich nichts zu suchen.«

Leonie lächelte Erica zu, und Vee ahnte, dass eine unschöne Bemerkung folgen würde. »Du siehst deinem Daddy gar nicht ähnlich, Erica«, sagte Leonie. »Frag ihn doch mal, warum. Die meisten Kinder sehen ihrem Daddy zumindest ein kleines bisschen ähnlich.«

Vee war sicher, dass Ursula auf Leonie losgehen oder sie zumindest ohrfeigen würde. Sie griff nach ihrer Kamera; diesen Moment wollte sie auf keinen Fall verpassen. Doch Ursula wandte sich ab und schob Erica vor sich her. »Komm, wir holen jetzt dein Puppenhaus.«

Doch Erica sträubte sich. »Ich will wissen, wie das mit der Kamera geht!«

»Jetzt nicht«, sagte Ursula.

Erica bewegte sich nicht mehr von der Stelle, als hätte sie dort Wurzeln geschlagen. Sie war genauso stur wie Leonie und Ursula. »Ich will wissen, wie das mit der Kamera geht«, sagte sie und zeigte auf Vee. »Sie hat versprochen, dass sie es mir erklärt.«

»Ach ja?« Ursula starrte Vee an. Leonie kicherte. Ursula starrte daraufhin ihre Schwester an, die ihren Blick ungerührt erwiderte. Vee konnte die Spannung zwischen den beiden Frauen förmlich spüren, sie stach ihr in die Schläfen, und ihr Herz zog sich zusammen.

Sie wollte einfach nur, dass das aufhörte. Also beugte sie sich zu Erica hinunter und sagte: »Das mit der Kamera geht so. Man lässt etwas Licht hinein. Dann passiert eine chemische Reaktion, und dadurch entsteht das Foto. Wenn ich hier oben auf den Knopf drücke, geht innen eine kleine Tür auf, die das Licht auf den Film lässt, und daraus wird dann das Bild.«

Erica schien ihr eine weitere Frage stellen zu wollen, doch Ursula ließ es nicht zu. »Nun weiß du, wie das geht«, sagte sie, nahm Erica an der Hand und ging mit ihr hinaus. Vee atmete erleichtert auf und streckte sich; sie fühlte sich so erschöpft, als hätte sie den ganzen Tag gearbeitet, dabei war sie erst seit einer halben Stunde hier, in der Wohnküche dieses umgebauten Bauernhofs in Dorking. Sie und Leonie schauten einander an, während sie den Fußtritten auf der Treppe lauschten.

Leonie schien zu weinen, versuchte jedoch, es zu verbergen. Das tat Vee in der Seele weh. Sie fragte leise: »Hast du es damals bereut? Sie weggegeben zu haben?«

Leonie schüttelte den Kopf. »Nein. Babys interessieren mich nicht.«

»Aber die Frau, die aus ihr werden wird, vielleicht schon.« Vee hob die Kamera wieder hoch und blickte durch den Sucher. Leonie schaute hinaus in den Garten, Regen begann auf die Fensterscheibe zu tropfen, das Licht war nun ein festeres Grau als zuvor. Vee wollte es noch zehn Minuten so probieren und dann, falls nötig, einen Reflektor aufstellen und ihn so drehen, dass er das Licht auf Leonies Gesicht lenkte. Aber eigentlich sollten die Oberlichter genügen.

Leonie zuckte mit den Schultern. »Tja, wenn ich mich recht erinnere, warst du auch nicht interessiert.«

Vee ließ sich eigentlich nie beim Fotografieren ablenken, wenn sie erst einmal bei der Sache war, aber nun hielt sie inne und starrte Leonie über die Kamera hinweg an. »Du kannst doch damals nicht ernsthaft gewollt haben, dass ich dein Baby nehme, oder?«

»*Das* Baby. Nicht *mein* Baby. Das sind doch alles bloß Unvermeidlichkeiten der Evolution. Und es wäre mir lieber gewesen, wenn du es genommen hättest. Stattdessen ist es bei meiner verdammten Schwester gelandet, die es mit rosa Schleifchen großzieht.«

Grundgütiger. Leonie hatte ihr Angebot damals tatsächlich vollkommen ernst gemeint. Vee hatte das im Nachhinein zwar vermutet, aber sie hatte schon immer Schwierigkeiten damit gehabt zu erkennen, ob Leonie gerade einen Witz machte oder ihre Gesprächspartnerin beziehungsweise sich selbst auf die Probe stellte. »Du hast gut reden«, erwiderte sie. »Wenn sie bei mir gelandet wäre, hätte ich keine Zeit für sie. Ich müsste sie von Kindermädchen aufziehen lassen. Das wäre bestimmt noch schlimmer.«

Leonie zuckte mit den Schultern.

Der Film in Vees Kamera war inzwischen voll. Vee wandte sich von Leonie ab, um ihn zurückzuspulen. Dann öffnete sie die Rückseite der Kamera, nahm ihn heraus und legte ihn in seine Dose zurück, die sie sorgfältig verschloss. Anschließend legte sie einen neuen Film ein. Klicken, weiterspulen. Klicken, weiterspulen. Die schwarze Dose mit dem vollen Film steckte sie in ihre Tasche. Sie war nicht fürs Labor gedacht; diesen Film wollte Vee selbst entwickeln. Unter den Aufnahmen, die sie gemacht hatte, bevor Erica hereingekommen war, befanden sich vielleicht einige, die sich verwenden ließen. Falls dem so war, würde sie sie weiterleiten. Zurück an die Arbeit.

Leonie schaute in den Garten hinaus, in den Regen.

»Wenn ich wieder in den Staaten bin, wirf bitte ein Auge auf Erica, ja?«

»Warum?«, fragte Vee. »Hast du etwa vor, nicht mehr zurückzukommen?« Panik stieg in ihr hoch. Der Tod ihres Vaters hüllte alles in einen Grauschleier, und sie wollte den anderen Menschen, den sie über alles liebte, nicht auch noch verlieren.

Sie drehte sich weg, weil sie Tränen in den Augen hatte. Doch nichts konnte Leonies Adlerblick entgehen. Vee hörte, wie sie sich seufzend hinter ihr erhob, und als sie sich umdrehte, stand ihre Freundin bereit und nahm sie in die Arme.

Als Vee sich ausgeweint hatte, drückte Leonie sie ein letztes Mal an sich – ihr Körper war weich und warm, Vee stieg der vertraute Geruch nach Schweiß und Lavendel in die Nase –, bevor sie sich wieder setzte. »Nichts ist für die Ewigkeit, Vee. Du nicht. Und ich auch nicht.«

»Ich weiß«, sagte Vee. Aber manchmal begriff das Herz nicht, was der Verstand ihm sagte.

»Also, was auch immer geschieht, behalte ein Auge auf Erica, okay?«

»Okay.«

»Danke.«

Leonies Blick wanderte zum Himmel.

Vee ging auf die Knie, ihre Kamera auf Augenhöhe mit Leonie. Das Bild, das sie von ihrer Freundin aufnahm, hatte etwas Erhabenes, fast schon Staatsmännisches, aber das behielt sie lieber für sich. Sie drückte ein weiteres Mal auf den Auslöser, dann stand sie auf, trat einen Schritt zurück und richtete den Sucher auf Leonies fülligen Körper in der dunkelblauen Bluse, ihr kurz geschnittenes Haar, die hohe, leicht gewölbte Stirn. Doch Leonie sah nur dann wie typisch Leonie aus, wenn sie redete. Wenn sie schwieg, würde Vee kein Foto gelingen, das etwas Besonderes war, geschweige denn ein potenzielles Titelbild. Vor allem aber würde ihr kein Foto gelingen, das dem brillanten Verstand hinter dieser Stirn und dem visionären Blick dieser Augen gerecht wurde. Die Kamera konnte eben doch lügen. Es war Vees Aufgabe, sie dazu zu bringen.

»Mein Buch soll übrigens nächstes Jahr erscheinen«, sagte sie.

»Dein Buch?«, fragte Leonie und schaute Vee an – der perfekte Gesichtsausdruck, eine Mischung aus Neugier, Zugewandtheit und leichter Empörung. Klick.

»Das habe ich dir doch geschrieben«, sagte Vee.

»Nein, hast du nicht«, entgegnete Leonie.

Vee war allerdings sicher, dass sie es in einem ihrer Briefe erwähnt hatte. »Es ist ein Auftragswerk, ein Lehrbuch über Fotografie. Es lässt sich natürlich überhaupt nicht mit deinem Buch vergleichen.«

»Richtig, denn ich habe ganze zwanzig Jahre an meinem Buch gefeilt, bis es fertig war!«

»So habe ich das nicht gemeint, Leonie.«

»Na, dann ist es ja gut.«

Klick. »Wirklich?«

»Nein! Bücher zu schreiben ist nicht deine Aufgabe! Das ist so, als würde ich mich als Fotografin versuchen. Kannst du das denn nicht verstehen?« Leonies Stimme klang fast flehend.

»Nein, kann ich nicht.« Langsam riss Vee der Geduldsfaden. Es war schon erschütternd genug gewesen, mit dem lebenden Beweis dafür konfrontiert zu werden, wie Leonie das rein hypothetisch scheinende Problem ihrer Schwangerschaft gelöst hatte. »Du willst doch bloß, dass ich nicht aus deinem Schatten heraustrete, sondern auf ewig dein Mündel bleibe.«

Nun sah Leonie richtig wütend aus. Das war kein vorgetäuschter Zorn, kein Test. Jedes Mal, wenn Vee mit der Kamera näher kam, drehte sie ihr Gesicht weg. Na gut. Dann würde sie der Bildredakteurin eben sagen, dass der Film beim Öffnen der Kamera aus Versehen überbelichtet worden war, weil der Spulmechanismus nicht richtig funktioniert hatte. So etwas konnte selbst der erfahrensten Fotografin passieren. Dann hatte Veronica Moon sich eben zum ersten Mal in ihrer Karriere einen Patzer geleistet. Aber vielleicht gab es ja auf der ersten Filmrolle Aufnahmen, die sie verwenden konnte. Falls ja, würde sie nur die infrage kommenden Negative weiterleiten; die von Erica und Leonie würde sie behalten.

»Nein«, sagte Leonie, »aber du hättest …«

»Was denn? Komm schon, sag's mir.« Es fühlte sich wirklich seltsam an, auf Leonie hinabzuschauen; irgendwie falsch, als würde man auf das Negativ eines altvertrauten Bildes blicken.

Leonie schaute zu Boden. »Du hättest Anteil nehmen sollen.«

Vee wandte sich ab, öffnete ihre Tasche, um die Kamera zurück in den Schaumstoffeinsatz zu legen, der einem millimetergenauen Nest glich. Dann nahm sie ihren Belichtungsmesser und steckte ihn zurück in sein Fach in der Kameratasche. »Das habe ich doch.«

»Ach, wirklich?«, entgegnete Leonie. »Und warum hast du dann deine verdammten Termine nicht abgesagt, als ich dich brauchte? Warum hast du nie angerufen?«

Die Schuldgefühle, die seit Stanleys Tod in Vee tobten, drohten sie wie eine Sturmflut mitzureißen. Sie ging zu ihrer Freundin hinüber, ließ sich neben ihrem Stuhl auf dem Boden nieder und lehnte sich an Leonies Beine. »Das wollte ich ja. Aber ich hatte das Gefühl, dass du nicht darüber reden wolltest.« Das klang sehr dürftig, selbst in ihren Ohren. Sie musste sich mehr Mühe geben. »Ich hatte nie das Gefühl, dass du mich oder andere Menschen brauchst. Wenn es jemanden gibt, der seinen Glauben stets lebt, dann dich. Du sagtest damals, dass Mutterschaft ein Konstrukt des Patriarchats ist, und du schienst wirklich felsenfest davon überzeugt zu sein.«

»Hast du damals gefragt?« Leonie schien zu weinen; sie wandte das Gesicht ab.

»Was gefragt?«

»Ob es mir gut geht?«

Vee war sicher, ihr diese Frage gestellt zu haben. Und abgesehen davon, hatte sie keine Lust, sich das Gefühl geben zu lassen, etwas falsch gemacht zu haben. »Hast du es mir denn gesagt? Hast du nicht immer gepredigt, dass wir uns nur dann vom Joch des Patriarchats befreien können, wenn wir die Verantwortung für unsere Gefühle übernehmen und sie freimütig äußern? Hast du das getan?«

Leonie wischte sich übers Gesicht; die Tropfen auf ihrer Haut waren keine Tränen, sondern Schweißperlen. Sie klang jedoch trotzdem verletzt, als sie antwortete. »Hättest du denn zugehört? Du hättest dich schon ein wenig mehr anstrengen können.«

»Und du hättest ehrlich sagen können, was du brauchtest«, erwiderte Vee mit stockender Stimme.

»Konntest du dir denn nicht vorstellen, wie schwer mir das fiel?«, erwiderte Leonie.

Nun stand Vee zwischen Szylla und Charybdis. »Konntest du dir denn nicht vorstellen, dass ich damit alles untergraben hätte, was du mir jemals über Frauen und Mutterschaft beigebracht hast?«

Sie griff nach der Hand ihrer Freundin. Sie fühlte sich klamm an. »Du bist ja ganz kalt«, sagte sie.

»So wie du früher immer, weißt du noch?«, sagte Leonie. Ihr Lächeln nahm der Bemerkung den Stachel – ein Friedensangebot. Typisch Leonie. Vee stand auf. Eigentlich war ihr Körper daran gewöhnt, beim Fotografieren für längere Zeit unbequeme Haltungen einzunehmen, doch heute tat ihr alles weh. Vielleicht lag es an der Anspannung, die in jeden Winkel ihres Körpers schlich und sich dort verfestigte.

»Es war schon immer unmöglich, dir zu widersprechen«, sagte sie. »Und wäre ich ein Mann, wäre Kälte eine Tugend.«

Leonie lachte. Vee nahm die Kamera wieder aus der Tasche. Sie machte ein Foto, dann noch eins, während ihre Freundin lächelnd die Augen schloss. Sie sah aus wie eine faule, selbstzufriedene Katze, die als Einzige wusste, wo die Sahne war. Die Sonne war inzwischen wieder herausgekommen; sie stand nun etwas höher am Himmel und schien durch das Oberlicht, sodass Leonies Gesicht hart ausgeleuchtet und ihre kompromisslose Stärke hervorgehoben wurde. In diesem Moment erkannte Vee, welchen Weg sie gehen musste, um das perfekte Foto ihrer Freundin zu machen: Sie musste die Details ihres Gesichts zeigen, die Tränensäcke, die Flecken am Hals, die glänzende Stirn. Sie musste sie auf die gleiche Art wie einen Mann fotografieren. Sie musste jede Falte, jeden Schönheitsfehler festhalten. Bei einem Mann galt das nicht als Makel, sondern als Ausdruck des Charakters.

»Schau mich an«, sagte sie, »und stell dir vor, ich wäre Thatcher.«

Leonie lächelte, öffnete die Augen und beugte sich ein wenig vor, mit wutverzerrtem Gesicht. »Wo ist mein Schal, du verdammtes Miststück?« Klick. Leonie sah fuchsteufelswild aus, und nur sie beide wussten, dass es ein Witz war. Vee grinste. »Und jetzt schau mich an und stell dir vor, du selbst wärest Thatcher.«

Leonie lächelte, hob die Hand, als wollte sie Vee Einhalt gebieten, und zitierte hoheitsvoll den berühmten Thatcher-Satz: »Genug ist genug.«

Vielleicht hatte ihr lautes Gelächter Erica zurückgelockt; als Vee zur Tür blickte, stand die Kleine jedenfalls regungslos dort und beobachtete die beiden Freundinnen. Vee überlegte. Eigentlich war es kein Problem, wenn die Kleine zuschaute. Falls Ursula wieder auftauchte, um sie alle zur Schnecke zu machen, konnte sie ja einfach behaupten, das Kind gar nicht bemerkt zu haben. Sie warf Erica einen Blick zu und legte den Finger auf die Lippen. Erica nickte und ahmte die Geste nach. Ihr Blick war todernst.

24. April 2018

In London wird die Millicent-Fawcett-Statue enthüllt. Die Schriftstellerin Millicent Fawcett war eine führende Frauenrechtlerin und Aktivistin der Frauenwahlrechtsbewegung. Die Statue ist das erste Frauendenkmal, das am Parliament Square aufgestellt wird.

Zwei Tage vor Ausstellungseröffnung

Vee konnte den Anblick von Leonies Gesicht auf dem Plakat, mitten auf der Straße, wo jeder es sehen konnte, kaum ertragen. Sie mutete sich ohnehin schon zu viel zu. Am Tag zuvor hatte sie einen Termin bei Fens Nichte gehabt. Aus Gloria Wolf war wirklich eine großartige Anwältin geworden; wie hätte es auch anders sein sollen. Sie leitete inzwischen eine Kanzlei, die darauf spezialisiert war, die Rechte von Frauen zu vertreten, und viel Pro-bono-Arbeit für Missbrauchsopfer machte, von denen es leider noch immer viele gab. Gloria war die Medienansprechpartnerin, was Frauenrechte und deren Durchsetzung im beruflichen und privaten Bereich betraf. Die Prüfung und Änderung von Testamenten lagen eigentlich weit unterhalb ihres üblichen Honorars. Aber sie hatte sich trotzdem Zeit für Vee genommen, so wie sie es bei allen Schwestern tat, die sie zu Beginn ihrer Karriere unterstützt hatten. Nach dem Termin bei Gloria hatte Vee ihre Dunkelkammer leer geräumt. Heute Vormittag war sie im Krankenhaus gewesen. Und nun stand sie vor der Galerie.

Eigentlich wollte sie die Ausstellung gar nicht sehen. Aber das wäre Erica gegenüber nicht fair gewesen. Sie hatte so viel Arbeit hineingesteckt. Und sie war die ganze Zeit wirklich nett gewesen. Erica verdiente ihre Unterstützung, und die sollte sie auch bekommen. Erica hatte dafür gesorgt, dass die Welt sich an sie erinnern würde, weil sie es verdiente. Dafür war sie Erica dankbar. Sogar mehr, als sie gedacht hätte.

Also würde sie es hinter sich bringen. Am frühen Abend hatte sie dann noch einen Massagetermin mit Marja, die wieder vorbeikommen wollte. Und danach würde sie endlich schlafen können.

Hoffentlich kam der Tod ganz unvermittelt, wie die totale Finsternis, wenn sie das Licht in der Dunkelkammer ausknipste. Sie wollte kein langsames Dahinschwinden, als würde sie das Auftauchen eines Fotos im Chemiebad im Rückspulmodus beobachten. Aber es war töricht zu glauben, sie hätte eine Wahl.

Ihr vormittägliches Gespräch mit Dr. Wilding war in geradezu schwindelerregender Offenheit verlaufen. Anstelle des üblichen Herumgeredes um den heißen Brei mit Sprüchen wie »das lässt sich unmöglich sagen« oder »das hängt von verschiedenen Faktoren ab« hatte es nur unumwundene Antworten auf unumwundene Fragen gegeben. Das Gespräch hatte Vee an früher erinnert, als die Redakteure höchstens zwei Minuten aufbrachten, um sie zu briefen, und die Fotolaboranten es so eilig hatten, dass sie nur ganz knappe Infos darüber haben wollten, wie Vees Filme belichtet werden sollten, um die Wirklichkeit, die sie darauf festgehalten hatte, zum Vorschein zu bringen.

Ja, an diesem Vormittag hatten sie und ihr Arzt Klartext geredet. Sie hatte ihm berichtet, dass die Kopfschmerzen und auch die Übelkeit immer heftiger wurden und dass immer größere Happen aus ihrem Wortschatz und ihren Erinnerungen weggefressen wurden. Jedenfalls kam es ihr so vor. Diesmal war es anders als 2007 nach der Operation, als plötzlich riesige schwarze Krater an Stellen klafften, wo zuvor Wissensfragmente und Erinnerungen gewesen waren, die sie, wie man ihr zuvor erklärt hatte, niemals wieder zurückbekommen würde.

Wenn sie nicht schon nach Leonies Tod aufgehört hätte, die Fotografie zu lieben, wäre es in den Wochen nach dem Eingriff passiert. Abend für Abend hatte sie damals mit Kolleginnen und alten Weggefährtinnen aus der Bewegung Fotos betrachtet und sie gebeten, ihr von der Wirklichkeit, die auf diesen Fotos heraufbeschworen wurde, zu erzählen. Denn sie selbst hatte nur noch darüber Gewissheit, dass sie durch das Betätigen des Auslösers entschieden hatte, was auf einem bestimmten Bild zu sehen sein würde.

Was ihr nun widerfuhr, war jedoch von einer anderen Größenordnung; es glich der unmerklichen Lichtveränderung während der Dämmerung, die es mit sich brachte, dass die erste Aufnahme auf dem Film vermutlich noch in Ordnung war, die letzte dagegen körnig und daher kaum zu verwenden. Vee hatte sich ihre Fragen an den Arzt vorher notiert. Sie vermochte nicht zu sagen, ob sie sie vielleicht schon beim letzten Mal gestellt hatte.

Die Geradlinigkeit der Antworten hatte sie als tröstlich empfunden, ungefähr so, wie ein klarer Schnitt tröstlich war, wenn man mit einer zerklüfteten Wunde gerechnet hatte.

Gehen Sie davon aus, dass Ihre Müdigkeit zu- und Ihr Erinnerungsvermögen abnimmt. Auch Ihr Urteilsvermögen wird nachlassen. Was Ihr Sehvermögen angeht, werden wir Sie ein weiteres Mal untersuchen, aber Sie selbst können das eigentlich am besten beurteilen.

Länger als zwei Monate wird es wohl nicht dauern.

* * *

Erica stakste wieder mit diesen Stiefeln herum. Tja, wenn sie nur so durch den Tag kam, musste Vee das wohl akzeptieren. Erica sah furchtbar aus, bleich und erschöpft. Doch als sie Vee draußen vor der Galerie bemerkte, strahlte sie übers ganze Gesicht; sie wartete nicht darauf, dass Vee eintrat, sondern kam zu ihr hinaus auf den Bürgersteig. Dort betrachteten sie gemeinsam das Plakat, und mit Erica an ihrer Seite konnte Vee plötzlich erkennen, was sie sah.

Vielleicht hatte sie nun endlich erreicht, was sie sich an jenem sonnigen Tag im Juni 1968 in Dagenham zum Ziel gesetzt hatte. Manche Leute schafften es nie in eine Ausstellung. Manche Leute gerieten vollkommen in Vergessenheit. Und das wäre schlimmer gewesen, auch wenn es Zeiten gegeben hatte, in denen Vee vom Gegenteil überzeugt gewesen war.

»Wollen Sie nicht hereinkommen?«, fragte Erica zögernd. »Ach, was rede ich denn – natürlich wollen Sie, deswegen sind Sie ja hier. Ich bin einfach nur nervös.«

Vee nickte. »Gehen Sie am besten voran.«

Erica stützte sich an der Wand, als der Aufzug sich nach oben bewegte; als sie ins Schwanken geriet, streckte Vee die Hand nach ihr aus. Es tat gut, zur Abwechslung selbst einmal jemandem Halt geben zu können. »Geht es Ihnen gut?«, fragte sie.

Erica lächelte verlegen. »Ich bin schwanger.«

»Oh.« Eigentlich waren jetzt Glückwünsche angebracht, aber Ericas Miene hielt Vee davon ab. »Hm.«

»Genau«, sagte Erica. »Ich weiß nicht, was ich davon halten soll. Marcus ist noch gar nicht eingeweiht. Ich habe es bisher niemandem erzählt. Sie sind die Erste.«

Der Aufzug hielt an, und sie traten hinaus in den Ausstellungsraum, wo sie von Leonie begrüßt wurden; ihr Gesicht erschien überlebensgroß auf einer Nachbildung des Ausstellungsplakats. Sie blieben vor dem Bild stehen und betrachteten es eine Weile. »Leonie hatte eine Abtreibung«, sagte Vee. »Sie hatte kein schlechtes Gewissen deswegen.«

Erica nickte. »Ich weiß. Aber ich möchte nicht, dass Tom ein Einzelkind bleibt, und die Gelegenheit kommt vielleicht nie wieder.«

»Warum sind Sie dann nicht glücklich?«

Erica seufzte. »Ich weiß es nicht. Was, wenn ich Marcus nicht liebe?« Sie schaute Vee an, und Vee hätte alles dafür gegeben, sich der Situation gewachsen zu fühlen und etwas sagen zu können, das hilfreich war oder zumindest nicht so ungewollt taktlos wie die Erwähnung der Abtreibung. Obwohl Erica müde aussah, strahlten ihre Augen genauso schön und lebendig wie Leonies früher.

»Ich weiß es auch nicht, Erica«, sagte Vee, und Erica schien zu verstehen, dass sie mehr gesagt hätte, wenn sie dazu imstande gewesen wäre. Sie streckte die Hand aus und legte sie Vee auf den Arm. Die Berührung tat fast weh.

Schließlich sagte Erica: »Ich möchte darüber nicht reden, sondern mich lieber auf die Ausstellung konzentrieren. Die übrigens genau dort anfängt, wo wir nun stehen.«

Sie deutete auf Vees stark vergrößertes Dagenham-Foto. Darunter waren die Zeitungen zu sehen, die das Foto abgebildet hatten. Vee ging weiter zu den weinenden Schönheitsköniginnen, die von Bildern früher Protestmärsche eingerahmt waren. So viele Gesichter, deren Namen sie damals wahrscheinlich gekannt hatte. Porträts von den Großen und den Guten, von Frauen, die längst vergessen, und solchen, die noch immer berühmt waren. Vor Margaret Thatcher blieb sie stehen.

Erica hielt ebenfalls an. »Ich weiß, es klingt seltsam«, sagte sie, »aber ich mag Ihr Thatcher-Foto wirklich sehr.«

»Ich wünschte, ich könnte mich noch an den Moment erinnern, als ich es aufnahm.«

»Und warum wollen Sie sich ausgerechnet daran erinnern?«

Vee lächelte. »Weil ich glaube, dass der Schal, den Thatcher da um den Hals trägt, Leonie gehörte.«

Erica lächelte. »Wir können ja einfach annehmen, dass Sie recht haben.« Sie gingen schweigend weiter. Es war ein sonderbares Gefühl, durch die menschenleere Galerie zu schlendern.

Fast am Ende der Ausstellung kam das berühmte Porträt von Leonie Barratt.

Nun ist sie schon so lange fort, dachte Vee. Und trotzdem ist sie nach wie vor der wichtigste Mensch meines Erwachsenenlebens. Der Abzug war etwas größer als A1-Format, kleiner als auf dem Plakat, aber genauso beeindruckend: Leonie pur. Ein bisschen so, als würde man in einem Museumsladen eine Replik der *Mona Lisa* entdecken, im Kleinformat zwar, aber genauso hoheitsvoll. Daneben war Vees Kontaktbogen zu sehen. Er wusch ihren Namen zwar nicht direkt rein, sprach sie aber zumindest vom schlimmsten Vorwurf frei, der ihr gemacht worden war: dass sie ihrer Freundin nicht zu Hilfe geeilt war, sondern ihr beim Sterben zugeschaut hatte, als wäre es ein blutiges Spektakel gewesen, bei dem sie eiskalt die Kamera draufgehalten hatte. So etwas taten nur Kriegsfotografen. Die dafür sogar noch mit Preisen überhäuft wurden. Aber sie war eben kein fotografierender Mann, sondern eine fotografierende Frau.

Vor dem Bild war eine Bank aufgestellt worden. Vee setzte sich, Erica nahm ebenfalls Platz. »Ich weiß nicht, wie oft mir die Geschichte erzählt wurde«, sagte sie. »Angeblich waren Sie damals dabei, Fotos zu machen, als Leonie plötzlich mit dem Tod rang, und anstatt ihr zu helfen, haben Sie einfach weiter auf den Auslöser gedrückt und die Bilder dann veröffentlicht.«

»Und das haben Sie geglaubt?«, fragte Vee.

»Ja, natürlich«, erwiderte Erica. »Welches Kind glaubt seiner Mutter nicht? Aber als ich älter wurde, begriff ich, dass meine Erinnerung nur ein Konstrukt war. Was ich für eine Erinnerung gehalten hatte, war im Grunde …« – sie massierte ihre Schläfen, während sie nach dem richtigen Wort suchte – »eine Art Comic. Ein Kindercomic. Mit Riesenhänden, die eine Kamera hielten, und meiner Tante, die blutüberströmt dasaß …«

Vee griff nach Ericas Hand. War es Ericas Hand, die zitterte, oder war es ihre eigene? »Leonie hat nicht blutüberströmt dagesessen, Erica«, sagte sie. »Da war kein Blut. Das können Sie auf dem Bild auch sehen. Ihre Tante hatte damals einen Herzstillstand.« Meine Güte, welche Last für ein Kind.

»Das weiß ich ja längst«, sagte Erica. »Das weiß ich schon, seit ich alt genug war, vernünftig darüber nachzudenken. Als ich mir die Fotos anschaute, fiel mir auf, dass Leonie eigentlich gar nicht aussah, als sei sie tot. Da begriff ich erst, dass man es auch falsch deuten konnte.«

»Ich bin froh, dass Sie das so sehen«, sagte Vee. Der nächste Kopfschmerzanfall kündigte sich an, die Wirkung des Schmerzmittels ließ unerwartet schnell nach. Die Spannung machte sich schon in ihrem Kiefer breit.

»Als Sie mir dann den Kontaktbogen überließen«, sagte Erica, »und ich die anderen Bilder sah, war ich ungemein erleichtert.«

Vee nickte. Als sie die Bilder des Kontaktbogens vergrößert und genauer betrachtet hatte, war sie sicher gewesen, erkennen zu können, zwischen welchen beiden Aufnahmen Leonies Herz damals stehen geblieben war. Und sie war sicher gewesen, dass nach Leonies Tod nicht nur eine, sondern zwei Aufnahmen entstanden waren. Aber sie war die Einzige, die das wusste beziehungsweise gewusst hatte, denn ihre Erinnerung daran war verloren gegangen, und es gab keine Aufzeichnungen darüber. Als sie sich vor zehn Jahren von ihrer Gehirn-OP erholt hatte, waren ihr nur die letzten Bilder auf diesem Film geblieben, aus denen sie schließen konnte, was sich damals ereignet hatte. Aber das war nicht genug. Fotos für sich allein betrachtet konnten niemals die ganze Wahrheit erzählen.

»Ich kann mich noch daran erinnern, dass Ihre Kamera auf dem Boden lag«, sagte Erica leise.

»Was?«, sagte Vee. Nein. Das konnte nicht sein.

»Als ich hereinkam. Bevor Sie schrien, dass ich weggehen sollte. Ihre Kamera lag auf dem Boden.«

»Sind Sie sicher?«

»Ja, das bin ich.« Erica schien es gar nicht so wichtig zu finden.

Aber in Vees Innerem zerbrach etwas. Nein: Es wurde wieder heil.

Denn normalerweise hätte sie ihre Kamera niemals auf den Boden gelegt. Sie hätte sie auch niemals unter Wasser gehalten. Wenn Vee unterwegs war, hatte sie die Kamera entweder in der Hand, um den Hals, über der Schulter oder in der Kameratasche. Nirgendwo sonst. Das war eine eiserne Regel, die sie normalerweise niemals brach.

Wenn ihre Kamera wirklich auf dem Boden gelegen hatte, konnte das nur bedeuten, dass sie sie dort abgelegt hatte, um Leonie zu helfen.

So musste es gewesen sein.

Denn mit einer Kamera, die einem am Hals baumelte, konnte man natürlich niemanden beatmen.

Deshalb hatte sie die Kamera auf den Boden gelegt.

Sie konnte sich nun fast daran erinnern. Sie hatte weiter fotografiert und erst nach einer Weile gemerkt, dass es merkwürdig still geworden war und sie nur noch ihren eigenen Atem hörte. Dann ihre eigene Stimme, die Leonies Namen rief. Der füllige Körper ihrer Freundin, der langsam vom Stuhl glitt. Wie sie hastig Leonies Mund öffnete und auf ihre kleinen, geraden Zähne blickte, die wie Wächter vor dem stummen roten Schlund Spalier standen.

Lavendel. Schweiß. Und dieses unheimliche Schweigen, das sie bei Leonie gar nicht kannte.

Vee schloss die Augen, kniff sie so fest wie möglich zu, um die Erinnerung festzuhalten, doch sie entschlüpfte ihr wieder.

Doch etwas blieb: Gewissheit. Vee war überzeugt gewesen, dass sie niemals Gewissheit haben würde. Doch nun hatte sie sie.

Sie hatte ihrer Freundin Vorrang gegeben. Sie hatte für Leonie ihren Beruf und ihr Arbeitsethos beiseitegeschoben. Dieses eine Mal hatte sie Leonie nicht im Stich gelassen.

Und der Schmerz, der sie nun überkam, war zweifellos ein Zeichen der Genesung. Die offene Wunde in ihrem Herzen, die sie fast fünfundzwanzig Jahre mit sich herumgetragen hatte, konnte nun endlich heilen.

Vee nahm Ericas Hand. »Danke«, sagte sie. »Ich danke Ihnen.«

»Wofür?«

»Für das Geschenk, das Sie mir gerade gemacht haben.«

Vee hoffte, dass sie Erica nun ebenfalls ein wenig Frieden geben konnte. »Wenn ich die Bilder betrachte, kann ich vieles erkennen«, sagte sie.

»Was denn?« Erica saß regungslos da. Es war still in der Galerie. Von draußen drang der gedämpfte Lärm der Stadt herein.

»Ich kann darauf erkennen, dass Leonie entspannt war. Sie hat wahrscheinlich geredet, während ich die Aufnahmen machte. Ich bewegte mich die ganze Zeit um sie herum, während sie ruhig dasaß. Ich hatte sie vermutlich so positioniert, dass sie einem Fenster gegenübersaß oder einer Tür, die zum Garten hin offen stand.« Vee holte tief Luft. Wenn doch wenigstens der körperliche Schmerz nachließe. »Ich habe das Set-up damals nicht verändert. Leonie trägt dieselben Sachen und sitzt in der gleichen Haltung da, auch der Hintergrund ist exakt wie zuvor. Das bedeutet, dass ich ohne Unterbrechung fotografiert haben muss.«

Erica klammerte sich an die Sitzbank, während sie Leonies Bild betrachtete. »Ich verstehe nicht, was Sie meinen.«

Vee war sich auch noch nicht sicher, worauf sie eigentlich hinauswollte. »Schauen Sie sich den Kontaktbogen an«, fuhr sie fort. »Es ist unmöglich, den Moment zu bestimmen, in dem Leonie starb. Sie fiel nicht plötzlich zu Boden, und ihre Miene ist nicht verzerrt. Wie Sie in Ihrem Text zu diesem Bild ja selbst geschrieben haben: Dass sie tot ist, weiß man erst, wenn man die Info bekommt. Sie hat damals nicht gelitten. Das kann man sehen.« Der Schmerz kroch nun in ihrem Gesicht herum: im Kiefer, in den Nebenhöhlen, an den Schläfen, auf der Stirn, dann über ihre Schädeldecke den Nacken hinunter.

Erica nickte. Diese staunenden Augen, während sie zuhörte, wie bei einem Kind. Plötzlich lächelte sie versonnen, ohne Vee anzuschauen. »Ich kann mich noch daran erinnern, dass sie viel geredet hat. Und an ihre Blicke. Ich weiß noch, dass sie und meine Mutter oft über mich sprachen, weil ...« Sie legte sich die Hand auf den Bauch und verzog das Gesicht, als rumorte etwas in ihr.

»An dem Vormittag, als Sie zu uns kamen, hatte Leonie meine Mutter eine Rabenmutter genannt. Und mein Vater war genervt gewesen, weil Leonie pausenlos redete und meine Mutter sich ständig über sie aufregte. Sie mussten dann aber aufhören, sich zu streiten, weil noch aufgeräumt werden musste, denn es sollte ja alles ordentlich sein, wenn Sie kamen.« Sie massierte sich wieder die Schläfen. An diese Geste würde der kleine Tom sich bestimmt erinnern, wenn er eines Tages an seine Mutter zurückdachte.

Vee hatte einen Kloß im Hals. Die Schmerzen wanderten ihre Wirbelsäule hinunter und wieder hinauf in ihren Schädel.

»Das ist alles, woran ich mich noch erinnere«, sagte Erica.

»Schauen Sie Ihre Tante an«, sagte Vee, obwohl jede Erinnerung, jeder Gedanke an Leonie wehtat. »Wenn Sie sie anschauen, können Sie erkennen, was für ein Mensch sie war. Sie war klug, nachdenklich und ... einfach unglaublich stark. Und bei diesem Anblick konnte ich damals wahrscheinlich gar nicht anders, als Leonie zu fotografieren – und ich hätte es vermutlich auch dann gemacht, wenn mir klar gewesen wäre, dass sie tot war. Ich weiß nicht mehr, was mich dazu trieb, auf den Auslöser zu drücken; vielleicht war es der Schock, vielleicht der Instinkt. Aber genau das macht die Arbeit eines Fotografen aus. Doch wenn der Fotograf eine Frau ist, wird sie dafür …« Sie suchte nach dem richtigen Wort. »Verteufelt. Wenn Männer so etwas fotografieren, werden sie dagegen für ihre Unerschrockenheit gepriesen.« Und da sie es nun konnte, fügte sie hinzu: »Wenn meine Kamera damals auf dem Boden lag, weiß ich, dass ich versucht habe, Leonie zu helfen.«

Sie schaute Erica an. Womöglich weinte sie, aber Vee konnte nicht sicher sein, denn am Rande ihres Blickfelds hatte das Licht begonnen, zu flackern und Funken zu schlagen. Da Erica still blieb, fuhr Vee fort: »Wenn Sie damals zu uns hereingekommen sind, werde ich Sie wahrscheinlich angeschrien haben, dass Sie weggehen sollen. Weil ich nicht wollte, dass Sie das sehen. Als meine Mutter damals starb, wurde sie aufgebahrt, und eine meiner Tanten zwang mich, mit an ihren Sarg zu kommen. Das habe ich ihr nie verziehen. Wenn das Schicksal einem Kind die Mutter nimmt, muss man das Kind ja nicht unbedingt darauf stoßen. Wenn ich Sie also tatsächlich angeschrien habe, dann geschah es, weil ich Sie vor diesem Anblick beschützen wollte.«

Gott, diese Schmerzen. Überall diese Schmerzen. Vee sehnte sich danach, ihre Medikamente zu nehmen und einzuschlafen. Und wenn es kein Morgen mehr gab, tja …

»Meine Mutter«, sagte Erica und griff nach Vees Hand. Vee spürte ein Zittern in der Haut, eine Erschütterung in den Knochen; alle Zellen ihres Körpers schienen den Atem anzuhalten. »War Leonie meine Mutter? Sie sagten gerade, Sie wüssten, wie es ist, ein Kind ohne Mutter zu sein.« Erica beugte sich zu ihr, Vee spürte das Gewicht ihres Körpers an ihrer Schulter, als wäre Erica wieder das Kind, das nach Trost und Liebe suchte.

Vee schloss die Augen, doch die Blitze wollten nicht verschwinden, sie hoben sich nur noch greller vor der gesegneten Dunkelheit ab. Sie holte tief Luft. Nun war es so weit. Falls sie sich dessen wirklich sicher war. Falls ja, würde Leonie ihr dafür danken?

Sie spürte, wie Erica wartete.

Es war so weit.

Vee fasste sich an die Stirn und tastete mit der anderen Hand nach der Bank, um sich daran festzuhalten. Ein Schwindelanfall, wenn nicht gar Schlimmeres. »Ich muss nach Hause.« Es war, als wollte ein Sturm sie daran hindern, eine Tür zu öffnen; Schmerzen fegten durch ihren Kopf, ihr Gesicht, ihren Nacken, ihre Wirbelsäule, und mit einem Mal war sie nicht mehr in diesem Raum, sondern nur noch in dieser brennenden Dunkelheit, die hinten in ihrer linken Augenhöhle loderte. *Bitte nimm mir nicht meine Sehkraft. Noch nicht.*

25. April 2018

Tut mir leid, dass ich zu spät dran bin«, rief Erica, als sie die Tür aufschloss. »Ich wollte nur ein letztes Mal durch die Ausstellung gehen, aber dann hat es doch länger gedauert, weil ich noch einige Sachen mit der Galerie klären musste. Wenn die Woche vorbei ist, werde ich …« Sie hielt inne, weil sie gar nicht so recht wusste, was sie sagen wollte. Endlich wieder mehr Zeit haben? Wieder zuverlässiger sein? Nicht mehr so viel verlangen? Nicht zum ersten Mal war sie froh, dass Vee sie nicht zu Hause sehen konnte. Erica streifte sich die Stiefel ab. Ihre Füße atmeten erleichtert auf und machten sich auf dem Boden breit. Wann war sie eigentlich das letzte Mal beim Yoga? Das war bestimmt vier Monate her. Sie hängte ihren Mantel auf und streckte sich. Tat das gut! Sie hatte stundenlang den Rücken beugen müssen, um die Details in den Schaukästen zu überprüfen.

Tom war nirgends zu sehen, aber in der fast schon unheimlichen Stille, die ihrem Wortschwall folgte, hörte sie sein leises Schnarchen, das durch den Monitor drang.

»Schon okay«, ertönte Marcus' Stimme.

»Und als ich endlich gehen konnte, war es so voll in der U-Bahn-Station, dass ich warten musste. Ich hätte besser den Bus genommen, aber ich dachte, das dauert bestimmt noch länger …« Eigentlich war es Erica völlig egal gewesen, denn sie hatte die ganze Zeit über Vee, Leonie und Ursula nachgedacht: drei Frauen, die ihre eigene Geschichte geschrieben hatten und entweder bereits tot waren oder im Begriff zu sterben. Sie hatte versucht sich einzureden, dass Vee nur aus Verwirrung Leonie als ihre Mutter bezeichnet hatte, dass es bloß auf ihren Tumor zurückzuführen war. Erica hatte nie einen Grund gehabt, an ihren Eltern zu zweifeln. Sie besaß schließlich eine Geburtsurkunde, aus der eindeutig hervorging, dass Ursula Woodhouse ihre Mutter war und Alec George Woodhouse ihr Vater.

Und trotzdem wollte ihr der Gedanke nicht mehr aus dem Kopf gehen. Als sie in der Menschenmenge gestanden und auf die U-Bahn gewartet hatte, war sie ganz durcheinander gewesen. Verwirrt und verblüfft, doch zugleich ruhig und gefasst, als wäre ihre Welt zwar aus dem Gleichgewicht gebracht worden, aber so, dass es in bestimmter Hinsicht Sinn ergab. Wie bei dem winzigen Lebewesen, das sich in ihrem Bauch eingenistet hatte.

Warum hatte Vee ihr nicht geantwortet? Hatte es wirklich an den Kopfschmerzen gelegen, oder waren sie nur ein Vorwand gewesen? Erica nahm sich vor, ihre Frage zu wiederholen, und beim nächsten Mal würde sie kein Nein als Antwort akzeptieren.

»Erica.« Als Marcus auf sie zukam, wäre sie fast zurückgewichen; sie war über ihre eigene Reaktion so erschrocken, dass sie ihn zum ersten Mal, seit sie nach Hause gekommen war, richtig anschaute. (Das erste Mal an diesem Tag? In dieser Woche?) Marcus sah müde aus. Aber er lächelte und legte sanft seine Hände auf ihre Schultern. »Erica, alles ist gut. Ich hatte dir eine SMS geschickt, dass du dir Zeit lassen sollst. Tom und ich sind gut klargekommen. Wir haben uns über Weltpolitik unterhalten. Für einen knapp Zweijährigen hat er erstaunlich radikale Ansichten.«

Erica lachte. Sie neigte sich zu ihm, ließ seinen Brustkorb das Gewicht ihrer Schultern auffangen und lehnte den Kopf an seinen Hals. »Ich habe deine SMS nicht gesehen. Tut mir leid.«

»Kein Problem«, sagte Marcus. »Ist denn jetzt alles fertig? Meine Mutter hat übrigens angeboten, zur Eröffnung bei uns zu übernachten, damit wir uns einen kinderfreien Abend machen können. Ich hatte schon überlegt, uns ein Hotelzimmer zu buchen. Aber ich wollte dich erst fragen.« Erica dachte an das Baby in ihrem Bauch, das sie ihm bisher verschwiegen hatte. Egal, ob sie sich dafür oder dagegen entschied, sie brauchte Marcus' Verständnis und seine Unterstützung. Ansonsten waren sie beide so gut wie erledigt.

Sie schmiegte sich noch mehr an ihn, spürte, wie er seine Arme um ihre Schultern legte. »Ich weiß es nicht«, sagte sie. »Ich dachte, alles wäre gut, aber jetzt bin ich mir nicht mehr sicher.«

»Du weißt aber, dass ich stolz auf dich bin, oder?«

Sie schaute zu ihm hoch. Vor ihrer Begegnung mit Vee hätte sie wahrscheinlich automatisch mit Ja geantwortet, aber nun sagte sie: »Eigentlich weiß ich das nicht. Ich hatte eher das Gefühl, dir wäre es lieber gewesen, wenn ich die Ausstellung nicht auf die Beine gestellt hätte.«

Marcus seufzte. »Ich weiß.«

»Was weißt du?«, fragte Erica. »Dass ich dieses Gefühl hatte oder dass es dir tatsächlich lieber gewesen wäre?« Die Ausstellung hatte Ericas Aufmerksamkeit für Details geschärft, hatte ihren Forscherdrang zu neuem Leben erweckt. Eigentlich sehnte sie sich nach einer Dusche und nach Schlaf, aber nun stellte sie zu ihrer Erleichterung fest, dass ihr Wunsch, eine funktionierende Ehe zu haben, offenbar stärker war. In den letzten Monaten war sie manchmal bereit gewesen, für zwölf Stunden Schlaf alles zu opfern, außer Tom.

»Beides«, erwiderte Marcus. »Wir sollten reden, oder?«

»Ja. Das sollten wir.« Das neue Leben in Erica machte sich bemerkbar; sie hatte auf einmal riesigen Appetit auf Müsli mit heißer Milch. Es hatte keinen Zweck, es weiter für sich zu behalten, und es wäre auch nicht fair gewesen. Marcus war schließlich nicht ihr Feind. »Und ich muss dir etwas Wichtiges sagen.«

Siebter Teil:

ENTWICKLUNG

Eine erfahrene Fotografin kann ein Bild in der Dunkelkammer auf bestimmte Arten verändern. Sie kann es zum Beispiel zuschneiden, wenn sie nur etwas Bestimmtes zeigen und den Rest verbergen will. Sie kann jedoch keine Details erzeugen, die nicht bereits auf dem Negativ vorhanden sind. Haben Sie keine Angst davor, genau hinzuschauen. Nehmen Sie Ihr Motiv unter die Lupe. Stellen Sie es infrage.

Veronica Moon, *Fotografien von Frauen* (unveröffentlicht)

»Veronica Moon bei der Entgegennahme des Preises für das politische Foto des Jahres, 1979«

Ausstellungsabschnitt: Die Fotografin im Fokus

Es existieren nur wenige Fotos, auf denen Moon selbst zu sehen ist. Wie viele Mitglieder ihrer Zunft ist sie zwar nicht unbedingt kamerascheu, gibt die Kontrolle jedoch nur ungern an andere ab. Sie bestimmt lieber selbst, was zu sehen ist.
Dieser Ausstellungsabschnitt präsentiert Aufnahmen, auf denen Moon selbst im Mittelpunkt steht, darunter mehrere Selbstporträts, die sie mit einem Fernauslöser aufnahm (auf einigen ist zu erkennen, dass sie ihn in der rechten Hand hält). Auch Pressefotos von öffentlichen Auftritten sind dabei; eines zeigt sie bei der Entgegennahme des Preises für das politische Foto des Jahres, der ihr im Dezember 1979 für ihr Margaret-Thatcher-Porträt verliehen wurde, das einige Monate zuvor entstand. Die restlichen Fotos stammen aus Moons Privatsammlung. Viele wurden von Leonie Barratt in den Jahren aufgenommen, als sie sich mit Moon in London eine Wohnung teilte (1970–1977). Moons Gesichtsausdruck auf einigen dieser Bilder lässt darauf schließen, dass ihr gar nicht bewusst war, dass sie fotografiert wurde.
Analoge Fotografien lassen sich nicht so leicht wie Digitalfotos zuschneiden, bearbeiten oder löschen. Wenn Sie nach dem Besuch dieser Ausstellung Ihr nächstes Foto machen wollen, probieren Sie doch einmal die Methode von Veronica Moon aus:
Überlegen Sie vorher, was genau auf dem Bild zu sehen sein soll.
Machen Sie die Aufnahme.
Akzeptieren Sie sie so, wie sie ist.

Das Jahr 2018:

- Einer Umfrage zufolge können sich zehn Prozent der Mädchen und jungen Frauen im Alter von 14 bis 21 Jahren weder Binden noch Tampons leisten.
- Weniger als ein Drittel der einflussreichsten Positionen im Vereinigten Königreich werden von Frauen bekleidet.
- Theresa May steht als zweite Frau an der Spitze der britischen Regierung. In Interviews unterscheiden sie und ihr Mann zwischen »Frauenberufen« und »Männerberufen«.
- Das britische Parlament hat 208 weibliche Mitglieder im Unterhaus (das entspricht 32 Prozent) und 206 weibliche Mitglieder im Oberhaus (das entspricht 26 Prozent).
- Frauen verdienen nach wie vor weniger als Männer, wobei schwarze Frauen noch stärker benachteiligt werden als weiße Frauen. US-Studien zufolge verdienen schwarze Frauen 38 Prozent weniger als weiße Männer und 21 Prozent weniger als weiße Frauen.
- Drei Millionen Mädchen weltweit droht das Schicksal weiblicher Genitalverstümmelung.
- Die #MeToo-Bewegung stößt weltweit eine Debatte über sexuelle Belästigung und deren Bekämpfung an.
- Die Vereinten Nationen erklären: »Bisher ist es keinem Land der Welt gelungen, die Diskriminierung von Frauen erfolgreich abzuschaffen oder vollkommene Gleichberechtigung zu erreichen.«

Leonie Barratt ist inzwischen seit über dreißig Jahren tot, und Veronica Moons Gesundheitszustand verschlechtert sich zusehends.

26. April 2018

Tag der Ausstellungseröffnung

Ich kann es noch immer nicht fassen, dass Sie hier sind!«, rief Erica aufgeregt, als sie in den Nebenraum huschte, wo Vee Platz genommen hatte. »Möchten Sie mit den Leuten reden? Es sind wirklich viele da! Einige habe ich von den Fotos wiedererkannt.«

Vee konnte selbst kaum glauben, dass sie gekommen war. Eigentlich hatte sie vorgehabt, den Umschlag für Erica im Laufe der Woche vorbeizubringen oder Erica zu fragen, ob sie ihn abholen wollte. Doch als sie vorhin zu Hause saß und darüber nachdachte, wie lange sie schon auf die Anerkennung ihrer Arbeit wartete, wurde ihr klar, dass sie doch zur Vernissage gehen wollte. Außerdem musste sie Erica etwas sagen und ihr etwas geben. Als sie in der Galerie ankam, verlor sie jedoch den Mut; sie winkte Erica nur kurz zu und verschwand dann hinter der Tür mit der Aufschrift »PRIVAT« in dem Konferenzraum, der als Lager für Katalogkisten und Tabletts mit Weingläsern diente. Sie konnte ja später noch in den Ausstellungsraum gehen, wenn sie sich dem gewachsen fühlte. Aber zuerst musste sie etwas anderes erledigen.

»Erica, ich bin sehr stolz auf Sie«, sagte sie. »Sie haben großartige Arbeit geleistet. Sie haben … Sie haben mich wieder zum Leben erweckt.«

»Danke, Vee«, sagte Erica. »Es ist mir eine Ehre.«

Um nicht in Tränen auszubrechen, fragte Vee rasch: »Wie lief denn vorhin die Pressekonferenz?«

»Ganz gut, glaube ich.« Erica kniff kurz die Augen zu. »Ich weiß gar nicht, wo mir der Kopf steht! Bleiben Sie noch? Wo Sie schon mal hier sind?«

»Ich weiß nicht«, erwiderte Vee. Am liebsten wäre sie sofort gegangen. Doch unter den Gästen waren Leute, die sie wahrscheinlich nie wiedersehen würde; Weggefährtinnen von früher, die Leonie ebenfalls gekannt hatten. Eigentlich wollte sie sich gern von diesen Leuten verabschieden.

Erica hatte sich richtig in Schale geworfen, sie trug hohe Absätze – was sonst? – und ein Kleid, sie war sogar beim Friseur gewesen. Aber es war ja schließlich ihr großer Abend, und das Patriarchat hatte ihr nun mal die Überzeugung eingepflanzt, dass Frauen bei besonderen Anlässen so aussehen sollten.

»Die Leute würden sich bestimmt freuen, Sie zu sehen«, sagte Erica. »Natürlich erwartet niemand, dass Sie eine Rede halten oder so«, fügte sie hastig hinzu.

Vee lächelte. »Ich geselle mich vielleicht später dazu.« Sie war zwar nicht sicher, ob sie es wirklich tun würde, aber sie wollte Erica unterstützen. Sie hatte das Gefühl, es Leonie irgendwie schuldig zu sein. Und vielleicht erlaubte sie sich ja auch endlich einmal, stolz darauf zu sein, was sie, Veronica Moon, erreicht hatte, anstatt immer nur Wut darüber zu empfinden, was sie verloren hatte.

Es machte sie wirklich froh, nun Gewissheit zu haben, dass sie damals versucht hatte, Leonie zu retten. Aber vielleicht gaukelte der Tumor ihr das nur vor. Sie konnte nicht mehr sicher sein, ob ihre Gefühle und Gedanken echt waren.

Erica wartete. »Sie sollten da draußen sein«, sagte sie. »Es ist Ihr Abend.«

Als Vee zögerte, setzte Erica sich zu ihr und schaute ihr ins Gesicht. »Ich habe mich noch gar nicht bei Ihnen bedankt«, sagte sie. »Gleich, wenn ich wieder draußen bin, werde ich eine Dankesrede halten. Aber Ihnen möchte ich jetzt schon Folgendes sagen: Diese Ausstellung und alles, was Sie dafür getan haben, übertrifft meine kühnsten Träume. Und außerdem haben Sie mir geholfen zu verstehen.«

»Was zu verstehen?«

»Nun ja, die ganze Geschichte natürlich, aber auch, dass …«, Erica fasste sich an die Schläfen, bevor sie fortfuhr, »… dass sie zur Vergangenheit gehört.« Wenn es doch nur so wäre, dachte Vee. Der Tumor schien alle Teile ihres Lebens, an die sie sich noch erinnern konnte – ihre Kindheit, ihr Erwachsenendasein und dieses schleichende, erschöpfende Sterben –, auf sonderbare Weise zu verflachen. Zu viel Blitz, keine Tiefe. »Aber durch unsere Gespräche ist mir vieles klar geworden, was mein eigenes Leben betrifft«, sagte Erica.

»Es freut mich, wenn ich Ihnen behilflich sein konnte, Erica.«

»Mir ist, als wäre ich aufgewacht und hätte wieder die Möglichkeit, eine Wahl zu treffen. Dieses Gefühl hatte ich schon sehr lange nicht mehr.«

Vee streckte die Hand aus, und Erica beugte sich vor und nahm sie. »Sie haben immer eine Wahl«, sagte Vee. »Und Sie dürfen auch Fehler machen. Aber machen Sie sie, weil Sie sich für die falsche Richtung entscheiden. Und nicht, weil Sie weiterhin wegschauen.«

»Ja«, sagte Erica mit Tränen in den Augen. »Ich danke Ihnen. Für alles.«

»Wenn Sie anfangen zu weinen, verschmiert Ihre Wimperntusche.«

Erica lächelte. »Meine Wimperntusche ist mir schnuppe. Es gibt Wichtigeres im Leben.«

Und obwohl Vee sich kaum noch auf ihr Urteilsvermögen verlassen konnte, vertraute sie dennoch dem Gefühl, das nun in ihr aufwallte: Sie war stolz darauf, Erica zu kennen und die Gewissheit zu haben, dass sie Leonies Tochter war. »Gehen Sie«, sagte sie mit stockender Stimme. »Gehen Sie wieder hinaus und genießen Sie Ihren Erfolg.«

Als Erica wieder draußen war, konnte Vee sie reden hören; vielleicht unterhielt sie sich mit Vees Schwestern aus alten Zeiten oder mit Leuten, die erzählten, von ihr beeinflusst worden zu sein. Als sie regungslos in der relativen Stille dieses Konferenzraums saß, umgeben von Kisten mit Ausstellungskatalogen, fasste sie einen Entschluss. Wenn dieser Abend vorbei war, würde sie nur noch dann mit anderen Menschen reden, wenn es wirklich absolut notwendig war. Nur noch mit Ärzten und mit Marja. Wenn sie wach war, würde sie mit offenen Augen daliegen, nur um sich zu vergewissern, dass sie noch sehen konnte. Sie würde mehr Schmerzmittel nehmen, damit sie schlafen konnte. Und falls sie ihr Augenlicht verlor, würde sie eine Überdosis nehmen. Sie hatte schon angefangen, sich einen Vorrat anzulegen; bei jedem Krankenhaustermin ließ sie sich ein neues Rezept ausstellen, und dann drückte sie die zusätzlichen Tabletten aus der Folie und sammelte sie in einem Konservenglas, das sie in ihrem Nachttisch aufbewahrte. Das würde sie auch mit geschlossenen Augen finden und aufschrauben können. Sie hatte das schon geübt. Denn falls sie ihr Augenlicht tatsächlich verlor, würde sie das nicht stoisch erdulden. Nein. Sie würde in der Dunkelheit nach der Stille greifen.

Sobald Erica mit ihrer Dankesrede begann, wollte Vee hinausgehen und sich nach hinten stellen. Sie war vielleicht ein kleines bisschen stolz auf sich, aber auf Erica war sie auch stolz. Und sie war sicher, das Richtige zu tun, wenn sie Erica ihr gesamtes Archiv hinterließ. (Sie hatte die Kisten noch immer nicht geöffnet, aber es waren garantiert Sachen darin, die Erica verwenden konnte. Leonies Briefe, vielleicht einige Manuskripte. Sie brachte es einfach nicht über sich, die Sachen auszusortieren; auch was das anging, traute sie ihrem Urteilsvermögen nicht mehr.)

Sie war allerdings noch unsicher, ob sie das Richtige tat, wenn sie Erica den Umschlag gab.

Pling, pling, pling.

Der Klang einer Gabel, die gegen ein Sektglas klopfte, übertönte den Lärm in der Galerie. Die Gespräche verstummten allmählich, bis es so still geworden war, wie man es bei einer solchen Veranstaltung erwarten konnte.

Veronica stand auf. Sie würde sich Ericas Rede anhören, sich von den Menschen verabschieden, an die sie sich noch erinnerte, ein letztes Mal mit Erica sprechen, und dann würde sie nach Hause gehen. Basta.

Vee, am Ort des Vergessens, 1984

Es war nur ein kleines Versäumnis gewesen, noch dazu ein völlig verständliches angesichts der Situation. Statt Annabel, ihrer Assistentin, wie üblich eine Notiz fürs Labor mitzugeben, wenn sie die Filme dort abgab, wollte sie persönlich dort anrufen, um zu erklären, dass die letzten fünf Bilder des Films auf keinen Fall verwendet werden durften, und sicherzustellen, dass ihre Anweisung auch befolgt wurde.

Sie hatte es vorgehabt. Als sie an jenem Tag nach Hause kam, legte sie sich als Erstes hin. Sie war nicht müde, aber vor Schock und Trauer wie betäubt, ihr war alles zu grell. Sie hatte das dringende Bedürfnis nach Dunkelheit. Sie ließ sich auf ihr Bett sinken und fiel in einen albtraumhaften Halbschlaf, der sie den gesamten Vormittag noch einmal erleben ließ: Ursula, die in Tränen ausbrach, Erica, die auf ihr Zimmer geschickt wurde, der Anblick von Leonie, ihrer totenstillen Freundin. Als sie nach einer Stunde – gefühlt waren es sieben – wieder aufwachte, ging sie nach unten und schenkte sich ein Glas Rum ein, und kurz darauf noch eins. Annabel kam vorbei, um die Filme fürs Labor abzuholen und Vee die Kontaktbogen mitzubringen, die sie sich anschauen sollte. Vee wollte eigentlich sofort im Labor anrufen. Aber dann genehmigte sie sich erst einmal noch einen Drink, und dann klingelte plötzlich ständig das Telefon, weil Leonies

Tod sich wie ein Lauffeuer unter den Schwestern herumsprach. Deshalb kam sie zunächst gar nicht dazu, im Labor anzurufen. Es erschien ihr auch nicht so dringend. Der Gedanke, dass die Welt sich trotz Leonies Tod weiterdrehte, erschien ihr absurd. Und jedes Mal, wenn ein Telefonat zu Ende war und sie endlich im Labor anrufen wollte, um ihre Anweisungen durchzugeben, wie mit dem Film verfahren werden sollte, klingelte entweder erneut das Telefon, oder sie fühlte sich nicht imstande, so geschäftsmäßig wie üblich mit den Laboranten zu reden und so zu tun, als wäre ein ganz normaler Tag. Leonie war nicht mehr da. Sie war sonst immer da gewesen. Vee fand sich in einer neuen, rauen, einsamen Welt wieder, in der sie sich nicht zurechtfand, und sie brachte einfach nicht den Willen auf, es zu versuchen.

Am nächsten Tag ging sie arbeiten, weil sie nicht wusste, was sie sonst tun sollte. Sie fotografierte die Mitglieder einer Girl-Band, mit Dauerwellen, sonnengebräunten Bäuchen und zerrissenen Jeans. Sie fing die überschwängliche, nervtötende Glückseligkeit der Bandmitglieder ein, fassungslos darüber, dass diese jungen Frauen nicht nur sich selbst, sondern alles verrieten, was sich die Generation vor ihnen so hart erkämpft hatte. Sie waren das Gegenteil der Vision, die Vee sich an dem Abend ausgemalt hatte, als sie die tränenüberströmten Schönheitsköniginnen vor dem Café de Paris ablichtete und Leonie Bob Hope mit Mehlbomben bewarf. Das Shooting mit der Band war anstrengend, laut und chaotisch, der Manager funkte andauernd dazwischen, und die Mädchen wollten ständig mehr Kaffee und mehr Lipgloss. Vielleicht vergaß Vee deshalb, im Labor anzurufen, oder vielleicht wollte sie es irgendwann auch nicht mehr, weil sie zu sehr damit beschäftigt war, um Leonie zu trauern. Alles andere spielte keine Rolle mehr. Und so verging ein Tag nach dem anderen, während sie sich von einer schlaflosen Nacht zur nächsten hangelte.

Da Leonies Beerdigung eine »Familienangelegenheit« war, Ursula-Sprech für »Feministinnen nicht erwünscht«, traf Vee sich stattdessen mit einigen früheren Weggefährtinnen. Sie tranken zusammen, teilten Erinnerungen miteinander und sprachen darüber, wie sehr sie ihre gemeinsame Freundin vermissten. Anschließend wanderte sie allein weiter durch das Tal der Tränen, das sie in den Wochen nach dem Tod ihres Vaters zum ersten Mal durchschritten hatte. Den Weg, der vor ihr lag, empfand sie als langsame, schmerzerfüllte Reise, die irgendwann zu einer Art von Akzeptanz führen würde; sie hatte sich diesen Weg nicht ausgesucht, aber sie wusste, dass ihr nichts anderes übrig blieb, als ihn zu gehen.

Und dann erschien der Artikel über Leonie, kurz vor der geplanten Veröffentlichung von Vees Buch, die sich um einen Monat verschoben hatte. An dem Tag hatte Vee ein Treffen mit ihrem Verleger. Sie war so stolz auf *Fotografien von Frauen* gewesen und hatte gehofft, ihre Schwestern mit diesem Buch zu inspirieren und zu bestärken. Doch all das hatte plötzlich keine Bedeutung mehr, es erschien ihr egoistisch, und die Veröffentlichung interessierte sie nicht mehr.

Als sie an jenem Tag nach Hause kam, hatte sie siebzehn Nachrichten auf dem Anrufbeantworter, die meisten von Journalisten, die eine Stellungnahme wollten. *Stimmt es, dass Sie Leonie Barratt beim Sterben fotografiert haben? Dass Sie Ihr beim Sterben zugesehen haben? Dass Sie erst nach Hilfe gerufen haben, als es schon zu spät war?* Sie saß auf dem Boden und weinte, bis sie sich vollkommen leer fühlte. Dann hörte sie sich alle Nachrichten noch einmal an und brach abermals in Tränen aus. Sie hatte nicht die geringste Ahnung, was sie auf diese Fragen antworten sollte. Sie war noch nie gut mit Worten gewesen, aber nun gab es keine Worte.

Sie reagierte dann gar nicht auf die Nachrichten.

Und dann kamen die Anrufe von Freundinnen, die die Wahrheit wissen wollten und sich fragten, wie das hatte passieren können. Vee hatte doch bestimmt nicht getan, was Ursula ihr in sämtlichen Zeitungen vorwarf und was sie jedem erzählte, der ihr ein Ohr lieh, oder? Annabel bot ihr an, mit den Frauen zu sprechen, aber Vee lehnte ab; sie musste das selbst erledigen. Sie machte sich eine Liste sämtlicher Anruferinnen – insgesamt dreiundvierzig im Laufe der Woche – und verbrachte den Samstagnachmittag damit, am Telefon Erklärungen zu liefern. Soweit das überhaupt möglich war. Es war jedenfalls leichter zu sagen, dass sie nicht gemerkt hatte, dass Leonie vor ihren Augen gestorben war, als zu versuchen, in Worte zu fassen, was sie eigentlich dazu gebracht hatte, weiter auf den Auslöser zu drücken: das Nichtwahrhabenwollen, die Angst und die tiefe Gewissheit, dass sie, sobald sie mit dem Fotografieren aufhörte, ihre Stimme erheben und um Hilfe rufen musste. Und dann würde Leonie für immer fort sein. Sie hatte das Gefühl gehabt, dass Leonie nicht fort sein würde, jedenfalls nicht richtig, solange sie, Vee, nicht um Hilfe rief. Doch es war unmöglich, das einer Welt zu erklären, die das nicht nachvollziehen konnte.

Bea, Fen und Kiki war klar, dass sie Leonie niemals geschadet hätte. Doch selbst als sie mit den Menschen telefonierte, die ihr nach Leonies Tod am nächsten standen, war sie nicht in der Lage, über das, was passiert war, zu sprechen. Sie konnte damals nur weinen; die Trauer um ihre Freundin strömte Tag für Tag aus ihr heraus. Sie weinte um Leonie. Und wohl auch um sich selbst.

Und dann kam das Interview mit Ursula unter der Schlagzeile *»Leonies echte Schwester packt aus«*. Vee war allerdings nicht die Einzige, die von ihr beschuldigt wurde. Ursula hatte für irgendeinen David-Bailey-Möchtegern traurig in die Kamera geblickt, der sie übermüdet und zugleich überschminkt aussehen ließ.

Falls er es absichtlich getan hatte, konnte man das nur als grausam bezeichnen. Der Journalist war ebenfalls grausam; er drängte Ursula, darüber zu sprechen, wie die Frauenbewegung ihr nicht nur die Schwester geraubt, sondern Leonie zudem die Chance auf ein glückliches, zufriedenes Leben verwehrt hatte.

»Wenn jemand vor Übergewicht und Einsamkeit an einem Herzinfarkt stirbt, muss man sich doch mal fragen, wie es eigentlich so weit kommen konnte«, wurde Ursula zitiert. »Bei meiner Schwester lag es an den Entscheidungen, die sie getroffen hatte. Und damit meine ich nicht ihre Essgewohnheiten. Ihre sogenannten Freundinnen haben sie nicht richtig unterstützt, und ihre angeblich beste Freundin, Veronica Moon, schaute meiner Schwester beim Sterben zu, weil ihr ihre Karriere wichtiger war. Meine arme Schwester Leonie wurde von sogenannten Feministinnen einer Gehirnwäsche unterzogen, und dafür musste sie schließlich den Preis zahlen.« Die Behauptung mit der Gehirnwäsche war natürlich lächerlich, aber Vee regte sich trotzdem auf. Sie war wütend auf Ursula, aber auch auf die Journalisten, die sie dazu gebracht hatten, mit ihrer Trauer hausieren zu gehen und dadurch nicht nur sich selbst und Vee, sondern vor allem ihrer toten Schwester und deren Vermächtnis zu schaden. Wie tragisch, wenn von einem Menschen nur die Umstände seines Todes in Erinnerung blieben und sonst nichts. Das Ganze schmerzte Vee umso mehr, als Leonie zeitlebens die Anerkennung verwehrt geblieben war, die ihr zugestanden hätte.

Nach Erscheinen des Interviews meldeten sich diverse Redakteure bei Vee, um Aufträge zu stornieren; sie wollten erst einmal abwarten, bis Gras über die Sache gewachsen war. Vee hörte nie wieder von ihnen. Die meisten ihrer Freundschaften innerhalb der Bewegung kühlten merklich ab; wohl auch deshalb, weil Vee nie so richtig dazugehört und eher als Trittbrettfahrerin gegolten hatte. Da Vee nicht über die Umstände von Leonies Tod reden konnte oder wollte, dachten die anderen wahrscheinlich, dass sie etwas zu verbergen hatte und dass das, was in den Zeitungen stand, der Wahrheit entsprach.

Sie wusste, dass sie bei einigen Schwestern in Ungnade gefallen war, weil sie Thatcher fotografiert hatte, und dass sie aufgrund ihres Erfolgs bei manchen als Verräterin galt. Leonie hatte ihr das manchmal auch vorgeworfen, aber im Grunde hatte sie sie damit bloß zu einem geistigen Schlagabtausch herausfordern wollen, um zu testen, wie ernst es ihr mit der Frauenbewegung war. Und Leonie hatte ihr kein einziges Mal vorgehalten, dass sie viel Geld verdiente – im Gegensatz zu anderen Schwestern, die ihr gegenüber stets feindselig blieben, obwohl sie regelmäßig Beträge für die Bewegung spendete.

Schließlich rief Vees Verlag an, um ihr mitzuteilen, dass man es für das Beste hielt, die Veröffentlichung ihres Buches auf später zu verschieben. Sie war einverstanden. Es hätte ihr etwas ausmachen sollen, doch es war ihr egal. Während des Winters tauchte sie unter, und im Frühling, als das Telefon aufgehört hatte zu klingeln, fuhr sie nach Schottland, um den Himmel, die Steilküsten und das Meer zu fotografieren und die Schönheit der Natur zu bewundern, doch nur mit dem Kopf. Ihr Herz blieb von alldem unberührt. Ihre Kamera fing nichts Bemerkenswertes ein, oder falls doch, erkannte sie es nicht. Nach der Rückkehr zu ihrem Anrufbeantworter, auf dem niemand eine Nachricht hinterlassen hatte, beschloss sie, ihr Haus zu vermieten und für ein Jahr nach Kanada zu gehen; noch mehr Weite, noch mehr Schönheit, noch weniger Inspiration. Zuerst hörte sie auf, ihre Filme zu entwickeln, und schließlich hängte sie die Fotografie ganz an den Nagel. Stattdessen ging sie wandern, schaute sich die Landschaft an und atmete tief durch. Sie hatte Geld, doch es würde nicht ewig reichen. Sie hatte noch zwanzig, vielleicht dreißig Lebensjahre vor sich. Sie musste irgendetwas unternehmen.

Also kehrte sie nach Essex zurück – allerdings nicht an den Ort, wo sie aufgewachsen war; sie wollte nicht erkannt werden. Sie kaufte ein Haus, dann noch eins, verwandelte beide Häuser in Wohnungen und vermietete sie an junge Frauen, die ihr Leben unabhängig von einem Ehemann führen wollten. Sie verlangte Mieten, die unter dem Mietspiegel lagen, führte Gespräche mit Bewerberinnen und suchte diejenigen aus, die ein Sprungbrett brauchten. Die Mieteinnahmen investierte sie in weitere Häuser an weiteren Orten, die sie ebenfalls in Mietwohnungen verwandelte. Sie stellte eine Verwalterin ein sowie ein Instandhaltungsteam, das ausschließlich aus Frauen bestand. Wenn sie keine Klempnerinnen und Elektrikerinnen finden konnte, vergab sie Stipendien, um sie auszubilden. Männer ließ sie auch für sich arbeiten, aber nur bei Bedarf. Vorher führte sie ein Gespräch mit ihnen, bei dem sie sich so kühl und kompromisslos wie möglich verhielt. Wenn einer sie »Schätzchen« nannte oder sie darüber belehrte, dass Wasser nur unter Druck nach oben fließen konnte, hatte er schon verloren. Dann ging sie wieder auf Reisen. Erst China, danach Indien. Eine Kamera nahm sie nicht mit.

Als sie nach einer dieser Reisen nach Hause kam, hatte sie eine Nachricht von Bea auf dem Anrufbeantworter. Sie erzählte, dass sie Fotografie-Kurse an der Uni anbieten wollten, als Teil eines neuen Medienstudiengangs. Ob Vee interessiert wäre, Porträtfotografie und Fotojournalismus zu unterrichten und ein Modul über die technischen Aspekte zu konzipieren auf Basis ihres Fachgebiets, der blitzlosen Fotografie?

Zuerst wollte Vee ablehnen. Doch dann schaute sie in ihren Kalender. Sie war es satt, kaum etwas zu tun zu haben. Also rief sie Bea an und begann zu unterrichten. Sie konnte es sogar ziemlich gut. So verging die Zeit; aus fünf Jahren wurden zehn.

Der Immobilienmarkt boomte. Sie bekam für ihre Häuser ein Angebot, das sie unmöglich ablehnen konnte. Sie wollte es trotzdem nicht annehmen, weil es ihr zu viele Umstände gemacht hätte. Doch dann fingen die Kopfschmerzen an. Das war 2005. Sie habe Glück, sagte man ihr, der Tumor sei operabel und behandelbar. Also wurde sie operiert und behandelt. Sie gab den Namen ihrer Anwältin als nächste Angehörige an. Einige Mitpatientinnen in der Klinik versuchten, sich mit ihr anzufreunden, doch sie hatte kein Interesse. Als sie aus der Narkose erwachte, bemerkte sie eine Erinnerungslücke bei sich. Sie hatte zwar damit gerechnet, aber die Lücke löste Unbehagen in ihr aus, wenn sie mit Leuten zusammen war, die sie von früher kannte. Sie ging ihre alten Fotos durch, aber das half nicht. Wenn überhaupt, fühlte sie sich danach noch einsamer als zuvor. Eine Fotografie war nichts wert, wenn die Gefühle, die dazugehörten, verschwunden waren. Manchmal hatte sie beim Betrachten eines Bildes das Gefühl, dass der Wind durch sie hindurchblies. Oft fühlte sie sich, als wäre sie gar kein echter Mensch mehr; die Operation hatte sie zu einer zweidimensionalen Figur reduziert.

Beim Stöbern fand sie ein paar unentwickelte Filme und entwickelte sie, nur um etwas zu tun zu haben. Einer davon enthielt hauptsächlich Aufnahmen von Leonie und der kleinen Erica. Es schmerzte sie, die Bilder zu betrachten. Wenn sie das Kind anschaute, war da etwas, von dem sie wusste, dass es wichtig war. Sie war drauf und dran, Ursula die Fotos zu schicken, aber ihr Bauchgefühl hielt sie davon ab und riet ihr stattdessen, sie an einem sicheren Ort aufzubewahren. Niemand konnte ihr sagen, was an dem Tag passiert war, als Leonie starb, weil sie niemandem davon erzählt hatte.

Im Laufe der Jahre wurde das Internet immer größer und schneller. Die Frauen begannen, sich auf neue, andere Arten zu vernetzen. Vee hatte sich ein friedliches Leben im Ruhestand vorgestellt, sie wollte gelegentlich reisen und ansonsten dem stillen Genuss der Kunst und des Wanderns frönen. Doch dann wurde sie von Leuten gefunden, die sich noch an sie erinnerten. Sie kontaktierten sie über die Agentur, die die Lizenzen für Vees Fotos vergab. Als sie noch unterrichtet hatte, war sie nicht darauf eingegangen, doch nun hatte sie jede Menge Zeit. Sie machte es sich zur Gewohnheit, von einem Tag auf den anderen zu leben. Sie ging spazieren, las viel, ab und zu besuchte sie Galerien oder ging ins Kino. Sie nahm wieder an Protestmärschen teil. Sie schrieb an den Abgeordneten ihres Wahlkreises, als sie von einer Frauenrechtsorganisation darum gebeten wurde. Unglücklich war sie eigentlich nicht.

Gelegentlich wurde sie gefragt, ob sie bereit wäre, als Sponsorin oder Fotografin tätig zu werden oder an einer bestimmten Veranstaltung teilzunehmen. Sie engagierte sich als Sponsorin, weigerte sich jedoch, öffentlich in Erscheinung zu treten. Eine Weile schützte sie als Entschuldigung eine Erkrankung vor (ohne weitere Angaben), doch mit der Zeit wurde sie erfinderischer. Wenn sie auf Reisen ging, ließ sie ihre Kamera weiterhin zu Hause. Überall waren Leute mit Digitalkameras unterwegs; eine neue Zukunft hatte begonnen. Sie vermisste die Zeit, als Belichtungsmesser, Dunkelkammer, Urteilsvermögen und Können noch eine Rolle gespielt hatten. Freundinnen vermisste sie nicht, nur die eine, die ihr für immer genommen worden war. Vielleicht war der Teil ihres Gehirns, der dafür sorgte, dass sie sich etwas aus anderen Menschen machte und Beziehungen zu ihnen aufbauen wollte, bei der Operation ja ebenfalls verloren gegangen. Doch es konnte genauso gut sein, dass sie schon immer so gewesen war. Sie wusste es nicht. Alles, was ihr blieb, war Schmerz. Vor allem dort, wo früher die Erinnerungen an den Tod ihres Vaters und an Leonies Tod gewesen waren.

26. April 2018

Erica

Erica hätte vor Stolz platzen können. Sie war schon den ganzen Abend stolz gewesen, aber als Vee auftauchte und sie sogar lobte, sprudelte ihr Herz vor Freude über. Sie schaute sich im Ausstellungsraum um, der wirklich perfekt vorbereitet war, genau so, wie sie es sich vorgestellt hatte, und beim Anblick der vielen Menschen, die sich um all die Fotos versammelten, atmete sie tief durch und klopfte sich innerlich selbst auf die Schulter. In den kommenden Monaten würden Tausende von Galeriebesucherinnen und -besuchern erkennen, welche Bedeutung Veronica Moons Werk hatte, wie weit der Feminismus bereits gekommen war und wie viel noch zu tun blieb.

Die klirrenden Schläge gegen ein Sektglas, gefolgt von erwartungsvollem Gemurmel, brachten Erica ins Hier und Jetzt zurück. War wirklich schon Zeit für ihre Ansprache? Ihr wurde übel, aber anders als am Morgen, als sie sich heimlich im Bad übergeben hatte, während Marcus die Spülmaschine ausräumte; sie wollte nicht, dass er es mitbekam. Sie hatte ihm zwar inzwischen von der Schwangerschaft erzählt, aber sie waren beide vorsichtig und unsicher, was das Thema anging.

Erst als Vee am Dienstag nach Hause gegangen war, hatte Erica sich eingestanden, dass die Ausstellung mehr als nur eine Retrospektive war. Sie war ein Denkmal. Alles, was Veronica Moon hinterlassen würde, waren ihre Fotografien. Doch wer würde ihrer Persönlichkeit gedenken? Wer würde um sie trauern? Aber darüber durfte Erica jetzt nicht nachdenken. (Wahrscheinlich spielten sowieso nur ihre Hormone verrückt.) Sie musste sich konzentrieren.

Zum Glück – das hatte Erica als Studentin an der Hochschule und auch durch ihre Tätigkeit als Dozentin gelernt – wurde Schweigen als Zeichen von Selbstsicherheit interpretiert. Sie nahm einen Schluck Wasser und schaute auf ihre Notizen. Sie hatte sich nur Wörter notiert, keine ganzen Sätze, weil es ihr am peinlichsten war, wenn sie sich verlas und daraufhin ins Stottern geriet.

»Guten Abend und herzlich willkommen bei der Eröffnung dieser Ausstellung, die dem Werk von Veronica Moon gewidmet ist«, sagte sie. Marcus hatte angeregt, auf den Zusatz »meine Damen und Herren« zu verzichten; eigentlich war es nur ein Witz gewesen, aber er hatte recht gehabt. »Diese Ausstellung zelebriert den Beitrag, den Veronica Moon zur zweiten Welle des Feminismus in Großbritannien geleistet hat. Sie hat diese Welle mit zahlreichen Aufnahmen dokumentiert, aber zugleich hat sie sie durch ihren Erfolg als Fotografin maßgeblich mitgestaltet.«

Erica schaute ins Publikum. Vee stand ganz hinten in der Menge. Sie war noch niemandem aufgefallen. Sie nickte Erica kaum merklich zu, den Hauch eines Lächelns auf dem Gesicht, und mit einem Mal überkam Erica Trauer, weil ihre Mutter das alles nicht mehr miterleben konnte. *Tief durchatmen, Erica.* Sie schaute auf ihre Notizen.

»Die britische Frauenbewegung hat viele Sterne und Sonnen, viele strahlende Lichter. Doch sie hat nur einen Mond, nämlich Veronica Moon.« Das Publikum lachte. Erica versuchte, ihre Stimme beim Weitersprechen statt aus dem Brustkorb aus dem Zwerchfell kommen zu lassen. »Über das Werk von Veronica Moon brauche ich nicht viel zu sagen, denn es spricht für sich selbst. Stattdessen möchte ich Ihnen etwas über den Mond erzählen.« Erica hätte Vee gern angeschaut, doch dann hätten sich sofort alle umgedreht, um ihrem Blick zu folgen, und das hätte Vee nicht gewollt. Also schaute sie zu Leonies Porträt hinüber, das hinten rechts über den Köpfen erschien. Ach, wenn sie doch nur ein Siebtel von Leonies Selbstvertrauen besäße und ein Zehntel ihrer Fähigkeit, unumwunden die Wahrheit und ihre Meinung zu sagen.

»Der Mond ist unser ständiger Begleiter, auch wenn wir ihn manchmal nicht sehen können, weil er durch das Licht oder die Schatten anderer Himmelskörper verdeckt wird. Der Mond bestimmt die Gezeiten und beeinflusst auf diese Weise, wie wir die Welt erleben. Der Mond ist zudem auf intime Weise mit dem Frausein verbunden.« Auf Papier hatte das irgendwie besser ausgesehen, als es sich nun anhörte; das Publikum lächelte höflich, fast schon gelangweilt. Reden zu schwingen war nicht unbedingt Ericas Stärke. Deshalb hatte sie studiert und war Kuratorin geworden. Ihre Berufung bestand darin, zu bewahren und zu erhalten.

Sie schaute wieder auf ihre Notizen. Dort stand »beim Thema bleiben«. Das wäre doch gelacht, wenn sie das nicht hinbekam. Sie legte sich die Hand auf den Bauch und holte Luft.

»Dieses Ausstellungsprojekt wurde geboren, als ich auf dem Dachboden meiner Mutter einen Schatz entdeckte: eine Kiste, die meine Tante, Leonie Barratt, hinterlassen hatte. In der Kiste befanden sich zahlreiche Zeitungsausschnitte und Andenken an das Werk von Veronica Moon. Obwohl Fotografie streng genommen nicht mein Fachgebiet ist und Historikerinnen sich vor persönlichen Beweggründen hüten sollten, ließ mich der Gedanke an Veronica Moon, Leonie Barratt und all die anderen Frauen, die auf den Fotos zu sehen waren, nicht mehr los. Ich fand, dass sie es verdienten, gesehen zu werden. Und auch gehört zu werden.

Wir haben in unserer Gesellschaft noch viel zu tun, um sicherzustellen, dass Frauen Gehör finden. In den Nachrichten und im Fernsehen werden wir täglich daran erinnert, dass Frauen noch immer übertönt, übergangen, ignoriert und unterdrückt werden.

In den 1960ern, 1970ern und 1980ern haben viele Frauen Gesicht gezeigt und ihre Stimme erhoben. Wenn wir diese Frauen wieder in den Mittelpunkt rücken und an ihre Errungenschaften erinnern, können wir den notwendigen Wandel weiter vorantreiben. Veronica Moon ist für uns alle ein Vorbild, weil sie uns zeigt, wie die Frauen dieser Welt sind: stark, kompetent, einflussreich und emanzipiert.«

Applaus ertönte; damit hatte sie gar nicht gerechnet. Sie schaute lächelnd ins Publikum und wartete darauf, dass der Beifall wieder verstummte.

Hinten in der Menge entdeckte sie Vees Gesicht. »Es war mir ein Vergnügen und eine Ehre, diese Ausstellung zu kuratieren und in diesem Zusammenhang die einzigartige und legendäre Veronica Moon persönlich kennenlernen zu dürfen. Danke.«

Marcus, der ebenfalls hinten stand, lächelte Erica zu. Er sah aus, als wäre er stolz auf sie. Für den Augenblick reichte das.

Und dann sah Erica, wie Veronica sich ihren Weg durch die Menge bahnte und auf sie zukam. Die Leute applaudierten abermals, diesmal herzlicher. Vee trug Leggings und ein langes T-Shirt, beides in einem dunklen Blaugrau, und Schuhe, die Erica noch nie zuvor an ihr gesehen hatte, eine Art Clogs mit dicken Sohlen aus senfgelbem Leder. Sie hatte sich wie üblich nicht geschminkt und ihre kurzen Locken nach hinten gebürstet. Ihre alte OP-Narbe konnte Erica nicht sehen, aber sie vermutete, dass sie sich über dem linken Ohr befand, weil Vees Hand immer dort hinwanderte, wenn sie nervös war oder über ihre Krankheit sprach.

Vee lächelte nicht und schaute sich auch nicht um, als sie sich neben Erica ans Podium stellte. Erica griff nach ihrem Handy und machte ein Foto von Vee und einigen Leuten aus dem

Publikum, die Vee anschauten. Die Aufnahmen waren nichts Besonderes, sie wollte sie nur für sich selbst machen, als Erinnerung daran, dass sie hier war, mit dieser Frau, die in diesem Moment wahrscheinlich zum allerletzten Mal öffentlich in Erscheinung trat. Plötzlich überkam sie das starke Bedürfnis, Vee zu beschützen. Ob den Anwesenden überhaupt klar war, wie schlecht es Vee ging und wie zerbrechlich sie war? Alle schienen den Atem anzuhalten. Nicht nur die Leute im Raum, auch die Menschen auf Vees Fotografien.

Vee sah ganz klein aus, als sie dort stand. Sie holte tief Luft, dann richtete sie den Blick ins Publikum und ergriff das Wort.

* * *

Eigentlich wusste Vee gar nicht so recht, was sie sagen wollte. Eigentlich hatte sie überhaupt nichts sagen, sondern sich unauffällig verdrücken wollen.

Doch als sie Erica zuhörte, begriff Vee, dass sie an diesem Abend zum letzten Mal die Chance bekam, selbst die Stimme zu erheben. So sah es aus. Entweder sprach sie jetzt, oder sie schwieg für immer. Sie hatte stets gedacht, dass die Fotografie ihre Stimme war. Und dass es keine Rolle spielte, ob sie missverstanden wurde. Bis sie Erica begegnet war.

Sie schaute zu der jüngeren Frau hinüber. Im Grunde war es völlig egal, dass Erica sich so herausgeputzt hatte. Worauf es ankam, war ihr kluger Verstand. Plötzlich bekam Vee Angst – Angst, weil sie noch nie zuvor in der Öffentlichkeit das Wort ergriffen hatte, weil sie ihrem eigenen Verstand nicht mehr trauen konnte und weil sie sich, im Gegensatz zu Erica, nicht monatelang auf diesen Abend vorbereitet hatte. Die ihr zugewandten Gesichter blickten überrascht, erwartungsvoll, gespannt. Daraus hätte sie ein großartiges Foto machen können. Aber sie brachte es schon wieder nicht über sich, etwas zu sagen. Sie hatte das noch nie gekonnt. Wäre es anders gewesen, hätte sie ihren Namen schon vor langer Zeit reinwaschen können.

Erica beugte sich zu ihr und sagte leise: »Erzählen Sie uns, was Sie noch wissen.«

Gut. Das schaffte sie vielleicht.

»Ich weiß noch ...«, fing sie an. Ihre Stimme klang jedoch so dünn, dass das Publikum sich vorlehnen musste, um sie verstehen zu können. So ging das nicht. Sie richtete sich auf, hielt sich mit beiden Händen am Podium fest und begann noch einmal von vorn.

»Ich weiß noch, dass ich 1968 eine junge Frau aus Essex war, die mit einer Kamera umgehen konnte, ansonsten aber nicht viel Ahnung hatte. Trotzdem war ich überzeugt, dass ich wertvoller war, als die Welt mir einreden wollte.« Sie hatte zu viel Spucke und einen metallischen Geschmack im Mund; eine Nebenwirkung der Medikamente. »Ich hatte das einfach im Gefühl. Also machte ich mich auf den Weg nach Dagenham, um mit eigenen Augen zu sehen, wie ein paar streikende Näherinnen die Welt veränderten. Und dank Leonie Barratt wurde ich Teil der Frauenbewegung.

Ich weiß noch, dass die Frauenbewegung voller Zorn und Kampfgeist war und zudem fest davon überzeugt, den Sieg davonzutragen. Sie war kompromisslos und lehnte sich gegen die Konventionen auf. Sie lud die Welt dazu ein, an ihren haarigen Achseln zu riechen und sich über ihre Latzhosen lustig zu machen. Uns scherte das nicht, denn wir wussten, dass wir recht hatten.«

»Ja, genau!«, rief eine der Schwestern von hinten, Kiki vielleicht, oder Fen. Vee wusste diese Reaktion zwar zu würdigen, konnte jedoch nicht darauf eingehen, konnte nur auf die obere Kante des Podiums schauen. Links neben sich spürte sie Ericas beruhigende Präsenz. Sie schaute nicht zu Erica hinüber; sie zu spüren war genug.

»Ich weiß noch, dass Leonie Barratt die klügste Frau war, die ich jemals kannte. Keine von uns konnte ihrem brillanten Verstand das Wasser reichen. Wir ließen sie im Stich, weil wir nicht erkannten, dass sie recht hatte. Wenn wir ihr besser zugehört hätten, wären wir heute vielleicht schon viel weiter. Wir würden vielleicht nicht in einer Welt leben …« Bei dem Wort »leben« schnürte sich Vees Kehle zu, als wollte sie sie daran erinnern, dass sie fast schon tot war oder vielleicht nie richtig gelebt hatte. *Versuch es noch einmal, Vee. Manchmal klappt es eben nicht auf Anhieb.* »Wenn wir Leonie besser zugehört hätten, würden wir heute vielleicht nicht in einer Welt leben, in der Frauen MeToo rufen und ihr Recht auf reproduktive Selbstbestimmung wieder eingeschränkt wird. Das Lohngefälle zwischen Mann und Frau wäre vielleicht längst überwunden. Und junge Väter würden vielleicht endlich Windeln wechseln, ohne dafür von ihren Frauen als Superheld bewundert werden zu wollen.«

Die Leute klatschten laut Beifall. Vee holte Luft. Bildete sie sich das nur ein, oder roch sie Lavendel? Ihr Rücken tat weh, und ihre Beine signalisierten ihr, dass sie nicht mehr lange stehen konnte. Sie traute ihrem Körper zwar nicht immer, aber in diesem Fall schon.

»Und was den Tag angeht, an dem Leonie Barratt starb …«

Das Publikum hielt gespannt den Atem an. Vees Blick wanderte über die Köpfe der Anwesenden hinweg zu der Fotografie, auf der Leonie wie eine selbstzufriedene Katze aussah. Leonie, die sich niemals entschuldigte. Vee hatte zu spät begriffen, welche Macht darin lag. »Ich erinnere mich nicht mehr an diesen Tag. Doch es gibt einiges, was ich noch weiß. Ich weiß, dass ich Leonie niemals absichtlich geschadet hätte, genauso wenig wie sie mir geschadet hätte. Ich weiß, dass Leonie Barratt und Veronica Moon etwas Besseres verdient haben, als auf ein einziges

Foto und einen einzigen Tag reduziert zu werden. Und noch eins weiß ich: Solange wir nur auf Äußerlichkeiten fixiert sind, werden wir die Probleme der Welt nicht lösen können.«

Die Leute applaudierten abermals, laut diesmal, um ihre Unterstützung für Vee zu bekunden. Doch Vee traf der Beifall wie eine Attacke, jedes Zusammenklatschen zweier Handflächen bewirkte das qualvolle Verglühen weiterer Gehirnzellen.

* * *

Erica bemerkte, dass Vee sich an das Podium klammerte und zusammenzuckte, doch sie war unsicher, ob dieses Unwohlsein dadurch ausgelöst wurde, dass sie in der Öffentlichkeit stand, oder ob es einen anderen Grund hatte. Als Vee nach Luft rang, reichte sie ihr den Arm.

Vee hielt sich an ihr fest, und zusammen bahnten sie sich den Weg durch die Menge und gingen hinaus, zurück in den Nebenraum.

Im Halbdunkel, ohne die Galerielichter, sah Vee bereits wie ein Schatten aus. Sie wurde immer sehr fahl, wenn sie Schmerzen hatte.

»Kann ich Ihnen etwas bringen?«

Vee schüttelte kaum merklich den Kopf, als läge ihr Schädel unbefestigt auf der Halswirbelsäule und drohte bei der kleinsten Bewegung hinunterzufallen. Erica sah die Tablettenpackung und das Wasserglas auf dem Tisch.

»Möchten Sie ein paar Tabletten einnehmen?«

Ein schwaches Nicken. Erica drückte zwei Tabletten aus der Folienpackung auf Vees Handfläche und reichte ihr das Glas. Sie schluckte die Medikamente mit der Routine einer Langzeitpatientin. Dann nahm Erica ihr das Glas aus der zitternden Hand, stellte es zurück auf den Tisch, setzte sich zu Vee und wartete.

Wie viel Anstrengung es Vee gekostet haben musste, vor den Leuten zu reden. Und wie recht sie mit ihren Worten hatte. Was auch immer Erica in Bezug auf Marcus und das Baby als Nächstes tat, ihre Entscheidungen würden davon geprägt sein, dass sie Veronica Moon begegnet war.

Nach etwa zehn Minuten öffnete Vee die Augen und nickte Erica zu; ein Signal, dass Erica sie jetzt ansprechen konnte, weil es ihr zumindest für den Moment ein wenig besser ging.

»Sie haben mir viel mehr gegeben, als nötig gewesen wäre«, sagte Erica gerade so laut, dass Vee sie trotz des Lärms, der aus der Galerie hereindrang, noch verstehen konnte. »Obwohl es Sie sehr angestrengt haben muss. Warum?«

»Weil …«, setzte Vee an, doch dann hielt sie inne. Sie schien mit einem Mal weit weg zu sein.

Vee

»Weil …« Ja, warum eigentlich? Weil der neue Tumor immer größer wurde? Weil sie ihren Gedanken nicht mehr trauen konnte? Weil sie noch immer das Gefühl hatte, dass sie Leonie etwas schuldete? Dass sie diesem Kind eine Mutter schuldete? (Ein sonderbarer Gedanke.) Als sie sich im Januar das erste Mal mit Erica getroffen hatte, war das eigentlich nur aus Höflichkeit geschehen, um Erica grünes Licht für die Ausstellung zu geben. Sie hatte gar nicht vorgehabt, sich so zu involvieren. Irgendetwas hatte sich geändert.

»Sie sollten stolz sein«, sagte Erica.

»Ich habe nur ein wenig zurückgegeben.«

»Aber Sie wissen schon, dass Sie gut waren, oder?« Erica klang genauso störrisch wie Leonie früher, wenn sie ihre Argumente durchsetzen wollte. Vee lächelte, und das Lächeln fühlte sich echt an, als käme es von irgendwoher, wie ein unveränderliches Gefühl; wie damals, als sie mit sechzehn in der Dunkelkammer stand, die sie mithilfe ihres Vaters eingerichtet hatte, und zuschaute, wie ein Bild, das sie gerade entwickelte, an die Oberfläche des Fotopapiers schwamm.

»Ja, das weiß ich.«

»Gut.«

Vee schloss die Augen, und dann spürte sie, wie Erica sich zu ihr beugte und die Hand über ihrem Arm schweben ließ, ohne ihn zu berühren. »Sie zittern, Veronica.«

»Ich bin müde.«

»Wirklich nur müde?«

Vees Kopf dachte: Ja, Erica, ich bin wirklich nur müde, kein Grund zur Sorge. Doch ihre Stimme sagte: »Ich bin mir nicht sicher. Ich weiß es nicht.«

»Das klingt gar nicht nach Ihnen«, sagte Erica. Sie meinte das nicht boshaft, es war nur eine Feststellung, und sie hatte ja recht. So war das eben. Man erntete, was man säte. »Sie hätten sehen sollen, wie die Leute vor Ihren Fotos standen. Bevor Sie herauskamen.«

Sie wusste, dass sie Erica etwas Wichtiges sagen oder geben wollte, aber sie konnte sich nicht mehr erinnern, was. Der Lärm, der aus der Galerie zu ihnen drang, explodierte förmlich, das Gelächter und die vielen Stimmen wurden immer lauter, die Leuten begannen, einander zu übertönen, ohne sich dessen bewusst zu sein. Jedes Dezibel, das hinzukam, verstärkte ihre Schmerzen.

Sie musste sich unbedingt daran erinnern, was sie Erica sagen oder geben wollte. Danach konnte sie endlich nach Hause gehen und das Ganze abhaken.

»Die Leute sind sehr beeindruckt von den Kontaktbogen«, fuhr Erica fort, es klang wie das hektische Geplauder einer Frau, die an einem Sterbebett saß und gegen die unerträgliche Stille ankämpfte. »Ich glaube, die meisten haben noch nie welche gesehen. Und für die anderen sind sie eine Erinnerung an alte Zeiten.«

Endlich fiel es Vee wieder ein. »In meiner Tasche«, sagte sie. Sie konnte die Augen jetzt nicht öffnen; Schädel und Rückgrat schmerzten schon beim bloßen Gedanken an Licht.

Sie hörte, wie der Reißverschluss ihrer Tasche aufgezogen wurde. »Was brauchen Sie? Sind noch mehr Schmerzmittel hier drin?«

»Da ist ein Umschlag für Sie«, sagte Vee.

Es war ein kartonierter A4-Umschlag; sie hatte sich mehrmals vergewissert, dass sie auch wirklich das Richtige hineingetan und den Umschlag in ihre Tasche gesteckt hatte. Sie konnte ihrem eigenen Verhalten nicht mehr trauen; an diesem Morgen hatte sie zu ihrem Befremden eine leere Tasse im Kühlschrank entdeckt, und vergangene Woche hatte sie mehrmals ihren Haustürschlüssel außen stecken lassen. Sie hörte, wie Erica den Umschlag aufriss, dann schrammten Stuhlbeine über den Boden, und Erica setzte sich. »Was ist das?«

»Schauen Sie selbst«, sagte Vee. Nun hatte Erica die Macht über diese Bilder.

Ein Rascheln ertönte. Erica zog die zwei Kontaktbogen heraus. Vee konnte nichts mehr zu den Bogen sagen, sie traute sich nicht, weil sie sich nicht mehr erinnern konnte. Aber die Bilder sprachen für sich.

Der erste Kontaktbogen stammte von dem Film mit den Aufnahmen, die Vee am Tag, als Leonie starb, von ihr und Erica gemacht hatte. Es war Jahre her, seit Vee sich die Fotos zum letzten Mal angesehen hatte. Damals, als sie sich von der Operation erholte, hatte sie den Film in ihrer eigenen Dunkelkammer entwickelt, und der Anblick der Bilder war ein Schock für sie gewesen.

Als sie zugeschaut hatte, wie die Bilder im Chemiebad langsam zum Vorschein kamen, war ihre Welt ins Schwanken geraten. Sie hatte Liebe, Zuneigung, eine Verbindung gesehen. Sie hatte eine Mutter mit ihrer Tochter gesehen. Oder wenigstens hatte sie das gedacht. Auf den Fotos hatte es so ausgesehen, als umfinge Leonie Erica mit ihrer Körperfülle wie eine Bärin, die ihr Junges beschützte. Auf einem der Bilder stand Erica ihre übersprudelnde Freude förmlich ins Gesicht geschrieben. Und Leonie wirkte ebenfalls glücklich.

Vee konnte sich nicht mehr daran erinnern, die Bilder aufgenommen zu haben. Als sie sie betrachtete, kamen sie ihr irgendwie nicht richtig vor. Sie sah Liebe darauf, doch ihr Gefühl sagte ihr, dass es komplizierter war. Aber vielleicht spürte sie nur ihr eigenes Unbehagen, und die Fotografie war authentisch. Auf einer anderen Aufnahme schauten die beiden sich an, ihre Gesichter fast Spiegelbilder. Ericas Nasenhöcker war zwar nicht so ausgeprägt wie der ihrer Tante, und sie hatte auch nicht Leonies ausuferndes Doppelkinn. Doch ihre Beziehung war offensichtlich. Wem es zuvor oft genug eingetrichtert worden war, glaubte wahrscheinlich, auf dem Foto eine Tante mit ihrer Nichte zu sehen. Aber wer es unvoreingenommen betrachtete, konnte wohl kaum daran zweifeln, dass es eine Mutter mit ihrer Tochter zeigte. Und dass die beiden einander liebten.

Vee hatte den Aufnahmen, die sie am Tag von Leonies Tod gemacht hatte, allerdings nie so recht getraut. Weder die Erinnerungen, die ihr noch an Leonie geblieben waren, noch Leonies Texte deuteten darauf hin, dass sie imstande gewesen wäre, ein Kind zu lieben, geschweige denn, das zu wollen. Und doch schien dieses Bild den Beweis zu liefern, dass sie es getan hatte.

Der zweite Kontaktbogen enthielt die Aufnahmen, die Vee von Erica und Tom im Friedensgarten von Greenham Common gemacht hatte. Als sie diese Bilder zusammen mit den Fotos vom

Protestmarsch in der Dunkelkammer ihres ausgebauten Dachbodens entwickelt hatte, war ihr klar geworden, dass sie an jenem Tag wahrscheinlich zum letzten Mal den faszinierenden Prozess der chemischen Magie durchlief.

Wenn Vee noch Fotografin gewesen wäre, hätte sie beim Anblick von Ericas Porträts Stolz empfunden. Das vom Regen zerstreute Licht überzog Himmel und Bäume mit einem zarten Schleier, sodass Ericas Gesicht sich umso klarer von der verblassenden Welt abhob. Auf Vees Lieblingsfoto – sie hatte unwillkürlich einen Kreis darum gezeichnet, eine Angewohnheit von früher – blickten Ericas dunkle Augen fragend in die Kamera; das weiche Licht ließ ihr Haar heller als in Wirklichkeit erscheinen. Die Aufnahme fing Erica perfekt ein und dokumentierte zugleich ihre verblüffende Ähnlichkeit mit Leonie, die trotz der Nasenkorrektur, die Erica hatte vornehmen lassen, noch immer offensichtlich war. Auf einem anderen Foto schaute Erica Tom an. Ihr Blickwechsel ließ sofort daran denken, wie Erica und Leonie einander auf dem anderen Kontaktbogen anschauten. Wenn man beide Fotos nebeneinanderlegte, brauchte man eigentlich nur zwei und zwei zusammenzuzählen.

Vees Schmerzen verschlimmerten sich zwar nicht, doch sie veränderten sich, zuckten wie Blitze am Rand ihres Bewusstseins. Der Lärm aus der Galerie nebenan wurde schwächer, als hätte Vee sich losgelöst und wäre im Begriff davonzuschweben. Erica war jedoch noch bei ihr. Vee hörte, wie sie die Kontaktbogen übereinanderlegte, ein geschmeidiges Geräusch, und dann Luft holte. »Veronica?«, fragte sie.

Vee hielt die Augen geschlossen, wartete. Die Welt schrumpfte zusammen. Nun war es zu spät, sich zu fragen, ob sie das Richtige tat. Denn es war bereits getan.

»Vee? Hat das etwa zu bedeuten, dass Leonie meine Mutter war?«

Die Frage überraschte Vee. Eigentlich war sie davon ausgegangen, dass Erica die Antwort längst kannte und dass sie ihr nur noch den Beweis liefern musste.

Und dann hörte sie etwas, womit sie überhaupt nicht gerechnet hatte: Erica weinte. Vee konnte die Augen nicht öffnen, es war unmöglich, die Schmerzen waren nun zu stark, sie spürte förmlich, wie in ihrem Kopf eine Kaskade der Zerstörung aufglühte. Sie hob eine Hand, hoffte … hoffte worauf? Dass Erica sie nahm oder wenigstens sah? Doch Erica schluchzte nur gedämpft, als hätte sie das Gesicht in den Händen vergraben. Sie bekam Vees Signal also gar nicht mit.

Vee zwang sich durchzuhalten. »Was glauben Sie?«

»Was spielt es für eine Rolle, was ich glaube?«, schluchzte Erica. »Entweder sie war es, oder sie war es nicht.«

»Sie war es, und sie war es nicht«, sagte Vee. Und mit einem Mal hatte sie Gewissheit, obwohl ihr keine neue Erinnerung mehr kam. Erica hatte zwei Mütter gehabt – Leonie hatte sie zur Welt gebracht, aber Ursula hatte sie aufgezogen.

»Was meinen Sie damit?«, schluchzte Erica. »Vee? Veronica? Bitte!« Vee hatte keine Kraft mehr, die Augen zu öffnen, doch sie spürte Ericas Nähe, stellte sich ihr mit Wimperntusche verschmiertes Gesicht vor, das so nah war, dass sie es hätte berühren können, dieses Gesicht voller Schmerz und voller Fragen.

»Ja«, sagte Veronica. Manche Dinge konnten nur schwarzweiß sein.

Seltsam. Ihr war vorher noch nie aufgefallen, dass ein Schluchzer fast genauso klang wie der Verschluss einer Kamerablende. Ritsch-ratsch.

Und dann war da nur noch die Stille der Dunkelkammer.

Epilog

5. Februar 2019

War Norfolk eigentlich schon immer so weit weg?«, seufzte Marcus, als Erica den Wagen am Eingang zum Friedhof geparkt hatte.

»Das habe ich mich auch gerade gefragt«, sagte Erica, drehte sich zu Tom und streckte den Arm aus, um ihm durchs Haar zu fahren. »Weißt du noch, wie wir früher beim Autofahren Radio 4 gehört haben?«

Marcus lachte. »Ja. Manchmal war es aber auch still, oder? Kann man sich jetzt gar nicht mehr vorstellen.« Er griff nach ihrer Hand und küsste sie. »Aber ich würde um nichts in der Welt mehr tauschen wollen.«

»Ich auch nicht«, erwiderte Erica, obwohl die ersten drei Wochen nach der Geburt der kleinen Leonie alles andere als leicht gewesen waren.

* * *

Nach ihrem Zusammenbruch bei der Ausstellungseröffnung hatte Vee noch eine Woche gelebt. Erica war, am Tag bevor sie starb, noch bei ihr zu Hause gewesen. Vee wurde dort rund um die Uhr von einer Krankenschwester betreut. Erica wusste natürlich, dass es Vee sehr schlecht ging, aber sie war dennoch nicht darauf gefasst gewesen, sie so still dort liegen zu sehen, eingemummelt in ihre Decke, obwohl es warm im Zimmer war, ihr Gesicht ein fahles Grau auf dem weißen Kissen. Erica hatte die Besprechungen der Ausstellung dabei, um sie Vee zu zeigen. Die meisten konnte sie schon auswendig. »Ein Triumph, der nachdenklich stimmt«, »ein Muss für alle, denen die Vergangenheit und Zukunft des Feminismus am Herzen liegt«. Sie konnte es kaum glauben. In den Tagen nach der Ausstellungseröffnung war sie hauptsächlich damit beschäftigt gewesen, Besprechungen zu lesen, sich nach Vees Befinden zu erkundigen und die Kontaktbogen mit den Aufnahmen zu betrachten, die Vee von ihr, Tom und Leonie gemacht hatte. Sie hatte versucht, Klarheit darüber zu gewinnen, ob Leonie tatsächlich ihre biologische Mutter war. Am Abend der Vernissage war sie sich dessen noch sicher gewesen, aber in den Tagen danach waren ihr immer mehr Zweifel gekommen. Sie hatte ihre Geburtsurkunde geprüft und sogar eine zusätzliche Ausfertigung beantragt, nur um sicherzugehen. Marcus hatte gemeint, ihre Mutter sei diejenige gewesen, die sie großgezogen hätte. Und eigentlich verbot sich die Vorstellung von Leonie als Mutter auch. Als Wissenschaftlerin wusste Erica, dass es keine richtigen Beweise gab; Vee hatte Erinnerungslücken und einen Gehirntumor, auf ihre Worte war kein Verlass. Trotzdem hatte der Gedanke ihr keine Ruhe gelassen.

»Ich bin's, Erica«, hatte sie zu Vee gesagt und ihre Hand genommen.

Vee öffnete vorsichtig erst das eine, dann das andere Auge, drehte langsam den Kopf zu ihr und lächelte. Die Bewegungen strengten sie sichtlich an. Erica wurde weh ums Herz; die Trauer wartete bereits. Aber Erica war noch nicht bereit, Vee gehen zu lassen. Sie hatte sie doch gerade erst gefunden.

»Brauchen Sie etwas?«

Vee schüttelte kaum merklich den Kopf. »Meine Sehkraft lässt nach«, sagte sie leise, als wäre das ihre Antwort: Wenn ich erblinde, spielt alles keine Rolle mehr.

»Oh«, sagte Erica. Ein dicker Kloß in der Kehle hielt sie vom Weitersprechen ab. Aber da Vee nicht weinte, wollte sie auch nicht weinen. Sie wollte Vee um nichts bitten, weder um Trost noch um Antworten.

Vee nickte kaum merklich. »Ich hinterlasse Ihnen mein gesamtes Archiv«, sagte sie. »Ich bin es nicht mehr durchgegangen. Leonie hat mir früher immer ihre Texte geschickt. Ich habe sie alle aufbewahrt.«

Erica drückte Vees Hand und stieß ein »Danke« hervor. Die Trauer ließ sie verstummen. An Ursulas Sterbebett war es ähnlich gewesen: nicht so klar und gefasst, aber genauso unerträglich.

Vee schloss wieder die Augen. »Danke«, sagte sie. »Ich dachte immer, dass es mir nichts ausmachen würde, vergessen worden zu sein. Aber das stimmte nicht.«

Dann schien sie einzuschlafen. Erica blieb bei ihr sitzen, bis die Krankenschwester leise die Treppe hochkam und sie an der Schulter berührte, um sie abzulösen.

Am nächsten Morgen kam der Telefonanruf, mit dem sie bereits gerechnet hatte und der sie darüber informierte, dass Veronica Moon friedlich eingeschlafen war.

* * *

Marcus schlang sich das Babytragetuch über den Mantel und legte die kleine Leonie vorsichtig hinein. Tom wollte laufen, weil er schon zu groß für den Buggy war.

Marcus streckte die Hand nach ihm aus und fragte Erica: »Willst du das wirklich allein machen?«

»Ja«, sagte Erica. »Es dauert nicht lange.«

»Nimm dir die Zeit, die du brauchst«, erwiderte Marcus. »Wir gehen solange an den Fluss und schmeißen Stöcke ins Wasser.« Er gab Erica einen Kuss auf die Stirn, auf die Stelle, die nicht von ihrer Mütze bedeckt war. »Ich bin stolz auf dich. Und ich liebe dich.«

»Danke. Ich liebe dich auch.« Der Moment war warm und süß genug für sie, um ihn auf der Zunge zu schmecken, wo er die eisige Luft zum Schmelzen brachte. Die letzten Monate hatten zwar im Zeichen von abwechselnder Kinderbetreuung und chronischer Müdigkeit gestanden, waren aber wahrscheinlich trotzdem die glücklichsten, die sie und Marcus bisher erlebt hatten. Es war, als hätte Vee Erica nicht nur ihr Archiv, sondern auch einen Teil ihrer Kompromisslosigkeit hinterlassen. Erica hatte Marcus genau gesagt, was sie brauchte, warum sie unglücklich war und wovor sie Angst hatte. Und er hatte ihr zugehört. Er hatte seine Arbeitszeiten geändert; sie hatte einen Vertrag mit einem Verlag unterzeichnet, um Leonies und Vees unveröffentlichte Bücher herauszugeben und ihre miteinander verbundenen Biografien zu schreiben. (Vees Buch über Fotografie war eine echte Überraschung gewesen. Erica konnte kaum glauben, dass Vee ihr eigenes Manuskript vergessen hatte.) Die kleine Leonie Sarah war zwei Tage nach Ericas neununddreißigstem Geburtstag zur Welt gekommen. Sie war kein einfaches Kind, nicht sanft und ruhig, sondern laut und entschlossen, und dafür liebten Marcus und Erica sie erst recht.

Als sie das Tor zum Friedhof erreichten, kam ihnen eine alte Frau mit einem Korb welker Blumen entgegen. Erica trat beiseite, um sie durchzulassen. Die Frau lächelte sie und Marcus an, sagte Hallo zu Tom und betrachtete dann Leonie, die im Tragetuch schlief.

»Welch ein Segen«, sagte sie, und dann zu Marcus: »Junge oder Mädchen?«

Marcus lächelte. »Baby.«

* * *

Ursula war auf diesem Friedhof beerdigt worden. Vier Jahre war das inzwischen schon her. Aber der Ort schien unverändert, er war so zeitlos wie eine Fotografie.

Auf dem Grabstein standen die Namen von Ericas Großeltern, darunter die Namen von Leonie und Ursula. Das Gras um den Grabstein herum war kurz und spärlich; der Boden, auf den Erica sich hinkniete, drückte kalt in ihre Knie.

Bei Vees Trauerfeier hatte Bea gemeint, dass eine einzige Ruhestätte für Veronica Moon zu wenig sei. In den darauffolgenden Monaten waren Teile ihrer Asche von einigen Weggefährtinnen an Orte gebracht worden, die Vee wichtig gewesen waren. Fen war damit zum Friedhof von Colchester gefahren, wo Vees Vater begraben war, Bea zum Friedensgarten von Greenham Common, Gloria zum Park gegenüber der Royal Albert Hall. Und Erica war nun hier.

Aus ihrer Handtasche holte sie eine kleine Schaufel, die nicht gerade so aussah, als könnte sie mit gefrorener Erde fertigwerden. Aber Erica fand eine Stelle am Grabstein, die schon leicht abgesunken war, und dort schaufelte sie, bis sie ein Loch von der Größe ihrer Faust hatte. Dann holte sie den Umschlag, den Bea ihr gegeben hatte, aus der Tasche, gab den Inhalt in das Loch, das sie gegraben hatte, schaufelte es wieder zu und klopfte die Erde fest.

Anmerkung der Autorin

Die Frau auf dem Foto erfüllt mich mit unbändiger Freude – ich bin verdammt stolz auf dieses Buch.

Dies ist mein fünfter Roman, der veröffentlicht wird, und ich bin eine intelligente, kompetente und professionelle Schriftstellerin, die weiß, dass sie ihr Metier beherrscht. Aber ein Teil von mir will diesen Satz wieder löschen oder sich darüber lustig machen, dass ich stolz bin, weil …

Ja, warum?

Weil es uns, obwohl wir im Jahre 2019 leben und Frauen überall auf der ganzen Welt auf viele verschiedene Arten erfolgreich sind, noch immer schwerfällt, uns unsere eigene Stärke zuzugestehen. Trotz der »Du kannst alles werden«- und »Frauen sind super«-Rhetorik existiert weiterhin die unterschwellige Botschaft, dass Frauen vor allem die Aufgabe haben, liebenswert zu sein. Liebenswert ist ein Trojanisches Pferd mit Blumen in der Mähne; es soll unseren Kampfgeist und unsere Kompetenzen verstecken.

Zu oft ist liebenswert gleichbedeutend mit bescheiden, zurückhaltend, still. Kompetent, ja, aber wenn, dann bitte auf Stöckelschuhen – als ob der einzige Weg, wie wir unsere Macht, Stärke und Klugheit demonstrieren können, darin bestünde, unser Handeln mühelos aussehen zu lassen, oder so tun, als seien unsere Leistungen nebensächlich, oder bei Interviews Fragen darüber zu beantworten, wie wir Kinder und Karriere unter einen Hut bringen; Fragen, die Männern nie gestellt werden.

Liebenswert ist nicht in Ordnung, wenn es »kein großes Ding« oder »nett auf Twitter« oder »Feministin auf Diät« bedeutet.

Ich wurde 1971 geboren. In der Schule wurden die Jungs in Handwerken und die Mädchen in Hauswirtschaft unterrichtet. Trotzdem brachte mein Vater mir in seiner Dunkelkammer bei, wie Filme entwickelt werden, und es stand immer fest, dass ich später studieren würde.

Als ich noch mit Barbiepuppen spielte, gingen Frauen auf die Straße, um dafür zu kämpfen, dass Mädchen wie ich mehr vom Leben erwarten durften, als Hausfrau und Mutter zu werden. Den Feministinnen der 1960er und 1970er verdanke ich das Leben, das ich heute führe.

Und als ich anfing, dieses Buch zu schreiben, stellte ich mir die Frage, was die Feministinnen von damals wohl von einer Frau wie mir halten würden, die sich freut, wenn sie Komplimente für ihre Frisur bekommt, aber nach wie vor nicht damit umgehen kann, wenn sie für ihre Arbeit gelobt wird.

Die Arbeit an *Die Frau auf dem Foto* hat mich verändert. Sie hat mir neuen Respekt für die Frauen eingeflößt, die früher auf die Straße gegangen sind und es geschafft haben, nicht nur Änderungen von Gesetzen, sondern auch eine Veränderung der Welt zu bewirken. Ich dachte immer, ich wüsste über den Feminismus Bescheid, aber tatsächlich gibt es nach wie vor vieles, das ich nicht weiß. Es hat mich Demut gelehrt, Zeit in Archiven zu verbringen und die Werke von Frauen zu lesen, die all das, was ich bisher für selbstverständlich hielt, erst möglich gemacht haben. Und es hat mich dazu gebracht, selbst eine bessere Feministin zu sein. Es hat dazu geführt, dass ich darüber frustriert bin, wie weit der Weg ist, der noch vor uns liegt. Ich bin zornig über die Arten, wie Frauen misshandelt werden, und ich bin den allgegenwärtigen hinterhältigen Sexismus leid – und dabei habe ich noch Glück, denn als Weiße in der westlichen Gesellschaft bin ich relativ geschützt. Das macht es mir leicht, diese Zeilen zu schreiben und mir meinen eigenen Erfolg zuzugestehen.

Die Welt hat sich bereits verändert, und sie tut es noch, aber bisher noch nicht genug.

Wir brauchen mehr Frauen, die unbeugsam sind. Wir brauchen sie in Romanen, und wir brauchen sie in der realen Welt.

Ich bin stolz auf *Die Frau auf dem Foto,* ein Buch, in das ich viel Arbeit gesteckt habe. Ich hoffe, es wird auch Ihnen etwas bedeuten.

Stephanie Butland

Dank

Als Kind »half« ich meinem Vater beim Fotografieren und anschließend in der Dunkelkammer. Nun danke ich meinem Vater dafür, dass er mir beim Schreiben dieses Buches eine große Hilfe war (ohne Anführungsstriche). Veronicas Können und ihr Verständnis von Fotografie stammen von ihm, ebenso die Texte aus ihrem unveröffentlichten Buch.

Für Fachwissen, Ratschläge und/oder Ausflüge danke ich Luke Dodd, Clare Grafik, Shelley Harris, Rebecca Leete, Clare Macintosh und Louise Williams.

Mein Dank geht außerdem an Carys Bray, Sarah Franklin und Shelley Harris – ihr wisst, wofür.

Für seine Geduld, Weisheit und stets brillante Arbeit danke ich Oli Munson.

Ich bedanke mich bei Bonnier, vor allem bei Sarah, Katie, Margaret, Clare, Sahina Felice, Imogen, Alex, Kate, James, Nico, Vincent, Angie, Victoria, Jeff, Graham, Sarah und Jennie.

Mein Dank geht auch an A M Heath, insbesondere an Florence, Alexandra, Prema, Mairi und Vickie.

Für ihr kluges und intelligentes Lektorat und Korrekturlesen danke ich Genevieve Pegg und Jane Howard.

Mein Dank gilt zudem den unbekannten Heldinnen und Helden der Verlagswelt: den Blogger*innen und Buchhändler*innen, die sich leidenschaftlich für Werke einsetzen, die ihnen am Herzen liegen.

Außerdem danke ich meinen zuverlässigen Beta-Leser*innen Kate Beales, Alan Butland, Clare Grafik, Tom Nelson und Susan Young.

Ich erwähnte es früher bereits und scheue mich auch diesmal nicht, es zu wiederholen, weil es nach wie vor zutrifft: Es ist alles andere als einfach, mit einem Mitglied der schreibenden Zunft verwandt oder befreundet zu sein. Mein besonderer Dank geht daher an Alan, Ned, Joy, Tante Susan, Lou, Jude, Rebecca, Scarlet, Tom, Kym, Donna und Victoria.

Dieser Roman verdankt seine Entstehung dem Vertrauen und der Motivation meiner hervorragenden Lektorin Eli Dryden. Sie nimmt alles, was ich schreibe, und zeigt mir, wie ich es in etwas Besseres und Glanzvolleres verwandeln kann. Ich kann gar nicht in Worten ausdrücken, wie froh ich bin, sie zu kennen.

Hallo!

Danke, dass Sie sich dafür entschieden haben, *Die Frau auf dem Foto* zu lesen. Obwohl ich seit jeher viel lese, wurde mir erst bei Erscheinen meines ersten Romans so richtig bewusst, wie viele Bücher es in dieser Welt gibt. Die Anzahl ist schier unglaublich! Daher ist es für mich erst recht eine Ehre, dass Sie meines ausgesucht haben.

Die Frau auf dem Foto entstand aus dem Wunsch heraus, einen feministischen Roman über den Feminismus zu schreiben: einen Roman, der von der Frauenbewegung handelt und zugleich einen feministischen Ansatz verfolgt, indem er Frauen in den Mittelpunkt stellt und ihre Geschichten ohne Kompromisse erzählt.

Doch wie? Ich habe mich schon immer für Fotografie interessiert. 2016 besuchte ich eine Fotoausstellung in der Tate Modern mit dem Titel »The Radical Eye« (»Der radikale Blick«). Sie war in vielerlei Hinsicht faszinierend, aber was mir besonders ins Auge fiel, war ein gerahmtes Negativ. Dem Sammler (Elton John) war es gelungen, nicht nur den Abzug, sondern auch das Negativ zu erwerben. Er hatte das Eigentum an dem Bild.

Das brachte mich dazu, darüber nachzudenken, wie sehr die Fotografie sich verändert hat. Die Macht des Fotografierenden ist weitaus größer, wenn er ein Bild auf Film bannt und besitzt. In der digitalen Welt versetzt uns die Kamera unseres Smartphones in die Lage, innerhalb kürzester Zeit zig Fotos zu machen, ohne weiter darüber nachzudenken. Als ich durch die Galerie schlenderte, stellte ich mir Folgendes vor: Was wäre, wenn eine Aufnahme von der Öffentlichkeit auf eine bestimmte Art und Weise interpretiert wird, doch nur die Person, die die Aufnahme gemacht hat, den wahren Hintergrund kennt? Ich begriff, dass die Aussage »die Kamera lügt nicht« bloß ein Mythos ist. Denn es ist die Fotografin bzw. der Fotograf, die/der entscheidet, auf was die Kamera gerichtet und worauf der Fokus gelegt wird.

So kam ich auf die Idee, einen Roman über eine Fotografin zu schreiben, die mit ihren Aufnahmen eine bestimmte Epoche der Frauenbewegung dokumentiert und dabei ein Bild erschafft, das eine bestimmte Wahrheit zu vermitteln scheint, die jedoch nicht der Wirklichkeit entspricht. Nachdem ich einige Stunden in der zuvor erwähnten Fotoausstellung verbracht hatte, spazierte ich die Themse entlang, und als der Nachmittag zu Ende ging, wusste ich zwar noch nicht im Detail, wie die Handlung aussehen würde, aber ich hatte die Grundidee für *Die Frau auf dem Foto.*

Ich bin unendlich stolz auf dieses Buch. Es zu schreiben, war ein intensiver, inspirierender und manchmal schwieriger Prozess, vor allem durch den Wechsel der Zeitebenen, die von den 1960ern über die 1970er bis in die Gegenwart reichen, und die daraus resultierende Frage, wie viel sich eigentlich seit der zweiten Welle der Frauenbewegung geändert hat und ob die Hoffnungen der Feministinnen von damals sich erfüllt haben. Das Schreiben dieses Romans hat mich verändert: Ich bin kompromissloser und kämpferischer geworden, und wenn ich Sexismus oder Ungleichheit mitbekomme, wende ich mich eher dagegen als vorher.

Ich hoffe, dass Ihnen das Buch gefällt und dass es Sie inspiriert.

Falls Sie sich über Bücher austauschen wollen – über alle möglichen Bücher, nicht nur über meine –, können Sie mich auf Twitter oder Instagram finden. Ich würde mich freuen, wenn Sie mich in Ihren Rezensionen oder Chats markieren, und Ihre Meinung zu *Die Frau auf dem Foto* würde mich sehr interessieren – vielleicht entwickelt sich dadurch ja ein weiterführendes Gespräch über Frauen ganz allgemein und ihre Rolle in der Welt.

Vielen Dank nochmals, dass Sie *Die Frau auf dem Foto* gelesen haben.

Alles Gute für Sie!
Stephanie xx

PS: Falls Sie über meine schriftstellerischen Aktivitäten auf dem Laufenden bleiben möchten, können Sie mich gern auf **www.bit.ly/StephanieButlandClub** besuchen und meinem Buchklub beitreten. Die Mitgliedschaft ist kostenlos und zieht auch keine Überschwemmung mit Spam-Nachrichten nach sich – wir würden uns nur ab und zu mit Neuigkeiten zu meinen aktuellen Buchprojekten und exklusiven Inhalten melden. (Kleingedrucktes: Zaffre würde Ihre Daten streng vertraulich behandeln und niemals an Dritte weiterleiten, und Sie könnten Ihre Mitgliedschaft natürlich jederzeit kündigen.)

Für Ihren eigenen Buchklub

Diskussionsthemen

~ Von der Frauenbewegung zu #MeToo – im Roman scheint der Kampf für Frauenrechte 2019 noch genauso vonnöten zu sein wie in den 1960ern. Als Vee Erica kennenlernt, ist sie verblüfft darüber, dass trotz der Erfolge, die die Frauenbewegung im vergangenen Jahrhundert erringen konnte, viele Ziele noch immer nicht erreicht sind. Sind Sie auch Vees Meinung, dass weiter für Gleichberechtigung gekämpft werden muss?

~ Hat der Roman Ihr Selbstverständnis als Feministin verändert? Warum, glauben Sie, ist der Begriff Feminismus nach wie vor umstritten?

~ Hat der Roman die Art und Weise verändert, wie Sie über Fotografie denken?

~ Über ein anderes Medium zu schreiben, erfordert Hintergrundwissen, aber auch Fantasie. Wie gut ist es der Autorin Ihrer Meinung nach gelungen, die Fotografien durch die Beschreibungen lebendig erscheinen zu lassen? Wie klar konnten Sie die Bilder in Ihrer Vorstellung sehen?

~ Wenn Sie Ihr Leben in einem halben Dutzend Fotografien zusammenfassen müssten, welche würden Sie aussuchen? Gibt es einen Moment in Ihrem Leben, von dem Sie wünschten, dass er mit der Kamera festgehalten worden wäre?

~ Vees Ansichten und Ideale verändern sich zu Beginn ihres Erwachsenenlebens auf dramatische Weise. Gibt es einen entscheidenden Moment in Ihrem eigenen Leben, der Sie dazu brachte, Ihre Einstellung zu ändern?

~ Warum ist Vee als junge Frau relativ isoliert? Liegt es in erster Linie daran, dass sie von Natur aus Einzelgängerin ist, oder eher daran, dass sie den für eine Frau ungewöhnlichen Wunsch hegt, Fotografin zu werden?

- Haben Sie Verständnis für die letzten Fotos, die Vee von Leonie gemacht hat? Waren diese Fotos aus Ihrer Sicht kühn, grenzüberschreitend, ein Zufallsprodukt oder ein Bewältigungsmechanismus?
- Würden Sie sich mit der jungen Vee oder der jungen Leonie anfreunden, wenn Sie im gleichen Alter wären?
- Welche männliche Romanfigur hat Ihnen am besten gefallen und warum?
- Glauben Sie, dass es eine wichtige Rolle spielt, wer Ericas richtige Mutter ist?
- Die Autorin stellt im Anhang eine Literaturliste mit diversen Romanen und richtungsweisenden Sachbüchern über Feminismus und Geschlechterrollen vor. Hat *Die Frau auf dem Foto* Sie dazu angeregt, Titel aus dieser Liste zu lesen? Welche anderen Bücher würden Sie Personen empfehlen, denen der Roman gefallen hat? Sind darunter möglicherweise andere Romane über Frauenfreundschaften oder über Großbritannien in den 1960ern, 1970ern oder 1980ern oder Bücher, die feministische Themen beleuchten?

Ausgewählte Literatur

John Berger: *Understanding a Photograph* (dt. *Der Augenblick der Fotografie: Essays*)

John Berger: *Ways of Seeing* (dt. *Sehen: Das Bild der Welt in der Bilderwelt*)

Susan Sontag: *On Photography* (dt. *Über Fotografie: Essays*)

Chimamanda Ngozi Adichie: *We Should All Be Feminists* (dt. *Mehr Feminismus! Ein Manifest und vier Stories*)

Lisa Appignanesi, Rachel Holmes und Susie Orbach (Hrsg.): *Fifty Shades of Feminism*

Jessa Crispin: *Why I Am Not A Feminist* (dt. *Warum ich keine Feministin bin – Ein feministisches Manifest*)

Simone de Beauvoir: *Das andere Geschlecht*

Susan Faludi: *Backlash*

Betty Friedan: *The Feminist Mystique* (dt. *Der Weiblichkeitswahn*)

Roxane Gay: *Bad Feminist* (dt. *Bad Feminist: Essays*)

Germaine Greer: *The Female Eunuch* (dt. *Der weibliche Eunuch*)

bell hooks: *feminism is for everybody*

Audre Lord: *Sister Outsider*

Kate Millett: *Sexual Politics* (dt. *Sexus und Herrschaft: Die Tyrannei des Mannes in unserer Gesellschaft*)

Susan Mitchell: *Icons, Saints and Divas*

Robin Morgan (Hrsg.): *Sisterhood is Powerful*

Susie Orbach: *Fat is a Feminist Issue* (dt. *Anti-Diät-Buch*)

Laurie Penny: *Bitch Doctrine* (dt. *Bitch Doktrin*)

Camille Paglia: *Free Women, Free Men*

Ann Pettitt: *Walking to Greenham*

Marsha Rowe (Hrsg.): *Spare Rib Reader*

Rebecca Solnit: *Men Explain Things to Me* (dt. *Wenn Männer mir die Welt erklären*)

Victoria Pepe, Rachel Holmes, Amy Annette, Martha Mosse und Alice Stride (Hrsg.): *I Call Myself A Feminist*

Jessica Valenti: *Sex Object*

Naomi Wolf: *The Beauty Myth* (dt. *Der Mythos Schönheit*)

Virginia Woolf: *A Room of One's Own* (dt. *Ein eigenes Zimmer*)

Angela Carter: *The Bloody Chamber* (dt. *Blaubarts Zimmer*)

Marilyn French: *The Women's Room* (dt. *Frauen*)

Erica Jong: *Fear of Flying* (dt. *Angst vorm Fliegen*)

Sylvia Plath: *The Bell Jar* (dt. *Die Glasglocke*)

Alice Walker: *The Color Purple* (dt. *Die Farbe Lila*)

Fay Weldon: *Praxis* (dt. *Die Decke des Glücks*)

Dolce Vita, glamouröse Mode – und ein geheimnisvoller Todesfall

Willkommen im Rom der 60er Jahre

Katja Maybach

DIE MODESCHÖPFERIN

Roman

Bis zur Erschöpfung arbeitet die berühmte römische Modeschöpferin Simonetta de Rosa mit ihrem Team an der neuen Kollektion, die im Herbst des Jahres 1961 präsentiert werden soll. Da erreichen sie zwei Nachrichten, die alles infrage stellen, was sie sich aufgebaut hat: Ihre Schwester, zu der sie seit Jahren keinen Kontakt mehr hat, scheint eine Affäre mit dem Mann zu haben, den Simonetta liebt. Hat er ihr das wirklich angetan? Und ein amerikanisches Modehaus ist an zwei ihrer streng geheimen Entwürfe gelangt – eine Katastrophe für sie als Designerin. Wer aus ihrem Team, das ihr eigentlich wie eine Familie ist, hat sie derart hintergangen und Mode-Spionage betrieben? Wem kann sie noch trauen? Und wem gehört ihr Herz tatsächlich? Dann wirbelt auch noch ein mysteriöser Todesfall alles durcheinander …

Katja Maybach hat selbst lange als Modedesignerin gearbeitet. Mit ihrem historischen Familienroman um zwei Schwestern und Modeschöpferinnen im Rom der 60er-Jahre ist sie erneut tief in ihre Vergangenheit eingetaucht.

KNAUR